贾平凹文选

中篇小说卷

天狗

21

贾平凹／著

作家出版社

目　录

天 狗

井

如果要做旅行家，什么茶饭皆能下咽，什么店铺皆能睡卧，又不怕蛇，不怕狼，有冒险的勇敢，可望沿丹江往东南，走四天，去看一处不规不则的堡子，了解堡子里一些不伦不类的人物，那趣味儿绝不会比游览任何名山胜地来得平淡。

《旅行指南》上常写：某某地“美丽富饶”。其实这是骗局，虽然动机良善可人。这一路的经验是，该词儿不能连缀在一起：美丽的地方，并不如何富饶，富饶的地方，又不见得怎么美丽，而美丽和富饶皆见之平平的，倒是最普遍的也是最真实可信的。这堡子的情形便是如此。

之所以称作堡不称作村，是因早年这一带土匪多，为避祸乱，孤零零雄踞在江边的土疙瘩塬上。人事沧桑，古堡围墙早就废了，堡门洞边的荒草里仅留有一碑，字迹斑驳。暮色里夕阳照着，看得清是“万夫莫开”四字。居家为二百余户，皆秦地祖籍，众宗广族却遗憾没有一个寺庙祠堂。虽然仍有一条街，商业经营乏于传统，故不逢集，一早一晚安安静静，倘有狗吠，则声巨如豹。堡子后是贯通东西的官道，现改作由省城去县城的公路，车辆有时在此停留，有时又不停留，权力完全由司机的一时兴致决定。

路北半里为虎山，无虎，石头巉巉。石头又不是能燃烧的煤，所生梢林全砍了做炭做柴，连树根也刨出来劈了，在冬天长夜里的火塘中燃烧。生生死死枯枯荣荣的是一种黄麦菅的草，窝藏野兔，飞溅蚂蚱，七月的黄昏孩子们去捕捉，狼常会支着身坐在某一处，样子极尽温柔，以为是狗，“哟，哟，哟”做唤狗的招呼，它就趋步而来；若立即看见那扫帚一般大的拖地长尾，喊一声：“是狼！”这野兽一经识破，即撒腿逃去。

丹江依堡子南壁下哗哗地流，说来似乎荒唐，守着江，吃水却很艰难。挑水要从堡门洞处直下三百七十二个台阶，再走半里地的河滩。故一到落雨季节，家家屋檐下要摆木桶、瓷盆，叮叮当当，沉淀了清的人喝，浊的喂牛。于是这二年兴起打井，至少十丈深，多则三十丈。有井的人家辘轳扭扭搅动，没井的人家听着心里就空空的慌。

有井的都是富裕户。富裕的都是手艺人家，或者木匠，或者石匠。本来人和人差异是不大的，所以他们说不上是聪慧，也不能说是蠢笨，一切见之平平的堡子既没有得天独厚的条件发展经济，又没有财源茂盛通达四海的副业可做，身怀薄艺倒是个发家致富之道。打井，成了新兴的手艺人阶层的标志，是利市，是显富，是一项伟大的事业。

打井的把式李正由此应运，数年光景，竟成就了专有的手艺，为别人的富裕劳作而带来了自己的富裕，井把式日渐口大气粗，视自己的手艺如命符。又曾几何，故作高深，弥布神秘，宣布水井三不打：不请阴阳先生察看方位者不打；不是黄道吉日不打；茶饭不好、工钱低贱、小瞧打井把式的不打。俨然是受命于天，降恩泽世的真人一般神圣。

堡子里的人没有不对他热羡的，眼见着他打井如挖金窖：好多父母提了四色重礼，领着孩子拜师为徒，这把式，却断然拒绝。

“这饭不是什么人都可吃的！”

“孩子是笨，下苦好。”

“这仅仅是下苦的事吗？”

把式说这话，拜师者就噎住了，再要乞求，把式就说一句：“我家是有个五兴的”作结。五兴是把式的独子，现在还在上中学，那意思很明白，手艺是不外传的。

把式的女人看不惯把式这样不讲情面。男人可以在外一意孤行，女人则是屋里人，三百六十五天要和街坊邻居打交道，想得就周全，担心这家人缘会倒，每日用软言软语劝丈夫，也不同意五兴废了课业来“子袭父职”。劝说多了，把式就收了天狗做徒，但有言在先：只仅仅做下苦帮手，四六分钱，技术是不授的。

天狗是穷途末路之人，三十六岁，赚不来钱娶妻成家，拜人为师，自然言听计从。此角色白脸，发际高而额角饱满，平日无所事事，无人管束，就养兔逮兔、钓鱼、玩蚂蚱的嗜好，天生的不该是农民的长相和德行，偏就做了万事不如人的农民。

六月初六，不翻历书也是个好日子，师徒二人往堡子东头胡家打井。头天晚上，女人就点了一支蜡烛在中堂，蜡烛燃尽，突又绣出一个小小的烛花胎柄，心里兴奋，清早送师徒出门，却又放心不下叮咛一番，说话间，眼泪就扑簌簌流出来了。

天狗看见师娘落泪，心里就怦然作跳，默念这是一尊菩萨。三十六年来他虽是童男身子，什么事理心上却也知晓，明白这女人的眼泪一半为丈夫洒的，一半却是为他。师娘待他总是认作没有成人的人，一只小狗。他就圆满着师娘的看法，偏也就装出一脸混混沌沌天地不醒的憨相。

果然师娘说：“天狗，你是‘门槛年’呢……”

没事的，天狗说他腰里系有红裤带，百事无忌。“师傅是福人，跟了他天地神鬼不撞的。”

在胡家，师徒坐在土漆染过的八仙桌边，主人立即捧上茗茶，两人适意品尝，院子里的气氛就庄严起来。一位着黄袍的阴阳师，头戴纸帽，手端罗盘，双脚并着蹦跳，样子十分滑稽。天狗想笑，看师傅却一脸正经，笑声就化作痰咯出来。阴阳师定了方位，便口噙清水，“噗”地喷上柳叶刀刃，闭目念起“敕水咒”来。咒很长，主人在咒语的声乐里洒奠土地神位，师傅就直着身子过去，阴阳师问：“有水没？”师傅答：“有了水。”再问一句：“什么水？”再答一句“长江水。”哐的一声，师傅的镢头在灰撒的十字线上挖出一坑。天狗寻思，堡子就在江边，什么地方挖不出水?！心里直想笑。

以十字灰线画出直径二尺的圆圈，挖出半人深，这叫起井，不能大，不能小，圆中见手艺，由师傅完成。完成了，师傅跳上来在躺椅上平身，喝茶吸烟，天狗就下去按师傅的尺码掘进。天狗手脚长，收缩得弓弓的，握一柄小镢，活动的余地太小，成百成千次用力使镢，很不得劲，是一项窝囊的劳作。越往深去，人越失去自由，像是一只已吐完丝的蚕，慢慢要将自身裹住气绝做蛹。下深到三丈五丈，世界为之黑暗，点一盏煤油灯在井壁窝里，天狗的眼睛渐渐变成猫的眼睛，瞳孔扩大，发绿的光色，后来就全凭感觉活着。

洞上的院子里，许多四邻的人来看打井。把式交识的人广，就十分忙，忙着喝茶吃烟；忙着讲地里的粮食收得够吃，要感激风调雨顺，感激现今政府的现今政策；忙着论说水井的好处，哪个木匠的井是十五丈，哪个石匠的井是二十丈，滚珠轱辘，钢丝井绳；忙着和妇女说趣话，逗一位小妇人怀里的婴儿，夸道婴儿脸白目亮，博取小妇人的欢悦。总之，有天狗这个出苦力的徒弟，师傅的工作除去起井和收井的技术活外，井台上他是有极过剩的时间和热情来放纵得意的。

天狗在井洞做死囚的生活，耳朵失去用处，嘴巴失去了用处；为了不使自己变得麻木，脑子里便做各种虫鸟鸣叫的幻觉来享受。虫鸣给他唱着生命的歌，欢乐的歌，天狗才不感到寂寞和孤独。企望着师傅在井口唤他，上边的却并不体谅下边的，只是在井门忙着得意的营生，师傅待天狗不苟言笑，用得苦，天狗少不得骂师傅一句“魔王”。停下来歇歇，看头顶上是一个亮的圆片，太阳强烈的时分，光在激射，乍长乍短，有一柱直垂下来，细得像一根井绳。天狗看见许多细微的东西在那“绳”里活泼泼地飞。他真想抓着这“绳”也飞上去。天狗突然逮到了一种声音，就从地穴里叫道：

“五兴，五兴！”

五兴是从县城中学回来的。学校里要举办游泳比赛。这小子浮水好，却没有游泳裤衩，赶回来向爹讨要，打井的把式却将他骂了一顿，说要水还穿什么裤子，真是会想着法子花钱！“念不进书就回来打井挣钱！”五兴在娘面前可以逞能，单单怕爹。当下不作声，蹲在一边嘤嘤地哭。

天狗的声沉沉地从井洞里传出来，把式就吼了一声：“尿水子在流?！”自个儿下井去换徒弟，又嚷道井筒子不直。

天狗从井洞里出来，像一具四脚兽，一个丑八怪，一个从地狱里提审出的黑鬼。五兴一见他的样子，眼泪挂在腮上就笑了。

“五兴，你做什么哭，你是男子汉哩！”

“我爹不给我买裤衩，要我停学回来打井。”

“你爹是说气话呢。”

“爹说啥就是啥，他说过几次了。你给我爹说说，天狗哥。”

“叫我什么？我是你叔哩！”

五兴很别扭地叫了一声“天狗叔”。

大娃头满足地笑了。一抬头看见矮墙头的葫芦架上，跳上来一只绿翼蝈蝈，鼓动着触器嘶嘶地叫。一时旧瘾复发，蹑脚过去猛地捉了，给五兴玩去。把式的儿子也是顽皮伙里的领袖，抓逗蚂蚱、蝈蝈之类的班头，当下破涕为笑，回家向娘告老子的状去了。

师傅又爬出井，天狗又换下去。后来井口上就安了辘轳吊土。土是潮潮的，有着酸臭的汗味。天黑时分拉上一筐来，里面不是土，是天狗坐在筐里。一出来就闭了眼睛，大口吸着空气，赤赤的前胸陷进一个大坑，肋条历历可数。

一口井打过三天，师傅照样多在井上，而徒弟多在井下。师傅照样是忙，多了一层骂老婆和骂儿子的话。骂到难听处，胡家的媳妇说：“让儿子念书到底正事，韩玄子家两个儿子都写一笔好字，在县上干国家事哩。”把式说：“念书也和这打井一样，好事是好事，可不是什么人都能干的。即使书念成了，有了国家事干，那三个月的工资倒没一个井钱多哩。”胡家媳妇说：“那是长远事呀！”把式再说：“有了手艺，还不是一辈子吃喝?！”说完就嘿嘿地笑，奚落那媳妇看不清当今社会的形势和堡子的实际。

胡家媳妇以和为贵，也不去论曲直是非，收拾好了井台，打出一桶清亮亮的水喝了半瓢，把一百二十元的工钱交给了李正。回转身看天狗，天狗却早走了。天狗听说五兴还没到学校去，就惦记着家里那几笼红脊背的蝈蝈，要拿给五兴显夸。

天狗的家门朝西，晚霞正照射在墙檐上。编织得玲珑精巧的六个蝈蝈笼——四个是竹篾的，两个是麦秆的——一起在黄昏的烦嚣里嘶鸣。天狗喜欢这类小生命，也精于饲养，没学打井之前，他干完地里活儿就在家闲得无事，口也寡淡，耳也寡淡，这蝈蝈之声就启示着他自得其乐的独身生活观念。如今打井归来，舒展展地在炕上伸一个硬挺，听一曲自然界的生命之音，便深感到很受活。这实在有诗的味道，可惜天狗文化太浅，并不知道诗为世间何物。

不用找，五兴倒寻上门了。这小子学习上不长进，玩起来倒会折腾，看见六个笼里的蝈蝈唱六部散曲，心热眼馋，忘记了自己的烦恼，竟将所有的蝈蝈集中到一个竹笼里，欣赏动物界的联合演出，果然就热闹非凡，声响比先前大了几倍。

"天狗叔，"徒弟的徒弟说，"这么多蝈蝈，你能说清哪一只是母的吗？"

天狗说："能的。"

"是哪一只？"

"你去取个镜子放在那里，跳上镜面的就是母的，其余的就是公的。"

五兴乐得直叫。这时节，就听得堡子的南头有人喊"五兴"，五兴才想起要执行的任务，说："天狗叔，我娘是让我来叫你吃饭的。"

天狗说："你个耍嘴的猴精，你娘哪里是在喊我？"五兴就急了，发咒说："谁哄你叫上不成学！"天狗就换了衣服跟着去了。

到了师傅的门口，那女人果然一见儿子就骂："牛吃草让羊去撵，羊也就不回来了?！"

天狗说："五兴就迷我那蝈蝈。"

女人拿指头点天狗的圆额角，说："你什么时候才活大呀，三十六的人了，跟娃娃伙玩那个！"

天狗在这女人面前，体会最深的是"骂是爱"三个字，自拜师在这家门下，关系一熟，就放肆，但这种放肆全在心上，表现出来却是温顺得如只猫儿，用手一扑索就四蹄儿卧倒。也似乎甘愿做她的孩子，有几分撒娇的腼腆，其实他比这菩萨仅仅小三岁。当下心里说：

"你怎么不给我物色一个呢，有了女人我就长大了。"

饭桌上，师傅吃得狼吞虎咽。这把式是硬汉子，在妻子、徒弟面前自尊自大，一边剥脱了上衣很响地嚼着菜，一边将桌上的两沓钱，一沓推给天狗，一沓推给女人，说："给，把这收下！"口气漫不经心，眉眼里却充满了了不起的神气。女人就把钱捏在手里。五兴给娘说："娘，这么多钱，给我买个游泳裤吧。”做老子的就瞪了眼：“算了算了，指望你还能成龙变凤，你瞧瞧，天狗跟我三天，四十八元钱也就到手了。”女人叹了一口气，给儿子拨了一些菜，打发到院里去吃。

天狗觉得没了意思，饭也吃着不香，虚汗湿了满脸。女人让天狗把衫子脱了，天狗不肯，女人就说：“这么热的天，是捂蛆呀？”硬要他脱下不可。

做丈夫的生了气，说：“你这人才怪！不脱就不热么，哪儿有你这样的人！”说罢也不看天狗。

女人尴尬，天狗更尴尬，三个人默默吃了一阵。女人直担心天狗要放下碗，就把菜往天狗的碗里拨，天狗忙起身说吃好了，和师傅说话。

“师傅，堡子南头来顺家的井几时去打呀？”

“人家没口信。”

“我夜里去问问。”

“罢了，他找上门再说。你回去，到时我来叫你。”

天狗起身走了，女人送到院门口，说：“早早歇着。”天狗说：“嗯。”女人又说：“没事了，就过来坐。”天狗还是“嗯”。走出很远回头一看，女人还站在门口。

天狗回到家里，夜里没有睡稳。无论如何，他是很感激这一家人的。师傅给了他赚钱的出路，师傅的女人又给了他体贴。对于一个健全的男人，天狗不免常会想着世上女人的好处，但一切皆缥缈，是怎么个好，好到如何程度，他缺少活生生的感受。到了现在，天狗急切切需要一个女人在他身边了，虽然他已经过了生理最容易冲动的饥饿年龄。

人一旦被精神所驱使，就忘却饥饿，忘却寒暑，忘却疲劳和瞌睡。这时的天狗就达到了这种境界。他的心、脑、血液和四肢都不肯安静，就从屋里走出来，提了他的蝈蝈笼子，走到街上，要做一种是悠闲也是无聊的夜游。

街上站着许多人，清一色的妇女。妇女是这个堡子最辛劳的人，往往在服侍了男人和孩子睡眠之后，她们还要纺织浆洗，收拾柴火，或者去河边挑水。但现在好多人家有了水井用不着再去挑水。这妇女手里又没有什么活计，却都拿了擀面杖往堡下的江边去。天狗猛地明醒了什么，拉住一个妇女问道：“要月食了吗？”

回答是肯定的："可不，天狗要吞了月亮！"

"天狗吞月"，这在当今城镇里的人眼里，只不过是平淡无奇的天文现象，这堡子里的人也多少知晓。但是，传统的民间活动，已经超越了事件本身的范畴而成为一种象征的仪式。这一现象并未失去神秘的色彩，从上古的时候起，堡子里的人都认为天狗吞掉了月亮，出门在外的人就会遭到不吉。于是妇女们就要在月亮快被吞掉之时，以擀面杖去江水里搅动，唱一种歌子，一直到月亮的复出。如今堡子的男人已不再为躲债而背井离乡，也不再逃匪乱远走高飞，但手艺人皆纷纷出去挣钱，家里的女人照例很注重这一天晚上的活动。

天狗看见了几乎所有手艺人的女人。

"师娘也在这人群中间吗？"天狗想着，看着妇女们走下堡子门洞，三百七十二个台阶上人影绰绰，天狗分辨不出。

门洞上的墙垣废了，荒草里有一块儿长条青石，天狗在上面坐下。三十六年前，堡子里一个男人出外逃丁，九月十二日夜正逢着今夜一样的月食，堡子里的活寡女人都去江边祈祷，那逃丁去了的妻子才到江边，肚子就剧疼，在沙滩上生下一个婴儿。这婴儿，就是现在的天狗。爹娘死后，差不多已经有了好多次月食出现，天狗每每看着女人的举动，只觉得好笑。今夜里，手艺人的女人们又去江边祈祷，保佑丈夫吉祥，已经做了打井徒弟的天狗，陡然间一种伤感袭上心头。

他死眼儿看着月亮。

月亮还是满满圆圆。月亮是天上的玉盘，是夜的眼，是一张丰盈多情的女人的脸。天狗突然想起了他心中的那个菩萨。

江边倏忽唱起了一种歌声。歌声是低沉的，不易听清每一句的词儿，却音律美妙。天狗觉得这歌声是从天上降下来的，从水皮子走过来的，心中好笑的念头消失去，充满了神圣的庄严的庙堂气氛。月亮开始慢慢地食亏，然后天地间光亮暗淡，以致完全坠入黑暗的深渊，唯有古老的乞月的歌声，和着江水缓缓地流。天狗默默地坐在石条上，闭住了呼吸，笼子里的蝈蝈也停止了清音。

一个人，站在了门洞下的石阶上，因为月亮的消失，她看不清走到江边的路；天狗也认不清失了路途的人的面目。这人在轻轻地唱着：

天上的月儿一面锣哟，
锣里坐了个女嫦娥，
有你看得清世上路哟，
没你掉进了老鸦窝，
天狗瞎家伙哟。

声调是那么柔润，从天狗的心上电一般酥酥通过。当她第二遍唱到“没你掉进了老鸦窝”，夜空里果然再不黑得浓重，明明亮亮的月亮又露出了一角，那人就轻轻地笑了一下。

“师娘！”天狗看清了这女人，颤颤地叫一声。女人似乎也吃了一惊，抬头看见了天狗，说：“天狗，你怎么在这儿？”

“我来看你乞月的。”天狗也学会了说巧话，说过倒慌了，补一句，“师娘，你唱得中听哩！”女人骂道：“天狗，你别说傻话！”

天狗看见这女人有些愠怒，而且还要再往江边去，就说：“师娘，月亮已经出来了，你还去吗？”女人迟钝地站住了。

江边的歌声渐渐大起来，台阶上的女人又和着那歌声反复唱，天狗一时便觉得女人很美。今夜心里太受活，见了师娘越发不能自控，竟使起小小的聪明，认为这些女人万不该到江边水里去乞月看月出，手艺人家里都打了新井的，井水里看月复出，那不是更有意思吗？也就接口唱道：

天上的月儿一面锣哟，
锣里坐了个女嫦娥，
天狗不是瞎家伙哟，
井里他把月藏着，
井有多深你问我哟。

台阶上的那个就不唱了，说：“天狗，天狗，你要烂舌头的！”石条上的说:“师娘，我也需要一个月亮呢。”下边的那个就走上来，站在石条边:“天狗，你可不敢胡唱，这是什么时候？你没有月亮我知道，我就是来给你师傅求的，也是给你求的。”天狗说:“师娘说的可是真话？”女人说:“说假话，让天狗把我也吞了！”说天上的天狗却与地上的天狗名字同了，女人觉得失口，不自在地说:“我都急糊涂了！”

天狗却被冲动得完全忘却了在这女人面前的腼腆，又唱道:

天上的月儿一面锣哟，
锣里坐了个女嫦娥，
天狗心昏才吞月哟，
心照明了好受活，
天狗他没罪过哟。

“天狗，你是疯了？”

“师娘说天狗疯了，天狗就疯了！”

女人立时正经起来，不理天狗，天狗就软了，恢复了驯服腼腆的样子。女人见天狗老实了，就把一些重要事托付给他。

“天狗，你师傅近来有些异样了。”

“怎么个异样？为甚事吗？”

“他心重得很。先前没钱，钱支配着他，现在有了钱，钱还是支配着他。夜里回家常唠叨，挣上九十九，还要想法儿借一个，凑个整数，就嚷道不让五兴念书……你是他徒弟，你也好好劝说劝说你师傅。”

“五兴的游泳裤还没买吗？他已经几天没去学校了？”

“没有。五兴刚才睡时还在哭，你师傅又骂了他一顿。”

“我给师傅说说。”

“你快回去歇着吧，打了几天井，也不乏？月亮已经圆了，我要走了。”

女人说罢，悄没声地走了，她会在了江边乞月归来的妇人群里，不可辨认了。街道上一阵人声嘈乱后，堡子里又沉沉静静。天狗并没有听从师娘的话，他不回去，守着那天上的月亮，慢慢地在长条石上睡着了。

菩萨脸一样的月亮照着。笼子里的蝈蝈得了夜的潮润，鸣叫清音，天狗没有听到。

黄麦菅

“五兴，五兴！”

天狗一上堡子门洞，就看见五兴在前面街道上走，走得懒懒的，叫一声，这孩子瞄见是天狗，竟不作答，转身钻到小巷去再不出来。天狗觉得奇怪，偏是个好事的鬼头，追进巷里，五兴面壁而站，拿指甲划墙。

“五兴，犯什么病，叔叫你也不理！”天狗拿手去扳五兴的头，五兴却把天狗的手推开，说：“天狗叔，你不要叫我，叫我我就要哭哩！”天狗就笑了：“你这没出息的男子汉，还是为你爹不给买游泳裤生气吗？你瞧瞧，叔拿的什么？”天狗手里亮的是一条艳红的游泳裤。

五兴却并不显得激动，抬脚就走，天狗一把扯住，知道一定有了什么事故，连声追问。五兴说：“这裤衩用不着了，我爹让我打井哩。”

天狗听了，就给五兴道着不是，怨怪自己还没有来得及完成师娘的重托，这井把式就专横独断了。“五兴，我给师傅说去，我和他打井能忙得过来，用不着叫你回来！”

五兴说：“我爹不会见你。”

天狗说：“这你甭管，师傅在家吗？”

五兴说：“爹不让我说给你。”

五兴虽小，却有他娘的德行，看着天狗，眼泪就流下来，天狗骂他“流尿水儿”。这孩子却说：“天狗叔，你以后还让我去你家玩蝈蝈吗？”天狗点了点头，取笑这小东西尽说多余话，五兴却跑出巷再喊也不回头了。

天狗一脸疑惑，来到师傅的家门口，菩萨女人脸色有些浮肿，出来招呼他，当下心里着实慌了。说起五兴的事，女人长长出了一口气，一脸苦相。

“师傅呢，他怎么真的就不让五兴念书了？”

“他在来顺家打井，一早就走了。”

“师傅不是说要等来顺家请吗？”

“……”

“怎么没给我吭一声？”

女人看着天狗，说：“天狗，你一点还不知道？”

“出了什么事？”

“他现在不是你的师傅了。他说他好不容易学了打井这手艺，不愿意让外人和他在一个碗里扒饭，要挣囫囵钱，就让五兴替了你……”

“这是真的？”

女人说：“……昨日一早到今天，我就盼着你来，又害怕你来……”

天狗站在那里没有说话。他的眼睛避开了女人的脸，从口袋里摸出烟来点上，发现在太阳光的照射下，落在地上的烟缕竟红得像蚯蚓的血。

矮墙那边的邻家院子，媳妇在井上吊水，辘轳把儿发出吱扭扭的呻吟。

“你把那裤子退了吧，天狗，你也再不要来见他，你墙高的大人，有志气，也不是离了他就没得吃喝的……”

天狗看着女人的痛苦，反倒不感到自己受了什么沉重的打击，越发懂得了这女人的好心肠，就沉沉静静地对女人笑笑，说：“师娘，这没啥，师傅这么做，我想得开，我不恨他。他毕竟还领了我一年时间。现在我要离开他了，只是担心让五兴停学去打井，这终不是妥事。五兴还小，总恋着这裤子，就留给他，我还是要常常来这边呢。”

女人很感激地送天狗出来，过门槛的时候，掉了几滴眼泪。槐树上的一只鹁鸽在叫，女人说：“天狗，这鸟儿叫得真晦气，你将它撵了去。”天狗最后一次听师娘的吩咐，一石子将鹁鸽打飞了。鹁鸽飞在他头上的时候，撒下一粒屎来，落在他的肩上。女人一边替他拍去，一边说：“你再找找别的什么事干干，男子汉要有志气，要发狠地挣钱，几时有了钱物色了女的了，过来给我说一句，我给你料理。”

天狗苦笑笑就走了，但他并没有回去，却极快地走过了街道；他害怕街道上的人看出他的异样，信步出了堡子，一直上了后山，睡倒在密密的黄麦菅草丛里。天狗长久地不动，想心思。

山梁上有割草的人，拉长声调在唱花鼓：

出门一把锁喂，
进门一把火喂，
单身汉子我好不下作喂。

床上摸一摸嘞，
摸出个老鼠窝嘞，
单身汉子我好不下作嘞。

锅洞里捅一捅哟，
捅出个大长虫哟，
单身汉子我有谁心疼哟。

天狗想，这单身汉子真恓惶，我天狗离了师傅，没有了惦我牵我的师娘；先前也是糊糊涂涂过了，好容易得到了一点女人的疼怜，从此失去，往后的日子怎么过呢？

山坡上起了风，风在草丛里旋转，天狗被黄麦菅埋着。草原来并不纷乱，根根纵横却来路清楚，像织就的一张网，网朝下是套住了他天狗，网朝上又套住了天。黄麦菅在风里全部倒伏之后，天狗就显现出来，他又在作想："钱真是个坏东西，没它的时候，它让人狼狈不堪；有了它，它又这么无情地害人。"想着，心里闷闷的，天狗不是有愁睡不着的人，恰巧相反，越愁闷越瞌睡，竟睡着了。

远处的天边有了沉沉的雷声。

但雨并没有落下来，天狗一觉醒来，听见了一片快乐的清音。原来，他的腿上、胳膊上、整个胸膛上，爬满了绿翼红肚的蝈蝈。蝈蝈是不生分他的，顺手捉了几只，装在口袋里。天狗静静立了一会儿，突然获得了一种豁达的心境，就自己给自己那么笑笑，完全又是一个往日的天狗了。

在天狗的屋子里，天狗是不缺吃的，也不缺喝的，他只是缺钱没能娶个女人。天狗虽然没读过小说，但小说作者编造的那些故事，也有些能在天狗的生活里发生。比如，当他在蚊帐里躺着，喷出一口烟去，蚊帐顶上的蚊子在烟里翻动，天狗也会把蚊子看作仙鹤，消受那翩翩飞翔的乐趣。这时候，他就想起许多事，甚至骂过师傅，虽然师傅已不是他的师傅，但天狗惦念的却是师娘。故隔三隔四，天狗仍要去那个家的。

天狗有一件宝贝越来越不能离身，这就是蝈蝈笼子。每每一到这家门口，就戳弄得蝈蝈嘶嘶地叫，喊“五兴，五兴”。喊的是“五兴”，跑出来的却是另一个人。

“天狗，又是什么好蝈蝈？”

“师娘又忙甚事了？”

师娘说：“天狗，玩蝈蝈可不是大人的事，你不会干点儿别的赚钱营生吗？”

天狗又总是腼腆地笑笑，心里却说：“蝈蝈不是大人玩的，有做了孩子娘的却爱看嘛！”

“师娘，你要我干什么营生呢？”

“你是男人，你倒问我?！你攒不下钱，就是攒下了，这么浪荡上了心，看哪个女的嫁你，女人最小瞧浪子呢！”

这话说得正经八百，天狗就不言语了。

天狗十天里再没到师傅家来。他睡在自家的土炕上，百无聊赖，唱堡子里流传了几代的一首情歌：

> 庭当门上一树椒哋，
> 繁得股股儿弯了腰，
> 我去摘花椒。
>
> 长棍短棍打不到哋，
> 脱了草鞋上树摇，
> 刺把脚扎了。
>
> 叫声姐儿来把刺挑哋，
> 狠心的拿来锥子刨，

实实痛死了。

这歌子不能说是给师娘唱的，但也不能说不是给师娘唱的，反正天狗下了决心，要正经地干样营生。他去拜木匠为师，木匠拒绝了；去拜泥瓦匠，泥瓦匠也不收他。匠人们有自己的儿子和女婿。

在现今的农村，他们要保护和巩固他们自家长久得以富裕的手艺。

于是天狗索性带了全部积存上省城去了。

在堡子天狗是能人，能说能道能玩；到城里，天狗则不行。街道宽宽的，天狗却贴墙根走，街上谁也不认识他，他也眼睛羞羞的不敢看别人。师娘老说他是白脸子，在这里，天狗的脸就算不得白了。在城里人的眼光里，天狗是个十足的“稼娃”。

当然，这一切袭来的惊恐和羞耻，主要来自他天狗自身。他也意识到了自己来到这个地方，首要的是自己得战胜自己。天狗可不是一名哲人，这种思考却大有哲学意味。

“城里的女人都是仙人。”天狗夜里睡在旅馆，脑子里充满了白天的见闻。“师娘才是一个女人。”这鬼念头一占据头脑，天狗就有天狗的逻辑。“仙人是在天上的，供人敬的拜的；女人才是地上的，是水，是空气，是五谷粮食。”天狗需要的是师娘这样的女人。

那一张菩萨脸是他心上的月亮，他走到哪里，月亮就一直照着他。第三天里，他看见许多人都在一家商店抢购一种衬衣，衬衣极其便宜，他便想到若买一批回去，一件加二元钱，堡子里的人也会一抢而空。天狗凭着山里人的力气，挤到了柜台前，但掏钱的时候，才发现钱被人偷去了。

天狗痴了，坐在车站独自流泪。无钱做营生，无钱买返回的车票，而且肚子饥得前腔贴了后腔。饥不择食，天狗沦落到去附近的食堂吃人剩饭。食堂服务员恶语相赶，他道了原委，一个女服务员才同情了他。

“那你怎么回去呀？”

“我不知道。”

“你愿意在这里帮忙刷碗吗？一天付你二元钱。”

天狗的命好，又遇到了菩萨女人，他于是做了临时工。

天狗干活儿是不偷懒的。但刷洗用的是抹布，连个刷子也没有。

问起女服务员，回答说，城里什么都有，就是缺这玩意儿。天狗就笑笑，认为城里还是有不如山里的地方——那堡子后边的山上，满是黄麦菅草，将草根扎成一束，他们世世代代就用它刷洗锅碗。但天狗没说出口，怕人家笑话。夜晚，食堂关门，别人下班，天狗就睡在车站候车室椅子上。

这天食堂关门之前，天狗以挣得的钱买了酒喝，喝醉了，趴在桌上成了烂泥。店里的人都怨怪这山里人。那女服务员则一一劝说，末了一个人守着店门等他醒来，因为让一个临时帮小工的夜宿店里，店规是不允许的。

天狗醒来，已是半夜，他已躺在了三个长凳拼成的床上，床边坐着一个娇小的女人。

“师娘！”天狗叫。

“还没醒吗，又说醉话！”

天狗立即就全醒了，从床上坐起来，悔恨交加，不敢看女服务员。

“这下醒了吗？”

“真对不住你……”

“醒了就好，你到候车室去吧，我也该回去了。”

女服务员锁了门。对于她的温柔、宽容、同情，天狗非常感激，同时也感到自己作为一个男子汉的无能、龌龊、羞耻。

“我明日该回去了。”天狗说。

“车钱够了吗？”

“够了。”

“回去也好，你往后寻个事干吧，喝什么酒呢，你走吧。”

天狗却并没有走，木木讷讷地要说什么，却说不出来，天狗突然拙口了。女服务员已经走远，他才发急地叫了一声：“我还想来的！”女服务员回头说：“还来？”他说：“你不是说城里缺锅刷吗？我们那儿满山都是黄麦菅，甩根做刷子好使着哩，我回去做一担来卖，行吗？”女服务员眼里放光了：“这倒是门路，光城里饭店就需要得多了，天狗寻着钱路啦。”

天狗回到堡子，当真就在后山上挖黄麦菅。山上的草窝是养天狗的心的。他可以打滚，可以赤着身子唱，还有在他身前身后飞溅鸣叫的蚂蚱、蝈蝈。

一担刷子，果然在城里卖了好价钱，城里人不知这是什么原料做的，问天狗，天狗不说。再一次回到堡子，又是在后山上刨草根。

山上来了好多孩子捉蝈蝈，五兴也来了，他当了小小的手艺人，说："天狗叔，你好久不去我家了。""我进城了。""进城要花钱，你有钱了？""我也是手艺人。""什么手艺？""编刷子。一个卖二角钱。""天狗叔有钱了，就不到我家去了。"

天狗听了，心里就隐隐作痛，问道："五兴，你娘好吗？"五兴没听见，跑到一座坟头上嚷叫发现了一只红蝈蝈。

天狗突然很想五兴的娘，是这菩萨的话，才促使他天狗到城里寻了活路。当他再一次从城里返回时，就去了师傅家。

井把式并没有不好意思，因为天狗现在也是手艺人了，也挣了钱，做师傅的心里也就不存在内疚不内疚。女人是喜欢的，多少显出些轻狂，待天狗如贵宾，吃罢饭锅也不洗，坐在炕沿上和天狗说话：

"天狗，城里是什么鬼地方，烂草根也能卖了钱！"

"师娘，明日你也去刨黄麦菅根吧。"

"我的爷，你好不容易寻了一个钱缝，我就挤一条腿去？"

"山上有的是草，城里需要得又多，我还怕你夺了我的饭碗？"

把式脸上就不自在了，喊五兴去打井水给他擦身，五兴趴在炕上正看一本书，听见了装着不理会。天狗说："五兴这孩子是个慧种，我还是我那老话，让他去念书得好。"

把式说："已经停学这段时间了，还念什么书？你瞧瞧，你现在也成了手艺人，钱挣那么多，我父子俩怕也顶不住你，还敢剩下我一个人？"

女人见天狗也说不通男人，就问城里的孩子都干什么，末了说："五兴脑子是灵，只是有些慌，孩子或许将来能干个大事，现在只好在地里打窟窿了。"

把式是听不得作践打井手艺的，何况在一个新发财的外人、自己原先的徒弟面前，就骂女人："打窟窿咋啦，就这打窟窿可以打一辈子，是给五兴留的铁打一样的饭碗！"骂过了，不屑地对天狗说，"天狗，你说是不？我这手艺长久，还是你那生意可靠？"

天狗说："当然师傅的长久，我这是抓个便宜现钱。可我也是没了办法，要是我天狗有文化，我肯定去育蘑菇了。你听说过吗，东寨子的王家育鲜蘑菇，存了三万元了。人家就是高中生，他弟弟又是医学院毕业的，提供技术，搞的是科学研究哩。”

井把式就不再吱声，吸了一阵烟，趷蹴到院中的捶布石上想心事去了。

女人极快地给天狗挤挤眼，天狗懂得这女人眼里的话，也就到院里，把五兴叫出，说：“五兴，你说想上学还是不想上学？”五兴说：“想。”井把式却冷冷地说：“我知道了。你去吧，咱家的井水浅了，下去淘一淘，淘出沙我在井上吊，水不到腿根，你不要上来。”

女人的脸都变了颜色，说：“你是疯了，他一个人能淘了井？”井把式瞪了一眼，只是对五兴说：“下去！”五兴不敢不下去。

这家人地处居高，井是深到二十二米才见水的，固井底是响沙石，水浸沙涌，水就不比先时旺。五兴脱了衣服，只留下裤衩，手脚分开，沿湿漉漉的井壁台窝下去，就像被吞食在一个巨兽的口里。

三个大人站在井台，望着那地穴中的一潭水亮，看黑蜘蛛一般的孩子站在水里，一切都处于幽幽的神秘中。水声，吭哧声，即从那里传了上来。

辘轳将井绳垂下去，拉得直直的，它在颤抖中变硬，井把式把一筐沙石吊上来，井绳再垂下去。一筐，二筐……十筐，二十筐。井下的喊：“爹，有一块儿大石头。”井上的说：“淘出来！”“石头太大，我装不到筐里。”“装不进也要装！”“爹，我手撞破了。”“手离心远着哩。”井上的还说，“好好淘，把嘴闭上！”“我闭上了。”“闭上了还说话？！”

做娘的不忍心了，扳住辘轳说：“你要失塌了五兴？”男人把她推开了。

井台边已吊上了老大一堆沙石，把式的腿也站酸了，胳膊摇辘轳也乏了，坐下来吸烟。五兴还在井下干着，井壁上一块儿沙土掉下去，正好砸在他的腿上，五兴终于受不了，在下边呜呜地哭起来。天狗说：“师傅，让我下去淘吧？”把式没言语，黑封了脸，让五兴上来，上来的五兴成了怪胎，坐在那里是一丘泥堆。

井把式说：“五兴，知道了吧，打井不是容易的事。你要念书，你就去把墨水狠狠往里倒，若念不好，你就一辈子吃这碗饭！”

女人背过身抹了眼里的泪水，就钻进厦房的锅台上去刷碗。刚跨进那门槛，就听她锐声喊天狗来厦房地窖里舀苞谷酒。天狗跑进去，见女人满脸生辉，就说："要喝庆贺酒啦，是谢师傅，还是谢我？"

女人说："你说呢？"天狗揭了窖盖，要下去了，女人点着灯交给他，说："你瞧瞧，你这师傅，要说坏他也坏，要说好他也好。"天狗说："师傅是坏好人。"一缩身，钻进窖里去了。

秋　天

九月三日，是天狗的生日。天狗属鼠，十二属相之首。三十六岁的门槛年里，却仍是一种忌讳影子般摆脱不掉，干什么事都提心吊胆。

说起来，天狗在这世上够可怜的。王家的里亲外戚，人口不旺，正人也不多，爹娘下世后，大半就断绝了来往，小半的偶有走动，也下眼看天狗不是个能成的人物，情义上也淡得如水。他是舅家门上最大的外甥，舅死的时候，他哭得最伤心，可给舅写铭旌，做第一外甥的天狗，名字却排不上。已经死去的三姨的儿子在县银行当主任，有头有脸有妻有子，竟替换了天狗，天狗那时很生气，人没了本事，辈数也就低了。于是又跪倒在舅的坟前哭了一场。从此只和大姨感情笃。

大姨是天狗娘的姊妹里唯一幸存者，该老的人了，没老，她说是"牵挂天狗"的原因，牵挂天狗，最牵挂的是天狗的婚姻。眼看着天狗三十五岁上婚姻未动，就更恐慌三十六岁这门槛年，便反复叮咛这一年事事小心，时时小心。并一定要天狗在生日这天大过，以喜冲凶，消灾免祸。

给天狗过生日的，不是别人，却是师娘。她前三天就不让师徒二人去打井，九月初三里七碟子八碗摆了酒席。席间，大姨从江对岸过来。她先去天狗家里未找到天狗，来这里看着席面，倒说了许多感恩感德的话。当时就将所带的挂面、面鱼放在柜上，又将一件衫子、一个红绸肚兜、一条红裤带交给天狗。这种以婴儿过岁的讲究对待三十六岁的天狗，天狗当场就笑得没死没活。大姨一走，他就要将这些东西让给五兴，师娘恼了脸，非叫他穿上不可。那神色是严肃的，天狗就遵命了。

现在，危险的一年即将完结，大姨又从江对岸过来，见天狗四肢强健，气色红润，念佛一般喜欢，说："看来你是个命壮的人，门槛年里没出大事，往后就更好了。"大姨说到快活处，就唠叨这王家总算没有灭绝，想起早死的姊妹，眼圈就红了。

"天狗，生日一过，就要动动你的婚姻了。阎王留姨在人世，姨不看着你成亲，姨就不得死去。你给姨说，这一年里，还没有物色着一个吗？"

天狗说："没有。"

姨说："姨给你瞅下一个是个二婚，人倒体体面面，又带一个三岁娃娃，是春天离的婚，不知你可中意？"

天狗说："姨也糊涂了！我还见都没见过这人，怎么好说愿意不愿意？"

姨说："那你说说，你要啥样的女人？"

天狗支吾了半天，还是说不出口。大姨就拧了他的耳朵："这羞什么口。三十六七的人了，提说女人还脸红，心窍不开！"天狗在心里直笑大姨，天狗有什么不知道的！但听了大姨的话，却越发做出不好意思的样子，表明天狗是心实的人。不想弄巧成拙，大姨倒长吁短叹，再不问他。天狗终于耐不住了，说："姨，有五兴娘好吗？"

说完就屏住了气。

大姨说："没五兴娘的性儿软，却比五兴娘要年轻呢。天狗，你不懂女人，栽红薯要越大越好，讨女人是越小的越金贵哩。"

天狗做出没听懂的样子。

大姨就扳过天狗的肩，发现肩背的衣服裂了一个口子，拿针缝着，说："那寡妇有个娃，有娃也好，不是亲养的也不见得对咱不孝。我对那寡妇提说了你，人家倒愿意，只是说她娘家有个老娘和一个小兄弟，平日靠她养活。她要再嫁，得给娘家出些钱。你现在手里攒了多少？"天狗说："有三百。"大姨说："那是老虎嘴里的一个蝇子！你还要好好攒钱哩。"天狗心就凉了，说："既是这样，也就算了。"大姨倚老卖老，说："算什么着？这事你要不失主意！你是不吃糖不知糖甜，女人好处多哩，白日给你做饭，夜里给你暖脚，给你做伴说话，生儿育女，你敢再打马虎？几时我来领你去相看人家，把人先订下，钱你慢慢攒。"

三天后，天狗去见了那寡妇，人虽不是大姨说的光彩照人，却也整头平脸。回来将这事说给五兴娘，菩萨欢喜异常，说："这总算有了着落。天狗，你咬着牙，这几个月多出些力，手头把自己吃喝刻苦些，好生攒钱。"天狗说："那女的就是心太重，她不是为着找男人，倒是寻债主的。"女人说："哎，做妇道的，就是眼窝浅；可也难怪，啥事妇道人家都得前前后后的想得实在啊。"天狗说："师娘就不是这样！"师娘就笑了，骂一声"天狗贫嘴"。天狗是贫嘴，天狗不会文绉绉说甜蜜话，冷不丁就冒一句"酸话"，冒过了龇着白厉厉的牙笑。天狗又说："我跟她怎么总热火不起来？"女人瞧他说得认真，用白眼窝瞪着天狗："你嫌人家是寡妇？""这我倒不嫌弃。师娘，就是有比她再大的，只要人好，我还愿意哩！"话一出口，女人变了脸，天狗也觉得说漏了，两个人很是一阵别扭。女人就说她要去后山割黄麦菅晒柴，天狗也便起身走了。

临出门，女人叫住天狗，说："天狗，夜里你擦黑就来，我给你擀长面吃。"

天狗说："哟，日子真是过富裕了，晚上也吃长面？"

女人说："不光长面，还有红鸡蛋呢！你想想，明日是什么日子？"

天狗猛地记起明日是自己的生日，脸就红了，说："师娘，我天狗没爹没娘，只有你记着我的生日，天狗不知怎么谢你呢！"

女人说："瞧瞧，贫嘴又来了，天狗学会了不实在！"

天狗说："我说的没一句不是心上来的。师娘，只要有你这一句话，天狗什么都够了。天狗能活九十九！至于过生日嘛，我看算了，现在既然已经不是师傅的徒弟了，还要你操心？"

女人说："哟，媳妇八字还没一撇，就跟我说起外人话来了？怕也是我给你过的最后一个生日，等你成了家，明年我清清净净去你家吃那妹子擀的长面哩！今日无论如何要来，门槛年完了，也给你贺一贺！"

女人说着，眼里就媚媚地动人。没出息的天狗最爱见这眼光，也最害怕，他是一块儿冰做的，光一照就要化水儿了。

天狗回到家里，情绪很高。在屋檐下站着看了一阵嘶鸣的蝈蝈，就想着师娘的许多善良。想到热处，心里说，这女人必是菩萨托生，每个人来到世上都是有作用的，木匠的作用于木，石匠的作用于石；他师傅生来是作用于井，我天狗生来是作用于黄麦菅，而这女人则是为了美，为了善，恩泽这个社会而生的。天狗如此一番的见地，自己觉得很满意。忽然又想，菩萨现时要到山后去割草晒柴，那么细脚嫩手的人，能割倒多少柴火，我怎么不去帮她？就拿镰往后山走去。

后山上的草遍地皆是，将近深秋，草叶全黄了。黄麦菅一成熟，就变得僵硬，黄里又透了金的重色，风里沙沙沙作响。天狗站在草丛中，四面看着，却没见那女人出现，就弯腰砍割了一气，把三个草捆子扎起来立栽在那里了，他想等女人走来，出其不意地从草捆后冒出来，吓一吓她。

可是菩萨没有来。

天狗就拿了镰，走到一个洼子里的小泉边磨。水浅浅的，冲动着泉边的小草颤颤地抖，几只蚰蜒八脚分开划着水面，天狗的手已经接近了，它们还沉着稳健不动，但才要去捉，它们却影子一般倏忽而去。天狗用镰在水里砍了几砍，就倒在泉边的草窝里。看着一面干干净净的天，想着丹江对岸那个白脸子小寡妇，想着耸着奶子正在家擀长寿面的菩萨，心里就又一阵美，像是坐了金銮殿充皇帝老儿。天狗这些年里有了爱唱的德行，这阵心里便涌涌地想唱，便唱了：

想姐想得不耐烦呐，
四两灯草也难担呐。
隔墙听见姐说话哋，
我一连能翻九重山呐。

天狗唱完，兴致未尽，就又作想：这歌声谁能听到？于是就想起另一位，拟着口气唱道：

郎在对门喊山歌，
姐在房中织绫罗，
我把你发瘟死的早不死的唱得这样好哟。
唱得奴家脚跛腿软腿软脚跛，

踩不动云板听山歌。

唱过了，天狗也累了，一边拿眼看山下的路，路上果然跑过来一个人，天狗认出那是师娘，偏不起身，只是拿歌子牵她过来，那女人也就发现了他，立着大喊："天狗，天狗！"

声音有些异样，天狗就站起来了。

女人也看见了天狗，就用哭腔喊叫："天狗，快来呀，你师傅出事啦！"

天狗立时停了歌声，也停了笑，拔脚跑下去，女人说："你怎么到山上来了。到处找不着你！你师傅打井，井塌了，一块儿大石头把他压在下边，人都没办法救！你是打过井的，你快去救他啊，他毕竟做过你的师傅，天狗！"

天狗的血轰地上了头，扭身往堡子跑。女人却瘫在地上不能起来。天狗又过来架着她，飞一样到了刘家。刘家的院子里拥满了人。原来井打到二十五丈，出现一块儿巨石，师傅用凿子凿了眼，装炸药炸了，二次返下井去，石头是裂了，却掏不出那一块儿大的，便从旁边挖土，土挖开了，只说那石头还是不动，就在下边用撬杠撬，不想石头塌下去，将他半个身子压住了。井上的人都慌了，下去又不敢撬石头，害怕石头错位伤了把式的性命，消息报给五兴娘，女人就四处找天狗。

天狗当即下井，师傅已经昏死过去了，石块还压在下身。他一边喊着"师傅"，一边刨师傅身下的土，又急，又累，又害怕稍不小心石头再压下来，好不容易把师傅拉出来，血淋淋地背在身上爬上井台。

几天几夜的抢救，井把式的命是保住了，保不住的却是他腰以下的神经。一个刚强的打井手艺人，从此瘫在了炕上，成了废人。

做农民的，什么都不怕缺，就怕缺钱；什么都应该有，就是不敢有病。天狗的师傅英英武武打了几年井，如今打到这一步，这家人就完全垮了。女人在医院侍候了丈夫三个月，伤心落泪，眼睛肿烂，口舌生疮。天狗没有吃上那生日的长寿面，在后山上割倒的黄麦菅柴火也让谁家的孩子背走了。他再没有上山刨黄麦菅根，当然也再没有进省城。为了师傅的伤病，天狗和师娘背了把式住国营的医院，也找了民间的郎中。井把式还是站不起来。师傅的心也灰了，在炕上老牛似的哭，拿头往墙上撞。好说好劝，这要强心重的汉子才没有自尽，却日夜伤心悲观，把脑子也搞坏了，显得痴痴呆呆的。

几个月的折腾，女人就失去了往常的光彩，形容憔悴，气力不支，蹲下干一阵起来，眼前就悠悠地浮一片黑云。更使她备受折磨的是家里的积蓄流水似的花去，日渐空虚，又不敢对丈夫半句高声，常在没人处哭。

天狗看着，心里如刀扎，想自己不能代替了师傅。师傅是有长久手艺的人，能代替他瘫在炕上，这个家就不会这般受罪；看着师娘如此可怜，比天狗自己瘫在炕上还要难受。可天狗不是这家的人，只能在炕头劝说师傅，在院里安慰女人。帮着种地、喂猪、出圈粪；出外请医生抓药，就拿自己的钱来支应。

一场事故，把人囫囵地改变了性格。井把式褪了专横，女人变得刚强，天狗说过“有了女人就长大了”，现没个伴他的女人，天狗也长大了。

这天，天狗又割了几斤肉和豆腐提来，女人说：“天狗，你要总是这样，我也就恼了！这家里成了无底的黑窟窿，你有多少积存能填得满?！”天狗说：“师娘，现在就不要说这些话，我一个人毕竟好将就。”

女人说：“你也不是有金山银山，这么长时间也没去做刷子卖，你是另有什么手艺不成？你把钱花光了，那江对岸的女的怎么娶得回来？”

天狗没有给师娘说明。前天夜里，大姨又过江来找了他，说是那小寡妇有了话，问这边钱筹得怎样，若月底还是拿不出一千元，她就不再等了，有钱的几个光棍都在托媒了。天狗生了气，说：“看谁钱多让她给谁去；我有一千元，一千元我天狗可以买十头猪给师傅补身子哩！”话说得难听，大姨好生骂了一顿，问他想不想要个儿子？天狗说得更粗野：“我一千元放在那里，生的也是钱儿子！”大姨气得脸色煞白，吵了一夜，不欢而散。

师娘当然不知道这件事，还是说：“天狗，眼看就是三月三乡会了，女婿都走丈人，你虽说没结婚，却也该到对岸那家去。这肉既然买回来，咱就不要吃，我夜里再蒸二十个馍，你明日提前去走走吧。”

天狗听了，一时心火上攻，竟忘记了自己是在这苦难的菩萨面前，焦躁地说：“我不去！”

女人说：“你敢胡说！”

瘫了的师傅在上屋土炕上全听见了，就敲着炕沿叫天狗，天狗进去，师傅说："你怎能不去？你想老死了做绝鬼？！"说罢拉天狗坐下，缓了口气又说："师傅现在是没用的人，别的话你可以不听，只要你听一句，明日乖乖去江对岸，这身上衣服也成油匠穿的了，夜里让你师娘洗一把，咹！"

天狗这才说了实话："人家早不成啦！"

说完也不再解释，走出门，一直从院子里走出去了。

井把式和女人倒一时愣了，末了女人就哭出声来。

夜里师娘来到天狗的家里，问清了原委，知道一切因自家的拖累所致，就连连叫"造孽！"骂天狗不该为她家花了积存，又骂小寡妇认钱不认人，下贱坯子。天狗见女人骂自己，越发觉得这女人贤惠可敬。女人骂着骂着，就骂了自己，哭泣不止。

天狗立在那里倒真像个手足无措的孩子。

女人说："天狗，是我家害了你，这我和五兴爹一辈子有赎不完的罪。事情落到这田地，我家里是空了，你也空了，即使你天狗还有分文，我也不让你再往我家里贴赔。可这个家，有出的没入的，啥事都要钱，我思谋了，还是让五兴回来干干别的事吧。"

天狗说："师娘，这使不得。五兴先头耽误了几天学习，好不容易让他又复了学，就是再穷再苦，也不敢误了五兴的学业。"

女人怎不明晓这层道理。可妇道人家是一副软心肠，经天狗一番道理之后，同意了不让五兴停学。可回到家里，一进屋，眼看着狼狈不堪的丈夫，一颗心又转了。这对中年夫妇一夜没有睡好，一会儿决定让五兴停学，说停学好；一会儿又不让停学，说不停学好。拉屎撒尿做不了主，井把式就大声吸着鼻子，哭了："这都是我害了你们娘儿，害了人家天狗，我怎么就不死呢！你给我买包老鼠药来，让我喝了，反正活着没用，也不花钱吃药了！"女人听了这话，两股眼泪流下，说道："他爹，你别说这话，家里人嫌弃你了吗？你就是睡在这里任事不干，你也是这一家的定心骨。你要再说这话就是拿刀子杀我。你是还嫌我心没伤透吗？"男人就再不作声。

夫妇俩自结婚以来说了这最多的一场话，才各自深深体会到对方的温暖；生活的苦绳拴住了一对蹦跶的蚂蚱，他们谁也离不得谁。夜深了，油灯在界墙的灯窝里叭叭地响过一阵，油尽灯灭，女人重要点灯，男人说："算了。”为了省下一根火柴和一盅油，黑夜里泪眼在闪着光，男人被按着睡下了，失去知觉的双腿日渐萎缩，女人在被窝里为他揉搓，活动血脉，在扳着下身为男人翻了几次身后，女人就脱得光光的猫儿似的偎在丈夫的身边睡着了。睡到四更，女人突然被男人摇醒，她叫道：“你咋没瞌睡？”男人说：“我睡不着，我有一件事想给你说哩。”女人就坐起来，拥着被子，被子的一角湿漉漉的，是男人流下的眼泪。月光从窗棂里昏昏地照进来，女人看着丈夫一张被痛苦扭歪的脸。

男人说：“我好强了一辈子，也自私了一辈子。和你做夫妻了十几年，我没有好好待你，这是我现在一想起来就心愧的事。我现在是完了，到死也离不了这面土炕了。人常说‘病人心事多’，我是终日在想，啥事都想过了，想过死。你骂了我，你骂是对的，我也没脸面再去死，我就活着吧。可咱家里，总不能这样下去啊，五兴他娘！因此上我就思想，你可以不离开我，我还是你的男人，但世上都是男人养活女人，女人怎能养活了男人，那南北二山都有‘招夫养夫’的……”

女人静静地听男人叙说，越听越有些害怕，听到最后，一把将井把式的口捂住了，说：“我不听，我不听，你睡在炕上胡想了些什么呀！”眼泪吧吧地掉在被面上。

招夫养夫，深山里是有这种习俗的。平日里菩萨女人也听说过这种事例，只当是一种新闻，一种趣谈。现在丈夫竟要她充当这事例中的角色，她浑身痉挛，抖得像筛糠。

男人见女人如此悲凄，自己也裂心断肠，长吁短叹，说：“我这样说，是我这男人的羞耻。可你不让我死，又不这样，你是让我睡在这里看你受苦受难，我不死在绳上药上，也会用心杀了我自己！”

女人就扑在男人身上，悲不成声：“只要为了你，我什么都可以做得，可你让我招夫，我到哪儿去招？哪个单身男子肯进咱的门？就是有人来，好了还罢，若是个坏的，待你不好，那我哭都没眼泪了！”

夫妇俩抱头哭到天明。天明的时辰，听见远远的后山上有狼的嗥声，犹如人在呼号。

清早，女人又要去后山割草，晒柴，男人叮咛说到阳坡割，不要去阴洼，若遇见什么狗了，先“狼，狼！”叫喊试探，以防中了狼的伪装；若不慎惊撞了马蜂，万不要跑，用草遮了头脸就地装死。女人一一记在心上，走了。男人见女人一走，就在家大放了悲声，惊动了街坊。有人进来，他就求人去把天狗找来，说他有话要叙说。

天狗苦苦闷闷窝在家里，什么事也慌得捏不到手里，就无聊地编织起蝈蝈笼子来。三月的蝈蝈还没活跃，没有清音排泄他的烦愁，就痴痴看着空笼出神。他到了师傅的炕边，以为师傅又要说让五兴退学的事，便说：“师傅，有我天狗在，我天狗就永远是你的徒弟。我不是那喂不熟的狗，我天狗是没大本事的，可我不会使师傅这一家败下去，无论如何，五兴要让他好好念书。”

师傅说：“天狗，也怪我先前瞎了眼窝，没让你跟我继续打井。人就是这没出息的，只有出了事，才会明白，可明白了又什么也来不及了。你给师傅说，江对岸那小寡妇真的吹了？”

天狗说：“吹了，那号女人只盯钱！甭说她不愿意了，就是她那德行，十七、十八的开的是一朵花，我走过去拾一片瓦盖了理也不理。你想想，要是师娘也是那样的人，她不知早离开你多长日子了。”

师傅说：“唉，你师娘是软性子，受了我半辈子气，可她心善啊，逢着这样的老婆，我李正什么也就满足。可如今，她受的苦太重，毕竟是一个妇道人家，地里没劳力，里外没帮手，不让五兴退学吧，要吃要喝又要花钱，还加上侍候我这废人，一想到这儿，我心就碎了。天狗，我想让她走一条招夫养夫的路，你实话对我说，使得使不得？”

天狗听了，心里不禁一阵疼。伤残使师傅变成了另一个人。做出这般决定，师傅的心里不知流过了多少血？不行，不行，天狗摇着头。可不走这条路，可怜的师娘就跳不出苦海，天狗头又摇起来。天狗没有回天力，只是拿不定主意地摇头。两人沉默了半天，天狗说：

“师傅，这事你给师娘说过？”

师傅说：“说不通。可从实际来看，这样好。这又不犯法，别人也说不上笑话。你说呢？”

天狗说：“那有合适的人吗？”

做师傅的却不做回答，为难了许久，拉天狗坐近了，说："作难啊，天狗，谁能到这里来呢？你师娘一听我说这话，就只是哭。我想，你师娘那心肠你也是知道的，这堡子里也没几个能赶上她的。虽说是快四十的人了，但长相上还看不出来……"说着就直直地看天狗的脸。

天狗并不笨，品得出师傅话里的话，心里别地一跳，将头低下了。

屋子里沉沉静静。

天狗从炕上溜下来，坐在了草蒲团上。院子里，女人背着高高的一背笼柴火进来，在那里咚地放了。院墙的东南角上，积攒的柴草已俨然成山。女人一头一脸的汗，头发湿得贴在额上，才要坐下歇口气，瞧见天狗从堂屋走出来，就叫了一声："天狗！"

天狗痴痴地从院子里走出去，头都没有转一下。

三天里，丹江岸上的堡子，沉浸在三月三乡会的节日里。农民们在这几天停止一切劳作，或于家享乐，或频繁地串亲戚。未成亲的女婿们皆衣着新鲜，提四色大礼去拜泰山泰水。泰山泰水则第一次表现出他们的大方，允许女儿同这小男人到山上去采蕨菜。三月里好雨水，蕨菜嫩得弹水。采蕨人在崖背洼，在红眼猫灌丛，也采着了熟得流水的爰果。天狗家的后窗正对着山，窗里装了一幅画，就轻轻唱出了往年三月三里要唱的歌：

远望乖姐矮陀陀噢，
背上背个扁挎箩哟，
一来上山去采蕨噢，
二来上山找情哥哟，
找见情哥有话说。

唱完了，天狗就叹一口气，把窗子关上，倒在炕上蒙被子睡了。天狗从来没有这样恍惚过，他不愿意见到任何人，直到夜里人都睡下了，天狗就走到堡子门洞上的长条石上。旧地重至，触景生情，远处是丹江白花花的沙滩，滩上悄然无声。今晚的月亮再也不是天狗要吞食的月亮，但人间的天狗，三十七岁的童男，心里却是万般感想。师傅的女人，师娘、菩萨、月亮，使天狗认识到了一个实实在在的女人。在一年多徒弟生涯里，在十几年一个堡子的邻里生活中，天狗喜欢这女人。女人的一个腰身，一步走势，一个媚眼，都使他触电一样地全身发酥，成百上千次地回忆着而生怕消失。他天狗曾怀疑过和害怕过自己的这种感情，警告过自己不应该有这种非分之想。但天狗惊奇的是，对于这个女人，他只是充满着爱，而爱的每次冲动却绝对地逼退了别的任何邪思歪念。天狗不是圣人，他在这女人面前能羞耻，能检点，也算得是圣人了。所以，天狗也敢将这种喜欢和爱，作为自己的生命所需，变成一副受宠的样子，在这菩萨面前要做出孩子般的腼腆和柔顺。

月食的夜里，女人在这里为丈夫和另一个小男人祈祷而唱乞月的歌，天狗也为女人唱了两首歌。歌声如果有精灵，是在江水里，还是在草丛里？

"现在要我做她的第二个男人吗？"

说出这话的，不是他天狗，也不是他天狗爱着的师娘，竟是自己的师傅，女人的真正的丈夫！天狗该怎么回答呢？"我愿意，我早就愿意。"天狗应该这么说，却又说不出口。她是师娘，是天狗敬慕和依赖的母亲般的人物，天狗能说出"我是她的男人"的话吗？天狗呀，天狗，你的聪明不够用了，勇敢不够用了，脸红得像裹了红布，不敢看师傅，不敢看师娘，也不敢看自己。面对着屋里的镜，面对着井底的水，面对着今夜头顶上明明亮亮的月亮，不敢看，怕看出天狗是大妖怪。

第四天，是星期天。五兴从学校回来，到江边的沙地上挖甘草根。

天狗看见了，问："五兴，你掘那甘草作甚？"

五兴说："给我娘采药。"

天狗慌了："采药？你娘病了？什么病？"

五兴说："我从学校回来，娘和爹吵架，娘就睡倒了，说是肚子鼓，心疼。爹让我来采的。"

天狗站在沙地上一阵头晕。

"天狗叔，你怎么啦？"

"太阳烤得有些热。五兴，念书可有了长进？"

"天狗叔，我娘又不让我念了。"

"不是已给她说好不停学了吗？"

“我娘说的，她跪着给我说的，说家里困难，不能老拖累你，要我回来干活儿。”

天狗默默回到家里，放声大哭了。他收拾了行李，决意到省城去，从这堡子悄悄离开，就像一朵不下雨的云，一片水，走到天外边去。但是天狗走不动。天狗在堡子门洞下的三百七十二台石级上，下去三百台，复上二百台。这时的天狗，若在动物园里，是一头焦躁的笼中狮子；若在电影里，是一位决战前夜地图前的将军。

天狗终于走到了师傅家的门口。

“师娘，我来了，我听师傅的！”

正在门口淘米的女人愣住了，极大的震撼使女人承受不了，无知无觉无思无欲地站在那里，米从手缝里流沙似的落下去，突然面部抽搐，泪水涌出，叫一声“天狗！”要从门槛里扑过来，却软在门槛上，只没有字音的无声地哭。

堡子里的干部，族中的长老，还有五里外乡政府的文书，集中在井把式的炕上喝酒。几方对面，承认了这特殊的婚姻。赞同了这三个人组成一个特殊的家庭。当三个指头在一张硬纸上按上红印，瘫子让人扶着靠坐在被子上，把酒敬给众人，敬给天狗，敬给女人，自己也敬自己，咕嘟嘟喝了。

五兴旷了三天学，再一次去上学了。这是天狗的意志，新爹将五兴相送十里，分手了，五兴说：“爹，你回去吧。”天狗说：“叫叔。”五兴顺从了，再叫一声“叔”，天狗对孩子笑笑。

饭桌，别人家都摆在中堂，井把式家的饭桌却是放在炕上的。

原先在炕上，现在还在炕上。两个男人，第一个坐在左边，第二个坐在右边，女人不上桌，在灶火口吃饭，一见谁的碗里完了，就双手接过来盛，盛了再双手送过去。

麦田里要浇水，人日夜忙累在地里，吃饭就不在一块儿了。女人保证每顿饭给第一个煮一个荷包蛋在碗里，第一个却不吃，偷偷夹放在第二个碗底里。天狗回来了，坐在师傅身边吃，吃着吃着，对坐在灶火口的女人说：“饭里怎么有个小虫？”把碗放在了锅台上。女人来吃天狗的剩饭，没有发现什么小虫，小虫子变成了那一个荷包蛋。

茶饭慢慢好起来，三个人脸上都有了红润。

几方代表在家喝酒的那天晚上，第一个男人下午就让女人收拾了厦房，糊了顶棚，扫了灰尘，安了床铺，要女人夜里睡在那里。女人不去。天没黑，第一个男人就将炕上的那个绣了鸳鸯的枕头从窗子丢出去，自个儿裹了被子睡。女人捡了枕头再回来，他举着支窗棍在炕沿上发疯地打。

女人惊惊慌慌地睡在厦房。一夜门没有关。一更里听见了狗咬，起来把门关了；二更里听见院外有走动声，又起来去把门闩抽开，睡在床上睁着眼；三更里夜深沉，只听蛐蛐在墙根鸣叫；四更里迷糊打了个盹；五更里咬着被角无声地哭。天狗他没来。

这天狗，
想当初，
精刚刚，虎赳赳，
一天到晚英武不够。
自从人招来，
今日羞，明日愁，
一下成个泪蜡烛，
蔫得抬不起头。

这女人，
想当年，
话不多，眼不乱，
心里好像一条线。
自从招来人，
今日愁，明日羞，
一下成个烂门扇，
日夜合不严。

日月过得平平淡淡、拘拘谨谨。过去的一日不可留，新来的一日又使人愁。又是一次吃罢晚饭，两个男人在炕上吸烟，屋外淅淅沥沥下雨。下了一个时辰，烟袋里的烟末吃完了，天狗站起来，去取柱子上挂着的蓑衣。为大的就说：“天狗，你……”天狗装糊涂，说：“不早了，你歇下吧，明日一早雨还要下，我给咱叫了自乐班来，咱家热闹热闹。”为大的发了怒，将支窗棍咚地磕在炕沿上，说：“你要那样，我就死在你面前！”天狗木然地立在那里，恭敬得像个儿子，叫道：“师傅……”末了还是默默地走了出去。

雨下得哗哗哗地越发大了。

蝎　子

暑假，五兴从学校回来。近半年的新式家庭生活，孩子也日渐鬼灵地开窍了许多事理。地里的活儿，天狗一揽子全包了，不让他插手，他就协助着娘忙活家务，忙毕，搬炕桌在把式爹身边坐定，用了心地读书。把式现在有时间，静心看读书人的举动，心里就作美，五兴一抬头，见爹正含笑看他，忙回爹一笑，爹的脸又冷却了。把式养的狗，知道狗的脾性，常冷脸待五兴，不让他轻狂、顺杆子往上爬。天狗锄完苞谷地回来，脚步声谁也没听到，把式就听到了，说：“五兴，给你爹打水去！”

五兴怕亲爹，听见吩咐，就忽地下炕去了。院里并没有小爹的影，吱扭扭把水绞上井，天狗果然进了院，五兴兴冲冲叫一声：“果真是爹！”

做爹的这个并不应，放下锄说：“五兴，书念过了？”答说：“念过了。”便从后腰带上取下两件宝，一件是竹根烟袋，一件是蓖麻叶，烟袋叼在口里吸，蓖麻叶里包着三只绿蝈蝈。说声：“给！”蝈蝈却从叶里蹦出来，一只公鸡猛见美食，上前就啄，五兴急得脚踏手拍，三只蝈蝈却跳在鸡背上，嘶嘶地叫。五兴就势捉了，装在竹笼儿里。三只蝈蝈一叫，厦房屋檐下的蝈蝈笼里，一个一个都歌唱起来，满院清音缭绕。

五兴喜欢这个爹，这爹不板脸，脸是白的，发了怒也不觉惧怕。又能和他玩蝈蝈。故叫这个“爹”倒比叫那个“爹”口勤。

家里小的爱蝈蝈，来了个大的也爱蝈蝈，这家人的爱欲也就都转移了。

往日五兴去上学，天狗去下地，女人头明搭早出来开鸡棚，蝈蝈笼也就挂在厦房檐头下。天要下雨，炕上的瘫子先听到雨声，就说："他娘，快把蝈蝈笼提进来！"蝈蝈吃的是北瓜花，院墙四角都种了瓜，于是种瓜不为吃瓜，倒为了那花。花开得黄艳艳，嫩闪闪。

地里的苞谷旺旺地长，堡子里的人该闲的就闲下，闲不下的是手艺人，都出去揽生意了。有好几家，造起了一砖到顶的新屋，脊雕五禽六兽，檐涂虫鱼花鸟。有的人家开始做立柜，刷清漆，丑陋肥胖的媳妇手腕上已不戴银镯，换了手表，整个夏天里不穿长袖。看着四周人家的日子滋润，天狗心里很是着急。好久没去城里干他那独门的生意了，就和五兴去后山挖了几天黄麦菅根，女人就点灯熬油在家扎刷子。瘫了的人腿不能动，手上有工夫，夜里便让大家都去睡，他来扎刷子。天狗又起身回他的老屋去，为大的就不言语，却要五兴一定跟他睡。五兴要去关院门，把式不让关了。

五兴睡着了，把式还坐在炕上扎刷子，扎好了一筐，一夜却听不到院门响，也一夜叹息不止。夜半子时，女人出来小解，听见屋上男人的叹息，跑上来问："哪儿不美？"见这可怜的瘫人却还在扎锅刷，倒气得一把夺了："你真个不要命了！""我白日把觉睡了，我没瞌睡。""……""现在几时了？""正半夜了吧。""他还没来？"女人点着头。"我把这天狗！……"叫起天狗啊，爱你还是恨你，说你是好人还是坏人，害得师傅夜夜睡不着。井把式说过这话，心里一股黑血流过，脸上却强露了笑，女人最怕的就是瘫人的这种笑，恨天狗忠于师傅，忠于师娘，却忠得愚蠢，忠得千不该万不是！瘫人说："五兴娘，这事你让我怎么个说！你，你也该……"瘫人气喘得说不下去。女人一下子附在了男人的身上，泪脸对着泪脸，让他的胡子扎扎她的腮。男人说："你要权当我是死了！"说完，脸转向炕里去。

但天狗太执意，女人也没办法。世上的水太清了，水就养不了鱼；完全的黑暗是看不见东西的，完全的光明也是看不见东西的。天狗不知这道理。

天狗领了五兴到省城里，又见到食堂那个女服务员。五兴第一次进城，无知也就无畏，到处钻动，见啥问啥，又一口一声叫"爹"答。女服务员说："你年纪不大，孩子这么大了?！"天狗应一声，脸就绯红，装着解衣领，说天热。食堂的锅刷还有积存，天狗让五兴在食堂待着，他挑了担子去叫卖。女服务员就逗五兴说闲话："叫什么名？""李五兴。""你爹姓王，你倒姓李？""我跟我娘姓。""你娘多大了？""四十了。""你爹才三十七，你娘倒四十？""我娘是虚岁。""你长得可不像你爹！"五兴不回答了，装得傻傻的，问食堂要不要蝈蝈，他养有四十只蝈蝈。

半下午，天狗回来了，一担锅刷只卖了五分之一，脸上气色很不好。说："这生意做不成了，五分钱一个也没人要了。"父子俩当下没了话。天狗看着五兴也知愁，脸上就做出笑来，说："挣钱不挣钱，先落个肚肚圆，五兴，咱去吃一顿！"买饭时，五兴说："爹，我想吃素面。"爹却偏买了炒肉，肉端上来，天狗吃着吃着就发痴，筷子不动了，定眼看五兴，五兴也不吃。他就又笑着说："吃呀，多香哩！"自个儿带头大口吃。

从城里回来，天狗什么也没买，只给五兴买了一套课外复习材料，对女人说："钱难挣了，这门生意做不成了。干脆我再给人打井去。"

一说打井，女人就发神经，嘴脸霎时煞白，说："天狗，什么都可做得，这井万万打不得，这家人就是去喝西北风，我也不让你去干这鬼营生！"

天狗听女人的，也不敢多说，抱脑袋蹴下去。女人看着心疼，就又劝道："钱有什么？挣多了多花，挣少了少花，一个不挣，地里有粮食吃，也不至于把咱能穷逼到绝路上去。"

做男人的本是女人的主事人，天狗却要叫女人宽慰，天狗这男人做得窝囊。但办法想尽，没个赚钱的路，免不了在家强作笑脸，背过身就冷不丁显出一种呆相。

女人敏感，没事睡在炕上的那个更敏感，见天狗一天天消瘦下去，也不唱山歌和花鼓了，两人明里说不得，暗里却想着为天狗解愁。

这一天天狗进院听见师傅在上屋炕上唱花鼓，师傅从来没唱过，天狗就乐了进来说："师傅行呀，你啥时学会了这手？"

师傅说："我年轻时扮过社火芯子，学了几句花鼓。"难得师傅心绪好，天狗就说："师傅，你再唱一段吧。"瘫人就唱了：

树不成材枉占地哋，
云不下雨枉占天哋，

单扇面磨磨不成面哟，
一根筷子吃饭难。

瘫子唱毕，女人说："今日都高兴，我也唱一段。五兴，去把院门关了，别让邻居听见了笑话！"

五兴飞马去将门关了，听娘用低低的声音唱：

日头落山浇黄瓜哎，
墙外有人飘瓦碴，
打下我公花不要紧哎，
打了母花少结瓜。

唱完，瘫人又说："天狗，把蝈蝈都拿来，让我看看斗蝈蝈，谁个能斗过谁呢！"

只要师傅高兴，师娘快活，天狗干什么都行，就拿蝈蝈上炕，放在一个土罐里斗。一只红头的，脚粗体壮，气度不凡，先后斗败了所有的对手，一家人正笑着看，屋梁上掉下一物，不偏不倚正好落在蝈蝈罐里。一看，是一只蝎子。

蝎子冷不丁闯入，蝈蝈吃了一惊不再动，蝎子也吃了一惊不再动。五兴急着去拿火筷来夹，天狗说："这倒好看，看谁能斗过谁？"

看过一袋烟时辰，两物还都惧怕，各守一方。天狗要到地里去干活儿，说："五兴，就让它们留在罐里，晚上吃饭时再来看热闹。"说完就盖了罐子放在一边。晚饭后揭盖一看，一家人就傻了眼，英雄不可一世的红头蝈蝈，只剩下一个大头一条大腿，其他的全不见了，蝎子的肚子鼓鼓的，形容好凶恶。

天狗说："哈，玩蝈蝈倒不如玩蝎子好！五兴，明日咱到苞谷地去，地里有土蝎，捉几只回来，看谁能斗过谁？"第二天果然捉了三只回来。

这蝎子在一块儿，却并不斗，相拥相抱，亲作一团。五兴的兴趣就转了。将竹笼里的蝈蝈每天投一只来喂，没想玩过十天，蝎子不但未死，其中一只母的，竟在背部裂开，爬出六只小蝎。一家人皆很稀奇，看小蝎一袋烟后下了母背，遂不认母，做张牙舞爪状。从此，家人闲时观蝎消遣，也生了许多欢乐。

这期间，井把式突然觉得肚子鼓胀，先并不声明，后一日不济一日，茶饭大减才悄悄说知于女人。女人吓得失魂落魄，只告知天狗。天狗忙跑十三里路去深山背来一位老中医看脉，拿了处方去药房抓药，不想药房药不全，正缺蝎子，天狗说："蝎子好找，我家养的有。"药房人说："能不能卖几只给我们？一元一只，怎么样？"天狗吃了一惊："一只蝎子值这么多？"药房人说："就这还收不下哩。你家要有，有多少我们收多少。"天狗抓了药就往家跑，将此事说给家人，皆觉惊奇。天狗就说："咱不妨养蝎子，养好了这也是一项大手艺哩！"女人说："蝎子是恶物，怎么个养，咱知道吗？"炕上的瘫人说："咱试试吧，这又不摊本，能成就成，不成拉倒，权当是玩的。"于是蝎子就养起来了。

天狗在地里见蝎子就捉，捉了，就用树棍夹回来。女人在堡子门洞的旧墙根割草，也捉回来了几只。拢共十多只了，就装在一个土瓦盆里。五兴见天去捉蝈蝈来喂。几乎想不到，这蝎子繁殖很快，不断有小蝎子生出来。

天狗想，这恶物是怎么繁殖的，什么样是公，什么样为母，什么时候交配？若弄清这个，人为地想些办法，不是就可以繁殖得没完没了吗？

五兴上学去了，他让五兴去县城书店买了关于蝎的书回来。书是好东西，上边把什么都写了，天狗就认得了公母，成对成双搭配着分装在大盆小罐里。整整三天，一早起来就将盆罐端在太阳下，看蝎子什么时候交配，如何交配。终在第三天中午，两个蝎子突然相对站定，以触器相接良久，为公的就从腹下排出一个精袋在地，然后猛咬住母的头拉过来，将腹部按在精袋上，又是良久，精袋被生殖腔吸收。这么又观察了三天三夜，就总结出蝎子交配要在正午太阳端时，而且温度要不可太热，也不可太凉。他鬼机灵竟买了个温度计，记下是二十度。天狗大喜，于是将蝎盆蝎罐早端出晚端回，热了遮阳，冷了晒日，果然不长时间，数目翻了几番。

天狗捉了二十只大蝎去药房，第一次获得了二十元。他并没有回家，径直去了江对岸的商店，给师傅买了一盒高级香烟，给女人买了一件卡其衫子，给五兴买了一双高勒雨鞋，孩子雨天去上学，就用不着套草鞋了。

女人当即将新衣穿上，问炕上的人："穿着合不合体？"炕上的就说："人俏了许多！"女人就又问天狗："这么艳的，我能穿得出去？"天狗说："这又没花，色素哩。"一家四口，三口就都欢心，师傅说："天狗，你给你买了什么？"天狗说："只要蝎子这么养下去，还愁没我穿的花的吗？"

天狗养蝎上了心，就亲自去书店买书来看。天狗喝的墨水没有五兴多，看不懂就让五兴做老师。饲养方法科学了，养蝎的气派也就更大了。院子里高的瓮，低的盆，方的匣，圆的罐，一切皆是蝎，而公的母的大的小的又分等分类，从此，堡子里的人叫天狗，也不再叫名，直呼"蝎子！"

到年底，这家又成了大手艺户，恢复了往日的荣光。一家人吃起香来，穿起光来，又翻修了厦房。县城里一家要养蝎的人，知道了天狗的大名，跑来叫天狗"师傅"，要请教经验。天狗亲授了一个通宵。临走时徒弟要买蝎种，一次买六百只，一只种蝎一元二角，收入了七百多元，天狗把钱交给女人，女人颤巍巍捏着，将钱分十沓，分在十处保藏。

女人是过日子的，没有钱的时候受了恓惶，有了钱就不显山露水，沉住气合理安排，以防人的旦夕祸灾。

下了一场连阴雨，丹江里发了水，整日整夜地呼呼。堡子南头的崖土垮了一角，压死了一个孩子和一头猪。天狗的老屋是爷们在民国年间盖的，木头朽了许多，女人就担心久雨会出什么意外，让天狗过来睡。天狗说没事，睡在那边，一是房子哪儿漏雨可以随时修补，二是防着不正经的人去偷摸东西，女人不依，于是天狗的家产全搬过来，窖里搬不动的一家四口人的红薯、洋芋都存在那里。

雨停了，天又瓦蓝瓦蓝的。女人将蝎子盆罐抱出来在院子里晒太阳，就出门到地里看庄稼去了。天狗也不在家。太阳一照，泡湿了的土院墙就松了，"砰"地倒下来，把三个蝎子瓮砸碎了，又砸倒了鸡棚。井把式听见响声，隔窗一看，吓得半死，连声喊人。没人应，眼见得鸡从棚子里出来，到处啄吃逃散的蝎子。他就大声吓鸡。鸡是不听空叫的，把式就把炕上的所有物什都丢出来撵鸡。末了就往出爬，从炕上掉下来，硬用两只手，支撑着牵引着瘫了的身子爬过中堂，到了门口，总算把鸡打飞出院墙，但一只逃散的蝎子却咬了他的肩，把式"哎呀"一声疼得昏在台阶上。

女人在地里察看庄稼，心里突然慌得厉害，返回一推门，失声锐叫，把男人背上炕，就在院子里四处抓蝎。等天狗回来，一切皆收拾清了，女人坐在门槛上哽咽着哭。

没了院墙，夜里女人睡在厦房觉得旷，给天狗说了，天狗回答道："我到窑上把砖货已订下了，等这一窑烧出来，咱买回来就垒墙。"女人就不再说什么，把一口唾沫咽了。

蝎子还要每天中午端出来晒晒，天狗不时用手去拨拨，不让恶物纠缠。天狗的手已经习惯了，不怕蜇，要看蝎子就用手捏，吓得别人嗷嗷叫，他却轻松得很。这回趴在蝎罐看了一会儿，瞥见女人坐在厦房门口纳鞋底，金灿灿的太阳光洒落她一身，样子十分中看，天狗心里毛毛的，想和她说说笑话。

"这做的是谁的鞋，师娘。"

"谁是你师娘！"

天狗笑了一下，忙又去看蝎子，心里怦怦直跳。过了一会儿，天狗又忘了一切，满脑子是蝎子了，说："你快来看呀，这一罐不长时间就要分作两罐啦！"

女人捏着针过来，蹴在蝎罐边，她闻到天狗身上的烟味汗味，说："哪儿就多了，还不是昨天的数吗？"

天狗说："原数是原数，可瞧它们正欢呢。"

有三对蝎子，正在罐内面对而趴，触器相接，做爱的挑逗……

女人悄声说："天狗，蝎子是咋啦？"

天狗说："这是交配呀。"

女人说："虫虫都知道……"

女人是明知故问的，女人说完，便脸色绯红，反身看天上的一朵云。天狗能是能，这次却不经心失了口，自己也就又羞又怕，竟也显出那一种呆相。女人回过头来，用针尖扎了天狗的腿，天狗"哎哟"一声，炕上的把式听到了，忙问道："天狗，你怎么啦？"天狗说："蝎子把我手蜇了。"

第五天，院墙修成了砖院墙。天狗又请来了泥水匠，一定要扳倒原先的土门楼，要造个砖柱飞檐的。把式说："天狗，算了吧。"天狗说："师傅，门楼好坏当然顶不了吃穿，可是个面子上的事。咱把它修得高高的，也是让人瞧瞧咱家的滋润！”做师傅的再没阻拦他，却把女人叫到炕上，说：“他娘，咱现在手里有多少钱？”女人说：“一千三。”“数字还真不少。”“亏了天狗撑住了这个家。”两个人下来却没了话。过了一会儿，把式说：“他娘，现在日子顺了，你也要把自己收拾清净些。你毕竟比我年轻，人也不难看，可三分相貌七分打扮，衣服穿新了，头梳光了……”男人没说下去，女人便低了眼，无声地去做饭了。

女人果然注意了收拾，浑身添了光彩。中午太阳出来她洗头，让天狗提了壶给她头上浇水，又让天狗打碎一块儿瓷片儿：“我要刮刮额头荒毛。”天狗到底是天狗，不是木头，不是石头，看见女人容光美妙，心里生热，但这个时候，天狗就走了，走到蝎子罐前看蝎子。

一个初六的下午，天狗在地里浇麦地二遍水，女人也去了，两人天擦黑同来，院门掩着，堂屋的门却上了锁。女人以为瘫人是爬出去了，隔窗看时，把式正躺在炕上，手里拿着门上的钥匙瞌睡了。才明白可怜的人一定是叫隔壁人来锁了堂屋门，要让天狗和她回来单独在厦房里吃饭……

女人站在那里，把瘫人足足看了一袋烟的时间。

天狗说：“师傅他……”

女人说：“他……”

眼里红红的进了厦房做饭。天狗也坐下抱柴生火。两人没有说话，上面是擀面杖的磕撞声，下面是拉动的风箱声。饭做熟了。天狗盛了一碗，寻钥匙开堂屋门给师傅端。女人说：“他睡着了，钥匙在他手里，叫不醒他的，咱们吃吧。”一个坐在灶火口吃，一个立在锅项后吃。饭毕，天狗说：“你歇着吧，我涮洗。”女人说：“这不是男人干的活儿。”天狗就站在旁边看她洗。院墙的外边，有猫叫春，叫了好一会儿，天狗这时是木了，麻了，不知下来该怎么办，为难得要死。女人擦了碗，又去擦盆子，擦缸子，不该擦的都擦了，还是要擦，把手占住，把眼占住，但心占不住，说：“你累了？”天狗说：“累，也不累。”却加一句，“歇下吧。”就要出门，女人把他叫住了。

女人说：“天狗，我有话要给你说呢。”

天狗一脚在门槛里，一脚在门槛外，说：“什么事？”

女人拉过一条凳子让天狗坐了，一边替天狗拍打肩上的土，一边要说话，却也好为难：“天狗，他近日又添病了哩。”

天狗说：“师傅吗？怎么不早对我说，我就发觉他饭吃得少了。”

女人说：“你哥他……”她第一次对天狗称瘫人是“你哥”，不是“师傅”，自己倒再也启不开口了。

天狗说：“明日我去请医生。”

女人就抬起头来，泪眼婆娑：“天狗，你是真的什么都不懂，还是和我打马虎眼？”

天狗有什么不懂的，自进这家门，他就时时预备着女人要说出这样的话来，天狗本性是胆小的。

女人说：“天狗，是不是我人不人，鬼不鬼的……”说着就趴在了床沿上，拿了牙咬嘴唇。

天狗知道糊涂是装不得了，就过去扶起了女人。女人软得像一摊泥，天狗扶她不起，自己也跪下了，说：“我，我……”又急又怕又窘，支吾不清。女人抬起了头，一双抖抖的手，托住了天狗的脸。

“师娘！”

“谁是你师娘？法院让你叫我师娘？街坊四邻让你叫我师娘？”

“……姐！”

天狗叫出了一个深埋在心底里的“姐”，女人突然软在了天狗的怀里。

外边的夜黑严了，黑透了，不是月食的夜，天空却完全成了一个天狗，连月亮、星星、萤火虫都给吞掉了。屋里灯很亮，灶火口的火炭很红。夜色给了这两个人黑色眼睛，两个人都看着亮的灯和红的炭，大声喘气。天狗抱着女人，女人在昏迷状态里颤栗。天狗的脑子里的记忆是非凡的，想起了堡子门洞上那一夜的歌声，想起了当年出门打井时女人的叮嘱。过去的天狗拥抱的是幻想，是梦，现在是实实在在的女人，肉乎乎软绵绵的小兽，活的菩萨，在天狗的怀里。天狗怎么处理这女人？曾经是女人面前的孩子的天狗，现在要承担丈夫的责任了吗？天狗昏迷，天狗清白，天狗是一头善心善肠的羊，天狗是一条残酷的狼，他竟在女人头发上亲了一口，把颤栗的菩萨轻轻放在了凳子上。

女人在黑暗里睁大了一双秀眼。

“天狗，你还要到老屋去吗？”

“我还是去的好。”

“我知道你的心，天狗，可我对你说，我和他都了解你，你却不了解我，也不了解他。我是老了，我比你大三岁……”

“姐，你不要说，你不要说！”

“你让我把话说完。天狗，这一半年里，咱家是好过了，怎么好的，我也用不着说出来。你既然不这样，我也觉得是委屈了你，我将卖蝎的钱全都攒着，已经攒了一千三了，我要好好托人给你再找一个，让你重新结婚，就是花多花少，把这一院子房卖了，我也要给你找一个小的。兄弟，五兴他爹，我和你哥欠你的债，三生三世也还不完啊！我不知道我怎么才能报答你，看着你夜夜往老屋去，我在厦房里流泪，你哥在堂屋里流泪……他爹，你怎么都可以，可你听我一句话，你今夜就不要过去，我是丑人，是比你大，你让我尽一夜我做老婆的身份吧。”

“姐，姐！”

天狗痛哭失声，突然扑倒在了尘土地上，给女人磕了三个响头，即疯了一般从门里跑出去了。

第三天里，打井的把式死在了炕上。

把式是自杀的。天狗和女人夜里的事情，他在堂屋的炕上一一听得明白，他就哭了，产生了这种念头。但把式对死是冷静的，他三天里脸上总是笑着，还说趣话，还唱了丑丑花鼓。但就在天狗和女人出去卖蝎走后，他喊了隔壁的孩子来，说是他要看蝎子，让将一口大蝎瓮移在窗外台上，又说怕瓮掉下，让取了一条麻绳将瓮拴好，绳头他拉在手里。孩子一走，他就把绳从窗棂上掏进来，绳头绾了圈子，套在了自己脖上，然后背过身用手推掉大瓮，绳子就拉紧了。

天狗回来，师傅好像是靠在窗子前要站起来的样子，便叫着“师傅，师傅！”没有回音，再一看，师傅的舌头从口里溜出来，身上也已凉了。

把式死了，把式死得可怜，也死得明白。四口之家，井把式为天狗腾了路，把手艺交给了天狗，把家交给了天狗，把什么都交给了天狗。他死得费劲，临死前说了什么话，谁也不可得知。天狗扑在师傅的身上，哭死了七次，七次被人用凉水泼醒。后悔的是天狗，天狗想做一个对得起师傅的徒弟，可是现在，徒弟对于师傅除了永久的忏悔，别的什么也说不出了。

堡子里的人都大受感动。

埋葬把式的那天，天狗虽不迷信，却高价请了阴阳师来看地穴，天狗就打了一口墓，墓很深。深得如一口井。他钻在里边挥镢挖土，就想起师傅当年的英武，就想起那打井前阴阳师念的“敕水咒”。

堡子里的人都来送葬。这个给堡子打出井水的手艺人，给家家带来了生存不可缺少的恩泽。他应该埋到井一样深的地方，变成地下的清流，浸渗在每一家的井里。

棺木要下墓了，女人突然放声号啕，跳进了墓坑，乞求着埋工说：“让我给他暖暖墓坑，让我给他暖暖啊！”

天狗也跳进去，解开了怀，将胸膛贴在冷土上。

日光荏苒，转眼到了把式的“百日”。这天，堡子里来了许多悼念的人，这一家人又哭了一场，招呼街坊四邻亲戚朋友吃罢饭，天狗就支持不住，先在师傅睡过的炕上去睡了。他做一个梦，梦见了师傅，师傅说：“天狗，这个家就全靠你了！家要过好，就好生养蝎，养蝎是咱家的手艺啊！”天狗说：“我记住的，师傅！”就过去扶师傅，师傅却不见了，面前是一只大得出奇的蝎子，天狗醒来，出了一身汗，梦却记得清清楚楚。翻身坐起，女人正点着灯，在当屋察看着蝎子盆罐。地上还有一批小瓦罐，上边都贴了字条，写着字。

天狗说：“五兴呢？”

女人说：“刚才把这些字条写好，看了一会儿书，到厦屋睡了。”

“蝎种全分好了？”

“好了，每家五只，除过五十家匠人顾不得养外，拢共是七百五十只，你看行吗？”

堡子里的人都热羡着这家养蝎，但却碍于这是这家的手艺，便不好意思再来学养。天狗和女人商量了，就各家送些蝎种，希望全堡的人家都成养蝎户，使这美丽而不富裕的地方也两者统一起来。

天狗听女人说后，就轻轻笑笑，说：“明早咱就送去。中午去药房再卖上几斤，五兴再过十天就要高考了，要给他买一身新衣哩。”

女人说：“五兴考得上吗？”

天狗说：“问题不大吧。”

女人揭开那个大瓮，突然说：“天狗，你快来看看，这个蝎子好大！我还没见过这么大的，怎么长得这么大呀！”

天狗走过去，果然看见蝎子很大，一时又想起了师傅，心里怦怦作跳，就坐回炕上大口喘气。

远山野情

吴三大

吴三大，男，丹凤县寺坪人。母刘氏，善良贤惠，生吴时正逢丈夫“三七”忌日，乡里称墓生儿。三岁上，因长得脚大，手大，口大，母改名三大，指望以后成人能游走吃喝四方，顶门立户。可惜后鼻梁根生有一痣，如黑豆，按柳庄麻衣相法是一生厄运，阴影就一直袭在母子心上。往后越发处世谨慎，性情却耿直，口舌木讷，行为又本分，日月亦便十分清苦。三十五岁上没有婚娶，娘临终时，在炕上咽不下气，泪水汪汪地说：“儿呀，儿呀……”三大不忍母亲受罪，偷偷将娘的拐杖抱到城隍庙去，旨在送娘去阎王处报到。娘一闭眼，他就哇哇地哭得喉咙出血，给村中老少磕头作揖，将娘盛在一口锯了腿的板柜里入土下葬了。从此，伶仃一人，在队里劳动。

后来，山外有些集市开了，容许做点小生意啥的。三大听了，偏偏就上了心，说：“这世事，真是吃死了胆大的，饿死了胆小的。我吴三大也两头一般粗的汉子，何不也出去英武英武！”便卖了粮，置得一套爆玉米花的机器，往北山一带去做活计。三大光棍一条，平日与人来往不多，此时门上挂把铜锁，扬长而去，竟无人过问。

秋后，到了洛南寺耳，这里是洛南、河南的灵宝、关中的潼关三县交界处，满山莽林，是个富裕地方。三大背了机器，赶十里八里到一村落，坐在苦楝树下吆喝爆炒。他衣衫破烂，头发蓬乱，却两眼明亮如点漆，傲然自得。这期间遇见一伙人，是买卖木材的，说：“小子，要穿穿皮袄，不穿就乍净身子，男子汉大丈夫干这小玩意儿？跟我们吧，一根木椽这边一元，拉出山就是四元，运气好一夜就是五六十元！”三大听了，不明就里就入伙了。将全部本钱在山里买了十根檩条，披星戴月转到马王沟口。马王沟距碾子坪五里，说是运出山，其实是运出碾子坪，那里有洛南县的木材检查站。这伙人雇了六匹骡子，竟运了上百件木料。等到三更月上，他们对三大说：“这里的路难行哩，你掮一根檩条前面走，剩下的我们全给你驮上。路上若是碰到人吆喝，你就直往沟岔里跑去，咱们走散了，就到七里道沟相会，不见不散。”三大不解其意，却依言前行。果然被检查员吆住，就往对面沟岔跑，虽是年轻劲足，但掮有木料，终跑不过检查员，慌乱中丢了檩条。翻过几架山到了七里道沟，等那伙人到来，但左等右等，沟里月明星稀，哪里有人的踪影。趴下来看看路面，一溜骡粪，用脚一踢，软，拔腿追了十里，一无所见，明白吃亏上当，只好又折回来，气得呜呜直哭。天明时分，困倒在草窝里，看天上那块残月，像是被人咬了一口的烧饼，才觉得肚子饥了，骨碌碌地打响。

没了钱，又人地生疏，三大不知道该往哪里去？在一条沟里，见树上的柿子都红了，爬上去吃了一气，又在河边的一畦菜地里拔吃了两个萝卜。饿中却忘了柿子和萝卜是相克之物，一时肚里作挠，如百爪挖抓，吐出许多酸水。好不容易见着几户人家，欲近前讨些饭吃，没想家家饲养着狗，皆体大若小牛，扑过来声巨如豹。他惊恐中拔下篱笆上一根木棍就打，但以此却不得干休，棍一扬，退，棍一停，进，且又跑来三头恶狗，团团围住他咬。主人家已经站在门口，并不吆挡，三大就发恨了：“为什么不管狗？！”回答说：“是贼不是贼，狗眼看得清哩！”气得他边打边退，一直退出二里地，狗才渐渐散去。

后来见到一条公路，三大很觉新奇：深山野沟里还有车来？但见路面窄小粗糙，一会儿顺着山根，一会儿沿了河道，上上下下侧侧斜斜，车上乘客却多极，皆黑脸黑脖，犹如来自非洲，显得牙白眼白。三大想：莫非山垴处有集会不成？遂到了一个车站。那里是一簇七八户人家的小镇，家家都开有饭馆旅店，里边又尽是黑脸黑脖之人吃喝，似乎极有钱，一大海碗干面吃了，又打一壶白酒，又喊叫炒菜。主人就从屋檐下摘一把湿辣椒切了，又去后院里铲木耳。木耳生长在篱笆上，用小铲那么几下，一衣襟的仙品就撩回来，经水一泡，大若人耳。三大挪身坐近黑人，问是何等身份，从事何等工作。黑人们则视而不语，吃罢饭抹嘴就走了。三大向店家讨一碗饭吃，店家竟说，“在这儿还有要饭的呀？”臊得三大走出门，骂此地人情淡薄，遥想老家寺坪，物产并不比这儿富足，但风情敦厚，对于外边生人来到门口，必是让烟让茶让吃让住，便恨道:“这鬼地方，哪儿配作山地？人都成了乌眼鸡了！”

又往山深处走了半日，天便又黑了，肚子饿得更厉害，倒后悔在饭馆不该穷争气，落到这步田地。远远看见一条沟有点灯光，便再顾不了许多，趋光而去，原来是一座独屋，高高筑在沟坎上。他上去，那灯倏忽却灭了，门仍半开半掩，空寂无一点声息。三大倚门站了一会儿，月光就明明地照下来，看见屋里入深很大，中间有一堵界墙，界墙这边放一堆栗子，也正是饥饿出盗，三大竟蹑脚过去，栗子大得可爱，他想多拿一些，就脱下一件上衣铺地，弯腰捡起一个，反手放在身后衣服里，到最后回过身来，却大惊，身后并未见到栗子，竟连那衣服也不见了。知道不妙，顺门就走，刚过门槛，屋里的暗处有了一声:“兄弟，把门闭上，别让贼进来偷了东西！”三大慌口慌心道:“贼不来了。”出门撒脚就跑，跑到沟上草窝里便虚汗淋淋，昏倒了。

一夜无话。天明醒来，太阳已经出山，三大发觉还在这条沟里，沟是秃沟，两岸土像陈年的炕土，呈晶块状，稀稀落落生出些荒草，偶尔斜刺出一枝老榆，皆侏儒形，焦黑，干枯，几只山鸡子生铁疙瘩般地伏在那里。独屋是四间，五檩四椽架子，坐在沟下端的高坎上，寂寞得像一个年迈的老人。突然间，一阵噗噗噗地喘响，如鸽子在飞动，三大仰头看天，天上依旧固定着云彩。那响声愈来愈近，渐渐，远处的沟口滚动着一团尘土，原来是一匹骡子，又是一匹，又一匹，十多匹骡子进来，四蹄翻碟似的攒动，响声就在沟里酝酿摇撞，沟壁上的土块下落了，山鸡子眼见着无声散去。骡子队一直上到沟堖，又斜路上到沟坎，去了独屋前，屋里就有人将一麻袋的东西抬上骡背，一切皆无言语，骡子队又返原路走了。同时，沟口又上来了一群人，都掮有一个布袋，细细的，长的。集中在独屋前，就散坐开去，有的解怀捉虱，有的从腰间取下酒壶喝酒。后就骚动了，争先恐后地排起长队，独屋的门口已经有一个女人在过秤。一切还是没声响，如做哑剧。末了，那群人一个一个从那斜道上下去，肩膀上的布袋全空了，在风里飘，于沟口处不见了。

吴三大看了半天，疑惑不已，就走过去。那过秤的女人开始在闭门，转过身来，胳膊上提着一个瓦罐，出山的太阳正照在她脸上，白里施红。三大猜摸：这女人三十四五，却还这般清朗自然，目有神采，疑心非本地人，不觉又看了一眼。女人微笑不言，徘徊流盼，良久。三大是憨人，忙放沉脑袋，低了眼皮，慌乱中手在怀里，装作捉虱。那女人突然恶声恶气地喊道："喂，干啥的？"

三大冷不丁怔住，忙说："南山来的。"

那女人就站下了，歪着脑袋，一只手反掌儿撑在臀部上，身子斜斜弓形，便那么奇怪地笑着，将一颗栗子丢在口里，嘎地响了一下，吐出一个东西在三大脚下，是空空的栗子壳。三大平白地遭到作践，咽了一口唾沫，拿仇恨的眼光看她。

"别那么看我！"那女人说，"帮我去提水吧。你几天怕没吃东西了，打了水给你烧糊汤吃！"放下瓦罐，自己竟回去了。

三大肚子实在太饥了，也便没了男人气，踌躇了一会儿，还是提了水罐去坎下一眼山泉里舀了水，走进独屋。

屋里，三大一眼就看见了那堵界墙下的大堆栗子，直使他感到羞辱的，是自己那件上衣竟挂在界墙头上，女人并不理会他，开始在门后灶台下生火。柴湿，老是生烟，屋里烟雾弥漫。女人趴下吹火，衣服就拥上去，三大清楚地看见了那嫩白的肚皮，他把眼睛朝上看起屋角一个蜘蛛网了。

"将那衣服穿上！"女人还在吹火，却知道他没有动，后脑上如长了眼睛。"穿上呀，我不收你的保管费的！兄弟！"

三大惊愕得口大张，喃喃不知所语。这女人最后的一声"兄弟"，是那么粗，完全是昨夜想偷栗子时黑暗处发出的声音。他脸唰地赤红，说道："我，我……"

女人这时候偏直眼看他的难堪，等他半天语无伦次之后，说："不是做贼的料，就别逞那个能！夜里我不留你，谁叫你是个男人？你也是软头儿，就走了，你往哪里走？远近还没个人家！可你竟能睡在草窝里？！南山哪儿的？”

三大说：“丹凤寺坪。”

女人就说：“哦，那么远的，盲流人员？”

三大忙分辩说：“我爆过玉米花。”

女人将嘴撇开了，形如豌豆角，说：“好大的生意哟！腰里有七十还是八十？”

“我要是不上人家的当，我不会到这一步……”三大不愿意这女人老这么奚落他，就把所经历的事都说了。女人在锅里一边下糁子，一边听着，末了哈哈大笑，那一对大奶子就在衣服下跳跃不已，如两个装在布袋里的兔子。三大窘得立坐不是，女人越发笑得得意。灶火口的火溜下来，引着了锅台边的柴火，她舀一勺水，哗地从锅项处泼去灭了，突然说：“你想出力不出？”

三大说：“哼，农民还有不下苦的？”蹲下去，气也就上来了，满嘴角的白沫。

那女人也变了脸，恨恨地说：“那你为什么不去背矿？”

背矿？三大莫名其妙，女人就拿嘴努努界墙后。他转过去，那里是一面大炕，炕下的脚底堆了偌大一堆碎石，光线幽暗，石头皆呈明色，拿一块儿出来看，蓝乌乌的，好生沉重。女人说：“你当这是烂石头吗？一斤两角二！南山人真个笨，什么地方的人都闻风来背矿了，你竟然搞得讨吃讨喝?！”三大一时不知道是在梦里，还是遇见了鬼神，痴呆呆的，如坠在云山雾海。看那女人时，女人却走出门去，在门前场边的菜地里拔了几个萝卜，洗了，乒乓地在案板上切细，用盐拌了，说声：“吃饭！”自个儿就端了一碗，饭菜在嘴里嚼得脆响。

两人正吃着，屋外有人喊：“队长！”女人走出去了，三大听见是两三个男人在说话：“队长呢，队长不在？”女人说：“县上送矿去了。”男人说：“又是你替他看管？夜里就你一个人吗？”女人恨了一声，反身进了屋，三个男人也进来，一见着三大，就乐了：“噢，新收留了一个？他给你出力，你给他吃饭？”女人骂道：“放你娘的狗屁！”一筷子糊汤摔过去，一个男人一躲身，糊汤正溅在门板上。三个男人跳出门，一个冲着三大又说：“不错，不错，脸白白的！”三大已两碗饭下肚，身上有了力气，当下怒火烧心，一下子将饭碗摔在三个男人面前，做出要打架的样子。三个男人就扑上来，那女人却一跳，站在中间，指着三个男人破口大骂："你谁敢给老娘动动！"三大提着两个拳头，恶狠狠盯着那三个僵了手脚的男人粗声出气，一阵静默，三大松了拳头，转过身去，往沟道的小路上走去了。

女人哐当地将独屋的门上锁了，叫道："站住！"

三大站住了，头并不回，脖子上的青筋突突地跳。女人撵上来，说："你往哪里去？"三大说："不知道。"女人说："你能动火，你够个男人！这些人是些猪狗，吃硬不吃软，他谁也不敢动你一下。要想背矿，就给我走吧！"走就走，单身汉哪里也可去得，三大踏着那女人的影子，看出她走路微微有些外撇。

花骨嘟峰

三大住在了这女人家，知道了这女人叫香香。

香香告诉他，从门前远远看去，那黑苍苍的不见头不见尾的山，就是秦岭主脉。山巅高高低低，像是雄鸡的冠，冠上最高的那个，形如一朵花苞的，叫作花骨嘟峰。峰下有一条路，翻过去了，就能看见关中平原了。平原上有长长的渭河，山这边的人都在说，渭河是泥浆子河，没有波浪，只有漩涡，人一落进去就像下饺子一样没了声息。河岸上又有长长的火车，几十间房子连接一起地跑，渭河到底有多深，火车到底怎么个开，山这边的人没有去过大平原，站在花骨嘟峰上只能看个大概，认作那边是大世面。但是，从花骨嘟峰下过去，下一个沟，沟对岸的坡上，山这边的人却明明确确知道那是一个矿区。工人们用风钻和炸药开出无数个洞，将那石头运到铁路边去，说是一种金矿。这含了金子的石头，太阳底下闪光，深更半夜里也发亮，拳头大一块儿竟能重二斤三斤！金矿开了五年，山那边的工人在那边开洞，山这边的农民在这边种田，井水不犯河水。农民不走出山去，他们所知道的，是县长住在一百五十里外的县城，是队里有队长，除了种田，别的营生都是资本主义。不久前，说是什么都可以干了，队长虽然还是队长，但谁见他也不用怕了。有人就到了河南灵宝，挖药材去卖，砍杖把去卖，就发现在矿区那边的山下，灵宝县设了一个收矿点，许多人都到矿区去背矿。说是背矿，实则是偷矿，偷了金矿当铅矿卖，一斤可赚两角二，好多人就在那里发了财。山这边的人知道了灵宝人发财的窍道，有人就也在这边收矿，收了好多好多，骡子驮，便车运，拉到洛南县矿产公司。但公司不敢收，说是矿没来路，收了违法，结果那收矿人就折了车，家也从此败了。队长毕竟是队长，他认识的人多，关系多，知道了这情况，就拉了一车木料到县城，和矿产公司订了合同，说是他们队里要办小矿井，采下铅矿来交售，手续就合法了。合同到了手，队长贷款买炸药，在山这边也炸洞采矿，这当然是采不出矿的，矿井凿了十米深，开矿的人却全部到了花骨嘟峰后去偷背国家矿，然后运到县上，卖得六角七一斤的好价钱。队长一发财，眼红了几条沟，于是，人人都去背矿。队长从此就不再上山，而坐地收矿，又是两角二一斤，一收一交，净落四角五，银子水白花花流进来。队长手里有合同，旁人哪个能像人家吃香喝辣，但半天背一次矿，赚得十元二十元，那也是念了佛的好事。山里人背矿富起来，外地人也闻风而至。有背十天半月的挣了钱从此走了的，有一干两年三年再不走的。背矿人越来越多，矿区的人员看守不住，后来就见生人便打。慢慢，背矿的想方设法贿赂工人，工人也干脆索烟索酒，或者扣背矿人替自己顶班，四个小时，八个小时，或者，突然袭击，四下追赶，看背矿人掮着矿袋在悬崖峭壁上趔趄栽倒，开心取乐。结果，有人去了一次，一次就遭到毒打，有人背了三年，三年却平安无事。无事的等工人过山来，酒肉相待，伺候如爷一般，挨打的又抓住过山的工人，以其人之道还治其人之身。几年光景，荒僻的山沟什么人都有，什么事都发生，人情就渐渐淡薄，世风也一日不济一日，趋于崇尚实利。

三大听了，心里就发起紧来，三大的阅历浅，哪里经过这等世事，当下问道："这能行吗？"香香说："怎么不行？钱难挣，屎难吃，这钱不让你摊本，只要你出力，墙一样高的人倒说这熊话？！明日我给你做条矿袋，向队长说一声，你就能背矿了！"三大不语。香香说："怎么哩，辱没了你？你比队长还高贵？他坐地收矿，背矿的送的点心要拿席子晾哩！"三大寻思：这女人言鏊口满，心肠倒是善的。咱与人家有什么干系，给了人家什么好处，这般热惦！就过意不去，再想也无别的出路，就憨笑着去拿斧子劈柴，抬铡子铡草，狠命地卖力。

这家人住了四间房，百年的物事，椽头差不多快要朽了。三间一隔，垒有界墙，那第四间就在山墙处开门，里边圈了三头牛。牛圈上的木楼，却同三间房通着。三大的床铺就在楼上。睡处一天三角，被子一夜一角，这是香香的男人讲明的。香香的男人做掌柜，对于三大的到来，并不冷脸反对，亦不笑脸相迎，额上的皮肉老是动也不动，嵌着黑黑的污垢。香香说："四角钱就四角钱吧，一时掏不出，就欠下，背起矿了，你就知道那点钱是老虎口里的一个蝇蟆子！"三大厚道，他不计较，这么个刁野地方，能遇上这家人也够前世积德了，何况住店天经地义要交店钱的！三大跟掌柜的去到房后的山根处挖地基，这家人要盖新屋，木料已经从山上砍下来许多，地基也差不多挖好了。三大有了饭吃，力气是舍得出的，也出得痛快。只是到了夜里，顺梯子爬上楼去，黑咕隆咚的在那麦秸窝里裹了被子睡觉，楼下的牛不停地翻动，一翻动，牛脖子上的铜铃就叮叮当当地响。北山的牛都系着铃，三大感到稀奇，这响声使他久久不能入睡。就是在梦里，这叮叮当当的声音也能听见，似乎在去看戏，又似乎是到了古刹中去，虔诚地跪在神像面前祈祷，和尚就敲起了磬……醒来，对面楼下的小房里传来一细一粗的鼾声，他就又睡不着，一直等着人家夜半起来小解，或揭了被子捉起虱子，合不严的小房门缝里看得见土炕下一双麻鞋和一双小小的布鞋，他就瓷眼看起月亮从屋顶窟窿里注下来的明光下自己那孤孤的一双草鞋，直愣愣发呆到天亮。

第二天夜里，三大又没睡着觉，狼就在远远的什么地方叫了。狼一定是嘴贴着地面嗥叫的，声音像是寡妇的哭坟。接着，屋外有人叫"香香"，叫得很轻，也很甜，香香就没有点灯，窸窸窣窣开了门走出去，那屋门没有合住，月亮就闪进一个白三角。三大不明白屋外叫香香的是谁，香香出去又干什么了，盯着白三角胡思乱想，后来就迷糊入睡，百事不晓。直到掌柜的叫他："三大，起来，起来，都什么时候了！"天已经大亮了。

这掌柜的是个跛子，额窄，眉与眼极近，脸上像土布袋摔过一样，蒙着一层黑昏。他似乎在这个家里并不多话，只是颤着腿忙出忙进地做活儿，出外见一截绳头，他会拿回来，见一截铁丝，他会拿回来，三间房的台阶上、窗台上，全堆满了破烂。里里外外的墙上，又总是削许多木橛橛钉着，挂一串辣子，吊一溜烟叶，或者把南瓜切成片儿，用绳子穿起来，系在那里晾瓜干。一个男子，干的是女人的活儿，长的也是女人的心，他不停地在三大干活儿时嘟囔要怎么舍得出力，又怎么不损坏了农具；吃饭时，又唠叨饭稀是稀，但北山的水土硬，喝稀糊汤也顶得住南山人吃馍。三大觉得他可恨又可怜，常常想问问他们这么大年岁了怎么还没有个娃娃；话到口边又不敢问，现在，掌柜的已经将三头牛放到对面沟里去吃草了，喊三大起来，语气里隐隐有些不满。

三大走下楼，说："掌柜的，夜里我听见有狼叫哩。"

跛子说："山里有的是狼。"

三大说："夜里迷糊中，我听见嫂子出去了？"

跛子说："你鬼耳朵！她忙哩，队长又去要交矿，让她看管收矿站。"

三大说："队长？"

跛子"嗯"了一声，似乎不耐烦了。三大就跟了他往东边一条沟里去伐几根木头。他们家的山林有一片分在这沟里，跛子已经计算好了，新屋的木料还缺两根中檩。三大使了七尺长把的大斧，砍得一棵松树木屑乱溅，树放倒了，跛子抬小头，三大抬大头，两个人却一个慢一个快抬得别扭，三大干脆就一个人掮了走。跛子看见三大精剥了身子，肋条下走一步陷一个小坑，言语就亲起来。走到沟下人家处，在饭店里讨了两碗面汤，招呼三大歇下喝汤。这又是一个小街，十几户人家相对排了几十米，家家都办了饭店，充斥的又是那些黑脸黑脖的人。这些背矿的，肩上搭一条乌黑的矿袋，腰里又缠了一条矿袋，那裤带上，就吊一个小小的口袋，鼓囊囊地磕打着臀部。跛子眼馋馋的，说："瞧见那布袋了吗？那尽是钱哩，这些人有钱得很呢！"说话间，小街斜对面的一家，匆匆跑去一个人，立即那家女人出来，说了什么，就呜地哭起来。哭声一起，各家的女人都赶了去，变脸失色问那男人，接着就有人吁着长气返回去了，有的则还留在那里，替哭着的女人擦眼泪。不大一会儿，好多男人拥着那哭着的女人又匆匆往街头跑去，手里同时抬着一副担架和一只扑扑拉拉的公鸡。

三大说："这里出了什么事了？"

跛子说："你没看见那招魂的公鸡吗，背矿的谁又被砸死了。"

三大第一个感觉，是一股凉气从脊梁骨飕飕往上蹿，再就是膝盖发软，说：“矿山乱成那样，既容易出事，又亏了国家，上边也没人管吗？”

跛子说：“谁管得住谁呀？矿上内窝子乱了，哪能看守住？一边说不能偷矿，一边却在山下收矿，你怎么管呀！”

三大说：“县上不要让这儿收矿不就得了？”

跛子说：“这就看出你的嫩了，他队长有合法合同呀！矿产公司和队长是通通，理由会说：咱们不收，灵宝收，与其富了外省外县，还不如让本省本县人富呢。这话多光堂！唉，话说回来，这几年还不多亏了这背矿，要么怎么个富呢？出事是出事，看得人也害怕，可不背矿也就都不要背矿，问题是你不去背，别人去背，眼看着别人发财，这心里就……”

俩人说罢，就再无话。回到家里，香香已经回来了，在门前的石头上洗脸，满手皂沫，浮动一丝暗香。跛子说：“回来啦？”香香说：“回来啦。”跛子又说：“东沟有人砸死啦！”香香说：“我听说了。”跛子就伸手在女人的裤子口袋里掏，香香说：“钱在柜盖上放着哩！”跛子颤着腿进了屋。

晚饭中，香香对三大说：“我已经给队长谈了，收你的矿没问题。”三大说：“这就多谢队长了，他连我一根烟都没抽啊！”香香苦苦地笑了一声，跛子就说：“你那一角多钱的烟，给队长，队长也不抽呢，你看见过他家的房吗？六间上屋，四间厦子，青堂瓦舍的像是神庙！那不是平地卧的角色，只说队长没权没势了，嗬，他倒更红火了。”三大说：“还是先进呀？”就抬起头来，看对面山头上渐渐地黑严起来，山坡上长满了华山松，这树木身子粉白，叶子碧黑，暮色里像是插了无数的粉笔。有一个人，黑黝黝的，就在那白粉笔里边朝这边喊：“香香，香香！”香香只顾吃饭，不做答理，跛子说：“叫你哩！”香香还是不理，跛子就回应道：“啥事呀？”那人说：“队长叫香香去哩，说是矿上来了几个工人！”香香叭地放下碗，回骂道：“老娘我就不去！”跛子当下脸就煞白，说：“你疯了，是队长叫哩！”香香怒色斥道：“你看队长是人，队长看你是狗哩，亏你是我的男人！”跛子还是走出门去，暮色中给那来人解释，指天咒地地说香香真的不在，华山松林子里一阵响动，那人就给跛子吹一个怪声怪调的口哨走了。跛子走进屋来，笑笑地说：“走啦，这下走啦！”香香发出一个恨声，起身从柜里取了一瓶酒来，独自在灯影地里坐喝。

三大一时疑惑，不知道这家人是怎么啦，用眼睛看跛子，跛子垂了头，用拳头捶打着残废的右腿。他就走过去，劝香香少喝点，香香血红着眼睛，说：“三大，明日跟我去背矿吧！”三大说：“你也要去？”香香说：“我不背矿也便宜他们了！”声色俱厉，凛凛透一股凶气。

三大爬上楼去睡了一个翻身觉，香香就把他叫起来，吃了饭，带了干粮，双双对对要出门走。三大却迟疑了，觉得月在中天，夜深人静，自己厮跟了女人总是不妥，就偷眼看跛子的神色，跛子还是那张冷脸，无异样表情，三大心才放下来。一路上，香香问这问那，言语虽然还是硬，三大就有问必答，无问便止，言语珍惜得如金子，不停拿眼看山道两边。山道弯来拐去，弯弯都有奇崖，崖上生满怪树，皆白身绿枝，横空繁衍，做龙的腾跃。奇崖怪木之下，必有人家居住，或石壁开门，洞穴为屋舍，或青篁红栲之间，深藏一檐一角。前边的路上有人说话，听不来说的甚语，只是嗡嗡响作一团，赶上了，皆是背矿人，笑笑的与香香招呼，香香一边点头，一边撂一句两句逗弄话。三大问：“你都能认识？”香香说：“人家都认识我！”说着就歪脚向一块儿巨石后面去。三大还未明白她去干什么，便见巨石前的土坎上有人在趴着不动，突然一石子飞去，那人哎哟一声，头缩下去不见了。香香勒着裤带走过巨石，说声“走吧”，俩人又走。三大说：“那人是你用石子打的？”香香说：“他回去看他娘去！”嘻地一笑。

天明到了花骨嘟峰，树木都长得低矮，横枝柯杈，但荒草没人。走过峰侧，有一条石道，如一道锁链，一直下垂到山后，一伙背矿人已经在那里吃干粮，吃饱了就挤在一眼水泉边喝水，再就从肩膀上的口袋里，取出又一个口袋来，当腰带一样缠在衣襟下。三大觉得好笑，说：“他们在干啥呀？”香香说：“这是在预备口袋，若让发觉了，收去一条，腰里就还有一条，腰里的收了，还有哩！”她便走近那伙人去，对着一个敞着怀的，突然从裤带处猛地抓住一块儿黑布一抽，竟从下边抽出一条口袋来，众人大笑，香香却扭头走过来，对三大说：“好了，你就在这儿等着，你有的是力气，我给你背一袋过来。”三大说：“不让我过去？”香香说：“你瞧瞧那些人，精灵得狐子一样，你瓷脚笨手的去，非挨了打不成。先接矿吧，我不会向你要转矿钱的！”三大说："这……"香香说，"就这样！"言语肯定，不容争辩。三大还在犹豫，香香已经走了，寒风里黑发飘动，越发风骨奇秀。

三大就坐在山坡上等着，太阳一竿子高，两竿子高，香香还没回来。三大等得无聊了，就躲在草丛里，将自己埋起来，谁也看不见他，他却能看见过往的人。背矿者不停地有从石道过去的，也有从那边背了矿过来的。背了矿的，皆弓着腰，一手死死抓着肩上的矿袋，一手去抓石道旁的树根，口鼻大张，满脸乌黑，眼珠仁就白得可怕。他们到了这边坡上，有的歇一气又背着下山去，有的则坐下来，打开了口袋，就有山下来的人论价买去，每斤一角三分，或一角五分，同时就有专门带了秤，五角钱租用一次。三大想，这些人怕和自己一样，也是背转矿的吧？不觉念及香香待他的好处，心里忐忑不安。这么思想，半天过去，石道上突然拥进一伙人来，失声叫道："不好了，不好了！"三大从草丛跳起来，问道："出了什么事？"那些人形状枯瘦，憔悴正如鬼，说："抓了十八个劳模！"三大说："劳模？"回答说："只说是到了交接班，一个洞进去了二三十人，正在里边拣矿，工人接班来了，十八个被堵在里边，全部扣住了。"三大说："那怎么是劳模？"有一个就说："你是新来的吧？要替他们白干一个班的工，这不是劳模是啥？"三大脑子里轰的一下，立即就想到香香，那么一个女的，担惊受怕就够受了，若她也做了"劳模"，那吃得消吗？就发急问："香香也被抓住了吗？"那些人点点头。三大就往石道处跑，刚过了石道，十七个人背了矿上来，三大忙问是不是被抓住过的？十七个人说："放了！"三大说："香香呢？"十七个人就说："多亏有香香，是她给那工人说了话，才放了我们的。"十七个人将矿放下，躺在地上大口喘气，显得轻松和满足，似乎全不是睡在山上，是在家里的炕上，是在老婆孩子的身边。

三大越发急了，连声再问："香香呢，香香呢？"

十七个人说句"她吗，没事的！"脸却诡诡地笑。三大听了，心里就揪了一团，第一个念头就是，香香被那工人？……立即就说，不会的，香香那么野，谁敢到她身边去？但又一想，香香会有什么本事，竟能说情让放了十七个人？她这个时候怎么还不回来？！心越发慌得难受，再要打问时，那些背矿人一溜串儿下山去了，听见一个人在说："香香这阵儿在干什么？"一个说："瞧着吧，工人会背了矿送她出洞的！"又一个说："活个女人还是好啊！只可怜了那跛子。"先头说话的那个就说："跛子认钱嘛！"三大听出这些话的味儿来，一阵心酸，恨那些无耻的工人，又恨走去的无知的背矿人，只觉得两腿稀软，倒在草丛里。

山下静下来了，一点声音也没有，一只蚂蚱跳在了三大的胳膊上，是秋后的冷气逼禁了喉舌吗，终没有叫出一下。三大忍痛站在那里，身上汗出如注，乏极，帖然倒卧在草里。一阵急促的喘息！三大侧目看去，石道口冒出一个人来，正是香香。她满脸的黑水道子，脑后的头发蓬乱，刘海却湿淋淋贴在额上，放下矿石口袋在喊："三大——！三大——！"三大没吱声，不知怎么，他突然反感起香香来，不愿见到她，将头埋在草里，大气不出。

"三大！"香香还在叫，后来就自言自语，"人呢？"四处跑着寻起来，一边寻一边扯扯衣襟，在手心里唾了唾沫，抹在头上，服帖了脑后的乱发。

三大默默地站起来，拿眼睛看着远处的香香。

"啊，你在那儿！"香香惊喜地叫着，立即口气又硬了，"你这南山客，你躲到哪儿去了？你还想背矿不背？快，把那袋往山下背，我再去弄一袋来！"她跳下坡坎，又消失在石道里了。

三大还是一句话没有说，呆呆地站在那里。一阵山风扫来，草全然倒伏了，萧萧瑟瑟地响。

太　岁

三大第一次获得了背矿的钱，一回到香香家，跛子就问："三大，你背了多少？"三大说："一百零五斤。"跛子就用口踏算，说："嚯，二十三元一角呀！"三大就看着香香说："只落七元五哩！"他是要刨开香香的十五元转矿钱的。香香却在桌下用脚踢了他一下，说："二十三元一角就是二十三元一角，掌柜的又不向你借！三大你现在有钱了，把这几天的房钱交给掌柜的吧，饭钱不用开了，权当是帮我家干活儿的工钱！"三大迟疑了一会儿，付了三天住费一元二角。跛子蘸唾沫点收了，嬉皮着脸说："怎么样，不摊本儿净落哩！能在这里背上三月五月，媳妇就挣到手了！”香香说：“三大，二十元钱，是能挣得一撮媳妇头发了！”跛子就又笑，三大皮肉苦皱了一下，再没有言语。

三大买了些米面，借了香香家一口小锅，动手在牛圈房前的台阶上支了自个儿烧饭。稀稠自己吃，三大觉得这样自在，又不顿顿端碗看跛子的脸色。香香倒无所谓，自家有好吃的就倒到三大的锅里；三大有好吃的，也动手就拿碗去盛。从此，隔一天两天，俩人到山上去背矿，香香依然不让他到矿区去，口气硬得像待儿子，三大无奈，只是听她的。但香香总不收转矿的钱，三大就等第一袋矿背过山，便一口气背去十里八里，埋在草丛里，二反身再到山顶，接香香第二袋矿。香香感激他，他也感激香香，但在矿区里如何偷矿，香香绝口不说，三大也绝口不提。半路吃干粮，三大就将自己的饼子掰一半递给香香，自己爬近旁的树上去吃生柿子。香香在河道掬水喝，吱吱有声，便拿石子往树上一投，立时三个五个柿子落地，走近去，说：“女人肚子倒比男人的肚子大了？”三大说：“女人是吃不得，又饿不得。”香香就在饼上咬一大口，再还给三大。三大不接，看左右悄然无人，怅然叹一声，却去背了矿，行于林中小路，一等到了家里，他就做饭吃罢，爬楼去睡，睡得昏昏闷闷。

跛子瞌睡少，夜里总睡不着，披了衣服在炕沿上抽烟。三大偶尔醒来，看见那一明一灭的烟火点，知道掌柜的在操心他的新屋。新屋的木架已经请匠人做起来，但木架上用的大钉、小钉、钢套铁环、水泥、白灰、青砖、蓝瓦，匠人吃的菜，喝的酒，日后付的工钱，这跛子就熬煎得额上挽了疙瘩。黎明前是瞌睡最香的时候，两口子却坐在被窝做商量，男的说：“钱还差得远哩！”女的说：“差得多远？”男的说：“你还得再背几个月的矿。”女的说：“背吧。”就躺下去再不作答。

三大再跟香香去背矿，跛子就负责叫人，在楼下喊：“三大，鸡叫二遍了，快起来做饭！”“三大起来！”跛子已经给香香把饭做好了。临出门，跛子说：“香香，路上不要喝冷水！”香香说：“偏要喝！”路上，三大说：“掌柜的待你好哩！”香香说：“好。”就让三大前头走，自己退到黑影地去了，过会儿撵上。三大在路边地里拔两个萝卜，擦了泥给香香，香香却不吃，三大才醒悟跛子的话，说："那你还来背矿！"香香说："我爱哩！"三大说："还爱背矿？我要是你们家，八抬轿也抬不来我了！"香香说："待在家里，还没背矿痛快哩！"三大不解，香香就说："你不是个女人，你不是我！"三大再笨，这话中的味儿也听得出几分，心里乱糟糟的，却立即又装了糊涂，俩人默默地走。到了山顶，已经有人偷了矿过来。三大就买了来背，香香生了气，三大不听她的，背了买下的矿便走，香香骂道："你这喂不熟的狗，你有钱了，你买吧，你走吧！"骂罢，伏在一棵树上，凄然哭泣。三大听见还是脚步不停。

三大一回来，就帮跛子在新屋基那儿忙活，跛子说："你有病了？脸色太难看！"三大说："没。"跛子看着三大，一脸狐疑，便问："香香呢？"三大说："我是买的矿，她到后山背矿去了。"跛子说："你怎么不和她一块儿去？"三大低了头，不做回答。跛子坐在一块儿石头上，放沉了脑袋说："三大，我看得出来，你是个老诚人，你该承携她，山那边的工人坏呢。"三大一下子抬起头来，明白跛子还是心里有数的人！就说："掌柜的，钱有什么多少，你家日子过得还滋润，你还叫她去背什么矿?！"跛子说："日子哪里就滋润了？我这脚残废得早，家里欠的账多，队长收起矿，香香才使这个家撑了下来。老屋也漏得不行了，等这新房盖好了……"他不再说下去，三大见跛子不说，也就不再多说，用镢头狠狠地掏得地基下的泥土。突然一镢刨出一个圆溜溜的东西，以为是个石头，拿锨铲出来撂在屋基外的空地上，跛子看见了，问句"那么圆个石头"，走近看时，脸却白了，悄悄过来说："三大，那是太岁哩！"三大不知道太岁是什么，跛子说："不得了了，老辈人说过，'太岁头上不敢动土，'咱这屋基上怎么就出了太岁?！"三大过去看时，那圆东西果然不是石头，拳头大的软软的，一个触之即动的黑肉疙瘩。说："吓，还真是个活物哩！"跛子脚手发抖，跪在地上就捣米似的磕头。三大一锨铲了又撂到对面的树丛里去了。

回到老屋，天已经黑了，屋里没有点灯。香香就睡在炕上，见了三大，脸转别到了墙里。三大见香香气还未消，心想说说自己是一片好心，又觉得话说出来寡味，只是闷着。跛子进来问："今日没少背点？"香香说："钱在柜盖上。"回过头来，见三大还待在一边，狠狠地说："你们男人没一个好的！"三大不知说什么，香香又说："我又不是老虎，你不敢和我一块儿走了？"三大说："嫂子把话说到哪儿去了！你身子不好……"香香说："实话给你说呢，我去偷矿，容易得很哩，我之所以让你等我，一是见你瓷脚笨手，二是一同回来也有个说话的。你是觉得我这女人太贱了?！"说罢就鼻子响动，红了眼。俩人默默地坐着，跛子收了钱也坐过来，不知道该插句什么话，末了说："我给咱拾掇饭去。"就用松油节引燃了火去厨房。在院子里，突然脚下踩着了软的东西，一声锐声，手中的松油节就灭了。三大闻声出去，跛子说："三大，你快点火，院子里怎么又有一个太岁了！"就牙花紧磕，瘫坐在院子的捶布石上不能起来。

香香听说院子里有了太岁，也跑了出来，三大已经把那肉球铲在锨上，要撂到远远的沟道里去。跛子拉着哭腔说："天爷，灾祸来了！白天挖出了一个，只说撂去了，怎么院子里又是一个？西王沟陆家去年就是在屋里发现了太岁，不出半月，家里连死了三个人啊！香香你快去西七崖请赵先生来，让他给咱禳治禳治！"香香听罢，脸也黄了，但却烦得直斥跛子："你哭什么，真是灾难，你哭就没事了？我听人说了，遇上这东西，不能放生，要把它杀了剐了的好！"跛子说："这敢么？"香香说："你一辈子倒敢了什么？三大，把刀拿来，我来剁了这东西，犯了煞让我去死好了！"三大取了菜刀，就说："什么太岁不太岁，真要那么邪乎，让我来杀！"就对着那个肉疙瘩一刀劈作了两半。跛子吓得看也不敢看。三大把劈死的太岁用水洗了，在锅里煮起来，以香香的嘱咐再将肉汤浇在住宅的四边。剩下几块碎肉，香香说："三大，你怕死不怕死？"三大说："怕了怎的，不怕了怎的？"香香说："怕了，你就到别的家去住；若是不怕的，咱把那肉分着吃了。"三大夹起一块儿肉就吃起来，不敢咬嚼，囫囵囵咽了，香香笑着说："你是个男人！"

隔日再去背矿，三大将吃太岁的事说知了背矿人，皆变脸失色，说太岁不是一般人能见到的，它一出现，凶事将至，都侧目看着香香，也不肯与香香多说话，见了就避将远远的。跛子在家里也慌手慌脚，唠叨着怎么无缘无故就能出了太岁，必是什么邪气冲了。三大就想起自己的厄运，莫非这一切是他的影响吗？如果真是这样，自己还有何理由疏远她，对她那个?！故眼见得旁人冷落香香，他越发可怜香香，同情香香，主动和她说话，事事殷勤，如同骨肉兄妹一般，使香香深受感动。

中午，背矿的三大回来了，三大背的不是矿，背的是香香。跛子一下子吓瘫了，不知所措，后来才请医生号脉，针灸，煎药，灌汤。香香睡倒了四天，四天里跛子没有离开她，三大也没有再去背矿。香香一会儿迷糊，一会儿醒来，睁眼就骂天咒地，直到第七天里才下了炕，还是痴呆呆看人。跛子就去请西七崖的阴阳师赵先生了，三大在家陪着香香。坐了一会儿，香香困了，上炕去睡，他也就爬上楼去休息，头一挨着枕头竟也睡着了。不知什么时候，听见楼下有响动声，接着就有了争吵，一个说："托人叫你几次，你为什么不来？"一个说："我不愿意！"三大听出说话的一个是男人，一个是香香。香香又说："你不要进来，这是什么地方？你还不够数吗，你把我整成这个样子，你还要我死在你面前不成？！"那男人说："既然有一回两回，也便有十回八回！"香香骂道："你放屁！你也是有娘有姐有女儿的人！"那男人却在说："香香，就这一回，还不行吗？"香香说："掌柜的就要回来了，你出去看看有没？"三大听罢，头晕目眩，心里叫道：香香你竟是这种人？！我三大的眼睛算是瞎了！一下坐起来，就要走下楼去揪这一对狗男女。刚站身，却听见屋门哐地关了，那男人被关在了门外。香香在门里说："你走吧，你再也不要到我家来！"说着就跑进卧房嘤嘤泣哭。门外那男人骂了一句什么走了。三大在楼上问："嫂子，那是谁？"香香啊了一声，叫道："三大，你是在楼上？"三大说："你说那是谁？"香香却哇地哭了，说："你不要问！你不要问！"三大跳下来，打开了门，抄起一把锨来就要出去撵打，香香一把却抱住了他，说道："三大，不要打他，他是队长！"三大愣住了，说："队长！队长敢这样？你和队长早有来往？"香香死死抱住他，哭得更厉害了，说："打他不得，你把他打了，他就不会再收矿了，三大！"三大牙子咬得嘣嘣响，叫道："他不收了，老子也不背矿了！背矿亏了良心，出那么大的苦力，还要遭人欺负？！"香香说："不背矿，我到哪儿挣钱去，家里家外的账拿啥去还清，这新房又怎么去盖呀？"三大说："那好，为了挣钱，你们什么都干得出来！我可不愿意，他队长就是能给我金砖银瓦，我也不干这丢人事了！"说着就上了楼，收拾自己的行李，出门要走。香香却凶狠起来，挡在了门口，说道："你往哪里去？"三大说："回寺坪！"香香说："你就这么回去？空手回去？"三大站住了。香香夺过了行李卷，抱住又哭起来，说："你是男子汉，你也知道了我的可耻，我也是没了脸面在这世上。你既然看见了我的丑处，我也要你看见我一条绳索在这里吊死了，你再走吧！”就拿了绳一抛，一头挂在了屋梁上。三大一下子将绳抓住，拉下来缠一团扔到楼上去了，抱住香香，苦不能言。

香香倒在三大的怀里，竟昏然如醉，三大一时慌了手脚，忙喊掌柜的，连叫几声，没人答应，方记清跛子去请阴阳师了，便用指甲掐香香人中。折腾半日，香香苏醒，又是哭说：“三大，你答应我，你不要走，你要背矿。你这么大年纪了，不能没有钱，狠着命挣一笔钱了你就走吧，再也不要到这地方来！我是不干不净的女人。我全给你说了吧，这队长不是好东西。我开头拒绝他，他就不收我的矿，我没了办法……谁知他得寸进尺，还想长期霸占我，我只好忍气吞声，不答应他也不能太伤了他。在矿上，那些工人也不是好的……三大，我一个女人家，有什么办法？你看我整日疯疯野野，我是给别人看的，我也是给我宽心哩。你不知道我心里多害怕，多惊慌！”三大恸极，说：“这些，掌柜的知道吗？”香香说：“他怎么能不知道！他不是男人，他不够个男人！”说毕，哭泣甚哀。三大看着满脸泪水的香香，也就泫然流下眼泪，却不知安慰些什么话，将她扶到炕上，自己就蹲在门限上吸烟。香香说：“三大，我知道你现在是看不起我了，这我不怪你，你可以不见我，你搬到别的人家去住吧。可我告诉你，你不要到矿上去偷矿，你不是那种人，手脚不利落，地形生疏，那就会吃亏的。单日你就在山上等我，我给你去偷，偷了矿你接就是了。”说完就又哭，三大咋劝也劝不住。

这时儿，跛子回来了。他领着两个人，一个是阴阳师赵先生，一个却是穿着鲜亮的人，叫道：“香香，队长来了！”三大站起来，用凶眼看着走来的队长，队长说：“这就是南山那位吗？”三大说：“你认得就好！”队长避开他的眼光，又说：“今日没去背矿？你住在香香家，可要多谢香香哩，全是她给你说的情，我们收矿站才收你的矿哩！挣了多少钱了？”三大说：“你要不收矿，大家也就都不去背矿，那你也发不了财了？！”队长说：“这倒是对的，可没有不想去背矿的呀，兄弟！”跛子还在叫香香，香香在炕上没有言语，跛子就对队长说：“香香病了。队长，喝茶，难得你到我家来，要是半路上不碰着你，你也不会来哩！”队长说：“吓，跛子你真行，又准备盖新屋了！”跛子说：“还不是亏了你办法稠，给这条沟里的人寻到赚钱的门路了！”队长就哈哈大笑说：“现在就是要广开财路嘛，你们家的日子不是也越来越火爆！听说你们家出现了太岁？”跛子说：“可不，日子才好些了，灾难又来了，出了太岁，香香也就真的病了，我这才请赵先生来禳治的。”队长说：“太岁是什么样子，先听人说，我还没见过。”三大说：“是个恶肉疙瘩，一刀剁了，我们煮着都吃了！”队长叫道：“吃了？太岁头上的土都动不得，你们竟敢吃了？！”忽听得台阶上的阴阳师拍掌道：“这就好了，这就好了！遇上太岁，这就非出事不可，不知道的，吓得把它就撂到别处去，那灾难还是躲不过，只有将它杀了，吃了，反倒会化凶为吉，倒是一件上好事哩！”当下跛子脸上有了笑容。香香也从炕上下来，两眼红红的，问候赵先生，也问候了队长。赵先生就让跛子找来一些禳治用的东西，自个儿在房前屋后绕了几匝，又将桃木橛在门前钉起来。队长寻机便问着香香：“香香明日你去背矿不？”香香说：“你是又不收我的矿了？”队长说：“怎么不收？你要是去，你就去找矿上的刘班长。他前几天来过，我请了他一席饭，他说还想认识认识你，你去找他，他会照顾的。”香香说：“多谢你的好意了。”队长就嘻嘻笑道：“那有什么谢的，只要大家都富起来，也是我这队长的光荣嘛！”香香却站起来，到门口看阴阳师燃起了一堆豆秆火，跳来跳去，然后一口清水喷在手中的菜刀上，向东连砍数下，念道：“赫赫阳阳日出东方，此刀断却恶灾，扣除不祥，急急如律令敕。”念罢了，就让香香双手拿一镜子，名曰照妖镜，在火堆上跳过来三下，跳过去三下，末了说：“跛子，明日去买两张门神贴在门上，邪鬼就不会来了！”跛子说：“三大，我腿不好，明日烦你跑跑路去！”香香说：“你别支差人，三大今日就搬出咱们家，他要去别处住呢！”三大说：“我不走了，就住在你们这儿，我就给你们家当活门神！”

金　子

禳治了太岁，香香的气色似乎好多了，跛子喜欢地对三大说：“这赵先生真灵哩，三大你那鼻梁根的痣不好，你也该让他禳治禳治。”三大笑而不语，心想这跛子实在老实，老实得有些窝囊了。世上的夫妻也真是说不清的缘分，香香偏就伴了这孱头。

三大越是这么想，越是觉得自己每次接香香的矿，也枉做了一个男子汉。这一天，俩人在花骨嘟峰下的石道上争执了许久，香香拗不过三大，就领着他一块儿到矿上偷矿。山那边就是极陡极陡的石坡，本来是没有路的，但背矿的人脚踏得多了，硬踏出一条蚰蜒道来，时不时就出现一个鹞子翻身的石坎。香香说："小心！"顺陡势往下一跌，紧急中抱住了坎下那棵华山松，华山松是斜长过去的，树身被背矿人一次又一次地扑抱，那扑抱的地方就明显比上下部位细了许多，且手的摩抚，使其锃明光亮。抱住了树，便伸出左脚，努力将脚尖插住在石皮上的一个浅窝，再换手抓旁边一个石嘴，后又是一跌，才落到下边的一处平台上。三大是山里长大的，走这样的路却还是第一次，汗就湿腻腻地出了一身，说："天神，背了矿石，这怎么个上去？"香香说："好多外地人第一次背了矿到这里就掉下去了，死三个人哩。去年冬天驻了雪，那下边就摔死了一个老汉。谁也不知道老汉是哪里人，没人收尸，后来样子太难看了，几个人才下去用乱石就地埋了。"三大听得毛骨悚然。俩人下了坡，路落入沟底，看得见沟那边山上有许多建筑。一条公路在其中盘绕，再顺路下行二十余里是一片楼房。香香说："那就是矿区，看见吗，矿井都在那边坡下。这阵还不到下班时候，快藏到那个树林中去吧。"俩人猫腰跑过去。树林子里已经躲了许多人，全是黑脸黑脖，窥视着工人们这一班下班另一班上班之时。好些手里拿着黄纸条，上边画满了歪歪扭扭的字样。三大不知那是何物，香香说是伍角钱请阴阳师画的护身符。三大说："那能顶事？"香香说："顶个屁！那是自己给自己壮胆哩，要是女人，脸就是最好的符，但那脸符是护得住矿，护不了身的。要么就拿上好烟好酒那才是男人们的护身符哩！"那些人见了香香，就笑笑地说："香香来了？"香香说："来了。"便有几个说："香香，今日多靠你提携了！"香香不作答，转身对三大说："甭理这些人，人多了显眼，跟我到那边去，不和这一群一伙的进一个井！"刚走了几十米远，前边有一个石洞，洞口荒草丛生，有人低声叫道："不要过来，不要过来！"香香说："那石洞不是你家的，为什么不让过去？"那人就说："有多余裤子吗？一条三元。"香香骂句"霉气！"拉了三大又走到别处去。三大问:“那人说什么?”香香说:“买裤子的。又是昨天被工人抓住了，让剥去衣服烧了，躲在那里；白天买不到裤子，只有天黑了才能回去。”三大听了，脸色都变了，和香香坐在一丛冬青树后，又问起藏在石洞的人。香香说:“三大，既然到了这儿，现在什么也不要想，抓紧吃干粮吧!”自个儿就啃起干饼，眼睛鹰一般瞅着那边坡上。突然间，背矿的人开始往坡上跑去，香香说:“下班了，走!”俩人一前一后跑过沟畔，上了坡，钻进山崖下一个石洞。洞口很大，洞底铺有铁轨，装有电线，却没有灯，三大一进去，黑漆漆的一股森冷空气就透过来，浑身都起了鸡皮疙瘩。香香将他手牵住了，脚高步低走了一段，就从怀中取出一截蜡来，哗地擦火点着，一团黄光摇曳，面前出现一个竖井。井口有一架木梯，湿漉漉的，三大先下，哧溜一声滑落了，香香就叫:“三大，伤着没有?”三大在下边喊:“没有，这是什么地方，萤火虫多得很!”香香噗地笑了说:“有什么萤火虫!那就是矿，闪光哩!”香香下去，一手持蜡，一手极快地拣拾脚下的矿，说:“快，拣重的捡，越重越是纯矿!”她已经拣好了，三大一袋子还未装满，她就让三大先扛了自己的往出走。三大气喘吁吁扛了矿袋爬出竖井梯子，香香也接着上来了，一口吹灭了蜡，小跑向一团白光的洞口跑去。然后又没命地跑下坡，过了沟，钻进那片树林子里。三大并不在乎矿袋沉重，心情却太紧张了，大口喘气不已。香香说:“吃得消?”三大说:“就是心跳。”香香说:“你这是第一次，要稳住气，小心脚下，走吧，背过山再歇!”俩人在石坡上趔趔趄趄走了一阵，就到了鹞子翻身处。听得见矿区那儿一片叫喊，三大回头一看，许多人在那里乱跑乱钻。香香说:“走你的路!”自己先爬动着到了华山松下，再将矿袋托到石坎上，用头往上顶，然后努力跃着身子，一次，两次，几乎要掉下来了，但还是跃了上去。三大脚蹬住了那石窝，腿哗哗直抖，往下一看，就想起摔死的那个老汉。再挪后边腿时，却怎么也挪不动，锐声叫道:“香香，鬼拉我的腿了!”香香说:“是那老汉的鬼吧?这老东西，死了还想找个替身!让我下来，他要再拉，我踹他一脚下去!”就又下来，突然笑道:“三大，是你的裤管挂在那酸枣刺根上了!”三大再一用劲，刺啦一下，人和矿过来了，一片破布留在那里。俩人吓得脸色寡白，将矿背上山顶。一坐下来香香就又大笑:“你说是鬼，我还以为真有鬼啦!”笑得三大面红耳赤。

背过了这次矿，三大也是经受了锻炼，胆儿也大起来，接连同香香又去背了几次。他力气真好，后来竟每次背到一百六十斤，而且幸运的是，三大每次去，皆平安无事。回到家，俩人一边吃饭，一边说起背矿中的趣事。跛子听了就说："三大真行，你拢共挣得多少钱呢？"三大说："快够三百元了。"跛子说："嘿，你到底比香香背的多，够讨一个媳妇了！"三大说："差得远哩，就是有了钱，也不一定有姑娘肯嫁我！"跛子说："那为啥？"三大说："瞧我这样子，丑八怪一样。"跛子就说："你们南山人长得好呀，你要愿意，我可以在这里给你寻个女的，只是要上门改姓的。"香香只是抿着嘴笑，将自己的菜夹给了三大几筷子。

转眼到了冬天，山上驻了雪，背矿的人就少了。雪大的那几日，三大是待在香香家帮跛子盖房。三间房的墙已经打起来，木架也竖好了，只等着瓦备齐就和泥抹顶。这些日子，香香不让三大起灶另做，要他同他们一块儿吃饭。饭桌上，跛子是盛饭端菜，间或又取出酒，给三个人倒着喝，说："三大，你瞧，我们家不把你当外人了！你没来，吃饭我们从未坐过桌子哩，香香话也没这么多。她出门骂外人，在家就骂我……"香香说："好人不骂，坏人还不骂？"就拿眼看三大，三大笑笑，自个儿拿过酒壶又倒喝了几盅。

夜里，三大睡在楼上，一连串做了几个梦，梦是很美的，醒来还觉得脸上是笑笑的，不觉又笑出了两声。楼下香香在问："三大，你还没睡着吗，深更半夜的笑什么呢？"三大一侧身，才发现下边小屋里还亮着灯，香香在纳鞋底哩，就说："我做了一个梦，就笑了。"香香说："什么好梦，就能笑了？"三大说："梦着咱们一起背矿了。"香香说："你是背矿上心了，睡吧，明日你到东沟镇街上买几尺布去，我把掌柜的鞋做好了，给你做，你可得掏钱买布啊！"三大说："给我做？那我咋谢呢？"香香说："哼，也学得贫嘴！"将灯吹灭睡去了。三大却再没睡着，胡思乱想了一番，身子就发热起来，屋外边又在落雪了，渐渐地发着碎响，一只挨冻的猫想从门限下溜进来，两个爪子在抓门，后来就进来了。三大没有听到它走动的声音，后来哐的一下，中堂上的一只油瓶撞倒，三大骂了一句"吃嘴的猫"，眼睛还是闭不下。约摸过了几个小时，楼上的光线慢慢亮起来，跛子就起来了。他没有叫三大，三大也没起来，自个儿就在门前扫雪，然后给牛烧水，拌料，再端了一盆热水进来，喊：“香香，香香！”香香没有言语，就喊三大：“三大，天不早啦，起来洗个脸吧，趁还有这一盆热水！”三大一直是支着耳朵听这跛子的响动的，待他一叫，突然觉得这男人怪可怜，想起夜里的事，心里不免噗噗地跳，身上也感到冷得厉害。走下楼，跛子说：“三大，眼睛怎么胀胀的？”三大慌乱地说：“没啥。”就洗了脸，拿了斧子在台阶上狠劲地劈柴。跛子说：“三大，你到那边去劈，香香夜里睡得迟，甭惊动她。”三大百依百顺，却没有看他的脸。抱着木柴到院子角落的一间草棚里，劈了一阵，抬头又往香香的窗口上看，窗口还关着。跛子已坐在台阶上，正拿那一双新做的鞋在脚上试，嬉皮笑脸的，鼻尖上，一颗清涕，欲掉未掉。三大又一次抡起斧子，跛子却冲着他叫：“三大，你瞧瞧，这鞋可脚吗？”三大说：“可脚。”跛子说：“你几时也去买了布来，香香说她要给你做哩！”三大丢了斧子，坐在柴上，眼睛瞅起棚顶。棚顶上有数孔通光，一群麻雀在棚顶沿上刨雪，雪末就粉一样飘下来，他只觉得草棚空虚，身上发冷。

吃过早饭，三大又是跟跛子去窑上背瓦，瓦背了又去山上打绽板。香香说：“三大，你歇下。”三大说：“我不累。”香香说：“活儿能干完？你给我说说你们南山的事吧，听说南山水土好，女人都好看哩！”三大说：“一般。”香香说：“你们那儿不兴指腹为婚吗？你小小时你娘没给你定一个吗？”三大说：“没。”香香说：“三大，你是咋啦，就那么踏实干活儿？问你一句你答一句，你是什么县长专员了？！”三大就停下手中的活儿，给香香笑笑，说：“山上的雪消些了吧？”

第二天，香香又病了，直犯咳嗽，脸红得如火炭。跛子在家伺候，他就去抓了药。看见跛子坐在香香炕边，他就又去替跛子喂牛。吃饭了，跛子在香香房子吃一碗，他也端碗站在那里吃一碗，跛子忙别的去了，他就也走了。香香叫道：“三大，你来！我一有病你就躲得远远的，你不肯多在这里待一会儿吗？”三大说：“我……”香香说：“你什么，去给我倒一碗开水！”水倒来了，又说：“去放些糖！”放了糖，又说：“你给我吹凉！”吹得不热不冷的，还又要让三大一勺一勺喂。三大没办法，正给她喂着，门帘一挑，队长进来了，叫道：“呀，香香病得不轻哟，发烧吗？”手就伸过来摸香香额颜。香香忽地翻起身，蹲在了炕角，说："不烧了。队长，你坐。"队长坐下来，看着三大说："这南山客背矿背出甜头了，也不走了？"三大说："你不收矿了，我就走了！"脸冷冷的，粗声闷声。队长搭讪了几句，气氛显得难堪，出门走了，门口碰着跛子，跛子一脸堆笑说："怎么急着走呀？"队长理也未理。跛子回来问："香香，你惹了队长了？"香香说："我惹他屁事！"跛子说："队长好长日子不来咱家了，小心人家卡咱呢！"香香说："他要做了我掌柜的不成?！"跛子脸上不是个颜色，冲三大说："唉唉，现在这女人！三大，你给她说说，人家毕竟是队长，咱能惹得起吗？"三大没有言语，退出房子到院子里的捶布石上去抽烟了，连着抽了三支。

第三天，三大一早就出了门，吃早饭时也不见回来。香香问跛子，跛子说也不知道。中午太阳端了，三大回来了，一脸一脖的黑，香香说："背矿了？"三大点点头，香香就恼了，恨道："为啥不吭一声？我还以为你死了呢！明日还去？"三大说："还去，山上已经有人背了。"香香说："明日我也去。"三大说："你要去，我就不去了！"香香说："那为啥？"三大又说不出，香香就说："你这人也是阴阳怪气的！"又是一个早晨，三大下楼，看见香香的小房门掩着，就悄悄又上山了，刚到花骨嘟峰下，香香却站在那石道口望着他笑。她套了一件红底黑点的罩衣，寒雪，神形单薄，却楚楚动人。三大大惊，说："你怎么早来了？"香香说："三大，我知道你是在避我。我心烦呀，让我一个人待在炕上，我这病只会重啊！"三大说："可你毕竟病着！"香香说："你还知道我病？你要知道我这病，你也不会这样了！"三大看着她一双冻得如红萝卜的手指，禁不住想近去握住暖暖，猛一下子却定在了那里，拿眼睛直直地看着香香，香香也直直地看着他。三大没有说话，香香也没有说话，两个人却喑哑了一般。三大终于没勇气看香香的眼睛了，低声说："那好，你现在就得听我的，老老实实待在这儿，我给你转矿！"香香眼睛里溢出了水色，第一次一反常态，不争不吵，孩子一样点点头，顺从地温柔地坐下了。

三大高高的身影一步一步从石道里走过去，香香就一动不动地坐着，双手支了脑袋出神。她穿的衣服并不鲜红，却感觉到被雪衬得火辣辣的。阳坡的崖嘴头，石梁背上，因为风大，雪是没驻上。一切荒草杂树全枯僵了，折了茎尖，只有那一丛一丛的冬青木还冷着绿，叶子上又似乎镀了一层蜡，在寒气里反光。香香仰头往上看，天上一片一片的云，干净又特别安详，她心里就十分沉静，觉得病是减了多半。她估摸着时间，想象着三大已经走下了鹞子翻身的石坎。走到了山沟下那片树林子里，如此思量，自觉自己魂也跟他去了后山，进了矿区，耿耿苦想，不可复言。

不知什么时候，香香却迷糊了，说是梦，又似乎不是梦。她觉得她撵上了三大，一块儿进了一个矿洞，洞里奇怪的并不是黑咕隆咚，而是金镶的，银贴的，一片光明。他们跑呀，跑的，竟忘了背矿。一直往深处走，突然就闻着一股奇香，趋香而去，在一个横洞里，长满了桂树，一个横洞里，长满了米兰。三大锐声叫着："鹿！"果然是另一横洞里，跑动着无数只梅花鹿，而且又有了香獐子！她问三大："你们寺坪也是这样美吗？"三大说："就这么美！"她说："那你领我去看看！"三大给她笑笑，却倏忽不见了，她急得大叫："三大——！三大——！"一愣神，香香清醒过来了，身上出了一层冷汗，骂道："把他的，失散魂了?！"又觉得好笑，就抓了一把雪在额上擦擦，无意中却就用雪捏起玩意儿来。捏好了，是两个小人儿，就又笑道："这个是我，那个是三大。"说罢就觉得无聊，两个小人揉在一起又成了散雪，说是散雪，玩着玩着，无意中又重新捏起来，竟这个小人身上有了那个小人的雪，那个小人的身上有了这个小人的雪。一抬头，太阳已经两竿子高了。三大还没有回来，就怔怔地想：这个时候了，怎么还不回来？心里就呼地一跳，说：难道三大出了事了不成？才这么一想，心更是慌了，站起来活动活动身子，也就从石道上走过去。

三大真的出了事。当他背了一袋矿刚刚跑出矿洞口，突然洞内电灯一齐放亮，只听见一阵大笑，满洞子嗡嗡嗡地回鸣："哈哈哈，这么大的雪天还来偷矿，要钱不要命了！"接着就厉声叫道："把矿放下，过来，过来！"三大走过去，看着吆喝他的是个胖子，头上戴着安全帽，宽大的帽绳从耳朵前勒下去，抖一身的威风。同时又进来了三四个工人，也全是如此打扮，路过三大身边，乜眼看看，就对那胖子说："老七，抓个劳模了？"胖子说："怎么样，劳力棒吧？"那三四个人就说："你好运气，一上班就抓住了！有打牙祭的吗？"胖子就问三大："你是哪儿的？"三大说："南山的。"又问："偷了几次了？”三大不言语。胖子走近来，一把揪住三大衣领，刺啦一扯，叫道：“满脖子的黑，不是第一次！”三大仍不言语，任其发落。胖子说：“既然不是头一次，带来了什么？”三大说：“带有干粮。”将口袋一个饼子送过去，立即被胖子打掉地上，骂道：“没烟没酒，你背你娘的 × 矿？！跟我来！”三大跟着他走，走到一个横洞里，洞里横七竖八地塞着支井的木头，胖子说：“把木头往出扛，一根一根架在洞外空地上！”说罢就走了出去，坐在洞外的石头上抽烟，三大自觉理亏，一句话没说，就开始扛那木头，一根，又一根，扛出洞外，胖子说：“扛出一百根，你就下班了！现在是五根了，老子在这儿给你数着！”两个小时过去了，三大扛出了五十根，已经精疲力竭，就说：“可以了吧，扛出了一半多了！”胖子说：“不行，少一根也不行！你以为国家的矿就这么好偷吗？”三大生气了，说：“国家的矿不是好偷的，国家的工人也不是你这么当的！”胖子恼羞成怒了，说：“你说什么？老子就这么坐着，老子的工资一个字腿也少不了！你眼红，小子？”别的横洞的工人又在喊：“老七，你那劳模不错呀，把你的活儿干完了，叫来替我上班呀！”三大牙子咬了咬，反身进去又扛木头，当一次胖子不大注意，在洞口一丢木头撒脚就跑。那胖子就追，一边大喊：“抓偷矿的，挡住，快挡住！”三大慌乱中跑过一块儿空地，刚转过坡弯，迎面就来了五六个工人，一下子将他堵住，胖子扑上来一棍便将他打倒了。三大窝了一肚子气，这阵全爆发出来了，夺了那棍，往地上一扔，立即六七个人又围上来大打出手。他又一次倒在地上，背上，肚子上，脚就雨点般地踢打。三大一抹脸，手上满是口鼻流出的血，大吼了一声，将血抹在那些人脸上，一个鹞子腾起，顺手抓住了地上那条棍，霍霍霍旋转了一个光圈，那些人哎哟着后退了。他趁机又跑，那伙人又追上，又是旋转棍的光圈，打打退退，犹如初来北山打狗。直到了沟底，力气渐渐不济了，那伙人又团团将他围住，他突然丢了棍子，叫道：“打吧！偷了国家的矿，打死了也是该死！打吧！！”这一叫喊，那伙人倒愣住了，良久不动。胖子骂道：“嚯，你还算个汉子，你当我们就不敢打吗，还是我们打不过你？！”一棍就磕在三大腰里。三大果真不动，圆睁了双眼，盯着胖子，说：“你记着，我叫吴三大，丹凤寺坪人！我在这偷矿不是一次两次，是二十次，三十次了，我走差了一步，可我也看清了这是个什么地方，不打出个人命，这地方不会引起人重视。打死我，就把我埋在这山上，我要看看怎么整治坏人。”胖子说：“好呀，你还想当英雄？我就成全你做英雄吧！”棍又举起来。

这当儿，石坡上一声大叫：“谁敢打？谁要把他动一下，老娘今日也就和谁破罐子破摔了！”那伙人和三大都怔住了，扭头看时，石坡上旋风似的卷下一个人，正是香香。胖子就叫道：“香香?！”香香跳下来，站在了三大面前，说：“认得了就好，这是我的表弟，有什么事给我说！”胖子立时脸上淫淫地笑起来，说：“是香香的表弟？那怎么不早说呢！好了，一回生二回熟，让他以后来吧，记住，十一点是我的班。”香香说：“多谢你了，三大，走吧！”拉着三大便走。胖子说：“咦，香香，这就走吗？”动手却在香香后腰拧了一下。香香回转身来，怔了怔，便笑了一下，说：“那你来吧，我要给你一件东西呢。”胖子就让那些人回去，说他一会儿便来，跟着香香、三大往山上走。后边那伙人就跟着起哄。三大转过头来看香香，香香用眼瞪他，说：“走好，这老七是老熟人，到山顶了我要好好谢他哩！”胖子嘿嘿地笑着，说：“香香，你脸比以前白了！”香香说：“是病了。”胖子就问：“香香害的什么病？”香香说：“手痒！”胖子说：“手痒？”说话间，三人进了花骨嘟峰下的石道，香香说：“说真的，老七，这手痒得想打人哩！”转过身来，啪的一耳光打在胖子的脸上。胖子冷不丁被打趴在地上，三大一下子扑过来，咚咚咚，一阵脚踢，胖子在地上翻了几个滚。香香骂道：“告诉你，我不会再去那里背矿了。今日老娘打了你，也让你知道知道我香香不是你能欺负一辈子的！这就是我送你的好东西！滚吧，滚！”胖子爬起来，一瘸一拐地跑出石道去了。香香哈哈大笑，突然满头虚汗，双腿抖起来就坐在地上。

三大半跪在那里，问香香怎么啦。香香说：“没什么，我是气过火了。三大，我只说你运气好，谁料到就会出事，也真怪我没跟你一块儿去。”

三大说：“嫂子，今天多亏是你救了我啊！”

香香说：“三大，不是我救了你，是你救了我呢！”

三大说：“我救了你？”

香香说：“你没来前，我真是个坏女人，为了支撑这个家，我失了身子。人人都知道我那矿是怎么背出来的，又是怎么被队长收去的，背地里耻笑我，我曾经自杀过，觉得没脸面活着，可我死不下。我怎么会这样？我去背矿，我就应该受人作践？受了作践，又都是我的罪？后来我也就死猪不怕热水烫了，他们利用我，我也利用他们……认得了你，你才使我知道这世上正经的男人还是有！和你在一起，我就感到我这个女人活得太肮脏，发誓要刚刚强强活下去。我为啥总想和你在一起？就是我服气你这样的人，你这样的男人。可你老是躲我，避我……”

三大说：“嫂子，这些我都知道。我在你们家里，一不沾亲，二不带故，我是南山来的客啊！”

香香说：“你在说谎！我知道我是个女人……活该我是女人，我才知道你这个男人是好的！”

三大说：“……我是个穷光蛋，什么事也干不成，你们能让我住下来，又帮我去寻钱路，我三大这辈子忘不了你的好处，忘不了掌柜的好处，香香嫂子！”

香香说：“你是在可怜掌柜的？”

三大说：“他是让人可怜。”

香香说：“可怜，可怜！”反复说着，嘴唇就抖起来了。

三大和香香都坐下来，难受得说不出话。一只鸟在前边的矮树梢上叫，叫得咕咕地苦。三大没有去赶，香香也不赶，叫得紧了，香香抓一把雪要掷打。猛然看见了前半晌捏下的那两个雪人儿，两个小雪人儿经太阳照耀，全部散了，消了。她叹了一口气，站起来，说：“走吧。”三大站起来也说：“走。”俩人走下了雪山。

回到家里，三大的腿伤受了风冻，竟化脓感染了，他出不了门，用草药汤洗了七天。七天里，跛子的新屋盖好了，放过几串鞭炮，跛子喜欢地说：“三大，我只说出了太岁，这盖房中要出什么事故了，可现在一切都好好的！这也亏了你和香香把太岁杀着吃了，让赵先生禳治了。你瞧，这新屋排场吧？这都是香香挣的钱呀！你虽伤了腿，但背矿的十有七八都挨过打，过几天就会好了。这生意利大哩，你挣了那么多钱，伤点腿想来也值得。我还是劝你，要是看上这地方，你就不要走了，把这旧房买去，我托人给你找个媳妇，你也是一家人过活了。只要这矿区还开采，只要咱队长还收矿，你也会大发的，几年光景也会是一院子新屋呢！”三大笑了笑，说：“掌柜的，你这一片好心，我会记着，我想这腿差不多也好了，明日就想回寺坪去呀！”跛子说：“你要回去？钱正挣到兴头上，你要走？”三大说：“钱能挣完吗？钱这东西就是为人用的，没了，人活不下去，多了，它又会过来害了人。我要走了，我给你说一句知心话，不要让香香再去背矿了。”跛子说：“咱不去背，别人去背，那……”三大说：“矿上的事，队上的事，我虽知道不了多少，可我看，这事不会长久的，矿山是国家的，国家不会不管，偷矿收矿，会遭报应的。你记着我这话吧！”跛子点点头，摇摇头，不知所措说：“你真的要走了？”三大说：“真的。”跛子说：“你给香香说过吗？她肯定不会让你走的。”

香香得知三大要走的消息，却并不惊讶，反倒说：“走了好，走了好！三大是五尺汉子，凭力气吃饭，到哪儿不活命！离开这脏地方，挣干净钱吧！”使跛子莫名其妙。晚上，这两口子置了酒肉，七碟子八碗摆了一桌，为三大送行。三个人都喝得七成八成，头沉沉地睡了。天明起来，香香做饭，一碗一碗端给三大吃了，说：“今日搭车到县上？”三大说：“到县上，后天坐车就到家了。”香香便对跛子说：“三大好歹在咱家住了一场，要走了，你去送送。回来路过九里湾石灰窑，你去订购五百斤石灰，新屋盖起来就也搪搪。这几年你当掌柜的，钱总是交你，我暗中还留了二百，今日也全交给你了，我也落个清白。”跛子说：“你还攒了这么多私房?！你不去送送三大吗？”香香说：“我到新屋把脚地铺铺。”跛子送三大走了，半中午才回到家，石灰窑上送来了五百斤石灰。但新屋里却没见香香，而且再没见到她。

十天后，队长到县矿产公司去交矿，回来在村里说，县上有人看见，香香前九天的早晨在县汽车站门口站着，什么也没有带，手里只拿了一块儿矿，一块儿含着金子和铅的石头。跛子才知道香香离开他走了，伤心地说：“她走了，她挣了三间新屋，她没住一天就走了！”

一九八四年

故　里

壹

从前，有一座山。山上有一个洞。洞里坐着一个老头在说：从前，有一座山。山上有一个洞。洞里坐着一个老头在说：从前，有一座山。山上有一个洞。洞里坐着一个老头在说……

山里人讲故事都是这么开头的。故事愈是讲近来，年代愈是溯远去，颠前倒后，总离不开一个洞的。

论说，这洞是在玄虎山上。玄虎山上的石头皆黑，这洞却是白的。从远处看去，就如同黑黑的夜空上悬着的月亮。至今洞口两侧的石崖上仍残留两行字，一边是："云在山□登上山头云且远"，一边是："月□水面拨开水面月更深"。极有玄味。

两行字各剥脱一字，许多人深为惋惜，有欲拟而补之，赵一仁则说："不然。西北东南天地且有缺陷，仙迹所遗为何不能这样呢？"遂使洞更加神秘。

洞口不大，尽被白云塞满。步进去，犹如水满则溢，云雾便荡然飘出。疑惑间，听得无数的金属脆声，极有音韵，脖脸处感觉到湿了。须臾，一切明显，才知道洞旷若礼堂，圆顶之上缀满水珠，晶莹如繁星，眼瞧着由小变大，欲圆欲椭，瞬间下跌不止，依内壁便是八具钟乳大石，非人似人，体态阴柔，似乎低头含笑，或闭目静思，或侧身而泣，或颦，或怨。正要联想到这是一群女性，蓦然冷风飕飕，侵骨寒冷，逼使你不可久驻。看四周水草则未动，洞壁又无缝无隙，不知何故。出洞来，那飘出的云正在崖头发呆。

故事是一代人一代人往下讲的，便说这白洞原是一个溶洞，生十二具钟乳石，八具围壁而立，四具坐卧其中。随着岁月流逝，钟乳石变成八具，又变成非人似人的形态。怎么变的，何时变的，谁也不曾意识，一切皆于无知无觉中。

现在，洞里除了围壁而立的八具钟乳石，还有两口泉眼，日里汩汩地往外流水。水原本无形，如今各自在石层上冲出碗粗的槽道，恰又被槽道约束为绳，僵硬硬的，不可拎起。下行一丈，入一口潭里，一支从左斜入，一支从右斜入，水便在潭中回旋。旋半圈，又反旋半圈。再从潭下沿的一个槽口流出，往洞外沟谷去了。而潭的中央，两个半圆的核心处，则浮悬一堆白沫不散，长年经月的。

贰

× 年 × 月的 × 日，赵家的二女回到玄虎山。闺女回娘家，本是平淡无奇的事，但这女子不是寻常女子，她的回来也就有声有响。

三十三年前，正是赵一仁的再婚媳妇三十三岁，她已经生养下两个儿子，一心思谋着要一个闺女，闺女真的就落草了。因为女生二月，二月有犯，一日清晨，后庄的韩家武顺死了娘，武顺拿着水酒点心来请赵一仁书写铭旌，赵一仁就让武顺认了女儿作干爹。

武顺是心口无毒之人，家有一整齐妇人，儿女稀少，平白得了一干女儿，便起名赵怡，视如掌上明珠。

是解放的初期，一日夕阳西沉，于远峰处半含半吐，玄虎山就被红云腐蚀，其景光华灿烂。一跛脚浪人行至庄前讨水喝，忽遥指赵家门楼说："此户人家要出一个人的。"此话被庄人听见，以为神仙指点，铭记不忘。于是，在赵一仁头一个妻子的儿子赵和读完中学，又考入省城大学，便深信"要出一个人的"是赵和无疑。但二十余年后，玄虎山上的人，甚至赵一仁，才恍然大悟到这个人是女儿赵怡。

赵怡并没有什么奇才异技，但她是个美人（谁也不相信她出生在玄虎山）。她手足柔软，轮纹深妙，肌肤白净，鲜明离垢。正因为美得出奇，使她在学校里课业荒废。但美貌是女人行遍天下的文凭，她的模样和落落大方使她初中一毕业就进入了这个县的戏曲剧团。在剧团里，她亦不是一名优秀演员，而形体的正规训练使她的身体更为健美，更深谙了修饰打扮。她的美貌在第一次赴省汇演时令城里人销魂落魄。极快，她就嫁给了一位年轻的作家。作家比她长五岁，写了四本书，获得过国家文学大奖。文坛上经常制造天才明星，这作家已经弄得声名聒噪。作家文章虽然作得好，但其品性澳泓回互，隐伏绊结，使赵怡有许多难言之苦。这当然是后话，不提。

婚后，赵怡几乎是六年没有回玄虎山了。对于故乡，她是无所谓的。她曾极端仇恨过这块山地，恨不能早日逃脱出去。在城市的文明生活中，她感到满意和兴奋，几乎要从记忆中全然抹去幼时的日月。逢着别人询问她原籍何处时，她只笼统地说“陕南”，且还要注释一句：“那里是长江流域啊！”可是，随着女儿的出生，随着丈夫的声名日益振远，随着鱼尾纹悄无声息地爬上眼角，她愈来愈怀念玄虎山。醒悟到虽然每月有钱寄给父母，但却从感情上淡漠了作女儿的孝敬。对亲爹亲娘是这样，对干爹干娘更是这样。

在到剧团之前，她是两家老人的宝贝。赵家的饭菜不好，她可以到韩家去；韩家的饭菜不好，她可以到赵家去。如今的睡梦中，她常常梦到儿时的干娘。干娘喜欢用桂花油抹头，抽一种精致的白锡铜水烟袋。赵怡那时坐在门槛上，一边给干娘吹着纸煤儿，一边被干娘喷出的烟团呛得咳嗽。

那年月，玄虎山老来一位剃着光头的货郎，他用青布带子扎着裤腿，十分潇洒风流。干娘时常买他的五花丝线，绣荷包，绣兜肚，绣花鞋，绣裤边儿。每当货郎来，他总要喂赵怡一块儿“离锅糖”，是用苞谷糁儿熬制的，吃起来很粘；一团头发窝儿才能换一块儿的。赵怡吃得口甜心甜，干娘就说：“怡，去塍畔摘几朵金针花吧！”

金针花现在是珍贵的菜品，那时玄虎山的塍畔到处都有，是作为花草任其自开自落的。等她满头插着金针花回来时，货郎已经走了，干娘脸子红红的，头发却很乱。

到后来，干娘就瘫了。终年睡在炕上，口齿不清，说半截子话。干娘的病是遭人打的。赵怡问过为什么遭打，干娘不说，一直瘫了八年不说。八年里，赵怡夜夜陪着她睡，如影逐形。干爹睡在另一间屋里，他蝇面球头，气短色浮，在外受人作践回家仍敬畏干娘。干娘常常发火，言语却不清，赵怡就是干娘的翻译。那时候干姐在县技校读书，星期日回来搂着赵怡亲昵，说赵怡替她行了孝。

但赵怡尽了什么孝呢？

干娘疼她爱她，她认定干娘是好人，说："干娘，我长大了，挣了钱，一定让你享福！"她果然进剧团挣钱了，第一个月回家给干娘买了一包红糖。第二个月，干娘就死去了。

叁

玄虎山有好几处庄子，都在山腰和山顶上。人住得高高的，为的是离油盆大的太阳近。但山顶上水少，吃用大多还得往八石洞的泉里舀。山顶上更没有许多地，尽凭着沟谷里黑河边的一湾田吃五谷。

黑河很著名，满河滩都是黑石头，湾田里也是黑石渣。劳作的工具只能是一种扇板锄。但庄稼长得好，日光下满田浮闪亮点，山民们顶得意地说这石渣里是有油的。

黑河宽泛，这湾田就修有头道堰。后又向外扩张，修成二道堰。再后再扩张，又修了三道堰。三部分田用的是一条老水渠堰，很深很长，深长深长的。

论起这一点，赵一仁最易激动。他已是七十多岁的高寿，行将老去，便消失了时间的概念，增加了空间意识。他谈起沧桑变化，不说千年长万年短，只是"那阵子，黑河比现在宽。湾上头的崖，也风吹得矮了。我记得老水渠堰上边不是一堆沙，那是一片大石浪的……"他接着就要说，他的老爹领人修这河湾第一道堰内的地时，怎样抬石头抬断了一仓房的木棒，老奶怎样捡穿烂在河滩的草鞋烧了一冬的热炕，而老爹膝盖上的一指厚的硬茧又是怎样在石窝里砌水堰磨就的。赵一仁虽然呵斥着赵家人以赵家是玄虎山主宗而自矜，但他的有意识的不自矜却正使杂姓人家感到无以言状的压力。

水渠堰决定着黑河湾田的收成。几乎每一年田里需要水的时期，水渠堰上都要发生斗殴事件。轻者两家反目，甚者大打出手。庄人日渐亲疏反常，厚薄倒置，自私自利无宽厚之恩，自暴自弃无远大之见。城市人因交通肇事设置了警察，玄虎山的水渠堰惨案不时发生，便产生了民主推选堰长的活动。这是玄虎山有别于中国其他农村的建制，也是玄虎山英明的创举。

堰长虽然不是社长，亦不是生产队长，但他是天人合一的象征，其权力为唯德是馨的体现。堰长有专门的房子。即使这一年五谷歉收，他也有绝对保证的粮食，他有独自使用的铜锣，锣一响，庄人就得招之即来。而他决定给谁家田里放水，就给谁家放水，旁人不能闲言碎语。黑河水如若暴涨，冲毁了水渠堰，抢修时，堰长则必须挺身而出，第一个下水，死而不惜。当然这类事情极少发生，而其权威却又完全可以使自已私欲暴溢，要挟乡里的。但赵一仁已经是十多年的堰长了，赵一仁之所以是赵一仁，他气量渊深，性格豁达，为人磊磊落落，光明正大。

玄虎山上的社会应该说是平和的。

平和秩序，大具诱惑，从湖北从河南从甘肃河西走廊沿途乞讨而至的人就再不走。赵一仁几乎全为这些人提供生存的方便，端一碗米汤去，送一件旧衣去，且作媒让本庄的一些女子嫁给他们，或者让他们倒上门作了庄子里一些人家的女婿，以至于后来，这些外来人生儿育女自成体系，于玄虎山的某一洼某一沟造屋修田，逐渐又发展成独立的小小村庄。

人生残酷。这些外来人为了生存拼进玄虎山，而玄虎山在失去了供养的限度后又惩罚着这些人，使得他们的日月平静却穷困异常。于第二代开始，男人们已经极难觅寻到一个女人来供家庭的成立和家族的延续。自然，光棍众多，蛮力有余理智不足。当再后又有一讨饭女人和一些婚姻不幸离家飘零的女人来，必是许多男人围绕，发生有野合怀胎生下不明不白儿女的现象。儿女生下来了，儿女的母亲却死不愿再留在玄虎山而又走他乡，光棍汉们就将儿女收养。故每个庄子里皆有一些有其父没有其母的孩子。

当然，亦有一些更穷困的更丑陋的光棍，年近三十，仍旧还是童子身体，就索性割断尘念，进了庆元寺当道士。

肆

庆元寺的道长做道严肃，每日给小道小姑讲授炼丹的秘诀：人体就是丹炉，炼丹就是守精。强调道士与道姑不能亲善往来，各自衣不整发不束，囚首垢面。让尘世人看见顿生恶心，让见到尘世人而自惭形秽。

每日清晨，寺里古木森森，绿草茵茵，阳光激射，落影款款，正是百鸟在枝头啁啾欢跃，蛐蛐在花间饮露清歌。道长便召集所有道士将被褥搭晒院中，一一检查。检查被褥上是否遗有精斑。若发现，便勃然大怒，即刻罚其苦力。

这炼丹就无异于战场上炸毁敌方堡垒一样惊心动魄。

小道士每天随便从身上可以搓下汗泥时，似乎明白人是女娲用泥捏就的。但总不明白道士是人作扮的，人既长有阳物，为什么偏要炼丹呢？便只有去八石洞汲取泉水时面对钟乳石，想入非非，玄思这八尊石头如此酷似女人，何不又于某日某晚，当然更好是他们汲水之时变为活女人呢？一时似被一种什么东西刺激，浑身焦躁不安，忙盘脚静坐，以草茎掏耳。再看女神时，却突然发出一种疑惑：这些女神神色阴悒，神仙也有什么痛苦吗？

伍

后庄村口有一棵白皮松，有一搂粗的。枝叶并不茂盛，最上端的几枝，皮已脱落，像交错的骨架。一个庄有一个庄的风水镇物，金盆庄是一株千枝古柏；腰庄村是一尊牛角石；白皮松在后庄村就无人敢损坏。虽然那骨架似的枯枝上常年集宿着蝙蝠，这丑陋不堪的黑鬼将双肢吊在枝上，用皮翼像裹被单一样包起自己。

从金盆庄赵家的门口望去，后庄村的白皮松就是在天幕上。

许多年前的一个下午，这白皮松下吊着两个人。一个很风流的男人，一个很妩媚的女人，皆剥得一丝不挂，双手被绳索拴在树枝上，脚尖恰能接地，任愤怒的庄人用树棍抽、鞋底扇。

男女是在洼地的草丛里野合的。当时春风和煦，天高气爽，蕨菜长得很嫩，采蕨人走到洼地，看见路边一挑货担，装有五色丝线，却不见卖货的人，后发现草丛摇曳厉害，就将他们抓获了。玄虎山上的光棍们可以与外来乞讨的女人野合，但却不允许这一对男女受活。因为光棍汉们野合是以延续后代为目的；他们的野合则纯粹为了自悦，且有夫之妇与一个外来的男人勾连，这便令玄虎山的男人大受辱没，激怒不已。

人们拷打着男的，男的很羞愧，眼睛死闭，讨饶求告。女的则大睁两眼，逼视得拷打人也胆寒，将她解下来，让被单裹住身放生去了。

男的吊打到天亮，赶下山去。据说从此生意破产，得一种鼓症死了。女的则患了风湿性心脏病，卧炕八年不起。

赵怡从省城返回玄虎山，她得知干爹早也下世，干姐虽未嫁人，但工作到县城，已经是城关镇的妇联主任，将玄虎山的老屋也拆除变卖了。

一个暮色苍茫的黄昏，她站在白皮松下，遥想往事，临风独然涕下。白皮松还是旧时模样。一搂粗的树身，皱着爆裂的白皮，像害着什么牛皮癣。赵怡想，春夏秋冬，皮脱落一层，新生一层，这白皮松怎么还是那么粗？而这么粗又是怎么粗起来的呢？

后庄村的人发现白皮松下站着一位绰约美妙的女人，傍晚的苍茫里他们的眼睛异常明亮。他们已经忘却了白皮松下曾经发生的事情，所以对美人的出现极为惊诧，不敢近前，亦不敢动问，远远地定着眼珠。

这么沉默半晌，终于有人认出这是赵家的二女，那个省城的作家夫人。他们无不感叹这女子在省城出息得如此富贵荣华。好多光棍汉开始身子摇晃，一一到厕所里去小便。他们并没有解下黄汤，而排泄了令他们焦躁不安的一种异样的液体。那些有父无母的小光棍们，业已长大，此时飞跑进庄，报告着白皮松下的新闻，旋即有一位中年汉子，披衣而来。

远远的场地边，男女老幼在议论着赵怡，热羡着她的高贵和其丈夫的声誉显赫，说起了三十三年前跛脚浪人的谶语。中年汉子便说：“什么事，大惊小怪？丢玄虎山的人了！”

在厕所里的有贼心没贼胆的光棍们说："你新做了堰长，有钱有势，可有这号女人？"

新堰长说："城里人享得，我怎享不得?！"

光棍们就煽惑："你敢去亲亲？"

新堰长一把抓下披着的衣服，一枚气体打火机就从口袋里掉下来，他捡了，说："那今晚的酒你请吧！"

就走近去，也装着看白皮松，眼睛盯住树上的一只蝙蝠，突然在赵怡脸上亲了一口。

赵怡已经将思想沉浸于另一个冥冥世界中去，冷不防被人亵渎，无比愤慨，甩手扇其一个极响的耳光。差不多在新堰长撒脚逃窜的刹那，观望的男女尽作鸟兽散去。

赵怡轻蔑地笑了，这位手拎呢子外套，而衬衣领子满是黑污的勇敢汉子，他毕竟不同于城市里的流氓。赵怡想得出这号被装潢了的土特产式的人物的德性。

陆

玄虎山的对面就是青龙沟，沟吊十八里长。

一沟上下长满了栲树林子，玄虎山人常在那里捕捉崖鸡。崖鸡极肥，双爪短翅又无力，持枪的人不必装火药砂弹，两边梁上各立一人即可。这边喊："噢—！"崖鸡就飞落那边梁上。那边喊："噢—！"崖鸡又飞落这边梁上。如此呼喊不已，崖鸡往返几次就精疲力竭，终于在空中昏厥，突然如石子一样坠跌身亡。玄虎山人肚腹中的腥荤就来源于此。这是早先年里的事。后来崖鸡就日渐绝少，山民们无利可获，就又伐林烧炭。粗树砍没了，砍细的出售把杖。破坏自然而被自然惩罚，住在山里的人竟没有了柴烧，沟里的树桩和树根也便在几年之中刨尽挖绝了。

三年前，一个不安分于种地的青年，为了父亲，也为了自己，与在一年一度的选举中获胜的新堰长打斗了一场。结果身败名裂，反从此坏了其父德性，就开始了写小说。

当今文坛上讲，小说是一种宣泄。这青年初次上阵。其动机却与时兴主张投合，就写了厚厚的一沓稿纸，并不远千里到省城去见自己的妹夫，要求将这部揭露新堰长丑恶的小说发表。当作家的妹夫却刻薄地讥讽了他，说："作家是想当就能当的吗?！"这青年从此收心，返回家乡仍无所事事，恨自己生不逢时。

偶尔在青龙沟西崖畔发现两个大而异的石窝，就十分新奇，以为是考古学杂志上所说的恐龙足印。遂上书县科协，遭一笑了之。他又上书北京，出乎意料，北京考古研究所竟来了人。考证了十天，同意青年的看法，却认为没有更多的考古价值就走了。青年的发现虽然未被重视，但因其观察准确而从此十分自信。心想，有恐龙足迹，必有恐龙遗骨。听说龙骨十分值钱，何不挖寻？于是就挖寻不止了。

果然，某一日挖出了拳头大一块儿，卖得十二元。便越发起劲，吃住在青龙沟开始了新的生活。龙骨化石越挖越多，青年骤然暴发，整个玄虎山都为之震动和诱惑。一时间，几乎所有的劳力都扑进青龙沟。以青年的经验，龙骨多在土层下的石层缝中，且一旦发现就深追进去，故崖土时常倒塌，好几家汉子就死不见尸，永远留在那黑暗的一方。

死的活该短寿。生的仍大发其财。挣了大钱的开始往山下川道地婚娶姣好，挣了小钱的往更深远的山坳去说媒定亲。真可谓淑女一夜成佳妇，从此奇男已丈夫。而上了年纪的长得丑陋的则接管了被崖土砸死的人的家室：老婆有了，儿子也有了。

这一年，黑河湾的稻子长势不错，可到了七月，一次洪水冲毁了水堰。新任的堰长夜半醒来，将一面铜锣敲得山响，所来者尽是老弱病残。堰长气得骂爹骂娘，后来就骂这领头挖龙骨的青年。骂得赵一仁一肚子怨恨又不能出声，第一个跳进水中挡缺口。新堰长不骂了，第二个跳进去，新老堰长合抱一起，喝令人们将沙包在他们身后填下。这一夜忙到天亮，赵一仁从水中爬出来，一头栽倒昏迷不醒，新堰长的大腿被石头砸伤。一个多月，一个腿上贴有狗皮膏药；一个太阳穴上印有火罐拔毒后的黑红斑，久而不散。

秋季粮食减产。尤其在稻子扬花灌浆之时，新堰长拒绝给这青年家的田里放水，致使颗粒无收。这青年则雇人到川道地集市上买了三担白米，故意差人挑着从新堰长的门前经过。

此日正是乾坤朗朗，新堰长将固定的职务补贴费买了一台高档收音机在门口听戏，忽见这青年领着挑米人得意而至，知道来者不善，将收音机开到最大音量。

青年却说了：“堰长，你的腿伤好了？”

腿伤并没有好，狗皮膏药几天不贴，伤口还沁流黑血。

青年又说，“我这儿有止血良药！刮一点儿末儿，敷上便好。”随手将一块儿龙骨丢过来。

两个血气方刚的人就在灿烂的阳光下又一场好打。

柒

庆元寺的香火极盛了。老户的女人和新嫁到玄虎山的女人都来祈祷丈夫的吉祥。她们现在脖颈上依然汗垢厚重，却衣着新鲜，将钱往神位前的化缘箱里塞。多则十元二十元，少则三元二元。神案旁静坐的老道，一脸高古，并无喜悦之色，喃喃地说道着一件骇人的事件。

女人们的长舌便将老道的话扩散开来，说是一日有小道去八石洞泉中汲水，发现近旁一阵风吹草动，森森可惧，扭头看时，石坎上一派绚烂，一条五色大蛇绕身而卧，大若筛盘，中间高扬头颅，红舌闪动，如电如焰，双目晶亮，逼射绿光。而距蛇一丈余远处，一只草蛙直立了后肢，在巨蛇的注目下，不跑亦不惊叫，竟一直看着蛇，像是被无形的线索所牵，一步步挪近过去……

这说法使玄虎山人既惊骇，又怀疑，后查问小道，方胆颤心悸，再也不敢往八石洞那边去，吃水则绕道到黑河。

小道们则是不怕的，依然去八石洞汲泉水。每每注视着酷像女人的石头，就作想这女石的眼睛怕也是蛇的眼睛吧？虽然明白这是一种罪过，但还是被那目光所慑，一步步走进去，将炼就多年的丹宝遗失裤裆内。

又后，寺里收一幼徒，同师兄去汲水。师兄凝神偷窥远处一女人，幼徒问看见什么？答之：蛇。而等到这幼徒又一次同师兄汲水时，发现了一队运木头的人群，人群后站着赵怡，他便悄声问师兄："你怕不怕蛇？"师兄惊愕地看着幼徒，幼徒还在喃喃地说："我爱蛇。"这当然是后话了，作罢作罢。

捌

四姑娘赵艮，入夏来臂膀开始滚圆，胸部开始突起，但却愈来愈不能见到草绿的颜色了。

两年前，她去省城姐姐家帮着做饭，一去就是一年半。正是易于幻想的年纪，她很快适应了异于玄虎山的环境，烫发，描眉，涂胭脂，习说一种极生硬的普通话。每当姐姐和姐夫外出参加什么集会，姐姐总是拿不准穿什么衣服，梳什么发型，姐夫就站在一边作她的镜子，说："前走几步，再走过来。转！"姐夫就扑过去将姐姐抱住了。赵艮看到这一切，就赶忙闪进另一间房子去，热羡着他们的幸福。而姐夫偏又扯着姐姐过来说："艮，瞧瞧你姐姐出去不会给我丢人吧？"

姐姐姐夫一走，赵艮就呆呆地坐好长时间。夜里同小外甥女睡在床上，听到隔壁姐姐和姐夫弄出许多响动来，赵艮又要辗转失眠。

赵艮是最小的女儿，也是家里唯一待嫁的姑娘。爹和娘为此而操心，常来信要赵怡帮忙在城里找一婆家。一个农业户口的女子，怎么可能在城里找上对象呢？姐夫凭着自己认识的人多，四处打听，目标只能是在城郊蔬菜经营村了。可是找了一个，两个，三个，四个，赵艮皆未看中，要不就是家境不富裕，要不就是模样丑陋或一派委琐，往往和人家谈那么一月二十天就告吹。

姐姐说；"你到底要什么人？"

赵艮说："他连新堰长都不如！"

新堰长当然是玄虎山的新堰长。她认识新堰长，新堰长却并未注意到她。一个冷脸蛮汉子，赵怡是记不起来的。

姐姐就生气了，问那为什么不嫁给新堰长，妹妹则说他一身蛮力，却不文明。赵怡弹嫌赵艮这山望着那山高，赵艮则怪赵怡不负责任。姐夫就托人又找到一个，小伙子家境极好，又正服役，且一表人才。姐夫说："这次要谈就谈成，再有反悔，我们就不管了！"赵艮并不是怕威胁的，她一见到这军人，直的就神摇情动，暗地叫他是"人魂"。

家里设宴请军人来。他穿了一身草绿军装，英俊潇洒，风流大方，饭桌上，一盘烧鸡端上来，赵艮先动手将一只鸡大腿撕下来放在军人的碗里，又将另一只鸡大腿撕下给了姐夫。

赵怡笑着说："鸡要有三条腿就有我吃的了！"

赵艮立即脸色绯红，慌慌地说："哎哟，我还以为鸡有四条腿的！"

但是，军人吃过这顿饭的第三天，竟对赵艮说，"我们永远做朋友好吗？"使赵艮立时如坠深渊。

赵艮哭了几天，躺在床上不起来做饭。姐姐说："这下你该清醒了吧，人家看上你的，你看不上人家；你看上人家，人家却看不上你。照你的恋爱观，就是你看上的，过门三天就又看不上了！"赵艮和姐姐吵，吵得挺凶，赌气搭车回玄虎山去。

赵秀大姐在她们家的附近又为妹妹选择了一个木匠，面虽然也见了，也接受了人家的彩礼，但印在赵艮脑子里的仍然是那个军人。她对于无情的军人越来越没有了刻骨仇恨，反倒觉得军人的拒绝正是具有新堰长那种蛮力，更像个男人。就一天深似一天地怀念他，虚构他，美化他，军人已经像神一样高圣和光辉了。

她为自己买了一身草绿色的服装，每夜将草绿色的裤子叠好压在枕头下。她甚至一看见草绿色，就喜上眉梢，眼睛发直。

差不多的夜梦中，她都见着了那军人。军人为她购买了许多衣服，一件一件替她打扮。将她抱起来，她软得如同一根面条，他就旋转她。后来就共同倒在地上，她得到了从来没有过的痛苦，却也得到了从来没有过的痛快。

赵艮的乳房一天天膨胀，臀部也日益丰满，她突然感觉到她怀孕了。这念头虽然古怪荒唐，却越来越强烈，直到一个月已经超过二十多天了经血还没有来，她就证实自己是怀孕了。

赵艮变得十分地惊慌和烦躁，她不敢当着娘和两位嫂嫂在木盆里洗澡，偷着喝醋。当赵秀大姐再次领着那木匠来到家里，她死活不见，大声叫："我不能嫁他，我不能嫁他！"全家人都莫名其妙。问原因时，她则一句话也说不出来。她怎么启口说她是怀孕了的姑娘呢？

此后的赵艮，就十分憔悴，自己认定自己是成了一个"流氓"，她要在实在不行的时候就独自一个人到一个什么地方去，生下那个草绿色的孩子，就再不回玄虎山了。

玖

清晨，黑河水面弥漫了一层蓝雾，蓝得像火苗子，似乎就在这燃烧中，天要白了，太阳要红了。山根的一棵糖梨子树上，几十只蝙蝠像吊死鬼一样吊起来，动也懒得动。高山寂静，流水更空。一群大雁就从远远的地方排成人字形飞过玄虎山。这个长途迁徙的鸟的家族，男男女女老老少少，已经极度疲劳，落集在黑河沙滩上作歇，个个将脑袋埋在了翅膀之下。担任警卫的两只，一只在前，一只在后，它们捕捉着动静，后来就眺望玄虎山，以及玄虎山上的那个白洞。

在距雁群一千米的地方，突然出现了一个木架，木架有两拃余高。或许在雁的眼里，那是一截朽木，根本不屑于注意。然而这木架却在缓慢地移动，木架后，匍匐着两个人和一条狗。狗是不会匍匐的。它便被一个人用胳膊夹着，竟默不作声。木架已经移到离雁群一百米的地方了，那个人将乌黑的枪管支在了木架上，并且开始瞄准。但是，歇息的雁目标太低，那夹狗的人就放下狗，一个手势，狗如箭一般冲出，汪汪在叫。警卫的雁明白了木架后躲藏的危险，一声惊叫，雁群啪啪起飞，但枪声响了。枪膛里装的不是子弹，是砂弹，一打一片，眼瞧着五六只大雁扑拉着翅膀跌下来。

持枪人喊："哈，打中了，中了！"

枪声的余音，还在河谷里回荡，耳朵已经麻木的赵怡，倒在沙滩上还未反应过来，狗就叼着一只肥嘟嘟的猎物来到她身边了。

赵怡说:“三哥，你这法子真妙！”

赵奇说:“打雁我可拿手。崖鸡没有了，雁肉比崖鸡更细。上个月我就打过一次;那次是八只，三只给爹和娘吃了，一只送给大姐，一只送给大哥，剩下三只我炖了一锅，二哥的两个孩子和我的那两个一人一碗，轮到我只喝了半碗肉汤……”

赵怡说:“今晚我来做，你看看我学到的手艺，保证你先吃。”

赵奇说:“这可不行。我想杀了敷上盐，爹生日那天吃四只，你走时带两只。”

赵奇说罢，小眼睛眨眨，就提了筐子去大雁落过的地方扫集雁粪了。他用脚将雁粪拥到一起，双手捧着装进筐里。瞧见妹妹在看他，就说:“这粪可壮呢，爹爱吃烟，我每年给他种烟苗就施这粪。”

赵怡说;“三哥还行，我还以为你们做儿子的一分家，就不管爹娘了。”

赵奇说:“你以为你有钱给爹娘寄，我们做儿子的就不孝顺了？大哥在外，二哥又不常落屋，这个家还靠我维持哩。”

拾

三女赵云听说赵怡回来了，已经是一个星期五的下午。她想:明天下午，德发就回家，若时间尚早，限黑就可以到娘家。

多少年里，赵怡一直是给娘家寄钱的;大姐赵秀也常回去替娘缝补洗浆;赵云在家没有主权，也没有钱权，她感到有愧于爹娘。这天夜里，她和面烧锅，想给娘蒸些馍馍带去。

待馍蒸好，两个土匪一般的儿子还不睡，她说:“给你两个热蒸馍！”一语未落，门突然敲得山响。赵云吃了一惊，大气也不敢出，屏气静听，以为是什么歹人来了。过了一会儿，门还在敲，她怯声问:“谁？”门外回答:“开门！”是德发的恨声。

门开了，德发进来立即就关了门，顺手将墙根一把铁锨抄在手中，喝问:“哪个狗 × 的在屋里藏着?！出来！”

赵云说:“你怎么这个时候回来?”

德发说:“我回来的不是时候?!把野汉子藏到哪里了?”

赵云说:“你是故意回来捉我的?你搜出狗大一个野汉子,把我杀了!”

德发上楼下窖,翻箱倒柜,一无所获。说:“‘给你两个热蒸馍’,热蒸馍是啥,是你的奶!”

赵云说;“你看你儿子吃的什么!”

两个儿子如两头小猪,缩在被窝里一声不吭,狼吞虎咽大嚼不止。

德发理屈气短,脱鞋上炕,说:“不年不节的,蒸的什么馍馍?”赤身而睡。赵云痛定思痛,一肚子冤枉,暗自抽泣。德发却爬过来了,他要干他应该干的事情,赵云不肯,但她哪里抗拒得了。待到他滚到一边时,赵云说:“还相信我不?二姐从城里回来了,咱明日去看看,姊妹几年不见了。”德发说:“不去!”赵云说:“怎地不去?人情世故也不要了?”德发说;“你回去又要找二顺吗?”赵云冷丁噎住,再无言语。夫妻又分头睡下。赵云把枕巾泪湿了。

二顺是玄虎山腰庄人,和赵云是同学。早先两人恋爱过。赵一仁不同意。他看重知识,将赵云定给民办教师德发了。

赵云那时很犹豫,但德发在苞谷地里占有了她,从此死了与二顺的心。婚后,二顺却给她来了一信。信托人送来时恰德发在家,德发要看,赵云说是同学来的,不让看,上茅房时拆开,识得是二顺笔体,忙想:怎么是他来信?德发本来就怀疑她和二顺恋爱时有越轨行为,他今来信怎么得了?!并未看信就撕得粉碎,冲进茅坑。德发还要看信,她说撕了,拒不说谁的信,德发立即认定她与二顺仍有来往,一顿好打。从此赵云就成了德发练拳之物了。

第二天,赵云又提出回娘家的事,德发火起来便打。这一次打得狠,一个杈都打断成两截。赵云疯了一般,抱起两个儿子哭哭啼啼地回到了玄虎山来。

赵怡初见赵云,不觉吃了一惊。听说赵云婚后狼狈,但她怎么也想象不出赵云会失了形体,衰老成四十岁的模样了。姊妹俩和娘抱头痛哭。赵怡说:“云被德发虐待成这个样子,你们怎么不管?爹,你怎么不管?!”

赵一仁长吁短叹，只恨自己当年瞎了眼，让女儿进了火坑。

赵怡则去喊叫了二哥三哥，要合伙到民办教师家去找德发。赵家人不是死完了，不是窝囊废，让人家如此欺负自己妹子？兄妹仨人，如三只虎豹熊罴，要出门去，老爹挡住了，说："德发那贼，不是说理的人，去还不是白去吗？他当民办教师，还是我托人说的情，他能挣几个钱了，就看不上云云了。我去教训过好多次，他竟也不肯上我的门了！怡，你才回来，你是什么身份，你这么去，反会惹人耻笑咱的。让云和孩子就多住几日，咱慢慢想个长远法儿吧。"

闹事没有成功。但第二天里，赵一仁的外孙在外玩耍，突然回来对赵怡说："姨，我爹让我娘回去哩！"赵怡说："你爹在哪儿？"孩子说："在村外毛拉渠里。"赵怡和二哥抄了铁锨要去抓，赶到毛拉渠畔，德发却兔子一样逃跑了。

赵怡对赵云说："你就不回去，看他怎么来打你？你也是太软作了，他打你你就不会打他吗？"

赵云便在娘家待下来，作姐姐的掏了四十元钱给她，又给她和两个孩子各缝了一身新衣。

拾壹

一个四十二岁的医生，与赵和极要好。五年前，妻子患癌症死了，拉扯着十三岁的儿子守男寡。儿子转眼十八，长得和父亲一样高大，生性又同父亲一样戏谑无常。故平日生活里，没大没小，视父亲如朋如友，如兄弟伙伴。医生亦不加管教，反以此为乐。他有心再度续弦，儿子则约法在先："爹，你要恋爱，你可以自由，但一定要娶一个她的年纪是能够生下我的人。"二婚毕竟难找，且男人的秉性是，女人年纪愈小愈好。医生找了一个，正谈得有门，儿子知道了，大为不满，就在一次爹与那女的相会时，进去说："姐，你来了！"女的顿时面赤，夺门而去。医生哭笑不得，以后再与别的女人恋爱，严加保密。儿子却每日回来翻箱倒柜，觅寻家里有没有陌生女人的照片，或者陌生女人给爹的来信。过了几天，正色对爹说：“爹，你近来表现不好，我要把年龄再提高两岁！”再过几天，又对爹说：“爹，你这几日还可以，年龄可以降一岁！”

赵和给医生找了一个，医生也是认识的，模样不错，年龄也正好，却为难说：“人家会看上我吗？”

赵和说：“有我撮合哩！”

医生说：“人家是搞政治的，我是浪荡惯了的人，娶老婆可不能娶个家庭政委！”

赵和说：“再搞政治，她也是个女人。我了解她。说起来，拐弯抹角她还算我的亲戚哩。”

但这场婚事却迟迟不能确定下来。

到后来，医生的儿子悄悄告诉爹，说外边有人议论赵和与那女的关系那个。医生第一次训斥了儿子。说：“别人能怀疑，赵和怎么能怀疑？赵和是有知识的人，怎能把一个自己玩的女人介绍给朋友？”医生虽然这么训斥儿子，自己心里却也不免有些恐慌。他有意去试探过赵和的妻子，装做打问这女人的人品。若丈夫有外遇，妻子总是十分敏感的。没想赵和妻子则满口夸赞这女的。医生遂放了心，自此觉得儿子又是来给自己搞破坏的。

拾贰

赵家在修好了黑河湾头道堰后，粮食有收，家境渐富，就想在玄虎山好好建造一所院落。当风水先生夹着罗盘踏遍山上的每一处，认定了好穴位只有八石洞前的土坪和山北头的一个洼地。这洼地人称金盆洼。赵家认为，佛仙之地，人不可侵占。就放弃了八石洞前的土坪，而大请匠人在金盆洼破土动工。

金盆真可谓盆了。四面高，中间凹，向阳，避风，土质下湿。且能看见后山峁上庆元寺的塔影，一早一晚闻得寺里作课的钟声。但是，川道地何家村的何先生也识风水，来到此地，竟说：“这当然是好穴，可寺塔太近，塔是钻，是锉，会使金盆漏底的。”赵家人大恐，问何以禳治？回答是：除了面塔的方向栽一棵千枝柏树外，还需造屋的工匠一律姓顾。

顾者，谐音箍也。赵家就全然收拢姓顾的人来做工。于是，赵家兴旺。赵一仁小小年纪便读完县立中学，二十二岁上，何先生将自己的小女婚嫁于他，活该这赵家发达，赵一仁三十岁上竟做了这一带的保长。

按解放初期的政策，保长属反革命之列，是要镇压和管制的。但赵一仁却安然无恙。一是因为战争年代，这山上是红白拉锯区，赵一仁明着给国民党办事，有护兵，有礼帽，有一根文明拐杖，暗地里却为共产党服务，送过粮，介绍过自己的好友刘大夫给伤员治病，因此，他算是开明人士，二是因为拉丁派伕，他从不骚扰本地；本地出现土匪强盗又极力追捕缉拿，他又是个无恶行的人。当然，改朝换代，他从此就作了普通农民，虽然共产党游击队里的马伕一解放也当了县里某一部门的领导。

何氏寿短，却是享福之人。她早不死，晚不死，当赵一仁不能做保长了，她就死了。她死得十分平和，面嫩唇红，有如生前。赵一仁将她下葬在祖坟地里。

何氏留下一女一男，女十岁，男四岁，这是赵一仁一生中最没日月的时期。好友刘大夫常来同赵一仁饮酒，知道他的苦楚，便主张将其妹又嫁给赵家。刘氏那时正处年华，虽不是天生丽质，却也端庄整齐，且为人善良，心底柔软。过门之后，待丈夫百般体贴，抚前房儿女如心如肝。先是要前女赵秀去学堂读书，赵秀性钝，厌恶学业，刘氏日日亲自送到学校，自己竟也立于教室窗外识得日常用字。后见赵秀实在无心读书，遂叹一口气，留她在家教其女工针线和烧饭做菜。待到十九岁上挑选了后山一户富裕人家出嫁了。幸喜前儿赵和生性聪灵学习优异，刘氏便一颗心操在他的身上。当赵和读完中学，考上大学之后，同父异母的两个弟弟三个妹妹先后就降生，赵家又是一番欣欣向荣景象。

拾叁

一场雨后，玄虎山的空气异常清新。玄虎山的空气完全可以拿到世界上去卖的，赵一仁却不理会，他辜负了这好时光，倒在炕上闷睡。沉沉一觉醒来，忽然看见屋里十分亮堂，对面墙上出现一片光影，袅袅款动，如无数的银蛇在舞，很是好看。他问："怡她娘，太阳出来了？"

刘氏在院中说："太阳出来了！"

赵一仁和刘氏生养了两个儿子三个女儿，他们相互称呼，却总习惯是"怡她娘""怡她爹"的。怡是给赵家争了荣光的人物，这也是做爹的功劳，也是做娘的功劳。

赵一仁从炕上爬起来，走到院里，院子里还积着一摊水，屋中的光影正是这水的反射。刘氏正和几个老太太在台阶上说话。他们又说起了赵怡：假定当今金銮殿里还坐有皇帝，赵怡必会去做了后宫娘娘。那么，娘娘回到玄虎山，那就不是回娘家，是该叫作"省亲"，爹娘也得下跪行礼了。刘氏嘎嘎直笑，说："赵艮从城里回来说，城里的老婆子都工作，都会骑自行车的。我说，我是个瞎老婆子，啥也不行，可老娘肚皮子好，能生出个你怡姐姐哩！"

赵一仁打趣说："你是老母猪生了金麒麟嘛！"

刘氏说："我说得不对吗？壮了你赵家的，还不全靠了我的肚皮？！"

说罢，她倒笑了，几个老太婆也笑了。赵一仁想了想，还是笑了一下。老伴的话说得不雅，确也是实情。赵一仁这一时期来心绪不好，赵怡回来，也多少使他脸上活泛一些。这日阳光初现，山青气爽，他是有兴致出去走一走的。

到什么地方去，他毫无目的。不自觉地就走到黑河湾，望着那三道堰的田地，想到了很遥远的历史。后又上得山来，直爬上最高的峰上，玄虎山的沟沟洼洼尽在眼底，各处的庄子七户八户，十户二十户，散若晨星。有的人家正在屋前石碌子碾盘上碾米，姑娘尖着嗓子唱一种曲儿。更远的坡地上，一群孩子在捡地软，说话声音颇大，却听不清音，嗡嗡一团。一头毛驴驮了两个偌大的粪筐，在山路上无人驾驶，独自运输……这些庄子，这些人家，赵一仁看起来极其亲切，又极其伤心；想到了自己的过去，更觉得现在委屈。他不愿再看下去了。

他在一种无知觉的状态中，走到了八石洞前的草坪上。心绪坏得很，看见了石洞口的对联，也没有进入对联的玄境中去，到后来就坐靠在一棵树下，沉起脑袋了。突然，洞口涌出一团一团白云来，且一阵嬉闹声随之而来。赵一仁惊疑：是谁在洞里，这般热闹？遂一步步走进去，但见洞内朗朗光明，没有了八具钟乳石，而是八个女人，粗细长短，各不相同，皆艳美绝伦。女人们并未发觉赵一仁，极尽杂技：有的在潭面倒立；有的在空中平卧；有的在手指上托一同伴；有的忽大忽小，变化无穷。赵一仁哪里见得这等好景，如痴如醉。忽听那个在同伴手指上的女子说："爹来了！"便见八女全然静立，一时穿着一色，容貌相同，反又紧张地将潭水泼向洞顶，洞顶缀满水珠，八女又飞上摘下水珠，那水珠已成金珠银珠了。赵一仁在家儿女们口口声声叫"爹"。初听八女说"爹来了！"还以为说的是自己。正不知所措，一阵风起，洞中央出现一个白发白须老翁，说："我也太放纵你们了！让你们在这里采集了金银珠，你们却如此嬉闹，胡逞什么精能？！"那曾空中平卧的女子说："爹，我们采集了这么多金银珠！"老翁说："采集金银珠，就要更安分修身养性！谁也不能胡闹！"八女齐声说："是。"一阵风又起老翁不见了，那曾在潭面倒立的女子说："爹想得倒好！"气冲冲地，抓一把金珠银珠撒在地上。有一颗金珠不偏不倚正打在赵一仁的脚上，赵一仁"哎哟"了一声，有一女急叫："有生人！"顿时洞内弥漫白云，什么也没有了。赵一仁大觉遗憾，狠狠捶打自己的大腿，大腿一疼，睁开眼来，原来是南柯一梦。

再看远处洞口，洞内走出两个小道士来，各挑一担桶，一路趔趄，水泼洒一地。

小道看见了赵一仁，先是吃了一惊，赶忙说："赵家伯伯，你怎么在这儿？"

赵一仁说："我吃一袋烟的。"说着，起身快快地走了。

拾肆

这是“文化革命”中发生的一件事：

距玄虎山后四十里的朱雀洼，有一烧窑的老巩。古诗上讲：两鬓苍苍十指黑，就是他的形象。这一年腊月二十三，老巩烧就了一窑木炭，父女俩各挑了一挑到县城去卖。天寒地冻，飞雪飘零，卖得好价钱，父女俩腰里系了绳索，肩上扛了扁担，踌躇于十字街心。街心有一个安全岛，原是站着一个交通警的。现在警察也造反去了，那安全岛还在。父女站在上边，东瞅是一条大街西瞅是一条大街，南瞅也是一条大街，北瞅还是一条大街。不知该往哪里去。县城里人来人往，皆胸前别有一块儿领袖像章，老巩父女自惭形秽，也便去一家商店各买了一块儿。出得店门，日头已经正午，雪地里看得见自己的影子在脚下委顿。女儿说：“爹，前腔贴着后腔了，咱去吃一碗羊肉泡馍吧！”父女赶到一个小吃铺去，正待买票，忽见有人急急往一家商店去，不解何事。有人就抱了领袖石膏塑像过来，说是新到的，如获得宝贝一般，双目放亮，得意之色溢于脸面。老巩便说：“看看，咱那洼里是没有这种塑像的，隔壁那家有碗大一块儿领袖像章，还常常向咱炫耀，咱买了这塑像，就可以祛祛他的神气了！你去瞧瞧，那塑像一个几多钱？”香香旋即而去，立即回来，说：“一个十元钱，两个二十元。爹，咱买两个，将来……”女儿没有说，老巩知道女儿想留一个将来要做嫁妆的。就将卖炭钱全部掏出来清点，正好二十一元零五分。父女就去买了塑像，又回过来各买了两碗汤面条吃了，欢天喜地回家去。

父女将塑像各抱一个过市，果然赢得众多的人企羡，打问出售的商店。但是，距家路远，抱着塑像行走不便，父女想来想去，想出一个绝妙法子，将系在腰里的绳索轻轻系在塑像的脖子上，然后就结个套儿挂在胸前。这么收拾好，刚走过百十米地，街上行人全部驻足注视他们，且目光发直，张口结舌。父女俩自以为得意忽听有人喊：“他们要吊死伟大领袖！抓现行反革命啊！”旋即街上行人一涌而上，就把老巩父女扭住了，立即又打倒在地，香香喊了一声“爹！”鼻梁上挨了一拳，血流如注，昏厥如死。

香香醒来的时候，她已身在一个看守所里了。

不久，老巩死在牢里。

那时候，县城的监狱小，犯人骤然增多，于是有关部门就招了许多工匠在那里扩建监狱。工匠中有一个二十七八岁的光棍，是个见了女人就走不动路的角色，却偏偏命蹇，没能娶妻，就常常瞧着女犯人发痴发呆。

牢里有一女犯，被捕时已怀有身孕，数月后要分娩了，被保释出去一个月以便分娩。能出去一个月看花红草绿，见太阳，吸清新空气，与亲人团聚，其他犯人就大受诱惑和启发，便有偷偷作些荒唐之事的。虽然那时看守并不怎么严密，但做这事极少有成功的可能。香香先是在大牢押着，后因是属于政治犯，便单独关在院角一间小屋里。她常趴在木条格门上往外张望，巴望着哪一天能从这门里出去。这也就看见了一有机会就痴眼看她的那个光棍。

终有一日，也该是天赐良机，天黑无人之时，这光棍竟溜进院去，隔着那木条格门作了一场好事。没想香香竟怀孕了。虽然香香为此遭到一顿痛打，但九个月后，还是让她出牢分娩。光棍在干完那事之后，问了香香的家世地址，也告知了自己的原籍，但心头惊虚，很快就离开县城，回玄虎山一去不返。待到香香回家分娩，探得消息，喜出望外，抱着孩子回家喂养，想今生今世也不枉到人世，没妻没室却可以有一个儿子传宗接代了。

四年后，香香的冤案得以平反，出狱后竟寻到玄虎山要她的儿子。光棍便再没让她走，第二年就又正正经经生下一个女儿来。

拾伍

赵怡回来之后，香香就病得不轻。她患的是一种恐人症，终日不敢在村巷抛头露面，只躲在炕上喊头痛。赵怡抱着一堆礼品去看她时，她哇哇叫着，竟扑过来用手抓赵怡的面皮。娘过来打了她一个耳光，喝着：“香香，你人狗不分，她是怡啊！”香香方怯怯地退后，又缩在炕角，翻白多黑少的眼珠，貌似槁木，形如饿鬼。

赵怡询问娘，二嫂怎么病得这样？娘就浑身发抖，老泪纵横，却不肯说下去，赵怡就责怪人病成这样，为什么不去看医生？娘说不知看过多少医生，中药也不知吃过多少服，只是治不好；仅花给庆元寺道士道姑的禳治钱也有一百五六了。赵怡这才发现，分给二哥他们的东厦房的门重安了，原是正南方向，现却斜向东南，夹门框的胡基并未涂上泥巴，缝隙里塞着一团一团头发窝子、烂棉絮；而门框上还贴有一张黄表纸符。

赵怡私下里问三嫂孙月绒，孙月绒五大三粗，相貌黑丑，人却是顶老实勤苦的一个。她见赵怡问她，便把实情一五一十倒出，毫无掩饰。自二哥挖龙骨发了财后，先是脾气变得特大，回家就要好吃的，好喝的，稍不顺心，便破口大骂香香："你娘的 ×，把你养活得要做皇宫娘娘?！"再后来，二哥就弹嫌香香牙长眼小，腰吊腿短，屁股像筛罗。香香说："我就这难看样，你当时还抢哩，那你是眼瞎了?！"二哥就大打出手。爹实在看不惯，一气之下，将一家又分了三家。分家后，二哥打闹一个时期，慢慢就安静了。娘很高兴，曾偷偷给香香说："男人家的毛病我知道，总是看着别人家的媳妇好。你年纪轻轻，也不要窝窝囊囊的。他现在是有钱了，给你买了新衣你就穿，他要怎么着好你就怎么着……"香香领会了娘的意思。也常以油抹头，一月半月用花椒汤洗身一次，夜里将灯也捻得似明非明。

但是，二哥自此虽不吵不打，夜里却总不归宿，三更时分回来，头一贴枕就鼾声顿起，死沉如猪。且家中经济香香再不能管理，到底挖龙骨赚了多少钱，二哥从不吐一个字。香香毕竟是过来人，觉得蹊跷，便格外留神，果然发觉二哥与玄虎山好几个妇人勾搭，所挣的钱有三分之一丢在这不明不白的事体上。香香先是好言好语劝阻，二哥不但不改正，反更变本加厉；既戳破了一层纸，也就再不避讳，口口声声叫嚣："怎么着，我有钱嘛！"香香听罢，气得死去活来，脑子就坏了。

赵怡听三嫂叙说之后，对二哥的印象就极糟糕，作为妹妹，她不好对哥明言，就去告诉爹。

赵一仁说："唉，我有什么办法？都是钱害了人的德性啊！要是这几年还像往日那么穷，什么事都没有了！那年头，谁家有个什么事，乡里乡亲的谁不帮忙！现在呢，哪家死了人，抬棺材的人都叫不齐！咱赵家修造这房子时，请了那么多姓顾的人，要什么工钱了？只要管饭，人都来了……”

赵怡说：“爹，别拉扯那么远，按你这么说，二嫂就让二哥这么折磨着？”

赵一仁说：“也该是赵家败落，尽出歪崽子。你二嫂得病，你云妹遭罪，这三女子艮艮也整日和我怄气，死不顺听顺说……我人不人鬼不鬼的活啊……你回来了，我好不高兴，你可以帮爹整治整治这个家了。”

赵怡说：“都不听爹的，是不是爹思想太旧了？”

赵一仁说：“玄虎山上就我私人订有报纸，政府的政策我哪一条不拥护？我主张儿女能出外就出外，能怎么富就怎么富，可富了不能忘了做人的德性啊！现在你歪我裂的，家不像家了，社会还会好？”

赵怡听爹这么说，似乎要给自己上政治课了，就不作声。

赵一仁长叹一口气，改了话语说：“你回来，没给你大哥去信说说吗？”

赵怡说：“我给韩玫姐去了一信，她会给大哥大嫂说的。”

赵一仁说：“这就好，你是给赵家争了脸面的人，你要和你大哥处好关系。现在你几个哥哥和解得也差不多了，你帮着使他们合成一心。咱家庭内部搞好了，爹出门在外，也是能说起话的。再过十天，就是爹的生日，你难得回来一次，将你们兄弟姐妹都聚一起，一家人坐下来好好议一议。”

赵怡说：“就是。”

还要再说下去，在地挑粪的赵奇跑进来说：“怡，韩玫姐回来了吗？”

赵怡说：“去过信了，还没见回来。”

赵奇说：“刚才我在地头，瞧着一个人往八石洞那儿去了，样子极像玫姐，我还以为是她回来了。”

赵怡听罢提脚就往八石洞去。

拾陆

说个谎，道个谎

干灰里头筷子长

蛇蚤拉得铁绳响
三十黑夜出月亮
贼娃子翻院墙
聋子先听着
瞎子先看着
跛子跳上房
抓住个辫根子
才是个秃子光

这是玄虎山人说谎的顺口溜。玄虎山的小孩都会说。他们对于人生似乎全然敷衍了事，不负责任，一尽红嘴白牙胡说。其实，他们正话歹说，正事邪行，骨子里却极有分量。且说这一对夫妇，虽然也是玄虎山人，但至今已经离开玄虎山，过一种很时兴的生活。做妇人的，因为能力的差别，对丈夫并不敢闹什么独立，但她的心计却硬是表面上顺从丈夫而实际里丈夫受到她的控制。这当然是丈夫并不发达的时候，也正是她青春姣好的时期。到后来，丈夫已经极有钱，她日渐衰老，丈夫便与她同床异梦了。妇人发觉了蛛丝马迹，却不声张，于一日约丈夫去河边散步。河里游鱼颇多，皆半尺长的黑脊梁。丈夫好不企羡，似乎闻到了肉香，满口涎水。妇人就从口袋里掏出一瓶凤尾鱼罐头，启开分吃。说："河里鱼很大。"丈夫说："很大。"妇人说："这罐头鱼太小了。"丈夫说："是小。"妇人说："可河里鱼再大，也不如瓶子里的小鱼啊！"丈夫说："这倒是的。"妇人又说："我是老了吧？"丈夫说："你再减十岁就好了。"妇人说："唉，做我们女人的，说老就老了！几时我给你在外瞅着，有年轻漂亮的让她和你……"丈夫则愣了。妇人说："我说的是真的。"丈人说："你说的是真的，我可不敢。"妇人说："怎的不敢？要找找个有企图的女人，她想利用你的钱，你也可以利用她的权嘛！明日我给你买一张电影票，你去影院，你瞧瞧坐在你旁边的那个怎样？"丈夫直笑，说妇人真会说笑话。

第二天，妇人买了一张电影票，丈夫虽也去了，仍是一笑了之。可一进影院，坐在身边的果然是个女的，竟是与自己有苟且之事的女的。问她：票谁给买的？回答：你妇人呀！这做丈夫的就脸色煞白。

以后，这事天知地知，一男知，两女知。那位女的左右了这个做丈夫的，这个妇人又控制了那位女的。当他们知道了赵怡回到了玄虎山后，却都相当兴奋，极力想办法让赵怡能到他们那儿去一趟。

拾柒

向后靠着玄虎山的主峰，两边是伸拱着的东西土梁，正中的这一片坟地就显得十分庄重肃穆。坟堆挺大，每一丘坟堆前皆竖起一块儿石碑。暮秋的黄昏，枯树上蹲着老鸦，荒草中逃窜着野兔，连最顽皮的牧童也不敢到这里来。

但玄虎山的每一个人，都知道这片坟地。远远地看着那夕阳腐蚀的墓碑，就可以说出玄虎山的全部历史，讲出一部赵家的族谱。

最上一排是赵一仁的爷爷和奶奶。第二排，是六个坟丘，是赵和的大爷和大奶，爷爷和奶奶，小爷和小奶。第三排则只有中间一个坟墓，赵一仁的爹为老二。老大后辈无人。老三有三个女儿。赵家是三老碗盛了一小碗。

而在这排列有序的坟堆之外，散落在左在右、靠前靠后的则是一些乱坟，但全然是姓顾的姓氏。当年金盆洼修造房屋时，姓顾的工匠都是从外地招聚的，其中有两人在一次挖土时被塌方压死了。赵家为了感念人家，也是为了自己吉利，把他们掩埋在此，又安置了其后代在玄虎山入户。顾家没有专门坟地，以后也便在这坟地边沿顺便埋葬了。但不论是赵家的，还是顾家的，坟墓都十分讲究，男坟一律向左，女坟一律向右。

玄虎山主峰上，也正对着这片坟地上去的中部，有天然形成的一道渠沟。这渠沟一会儿窄细如线，一会儿宽阔成坑。人称这是金线吊葫芦之穴。此穴位可以供赵家长绵不绝，但它的缺点则是赵家的人一辈兴旺一辈滞结了。

人们都在预测：赵一仁手里是一个人，却有赵和赵玄赵奇三个儿子，几十年后，坟地的第四排将又是兴盛的景象了。无论以后这里还是不是一盛一衰一多一少的规律，但赵家坟地如出现了奇异现象，则是有一场好看。因为第三排的独坟里埋葬着的是何氏，而赵家还生活着刘氏，赵一仁是两个老婆。

何氏通过赵一仁看到的是一派朗朗的阳世，刘氏通过赵一仁则看到了那过去了的另一个世界的往事。

刘氏在新作了后娘不久，她是并不想让赵和忘记生身亲娘的。她领着赵和到坟地来，指着何氏的坟给他看，也曾经生出过一种很古怪的念头：我百年之后，将埋葬在一个什么位置呢？她望着何氏坟头上一株弯脖子酸枣树沉思了许久，突然在牵着赵和回家的路上说："和儿，你要媳妇不要？"

赵和说："不要。"

刘氏问："怎么不要？"

赵和说："我嫌媳妇麻烦。我只要娘。"

刘氏说："傻孩子，有了媳妇，媳妇就孝敬娘哩！"

赵和说："那我要媳妇。"

刘氏说："你看玲玲好不？"

玲玲是玄虎山来茂的小女儿，来茂姓顾。

拾捌

以后，赵和果然与顾玲玲包办定婚。赵和上大学那阵，对这门亲事产生过动摇，但终拗不过爹和娘，且顾玲玲长大之后，人才得体，眉眼活泛，极善来事；而赵和毕业后又分配到县农技站当技术员，便只好结婚生子了。

包办的婚姻不一定就无幸无福。赵和婚后的日子，夫妻十分融洽。刘氏先是待玲玲如女儿一般，百般忍让，无奈家庭庞大，人口繁多，茶饭不好，这玲玲就常常在外翻说不是；又时常将赵和给她的钱买些糕点在自己屋中吃；又私养母鸡，下了蛋拿到别人家去炒。一年腊月，赵玄要到某水利工地去做工，家里掏高价买了一口袋苞谷让他去交口粮，但夜里玲玲则偷了两碗苞谷在她房中喂养母鸡，于是，赵玄就和嫂嫂吵闹了一场。此后，家庭不和。玲玲地里不出工，家里不做饭，出出进进，脸阴得能捏下水来。赵一仁便把赵和叫回家，让他们夫妻分家另过了。

分锅另灶，当然正中顾玲玲下怀。但她不愿落得不好名声，便在赵和耳边絮叨，认为是有了后娘就有后爹，故意生分他们了。从此以少积多，隔阂日益加深，赵和从县城回来也不大与爹娘说话。

刘氏为这事好不伤心，常常暗自流泪，越发与赵秀亲近。赵秀劝说过弟弟，赵和则说："我小时候娘是待我好，我长大了她就心变了。那赵玄不是个好东西！"

"文化革命"中，赵一仁因当过伪保长，挨过批斗。赵和在外声明断绝父子关系。赵玄一怒之下，上门将他臭骂过一顿。兄弟俩就彻底决裂，反目为仇。

一晃十多年过去，赵和在家不得意，在单位更是不得志，他一肚子知识，却派用不上，受压受气。待到后来政策放宽，勉强将顾玲玲的农业户口转为商品粮户口，顾玲玲和孩子也都住到县城去，在那里干临时工了。赵一仁将老去，怜子之心更重，训斥赵玄他们要与赵和搞好关系，他也常去赵和那里转悠，僵持局面也渐渐缓和了。

到了某年某月，赵和应着社会潮流，竟停薪留职开办了一个培育蘑菇的工厂。夫妻两个经营有方，工厂盈利不少，已经是县上有名的企业家。

秋后，在堰长的民主选举中，赵一仁失败了。玄虎山上的几个庄子是赵一仁帮助他们安身立业的，但赵一仁得到的竟是多年之后的"大权"旁落。老人悲叹着仁德沉沦，人心不古，但又毫无知己，在家里大发雷霆：骂赵玄不务正道。骂德发丧失人性。也骂刘氏没能处理好与赵和夫妇的关系……骂罢了，就自己骂自己：我连自个家都管不住了，玄虎山上我还能有什么威信吗？他很快就病倒了。

这一病实在不轻。得时如山倒，去时如抽丝，半个月未能好转。赵玄就紧张了，和弟弟赵奇捎书带信请赵和回来研究父母身后丧葬之事。玄虎山有一风俗，老人年近半百，就要将一切预备齐全。而赵家双亲已高寿七十多了，所有的东西还悬在空中。

但是，赵和没有回来。他因工厂事务缠身，全权委托顾玲玲回到玄虎山。

兄弟妯娌商量了一宿，终于达成协议：两个老人的寿棺由赵和负责购买。两个老人的寿衣、用具由赵玄负责缝置。两个老人的坟墓由赵奇负责打拱。

各自分头去准备了。

顾玲玲回来，她打扮得十分入时。原先眼睛近视，如今便戴上了白色眼镜。头发虽然未烫，却盖着一顶绒线小圆帽。顾玲玲已经不是农民，是工厂的采购员了，她操着一口蹩脚的普通话，庄人问："玲玲，几时回来的？"

顾玲玲说："昨晚。"

庄人说："'坐碗'回来的？你爹病好些了吗？"

顾玲玲说："病有回头。可我们把给老人该办的事都办了！"

庄人说："你们家准备的什么？"

顾玲玲说："老大嘛，当然是重头，寿棺我们包了。"

顾玲玲这些话当然是一种炫耀。说的尽是当地土话，但偏又拿着普通话的腔调。庄人便把腮帮捂住了。

顾玲玲向："牙怎么疼了？"

庄人说："酸的来。"

赵一仁的病回过头，慢慢又康复了。与其说是赵一仁想通了世时变迁，不如说赵一仁是在知道三个儿子妯娌能坐下来，一起商量家中大事而感到一种安慰。

拾玖

进八石洞里的，果然就是韩玫。她赶回到玄虎山，老远就看见了黑山上的那个白洞。她在城关镇的妇联办公室工作。前些时，县委组织部的同志来了解过她几次，于是四下里皆传说她是提升为县妇联主任了，所到之处，熟人相见，都逼着她请客，吃喜糖。她也真的花费了二十元钱买糖散了，可是，组织部的任命书却迟迟不见下发，且传出风声，组织部有过提升她的意思，但也一直犹豫不定。韩玫叫苦不迭，打听到组织部长的老婆害了一种病，需要一种石崩子草晒干碾末冲喝，韩玫就想起小时常去玩的八石洞；唯独八石洞里有这种草。当她接到赵怡的信后，喜出望外就赶回玄虎山，趁机又先到八石洞里去采草。

八石洞四季潮湿，洞的精光和泉的水气产生了石崩子草。这草不生在土里，也不长在沙里，出奇地从石壁缝里繁衍。样子极小，绿嫩绿嫩，手若一拈，几乎什么也没有了。韩玫贴在石壁上，采了许多，塞进预备好的一个网兜里。她没有注意到，远远坐在洞外的一个挑水的道士正向她窥视。一颗小石子落下来，不偏不倚打在道士的头上，那道士回头一看，撒脚从路上飞跑而去。韩玫听见响动，回过头来，发现是赵怡，就喜滋滋地锐叫："怡妹！"

多年未见的一对干姊妹，欢乐得搂抱着，跳跃着。

赵怡说："我整天盼你回来，还以为你太忙回不来的！你采这么多草干啥呀？"

韩玫说："路过这儿就顺便采一些。我们单位一个同志有病，需要这草做药引的。就你一个回来吗？崇培兄弟呢。"

赵怡说："他没时间，正写一部长篇小说的。"

韩玫说："崇培名声可大了，县上没有人不知道的。人家知道我是他的干姐，对我都另眼看待！"

赵怡说："他也想回来的，说是咱县委王书记在省上开会的时候，他们同在一个小组，好熟的，也想到县上玩玩。"

韩玫说："那他怎么没回来呢？难怪上次王书记见了我，说，你和崇培还是亲戚？我说是的，他说，崇培几时拜丈人了，一定让他到县委来坐坐。崇培这次要能回来，那就太好了！"

两人说笑到家，合家大小高兴，忙烧水打鸡蛋。韩玫说："姨，你别忙活，我是外人吗？"刘氏说："可你也不常回来啊，我还对你伯说：'玫玫爹娘一死，她也不回玄虎山看望咱了。'"韩玫说："我也实在忙的。这一次，我要多住几天，伯不是要过寿了吗？！"

赵一仁说："玫玫还记得我的生日？"

韩玫说："我听赵和哥说的，他说工厂现在正忙，他走不开，让我给伯说，伯今年生日到他那儿过。老人生养他一场，他要趁机尽尽孝心。"

刘氏当下沉吟了，说；"生日到他那儿过？他那儿会热闹吗？"

赵一仁说："赵和到底是读过书的人，他要尽孝心，咱就到工厂去过生日。那里是不会比玄虎山热闹，可每一年来人太多，乱乱哄哄的，说是给我过生日，倒累得我够呛。”

刘氏便也说：“也难得他今年有这份心，只要你愿意，那就到工厂去吧。”

赵怡在给韩玫去信，顺便约请大哥回来时，就估计到大哥大嫂是不会回来的。现在给爹过生日又要爹娘到县上去，心里倒不悦起来，说：“爹，你不是说趁过生日全家人要商量事吗？”

赵一仁说：“你大哥能主动这么干，这就是好征兆。到那一天，你和赵玄赵奇他们都去，赵云带着娃也去。”

赵怡说：“他两口子挣钱挣上心了，回来也懒得回来，那我也不去他那里！”

韩玫说：“赵和大哥可整日念叨你的，你不去不行。也该到县城我那儿去转转呀！”

赵怡说：“玫姐，听娘说，大哥给你做了红娘，现在情况怎样？”

韩玫说：“还在那儿悬着。”

刘氏说：“玫呀，事情可不敢再耽搁了。你爹娘不在了，我为你这事也操心。怡，给你爹过寿那天，你得去，就是不给你爹过寿，你也该去你玫姐那儿一趟的。”

赵怡就说：“那好吧，我帮玫姐参谋参谋去。”

贰拾

德发的爹在世的时候，面皮色净，能说会道，是一个小聪明人，娶陆氏为妻，天生一个细腰一对小脚，是个极风骚的女流。德发爹很爱这个老婆，后来爱转为怕，一直到死陆氏则看不起丈夫。一个丈夫，老婆都看不起，旁人就更看不起了，所以德发爹活得很窝囊。

德发稍有思想，就知道爹和娘分居。娘一直睡在上堂屋，爹睡在西厦房。上堂屋的门总不关，夜里有一个人溜进来。爹曾经半夜上来吵闹，那黑影从后窗跳出走了，娘就让爹拿出证据，拿不出，遭娘一口唾沫在鼻脸上。

老孱头提出过要与陆氏离婚，他这是吓唬女人，没想陆氏真的就要离婚，老孱头作想：不离婚，我好赖还有个老婆，十天半月的也能睡一回；离了婚，一辈子也甭想沾女的荤了。就又收了话。陆氏明白他的软处，越发在心里没他了。

一次又因事吵架，男的抓了盒火柴说：“你再凶，我砸死你！”女的则将一个泡菜坛扬起，说：“你敢把火柴盒扔过来。这坛子我就摔过去！”他噎住了，将火柴划着吸烟。老婆则一把夺过烟袋抓他的脸，他钻进床下。老婆说：“你有本事就出来！”他说：“男子汉大丈夫，说不出来就不出来！”

村人都取笑这汉子。可汉子是聪明人，常能想出一些歪点子应付。

后来，孱头就死了。他是死于一次黑河涨水中。那是一天夜里，老婆正与那个男子幽会，被他当场抓住了，将一桶凉水劈头往男的头上浇下，男的逃跑了。老婆就和他闹，一定要他去找那男子回来烧热姜汤喝，他找到黑河，人到河心，上游暴涨的水就下来了。

爹死后，过四年娘便也死了。德发跟着叔叔过。德发自小为娘挨了许多骂，对娘很恨，阴期三年也没有给娘作过任何纪念的表示。他有一种强烈的更新家风的心理。这心理后来就发展变形变态，将赵云就视做怀疑物，大施夫威。

贰拾壹

赵云逃难似的回到娘家，将一肚子的委屈倾诉给亲人，她不停地打气嗝儿，说到伤心处就双眼流泪。

两个狼虎儿，并不知人间忧愁，在玄虎山外婆家有更多孩子耍玩，又有好吃好喝，只是欢天喜地。这一日，与赵玄的女儿玩迷藏，两个儿子见表妹头上戴有一顶花帽，就抢夺过来，表妹哇哇直哭，去给娘告状，香香就出来将帽子夺了，骂道：“土匪，想要帽子怎不叫你娘给你买去，就那么爱别人的东西？”这话偏让赵云听见，忙出去将儿子拉进屋，一边打着一边流泪。

孙月绒瞧着难看，去对香香说：“你有病，你管孩子的事干啥？”香香说：“我就烦那两个土匪！嫁出去的女，不在自己的家待着，要娘家养活一辈子吗？”孙月绒说：“这话千万不要说，云云娘儿们住在娘家，吃在娘家，妨你什么事了？”香香说：“她为什么不在她家待，德发为什么打她，她和赵玄是一路货色，她还有脸到这儿来待?！”孙月绒见说不转她，就出来拉了门，到娘屋中劝说赵云去了。

吃过午饭，赵云收拾着东西要回家去，全家人都不解，娘说：“怎么突然要回去，德发那样待你，你还丢不下你那个家？你就住在这里，你爹生日要到县上去过，你也和孩子到县城去逛逛，让德发那贼东西也受一受没老婆的苦处！”

赵云还是要走，赵玄就生气了，将妹妹怀里的包袱夺过来，赵云就嘤嘤地哭了。赵怡觉得蹊跷，问为什么突然要回去，是什么原因，赵云哭得更厉害，只是不说。孙月绒就将原委悄悄给赵怡说了。赵怡就说：“赵云，越是这样，你越不要走！赵家是有儿子一份，也有咱女儿一份！”随手拿了十元钱，让赵玄当日下山给赵云的两个儿子各买一顶新帽子。

赵玄说：“你这不是现亮我吗？你有钱，我也不缺呀！我给我那儿子买过好几顶新帽，就让云云的两个娃娃戴吧，我还以为是什么事情?！”

当下去西厦房翻箱倒柜寻找帽子。香香自然和他在房中吵闹，又说出许多难听话来，到了此时，赵玄才知道赵云要走全是香香所致，顿时火从心起，揪住香香的头发痛打了一顿。

香香是吃硬不吃软的人，挨打之后，只知号啕大哭，再也不说什么。之后，病情加重又是不肯出房门了。

赵玄打香香的时候，大家都觉得解气，后见打得凶了，就叫喊赵玄。赵玄上来说：“你们整日说我的不是，现在瞧瞧，那是人吗？”

当天夜里，全家人又说起这件事，由儿子的帽子说到德发不给赵云添置新衣，连孩子的衣服也不添置，就一致主张：既然日月过不下去，干脆离婚罢了。赵云也说，她这次下定决心要离婚；就是日后再不嫁人，她拉扯两个儿子做寡妇，也不受德发的虐待了！

炕上，赵怡和赵云睡在一头，赵云正在经期，用的是烂套子，黑乎乎的，极肮脏。赵怡说：“你怎地还用这个？这多不卫生，要生病的！”

赵云说：“这是我洗过的，用过一遍，拿灰渗着……我没有钱，让德发买些纸，他说什么金贵东西还用得着花钱买纸？可他烟一根一根连着抽。”

赵怡说："他一月也挣五十多元吧。当民办教师自己带粮做饭，粮又不掏钱，那钱都派啥用场了？"

赵云说："人家钱都存在一个匣子里，每个星期日查一次，查完了就锁上。"

赵怡说："应该把那匣子砸了！那你养猪的钱呢？"

赵云说："去年我养了一头猪，卖了一百一十五元。我准备给自己扯一身衣服，人家却要了去，说是要买化肥，就全拿走了。"

赵怡在黑暗里好久没言声。

赵云说："日子穷我倒不怕，他总是怀疑我不正经，我和别的男人说句话也不行。顶他一句，他就猛地从后边擂我一拳，要不就骑在我身上打，打得我现在什么记性也没有了。"

赵云又哭起来，赵怡劝她不要哭："现在大白天都看不见穿针，再要哭下去，上点年纪，那眼睛就要瞎了。"赵云说："我寻思了几回，觉得我活着真没什么意思；可一想到两个儿子，又不忍心……"

赵怡突然问："云，你给我说，他和你还过不过夫妻生活？"

赵云则不言语了。

赵怡说："我问这话，是想摸他的心思，是他在外有了相好的了故意整你，还是别的原因？"

赵云说："他每个星期回来除了要干那件事以外，就总是立眉瞪眼地待我。"

赵怡说："既是这样，还是离了好。明日我让三哥去叫大姐来，托她给你在她们村瞅实一个，谈得差不多了，就和德发离婚。"

赵云说："那怎么行？我还没有离就又谈……"

赵怡说："他对你这样，你还爱他？"

赵云说："重找一个人，我怕再待我不好，而且孩子有了后爹……"

赵怡说："嫁哪个男的我看都比德发强。你还年轻，过去再生一个娃娃，关系就拉紧了。"

赵云却又哭起来，说："怡姐，我作了结扎手术了。"

赵怡说："几时作的手术？你那么傻，怎么就结扎了？！"

赵云说："生第二个孩子时，学校对德发说：你老婆要再不结扎，就取消你民办教师资格！他回来就对我好过一阵，硬哄着我去结扎了。现在一结扎，他也知道别的男人再不会娶我，就更使劲儿地虐待我。”

赵怡气愤地叫道：“他德发这个德性，就是再不嫁人，也不要和他过了！云，你有这个决心？”

赵云说：“我有。”

赵怡说：“那好，明日你一人先回家去，德发若不在家，你就寻到学校去，向他正式提出离婚。日后的生活，我帮你，你和孩子跟我走，在城里找个临时工干，慢慢再寻个婆家好好活人。”

两人直说到天明，清早起来，赵云果然回家去了。

贰拾贰

玄虎山常常有一些古怪刁钻的人，冒出些古怪刁钻的思想。比如，对于人生，他们最讲究的是三件事，即生得怎样？婚嫁怎样？死得怎样？第一件是生辰八字，那是爹娘的事，身不由己。第二件是男女阴阳两性金木水火土相克的事，世上少的是天成佳偶，也少冤家对头，多的是克不怎么克、生不怎么生的一般夫妻，这事一半天意一半人为，也就罢了。第三件却完全是人为的。只要不死在初一，不死在十五，不死在五黄六月，便死得都好。一生中或许享尽清福，或许受尽磨难，临死都希望有个好落脚。在另一个冥冥世界里情况如何，谁也不知道自己，谁也不知道别人，说穿了，对于死的安排，则完全是为着给活着的人看的。所以，生得怎样，无可奈何；婚嫁怎样，不可定局；而对于死者的后事安排却是死者的亲属于人世的绝好表现。

后事安排，内容极其繁杂，比如铭旌怎样写，怎样发孝巾，娘家怎样审理，阴阳师怎样选葬日，请多少客，乐班响器闹几场，烧多少纸……但主要的是死者还活着之前就要做好的寿衣、寿棺和陵墓。

寿衣，少则五套，多到七套：衬衣，衫子，又衫子；再衫子，又再衫子，袍子，褂子。阴间里可能没有四季只是寒冷，五套七套是一块儿穿的。一律要绸子，不能用缎子。绸子可以“稠子”，缎子则要“断子”。现在在城市，有专设的寿衣店，或是在戏剧服装店设寿衣专柜（这似乎是城市人对死的幽默意识），但玄虎山人绝不去那里购买，就请庄里针线好的老婆婆在家裁缝三天五天。若寿衣做好，死者在生之年十分珍藏，每年六月六日拿出晒太阳。晒太阳的那天，各家老人大都相互走动，观看别人的，对照自己的，有胜，无限欣慰；略逊，勒逼儿子重做。

寿棺最好的是柏木，松木为次，杂木最下。顶体面的是八大块，即上盖八寸厚的木头两块，下底八寸的两块，两边各为两块，也是八寸厚。前后挡头就不算了。山地里有专制寿棺的木匠，皆身怀绝技，合缝要严，水浸不进，流不出，且善一手雕刻。小挡头处浮雕“福”字，大挡头处阴刻阳刻鱼虫花鸟山水人物。然后漆染。漆还必须是生漆。漆外部还罢了，漆内部则要裹一层白土布，刷一层漆，再裹一层白土布，再刷一层漆，坚如铁壳，敲之锵锵价响。寿棺做成之后，夏可以盛粮食，不腐烂不虫蚀；秋可以装衣服，不潮不霉。享用者只要阳寿不尽，寿棺每年在生日那天还得再漆一遍。

说到陵墓，那是死者的阴间住宅。穴位一定要选好，破土日一定要查旧皇历。然后决定什么人去挖坑。不要无子之人，不要痴傻之人，挖好后要鞭炮齐鸣、奠酒焚香，方下第一块儿砖。墓门面就是活人住屋的门楼，要有脊兽，要有飞檐之墙，要有雕饰，要画许多图案花纹，要书许多吉祥语。拱砌完毕，封住墓门，留好气孔，就在墓前墓后栽植柏树。享用之人将从此到死前，每一年每一月去那里查看培土，警惕有老鼠偷了粮食进去生儿育女。

做儿子的，为老爹老娘办好了这三件事，自身就完成了做儿子的孝道。做父母的眼看着儿子做了这三件大事，亦自感人生得意，将放心地慢慢老去。否则，庄人眼里有秤，谁家儿子孝顺，谁家儿子忤逆，即可结论。但凡做儿子的不孝顺父母，这儿子遭人白眼：连你老子都不爱还能爱别人？那老子也被人唾弃：你儿子都对你不恭还让别人怎么恭？而公论这三件大事办得最好的，老子身价倍增，儿子也走到哪里脸大如盆，气粗如牛。

贰拾叁

这一秋，赵家的儿子们为爹娘筹办着后事，玄虎山的黑河湾地也收获了大量的稻谷。在收获稻谷的同时也得到了大量的禾草。庄人们在议论着赵一仁两口的寿衣、寿棺和墓地的事，更议论着这一季的收成。他们不必过多地操心赵家儿子们筹办得如何，因为人家都是有钱的角色，也最懂得这后事安排的重要意义。他们也没有因为种了稻谷得到了禾草而十分懊丧。他们又在深翻田地，修复水渠堰，施播肥料，满怀喜悦地投入新的耕种了。

贰拾肆

不等赵奇去叫大姐，大姐却主动来了。大姐十年前死了丈夫，人仍然活得精神。上中学的儿子学业很好，她闲着无事就到娘家来帮着拆拆洗洗，随便得到娘家的一点儿什么，她几乎已经对赵家失去一个做女儿的感情，不怎么特别关注。团结也好，分裂也好，只是觉得这里是一处可以走动的地方，可以有好处而利于培养自己的儿子。今日来，她并不知道赵怡回来，是得了那个木匠的又一份重礼而来为赵艮的婚事的。来了见到赵怡，喜之不禁。因为赵怡为儿子买了一套高考复习书和一件上衣。姐妹俩一起，就数说小妹的不是，赵艮却还是那句话：“我谁也不嫁！”噎得两位姐姐半天不语。

后腰庄一家姓武的人家滚死了一头牛，赵奇去买了三斤牛肉，说是要特意招待一下韩玫、赵怡和大姐的。孙月绒就忙活了一上午，做了一桌子饭菜。请爹娘也一同去吃。赵一仁说：“你们姊妹一道吃吧。”他和刘氏没有去。孙月绒便给爹娘端来了一盘牛肉。又去请二哥和二嫂，二嫂不去，二哥要去，二嫂说：“人家招待，是现亮了咱，你倒有脸去吃?！”二哥还是过去吃了几片肉，就放下筷子走了。

饭桌上，赵奇对韩玫说：“玫姐，我有一件事还要你帮忙的。”韩玫说：“我能给你办什么事？”赵奇说：“今年化肥特别难买，我跑了川道几个销售店，货全没有了。今年又没有积下多少肥，我想请玫姐和大姐每人买三袋。”大姐说：“如果能买到，我只要一袋就够了，把那两袋匀给赵玄吧。”赵奇说：“二哥是不会要的，他那地全荒了。那玫姐就给买四袋吧。”韩玫说：“化肥确实是难买呀。这样吧，到赵伯生日那天，赵怡一定要去，咱们一块儿去找找县委王书记，批一个条子什么问题都解决了。”赵怡说：“为买几袋化肥去找王书记？”韩玫说：“人家和崇培是熟人，你也该去看看的。当个县委书记虽然没什么了不起，可人家是父母官，咱一家人还得受人家领导啊！”

吃罢饭，韩玫把赵奇叫到里间屋里，悄声说：“化肥的事，我可以给你搞到，种庄稼的地里没肥怎么行？玫姐就是伤着这份脸皮也要给你搞到。可赵伯生日那天，你们一定要让赵怡去一趟县上。她是嫌大哥大嫂没有回来。可她不去，不是更加深了矛盾吗？再说，姐还有一件事要托她，我又不好向她直说，就是我提升到县妇联的事。现在有人捣鬼，领导上犹豫不决，如果赵怡以崇培的面子给王书记谈一下，这事就成了。”赵奇说：“我想赵怡她会帮这个忙的。你不好说，我给她说。买化肥的事，你就把钱拿上吧。”韩玫硬是不收。

赵奇便把韩玫的心思告知了赵怡，赵怡沉吟了半晌说：“原来是这样。那我就去见见王书记吧。”便找着韩玫说：“玫姐，这么一件小事，你倒转弯了让我三哥给我说？”

韩玫说：“好妹妹，你是不了解我这人的，这是为了我个人的事，我不好意思的，经过民意测验，下边一致同意我去县妇联，可总有心瞎的人，就从中捣鬼。我真恨死了这些小人，想当面去扇他个耳光。可气冲冲去了，心软了，手也软了。我吃亏就吃亏在没有狠劲哩。”

赵怡说：“你要没个狠劲，那就不要去搞政治了。”

韩玫说：“可不，要真能搞政治，玫姐连县长都当上了。”

赵怡说：“那你到县妇联去不是受罪吗？”

韩玫说：“我是憋一口气呀！到了县妇联，咱不为整人，但就可以免人整咱！”

赵一仁插话说：“怡，你玫姐虽不是赵家人，可比一家人还亲，你在外边为赵家争了光，在咱县上，你玫姐倒是个能在上边说话的人物。我早就听说韩玫要到县妇联当主任，那虽没多大实权，可也在县上说一句顶一句的，往后谁再欺负咱，也有个上告的地方了。”

赵怡就笑着说：“玫姐要是当主任了，你第一件事就要为赵云作主啊！”

从西厦房里出来上茅房的香香正路过堂屋门前，听见屋里说话，就说道："为赵云作主，也得为我作主啊！"

说得一屋人哑口无语。

贰拾伍

白皮松下，几个晚上都坐着一个人。

玄虎山新的堰长在见到赵怡之后，并不为一记重重的耳光感到耻辱，反而产生一种异常的感觉，就于夜深月明之时来到树下，心里默唱起一首很古老的歌子：

河岸上坐着一个姑娘
她用棒槌捶洗着衣裳
我愿作她一件衣裳
拿棒槌轻轻打着
洗净了又穿在身上

当他知道赵怡就是赵一仁的二女后，他为自己这种非非之想感到荒唐，同时也对城市里那个作家产生出一份忌恨。他早听说赵一仁还有一个小女叫赵艮的未嫁，想姐姐长的如此天生丽质，作妹妹的也一定是十分楚楚动人的。于是，在一个没有月亮的晚上，他在村长的家里筹办了一桌酒菜，让村长去请赵一仁了。

村长也是新改选的，年轻气盛，却深有城府。当下问堰长："赵家的姑娘，个个都是神仙一般的，谁敢这么大胆求婚？你虽是做了堰长，可你原先是什么嘴脸？"

新堰长说："原先是原先，现在却不是原先。什么事我不敢干？联合国若要人我也去了！"

村长就到了赵家，说赵一仁是玄虎山德高望重的人，村里有要事来请他过去商量。赵一仁先是疑惑，但还是去了。村长打的是松明节火把，他提着一只铁丝灯笼。走到半路，问商量事的还有谁？村长说只有新的堰长。赵一仁就不肯走了。村长说："赵伯，事情是这样的，新堰长虽然有些地方冒犯了你，可他也是一心为了玄虎山。他年轻办事欠妥，过后深感不安，现特意办一桌酒菜和你坐坐，缓缓矛盾，搞好团结的。"赵一仁毕竟有德仁，思想新的堰长既然能低头求好，设宴待他，他也就应该宰相肚里能撑船，一派长者风度了。

在村长家，新堰长果然毕恭毕敬，频频举杯请酒，连连给老人夹菜。赵一仁久时不能开怀，当下心情舒畅，将酒喝得过量。接着就讲玄虎山的历史，讲到新的堰长的父亲怎样乞讨到了山上，他是如何保媒成家，又促其独立开辟庄子。新堰长少不得又替亡故的父母为老人再敬数杯，请教这堰长工作的经验。赵一仁也就倚老卖老，谈大公无私之道，授纳怨含垢之术，最后以八石洞口的那副对联说到世事的玄妙，为人的德性。

末了舌头僵硬，说："水渠堰是该在上水处修一个石坝，坝后修一个涵洞的。所需的水泥，施工的图纸，我可以找人解决，赵怡和崇培在省城，什么事情都可以办。再说赵和在办工厂，他本人就懂技术的。你们知道吗，韩玫也要当县妇联主任了！"

新堰长说："赵伯的儿女都成事了！这全是赵家积的德啊！赵伯活到这一步，真是皇帝老儿也比不得的！"

赵一仁说："还好，还好。待赵艮出嫁了，我就什么操心事也没有了。"

村长说："赵伯，那艮姑娘许配哪里了？一定是个吃国家净粮的吧？"

赵一仁说："这孩子，跟她怡姐过了一二年，高不上低不下的，找了许多家都不满意。现在这孩子，要嫁给什么人呢？吃国家粮的就一定好吗？她的心比天高，命比纸薄啊！"

酒桌上突然沉静下来。

新堰长给赵一仁重新添满了酒，冷丁说："赵伯我能不能做你的女婿？"

赵一仁似乎没有听清，脸上只是笑着，猛地僵起来，眼睛直愣愣地看着这年轻人。

村长说："赵伯，他说这话是不是有些唐突了？可他是真心，老早就对我说过的。我掂量过了，他虽不是工作干部，可他家缺什么呢？什么都不缺！

人又聪明能干，又会体贴人，赵艮若能嫁给他，一来天成佳偶，二来都在玄虎山互相能照顾上啊！”

赵一仁“啊啊”着，不知说什么好，迷糊中说声“这也好，这也好”，一时头重脚轻，靠在椅背上睡着了。

待他摇摇晃晃返回家去，家人正等得心焦，要派人去找他，瞧见他喝得酩酊大醉，就怨怪上了年纪的人不该出去喝得这么多。赵一仁则嘿嘿笑道，对赵艮说：“艮，我来问你，你大姐给你找的那家愿意不愿意？”

赵艮说：“我谁也不嫁，你们收了人家东西，就给人家退去！”

赵一仁便说：“不愿意了也罢，爹给你找一个，包你满意的。”

赵怡说：“爹你是说酒话，还是真的？找的是谁？”

赵一仁爬上炕去，还在笑着说：“明日再给你们说吧！”鼾声顿起，不省人事。

第二天，赵一仁还没有起来，村长却到了。他正好在赵家碰着赵奇和赵玄，说了来为赵艮保媒一事，赵玄当下说道：“没门，没门。”就关了院门。赵奇则飞跑进屋去告知爹了。

赵一仁和全家赶出门外，村长已经被赵玄赶走了。赵玄一见爹就训爹怎么糊涂到这步田地，人家抢了你的堰长，你倒要将女儿嫁给人家？家人听了原委，也都不愿意这门亲事，赵一仁则摇着头说：“不愿意可以商量嘛，不让人家上门，这不更得罪人家吗？”

贰拾陆

赵艮领着家里的黄狗一直顺着山根的路往前走，走到很远很远的黑河滩上，她就四肢伸长地仰倒下去了。黄狗卧在她的身边，亲昵地在她胸部嗅闻。赵艮突然翻身上来，一把搂住黄狗。搂得那么紧，以致使黄狗叫起来。她还是不松手，和黄狗在沙滩上打滚，弄得人狗一头一身的沙。末了，就死一般地又瘫睡在那里，眼里白多黑少。

她说不清她出来是干什么的；也说不清为什么对黄狗这么搂抱。现在，人眼看着狗眼，狗眼看着人眼。她勃然大怒，竟拳打脚踢起黄狗来，黄狗还以为主人又在和它戏耍，但见踢打得十分狠毒，便惊慌地逃窜了，于远处一块儿石头下爹腿撒尿。

新堰长托村长求婚的那天，她是不在家的。她给那军人去了一信，每隔两日就要去山下的小道上等待乡邮员送来回音。那日，军人的信来了，写得十分简单，几乎仅一句话："我已经结婚了！"赵艮看后，没有哭，反倒哈哈大笑。跑回家来，已经是二哥赶走村长之后，她说："为什么不等我回来？"

赵玄说："你要嫁给新堰长？"

赵艮说："让我见识见识他嘛！"

赵玄说："你是疯了，疯了？！"

赵艮并没有疯，她真的想见识一下新堰长。在她的印象中，新堰长虽然不是城里人，但他有和军人一样的蛮力。她见过大姐给她介绍的那个木匠，当大姐借故出去让他们俩在屋里说话时，她看见他是那样胆怯和畏惧，一头大汗。"孱种！"她顺门就走了。如果单独在屋里相谈的不是木匠，是新堰长，情况又会怎样呢？但新堰长毕竟不是城里人，他缺乏城里人的脸面和风度。

"你结了婚。结了婚我也要嫁你啊！"赵艮重新将军人的信又看了一遍，再看了一遍。恍惚之间，她突然看见面前走过来两个人，是新堰长，又是那个军人，后来两人又成了一个人。他把她拉起来说："你一定肯嫁我吗？"赵艮说："是的。"他却啪地扇她一个耳光，她半个脸顿时发痛，眼冒火花，但她说："你打吧，让你打死也行！"他突然笑起来，将她抱住了，说："我是考验你的，艮，我要与我妻子离婚，就娶你！"赵艮就和他重新倒在沙滩上，他是那样重重地压迫她，似乎要压碎她，使她疼得大叫，在大叫中畅美无比地昏去……

这时候，走近来站在赵艮身边的是黄狗。它看着赵艮双目紧闭，脸色绯红，嘴唇抽动，呤声羞涩，同时闻到了一种少女身上特有的异味。

贰拾柒

庆元寺的钟声每日在响着。老道长清晨里还在检查着所有的被褥，而受惩罚的小道一次又一次挑着水桶去八石洞。后山庄的一堵照壁下，懒洋洋地散坐着一堆长舌男女，他们在说着白皮松下的新闻，打听着村长家的那桌酒菜。

当披着衣服手里拿着一台音量大到极限的收音机的汉子走过来，有人瞧着他额上有拔了火罐的酱黑印，说话的人忙将正说的新闻变成另一个故事，说——

从前，有一座山。山上有一个洞。洞里坐着一个老头在说：从前，有一座山。山上有一个洞。洞里坐着一个老头在说：从前，有一座山。山上有一个洞。洞里坐着一个老头在说：从前，有一座山。山上有一个洞……

贰拾捌

去县城的人已决定下来：爹，娘，韩玫，赵怡，赵奇和孙月绒。赵玄坚决不去，爹训斥他，他说香香病重了，他要在家里照看，让儿子随奶一块儿去。赵艮是哪儿也不去，而且毫无商量余地。娘最后提出赵秀要去，孩子在校一星期才回一次，她是有空闲的。但原先说定赵云必须领着两个儿子去的，可赵云回家之后，却一直没有回来。

头一天下午，娘让赵奇去接赵云，赵奇只身又回来了。

赵怡问："云呢？"

赵奇说："她说她走不开，就不去了。"

赵怡说："是离婚遇上麻烦了？"

赵奇说："云给我说，让我给你和爹娘说，她回去待了一夜，又不想离婚了。她还是咒骂德发，但说她的命苦，离了这个，若再找个不如德发的，那她更没脸面活了。她说她是结扎过的人，日后到什么人家去也是没好日子过的。她说她就这么赖活下去，活一日是一日。她家里有猪，前几天没回去，猪险些饿死了。她让大家从县城回来，到她家去，她要给爹补过生日，她攒了一坛子鸡蛋。”

赵怡叫苦不迭，连连跺脚：“她说得好好的要离婚的，怎么又不离了！她活该发牢骚啊，她活该受罪啊，她活该！”

去县城的人走下了玄虎山，在川道一个镇上搭车赶到赵和的工厂。乘车人的车费，一律由赵一仁掏，拢共是二十五元。赵和并没有在县城车站接，一见面却说：“吓，来这么多人，晚上怎么睡呀！”

晚上，顾玲玲擀了长寿面，赵怡没有吃，她到城关镇妇联韩玫家去了。韩玫做了许多菜，并且当下就托人把化肥买下运到赵和家交给赵奇和大姐。那边自然又是说了许多感谢话，摆了酒喝不提。

一直到了半夜子时，安排来客入睡后，赵和与赵奇到工厂的办公室歇息，赵和问起赵玄怎么不来？赵奇不敢说有成见，只说是要给二嫂看病。赵和说：“我只说他是会来的，来了咱兄弟三人还要商量一些大事的。”

赵奇说：“大哥有什么大事要商量？”

赵和说：“以前咱们商量了两个老人百年之后的事，不知你和赵玄筹备得怎么样了？我是一直惦在心里。寿木现在价涨得厉害，原要给老人备红心柏木八大块的，可四处托人都没货，我就申请要了几方松木。”

赵奇说；“二哥把寿衣已买好了，大哥也开始筹备寿棺，就我不成器，还没有把墓拱好，砖是定了货了，可没运回玄虎山去。”

赵和说：“墓是大事，你可要拱好。地点就在咱老坟吧。按老规矩。男左女右，爹的墓就拱在我妈墓的左边，娘的墓拱在我妈墓的右边。你该早早动手才是。”

赵奇点头说是，各自就睡了。

第二天，是爹的生日，顾玲玲炒了八个菜，一壶白酒，二升米的干饭。饭桌上，顾玲玲谈笑风生，不停地喊夹菜，而每一次夹菜又总是先夹给赵怡。

赵怡说：“嫂子给我夹什么菜，这不是反着来吗？”

顾玲玲说：“怡妹几时才能回来一趟呢，咱们赵家还不多亏出了一个你！”

赵怡说："嫂子也是大哥的好帮手。这个工厂能有现在的样子，嫂子是大功臣！"

顾玲玲说："爹和娘在这儿，说一句自夸的话，咱们赵家应该说凭女的吃，你是在外，我是在内。"

赵和说："这么说我们做男儿的都没出息？"

顾玲玲说："出息是出息，赵家是金盒子，可谁来箍的金盒子？"

韩玫说："嫂子是贤内助！"

顾玲玲说："要说贤可以说是贤到家了！韩玫清楚！"

韩玫脸红了一下。

顾玲玲是注意到了这些，就又说："怡妹妹，你回来了就好，你韩玫姐把她的事都给你说了吧，你可一定要帮你玫姐的。保你玫姐上去，她上去了是忘不了你的。我想，她也不会忘了我这个贤内助的嫂子的！"

赵怡说："这我给玫姐说好了，晚上就去办的。"

赵和便说："去了，要给人家带些礼品，烟酒我已准备好了。去一趟还不行，你明日给崇培去一信，让崇培也给王书记专门写一长信谈谈。"

赵一仁一直默默地吃饭。刘氏说："今日是你爹生日，你们尽说别的话，让你爹冷坐着。"

赵一仁说："让他们说，只要他们能谈到一块儿，我也高兴。"

顾玲玲又给爹敬酒，给娘敬酒，说了许多祝爹娘长寿的话。一时满桌快乐，赵一仁几乎有些醉了。

顾玲玲就又突然说："爹养活了赵和一场，做儿女的是该尽孝心，原本是要用小车去接爹和娘的，可厂里的车因公又出差了。我们有这么个想法，请爹和我们一道到华山去旅游。华山虽然很高，慢慢上还是能上去的，不知爹乐意不？"

赵一仁说："去旅游？几时去？"

顾玲玲说："明日一早，我们已经把票买下了。"

赵怡惊讶道："你们明日就走？爹和娘昨日才来，明日就去旅游？！"

顾玲玲说："怡妹住在省城，见的世面多了，我们可比不得你们！厂里好容易有个空闲，我们也该去风光风光呀！"

大家再没有接她的话，默默吃罢饭。赵奇和孙月绒忙着要回玄虎山，因为还有几袋化肥要带，几个孩子就全交给了爹娘。韩玫则叫剩余的人都到她那儿去。

去韩玫家的路上，大姐说："我还以为县城里的人整日吃什么好的呢，原来也是一般的菜嘛！"

韩玫说："赵和哥钱赚得那么多，这饭菜也太寒碜了！"

赵怡就说："大嫂就是一张嘴会说！兴师动众让大家来，明日一早他们倒远走高飞了！"

爹没有说话，娘也没有说话。

第二天一早，大家估计赵和和顾玲玲会招呼送他们走的，可一等不来，二等不来。赵怡便去车站买了票，生气地说："人家怕早都走了！他们不来买车票，不来送，怕咱们要困死在县城里了吧?！"

贰拾玖

庆元寺的道姑会捉鬼，她已经为香香禳治了几次。在她的神眼里，是发现金盆洼里有一个少年男鬼，不时到香香的身上作祟。香香信这些，赵玄见香香什么中西药都吃了皆不见效，也就依香香的主意再次去请道姑。

这道姑年方三十四五，若在尘世，正是少妇；身体线条颇好，比少妇更具风韵。赵玄请她进屋，赵家院中无人，大门也关了，在西厦房中摆设了道场，让重病的香香静卧炕上，以黄表纸符贴在额上，就在外间案桌前烧香念咒。赵玄则跪在案前，低头不准乱看乱语。

道姑先在案后默念许久，就又绕着案桌跳着念咒。时正中午，阳光溢彩，洒下房阶，屋顶几处漏洞，金光激射，香烟缭绕，一派神秘气氛。赵玄跪了一会儿，觉得万籁俱静，唯道姑的咒语清脆悦耳，不觉得思想到另一个境界中去。也该是事从人愿，道姑跳着跳着，突然肚腹饥空，裤子松下来。恰这时赵玄双手合十抬起头来，猛地看见那一个部位，不觉心魄摇曳，不能禁止，竟站起来近前将道姑一把抱住。道姑依旧是神灵附身，虽然不能身子跳动，仍双目微闭，咒语不绝，念唱道："你给神放上你有错。"赵玄冷丁明白面前的道姑是神而不是人，便一时惊悸不安，将双手松开，曲身后退。道姑又念唱道："你取出来罪更多。"赵玄忙又近前，却如何不能如愿，终于可以，又惊又喜几分迟疑，道姑念唱已经由高而低，弱若游丝，断断续续呻吟……于是赵玄一下子把她抱起，倒在案后的地上了。

此时，静卧于炕上的香香忽觉病轻了许多，听得见窗外的喜鹊声。

叁拾

有了化肥，赵奇和孙月绒深翻了土地，播下了种子，又去大姐家帮助种了，就开始请匠人在祖坟里下木橛吊线，动工打拱爹娘日后所需的坟墓了。

这天夜里，他对二哥赵玄说："明日你不要出门了，帮我到坟上招呼吧！"赵玄问："你要着手拱墓了？"赵奇说："你们该准备的都准备了，我再不动手，就太不像话了。"赵玄说："那也好，要拱就给爹娘拱个双合墓。"赵奇说："咱祖坟里都是男左女右。"赵玄说："双合墓也是男左女右。"赵奇说："可咱还有个大妈，双合墓怎么拱？我在县上见到大哥，他说让爹的墓在大妈的左边拱，娘的墓贴着大妈的墓往右边拱。"赵玄一听就火了，说："你听大哥的？他操的什么心？！他讲究要给爹过生日，过得怎么样？他是想把爹和娘拆开。爹和娘现在都活着，你这么分开拱墓，是啥目的？"赵奇听罢，也顿觉自己糊涂，连连拍打自己的脑门，说还是拱双合墓合适。

可赵奇之所以是赵奇，他给二哥表了态后，又害怕大哥生气，就去征求双老的意见。赵一仁说："分开拱有什么不好？人一死还知道什么？何必为这事闹得家里又不团结？！"娘却脸色发黄，气得说："我不进赵家坟了，我一死，把我扔到乱葬坟去算了！"

于是，这天夜里，召开了全家会议讨论，赵良、赵怡坚决支持二哥的主张，不同意将爹娘分开。赵奇则含糊不表，赵玄便扇了他一个耳光。说他没脑子！但赵一仁还是害怕家庭再起矛盾，引起外界议论自己生分了赵和，坚持不要双合墓。赵怡说："怕不团结，这根子是谁引起的？两个老人拱双合墓，天经地义，怎么大哥他就要提出分开?！”赵一仁也生气了，说:“你做女儿的，又不担承这些后事，你多说这些话干啥？”赵怡说:“女儿和男儿是一样的！要说养活这个家，咱可以算算账，大哥结婚后这些年给了家里多少钱？我又给了多少?！二老百年之后的事，我不是不担承，你们是按风俗定的，而且赵家的家产我们做女儿的得过一条线一片瓦没？现在我当着大家的面说，赵家的家产我还是一文不要，两个老人的寿棺我来买！大哥当时分的管寿棺，我看他安心就不想买，到现在了，红心柏木的没买到，连松木也是买公家的，公家木材站现在有八大块好料吗？我想他是等到临了将就买了杂木的应付了事！”赵一仁说:“你有钱嘛！”赵怡说:“我有钱也不是为了打气憋，我是尽我的一份孝心。我买了寿棺，他大哥若还念着爹娘的养育之恩，到时候他负责后事花费就是了。要我买了寿棺，我就要求拱双合墓！”

第二天，爹气得睡下了，娘也睡下了。赵怡和二哥三哥商量，做了三件工作，一是联名给省城的崇培写了一信，让崇培给爹来信说拱双合墓的好处；二是给县上的韩玫姐去信，请她几时回来再劝说爹；三是赵怡亲自去已经回家的大姐家，先取得大姐的同意。

赵怡给大姐说过之后，赵秀说:“爹和娘一起生活的时间毕竟长，拱双合墓是好，我妈她是死得早，也无所谓的。只是你要买寿木，那我们几个做女儿的怎么办？”

赵怡说:“好姐姐，你们就不要看我的样子。是这样吧，寿棺由我出钱，名义上就算咱姊妹四个为老人办的。你和云妹过意不去，等做寿棺时，你带些粮食给爹，也好款待工匠就是。”

如此这样，赵怡就托二哥四处打听哪儿有上等柏木，结果寻来找去，觅得后山一家坟地里有三棵百年古柏，就掏了六百元买下，请人砍倒运回家来。

而崇培的来信和韩玫的再次回玄虎山，使赵一仁无话可说，赵奇就破土动工拱墓了。

叁拾壹

新的堰长和村长发奋要在玄虎山上做出一番事业。他们动用了玄虎山的所有集体资金，动员了几乎多半的劳力，两个月里修复了黑河湾地的水渠堰，又在堰上游的黑河边筑了拦水坝，还建了一个过水涵洞。这个工程完全是依老堰长赵一仁的意见干的。但整个工程并没有请赵一仁去包办水泥、钢材和技术力量的采办事宜。等赵一仁赶到那里观看之后，大吃一惊，也着实为年轻人的政绩而自惭形秽了。

县政府为此表彰了年轻的堰长和村长，也以玄虎山近年里各项工作的起色，经济发展显著，奖励了两万元。庄人们都欢腾跳跃，以为这两万元将按人头平分，各家又是一笔可观的收入了。

在村长和新堰长商量之后，一分钱也没有分。他们以此改建了玄虎山小学。小学原在破旧的七间房里，设备极差，故分配来的教师皆不安心，连聘用的民办教师也不大肯来。现在校址扩大，新盖十间瓦房，焕然一新。在制作门窗和课桌时，资金不够，堰长便主张砍伐那棵白皮松。白皮松是后山庄村的风水，可一个学校是玄虎山的大事，其风水可管百年千年，且是新堰长的主张，无人敢有非言，结果这树就被伐倒了。

金盆庄的赵家瞧见白皮松被伐倒，赵一仁自然是要叹息一番的。赵怡看见树倒，似乎听见了一阵惊天动地的响声，浑身为之颤栗。她先是惊慌，继而感到放松，那棵使干娘羞辱的证物终于消失了！但随之又觉得牵动自己十多年来的心绪之弦嘣地断了。她不知道在地下的干娘是否听见了这倒树的声音？

白皮松在倒下之后，玄虎山人用大锯分解为板。人们惊奇地发现，这白皮松的年轮竟是二百二十三圈，且二百二十三圈木纹忽圆忽椭，忽开忽合，线条生动，图案绝妙。他们就全以这木板作了课桌，且不涂颜料，刷过薄薄一层清漆就罢了。

新堰长和村长竟意想不到地将德发聘请为该校的民办教师。

赵怡去那新教室里看过课桌，她想，玄虎山的孩子在学习的时候，伏在这桌面上，就等于面对着玄虎山的历史。

孩子们会读懂这些历史吗?

赵怡将一片剥离的树皮带走了。

叁拾贰

赵和办工厂赚了大钱。他知道在没钱的时候受过没钱的窘困，而有钱了，却坚决不能被钱拖累。顾玲玲更是轻狂得意之人，完全支持丈夫的主张。故他们的旅游相当开放。先去省城，后去北京，再绕道上海、广州，吃了南北名菜佳肴，逛了四方名胜古迹，最后就登华山。偏在一个细雨蒙蒙的早上攀上华山西峰。华山西峰以险峻称雄天下，且细雨之中，分外壮观，一家四口站在天外之间，顿作非分之想，想伸手摘星，想化羽作仙，末了再想将他们之行记载于峭壁之上，顾玲玲就用刀子在石上刻。刻了赵和大名，刻了儿子小名，再要刻上“顾玲玲”三字，“顾”字还未刻完，山风倏来，白云翻滚，她身子稍一晃动，竟失足堕落峡谷。

当时赵和正举了照相机拍摄这英雄举动，突然发现石壁前没有了顾玲玲，以为眼花，再看时，顾玲玲真的不见了。立时父子惊呼，哭声一片。

华山上有专职的捞尸队。赵和将所剩的四百元。拿出二百交给捞尸队，打捞了一天，死不见尸。又给了一百，要求上下搜寻。原来顾玲玲并没有跌入谷底，而是卡在半山处一棵树杈上。顾玲玲死里逃生，她竟还活着，但从此一条胳膊再也没有了。

顾玲玲被送到华山下一所医院里治疗，赵和给玄虎山发了长文电报，央求家人来帮着转回。

赵玄因为有一批龙骨化石要尽快推销出去，收到电报后，安抚了全家人，便先走了省城，将龙骨高价脱手，后转道华山脚下。兄弟相见，赵和则大动肝肠，抱住二弟号啕大哭。

顾玲玲却说:“他二叔，华山上景致着实是好呢，你不妨也走一趟，然后咱们再回。”

叁拾叁

赵怡回玄虎山已经很久了，她并没有给赵一仁挽回更多的声誉，也没有帮爹解决好赵家的内部矛盾。女儿毕竟是作家的美貌妻子，她的作用仅只局限于满足了作家在人稠广众面前的虚荣心。赵怡心肠极好，但也错误地估量了自己；她好心没有好报，反倒使赵家的形势、玄虎山的形势越发复杂。赵怡无可奈何了。

玄虎山上的风使她的面皮明显粗糙和黧黑了。她用完了带回来的白粉和口红，连赵艮从城里带回的眉笔也用竭了。赵怡开始做梦，梦见崇培，梦见女儿，她不明白人怎么有如此怪现象：曾经腻烦的城市生活，曾经腻烦的花瓶式的应酬，现在却又突然怀念起来了。

她终于决定要回城去。

爹说：“你不能再多待几日吗？你二哥去接你大哥大嫂了，大嫂的伤势到底怎样，你看看心里不是也踏实些吗！”

赵怡说：“我还是不等着好。爹，我有一个想法，就是让你和我娘跟我一块儿走，在城里过几天省心日子。”

爹说：“我怎么走得开呢？”

赵怡说：“我看清了，现在是谁也不顾谁的社会。你这么大岁数了，还操玄虎山的什么心?！”

爹说：“玄虎山上的事我不管了，家里的是是非非我也不管了，可我和你娘还没有死，总得操挂赵艮的婚事吧？还有赵云德发调到山上教学，还是打打闹闹……”

赵怡便不言语了。她临走时，去赵家祖坟看了三哥新拱打的双合墓。双合墓的丘堆颇大，使旁边何氏的坟如一堆黄土圪垯了。她又反复叮咛赵奇，一定要买上等生漆，将她购买的寿木做好、油漆好。

迷迷糊糊的赵怡，下了长途汽车往自己的小家赶。在玄虎山极尽炫耀的赵怡，一踏进省城的大街，她却感到了无限的失落。她不想回到属于自己的那个小家去，甚至于迷失了方向。她好像不认识这座城市了，也不认识自己小家的走向。她徘徊于繁华的街头。突然一回头，发现后边的人群里有一个人一闪不见了。她觉得那人极像是小妹赵艮。赵艮怎么会在城里呢？她从家走时，赵艮还是在家里的！她以为自己是产生幻觉了。

直到天黑，她走到了城西门外的一片居民楼区。中国的居民楼皆是一样的结构，赵怡迷惑了，哪一幢楼哪一个单元里是自己的家？她在楼区内游转着。一位巡逻的警察，久久地注意着这个标致的女人，以为是小偷，或者是流氓，于是走近了问："你在这儿干什么？"赵怡说："找我的家。"再问："你的家你也不认识吗？"回答："我不认识？我怎么能不认识？"警察要随她到她的家去，她气呼呼地上了一幢楼的三层，这或许就是她的家吧？钥匙恰好打开了房门，一拉开门，果然是她的家。一推套间门，里边的沙发床上正睡着两个人，一男一女。她将套间门双拉闭了。

警察问："这男的是谁？"

赵怡说："我丈夫。"

警察又问："那女的是谁？"

赵怡说："是我。"

警察明白了，却说："你患了夜游症?！"就走了。

赵怡静静地坐落在椅子上。套间里的人还在睡着，一点不知声息。她突然觉得自己患了夜游症，她是从这个房间出去的，去了相当长的时间，她记不起她出去干了些什么，就又回到这个房间了。

叁拾肆

× 年 × 月 × 日，金盆洼的赵家坟里突然发生了一件异事：第三排的坟墓一夜之间那何氏的小坟和赵一仁与刘氏的双合墓土堆合为一体，隆成一个巨大的极圆极高的坟墓。

赵家的三个儿子：赵和、赵玄、赵奇赶到墓前，忙刨开土堆寻看墓门面，但见已是三合墓。何氏的墓门紧封，赵一仁和刘氏的墓门用砖虚挡着。

叁拾伍

又一个秋季过去，到了冬天，玄虎山的一个人在一声枪响后倒地死了。

死者是被两人架着从雪地里踏过去。他虽然并没有软作一团，但架的人跑得飞快，他的一双脚几乎没有用，是拖在地上，所以平平的雪原上就像犁过的地畔一样。

他后来跪在那里，竭力看着雪原的远方，雪线上正升起一轮太阳，红妆素裹，分外妖娆。于是想起了许多女人。他在一个龙骨洞里强奸了一个来偷他龙骨的女人；为了防止她的反抗又用被子蒙住了她的头：以致事毕之后发现她死了，就极恶心自己原来是在奸尸。就对这女的印象全然模糊。但他没有忘记那个道姑。

唯枪响的刹那，他想到了年已高迈的爹和娘，似乎有些伤心，但还要继续作想，就倒下去了，那要掉下来的一滴眼泪终于没有掉下来。

叁拾陆

也不知在什么时候，八石洞里的八具似人非人的钟乳石已经完全变成人。人当然不是活人，是石头人。

这种变化，出奇地是谁也没发觉，所以也没有丝毫骚动。似乎这种人的石像一直就是如此，甚至玄虎山的人到了那洞里，还说："这是八神洞，怎么原先还变为是八石洞；神像怎么全是混沌石头呢？"

庆元寺的小道士即感到惊骇，说明明原先是似人非人的石头。玄虎山的人就笑小道士是道观中人，看人世都是冷冰冰的。

外乡外地人到庆元寺烧香祈祷，听了小道士的话，为了进一步证实，也就到八神洞来向旁边汲水的或者打草的人打问事实真相。汲水的或打草的便指着黑黑的玄虎山的这个白洞，就说："从前，有一座山。山上有一个洞。洞里坐着一个老头在说：从前，有一座山。山上有一个洞。洞里坐着一个老头在说：从前，有一座山。山上有一个洞。洞里坐着一个老头在说：从前，有座山。山上有一个洞……"

洞口，来人亲眼看到了那一副对联：

云在山头登上山头云且远
月在水面拨开水面月更深

剥脱的两个字，已经拟而补之，拟补者是年轻的堰长。

一九八六年十月二十日草完于静虚村
一九八六年十月二十八日改完于户县

火 纸

一

崖畔上长着竹，皆瘦，死死地咬着岩缝繁衍绿。一少年将竹捆五个六个地掀下崖底乱石丛里了，砍刀就静落草中，明亮亮的，像失遗的一柄弯月。现在是汉江垂暮时分，半天劳作可以暂作歇息，少年便从一石板下取出三块浆粑糕来啃，一边茫然地望着崖下江面。浆粑糕是用槲叶包蒸的，形如粽子，剥开，槲叶的脉络就清晰地印在糕上。正待吃，乌鸦旋即在头顶上飞，乌鸦没有发现石板下的藏物，却不放过少年吃嚼时掉下来的糕渣，甚至从他手中衔下一小块儿倏然飞去。江面上恰好有一只梭子船划过，船走得飞快，锯齿般的崖，这一齿才看见了船尾，那一齿又见着船首。船首上是站着持篙的人，狼一样的嗓子在唱歌：

你拉我的手，
我就要亲你的口。
拉手手，
亲口口，
咱们两个山圪塄里走……

这是沿江送人去北山密林割漆的船，朝从两河关出发，夜到葫芦镇停泊。葫芦镇上有孙二娘的茶社。据说水上人乏乏的了，一摊散肉躺在竹椅上，茗茶、抽烟，看着孙二娘弹着琵琶软软地唱山歌。歌听得多了，回忆常在心上，一蓑一船在水上漂了，唱这些没皮没脸的骚歌，享想象中的福。少年想：爹就是坐这船到北山密林里割漆的，百里千刀一斤漆，爹的衣裳破成絮絮，在一握粗的漆树上开人字刀，插贝壳片。漆树是苦命的树，一年春秋两季挨刀，粗处的皮挨得不能再挨了，向细处挨，直到将皮割完，将汁流干，树死了，爹也死了。爹是中漆毒死的，爹虽不怕漆，每次开刀时说："你是七（漆），我是八！"但漆汁溅在衣裳上洗不掉，溅在手上脸上也洗不掉，手脸便烂起来，烂得像漆树一样也没有好皮，就死了。

崖畔下有人在喊，其声尖锐，后来就骂："狗子阿季，你在山上又跑阳了吗?！"阿季是少年的名，是小名，大号姓刘名季。狗子是七里坪火纸坊王麻子家的狗，狗常随着王麻子的女儿丑丑，同伙们就作践阿季，说阿季二十多了没见过女人，不如狗子福分大。阿季就往崖下走，一面看夕阳从汉江下游处照上来，在中面石壁上印一个圆圆的淡红，便发现自己在竹林里形影俱清，肌发也变绿了。

河滩上，同伙们已经缚好了柴筏子，将砍下的竹捆垒上去，末了就帮阿季缚筏子，运了气吹饱了两个手拉车的内胎系在筏下，竹捆也垒上去了。

"阿季，你见着王七吗？"

"没有。"

"他坐在梭子船上，割了三十斤漆，他又发了！"

"他发肿了，我也不去割漆！"

"凭这砍竹，你能见女人的腥吗？你不给你爹生个孙子，你就不是好儿子！"

"回吧，天不早啦。"

阿季跳上竹筏，篙一点，筏倏忽冲到江心，一横，顺水面去。同伙们的竹筏也撵上来，七张八张筏头尾相接列成一字。行至七里坪，天已经彻底黑了，看得见村口的火纸作坊，窗口红得像血，咯吱，咯吱，缓慢的、沉重的水轮声匝地过来，沉沉地又落在江水里。阿季不由得打了一个冷颤，一听见这水轮声他就激动，偏磨磨蹭蹭不往前边走。

“阿季，你不交竹了吗？”

“你们先走，我就来。”

七八个人负重了湿竹走在作坊前的土场上，眼睛全朝砸竹坊门口看。砸竹坊梁上吊一盏油灯，光圈红灼，如一轮太阳，那水轮立旋，带动了一搂粗的方形木榫，丑丑就坐在木榫那边拨竹绒。木榫升起，露出她小小的身形和白白的脸；木榫落降，不见了小小的身形和白白的脸。阿季真担心丑丑一时走了神，或者打了盹，那木榫要把她也砸成肉绒的。当然阿季是多余的担心，丑丑在作坊里拨了两年竹绒，一次皮毛也没伤过。那只狗子便从作坊里蹿出来，大声咬，直向阿季进攻；不会说人话的狗子偏咬说人话的狗子，同伙们就很乐。“丑丑，你的狗子要咬死阿季了，你也不管吗？”

砸竹坊里的水轮声大，丑丑没听见，压纸坊里的王麻子却出来，凶声恶气地说：“叫什么呀？不来过秤，今日我就不收了！”

阿季在心里直骂：“十个麻子九个怪，一个不死都是害！”

二

麻子最不放心的是砍竹的这帮少年，但又不能太得罪，因为火纸坊是他私人开办的。火纸的原料青竹是砍竹人卖给他的。他对于他们，见不得，离不得，所以他的人缘难处，活得很累。

说实话，麻子还算不上是坏人，公社化时期，他任过职，是七里坪的贫协主席，秉性所限，职位所制，生活极尽严肃。别人趁机能捞的全捞到了，他依旧是三间石板房，石桌子，石臼子舂米，门前一棵弯身子石榴树。人常说：人旺财不旺，财旺人不旺。他什么都不缺，就是缺钱，什么都没有，就是老婆有病，病过三年竟死了。老婆死时女儿才两岁，他再不续妻，也不偷鸡摸狗，一心拉扯丑丑长大。丑丑是他的作品，他精心塑造，开会时背上，他不准她哭闹，她也不哭闹；村里人家分家另灶，他去主持，不准丑丑吃别人的东西，丑丑馋死也不吃。丑丑长大了，长到十六，一切都成熟，恰公社取消，乡政府代替，土地由各家各户经营。父女俩在山坡上刨地，一株桃花在地边开得妖妖的艳，丑丑折一枝插在头上，他说："快取下来，妖精似的难看！"村里的少年子走了汉江，到葫芦镇，下白河县，去襄阳市，回来穿的裤子腰身紧了，裤管宽了，人一下子修长了许多，楚楚可人。丑丑也将自己裤腿往小里缝，他黑了脸："成精作怪！"硬要恢复原样。麻子老爹最欢迎土地承包，却一天一天怨恨世风沉沦，人心不古，在家里对丑丑说："你瞧瞧，人到底是私虫虫，公社化的时候，在地里都磨洋工，现各人种各人地了，就干疯了！疯了也便疯了，这还像个农民，倒又都出去跑生意、做商业，自古无商不奸啊！那些年，村里一家盖房，哪一家不去帮忙？挖个厕所，都会来五个六个帮工的，现在都盯在钱上，没钱不帮工，人都成乌眼鸡了！这政策是还得变一变的！"

但是，农村没有了贫协机构，麻子的话说了白说；政策依旧没有变，变的倒是麻子威信下降，人缘衰败，手头拮据日月困顿。他只好也开办了火纸坊，没钱你寸步难行啊！火纸坊是在三间石板房的基础上改做的，麻子会做纸浆。捞纸匠请的是丑丑的大舅，一个嘴只吃饭不能说话的老头。丑丑的工作就是在门前土场上挖下三个大坑，将收来的竹捆压一层，铺一层石灰，再用稻草盖了，以水灌了，铲土埋了，两月三月之后竹捆腐烂，掘开摊晒，就一天到黑坐在那个一搂粗的方形木榫下经营砸绒了。

水轮转动的时候，砸竹坊里似乎什么也不复在，咯吱，咯吱，咚咣，咚咣，丑丑先是一声响动心肠就扭翻一下，后来耳朵就听不见这响动，她听到的只是胸口里的一颗心在跳，手腕子的脉搏在跳。

她常常想：世上事真怪，火纸是火，青竹是水，水竟能成为火。而她造纸不就是在做这种水火交融的转化吗？丑丑的文墨少，好多事想不到，想到了又解不开。在水轮木轴上润油的时候，她就走出砸竹坊吸新空气，看见对面山上那棵独独的树，树顶上那片孤孤的云，后来就看见汉江上烟波迷茫，有竹筏子悠悠下来。竹筏上坐的是砍竹少年，一帮一伙，光头大耳，一走近火纸坊前看见了丑丑，那话就多起来了，叫道："丑丑，你来给我们的竹捆过秤吧！"

丑丑先是笑着，太阳照在脸上，刺得她眼睛睁不开。

"丑丑，你爱吃蘑菇吗？这一把蘑菇不是狗尿苔，肥得流水水哩！"

丑丑就跑过来，她的腰身很好，衣服却太长，一边跑一边将衣服往上揪。砍竹少年子说一句“丑丑让衣服穿坏了”，丑丑就脸红。

麻子将这些看在眼里，自然就催丑丑去砸竹，自然在过秤时极不耐烦，偏将秤撅得老高，以毛竹、水竹、苦竹分类，以粗细分等，和少年子讨价还价，论高论低。

“掌柜的，你这不是勒刻人吗？”

“谁勒刻你了？啥人啥对付，我也学着来哩！”

“你没丑丑好。”

“好你娘去！”

丑丑见爹和少年子吵起来，过来说：“爹！”麻子一脸深红浅红，吼道：“砸你的竹去！”少年子怏怏地领钱走了，丑丑并没有再去砸竹，坐到水渠沿上去抹眼泪，爹叫也不理。

麻子见丑丑哭了，心也软下来，拿了烟袋蹲在丑丑身边吸，吸进去一口，喷出来三股，说：“丑丑，你还生你爹的气吗？爹不是怨你多事，爹害怕现在的人心复杂引坏了你。咱是正经人家，虽说办了这个作坊，但不做亏心事，活个干干净净，到时候政府的政策变了，谁也说不上咱一句闲话。”

丑丑听着爹的话，心里却想着娘。娘的记忆是模糊的，涌上来的是十多年爹的形象。爹的话或许是对的，世界上还有谁最疼爱自己呢？但丑丑错在哪里，哪处不够检点，失了女儿体态？丑丑的心里乱糟糟的，坐在水渠上没有动，看渠水活活地流。直到后来，砸竹坊的水轮又响了，木榫沉重地砸起来，丑丑就不忍心了，走进坊里去，站在拨竹绒的爹身后。爹站起来，她蹴下去，一下一下将竹绒拨到木榫下。听见爹说了一句：“我丑丑到底懂事！”

从此，砸竹坊的门口卧了一条狗子，一身雪白，双目却生黑圈。不知怎么，丑丑一看见那狗子，就想到那些光着头的砍竹少年子，但砍竹的少年子交竹来了，狗子就在坊门口汪汪叫，声巨如豹。

一日，阿季勇敢地向砸竹坊走，狗子就扑上去吠，阿季胆包了天，不怕狗子，龇牙咧嘴地比狗子还凶。丑丑就站起来说：“阿季，那狗子会真咬的！你有事吗？”

阿季说：“丑丑，你不会到外边去转转吗？”

丑丑说:“我要砸竹。”

阿季说:“你爹老不死的，使你太苦！”

阿季骂爹，丑丑没有回骂，心里却不悦。狗子真的咬住了阿季的后脚，阿季叫一声“丑丑”，丢过来一颗黄黄的山杏儿，狗子却也将阿季的一只鞋叼了过来。丑丑接住了山杏，将鞋丢过来，爹就来了。丑丑将山杏塞在口里，低头只是拨竹绒。山杏太熟了，牙一嗑在口里就烂了，甜甜的，酸酸的，甜酸甜酸的。

阿季走到汉江边，大骂麻子老东西，说:“我要有钱了一定娶丑丑！”同帮同伙的就笑阿季说大话，戏谑之后却叹息，叹息了坐着竹筏回各自村里去，江面上就驶过了那些往葫芦镇去的梭子船，持篙人又在自情自爱地唱歌：

对门打伞就是她，
提个冷罐去烧茶。
冷罐烧茶茶不滚，
把我哄到南岭北岭西岭象牙床上
鸳鸯枕上席字面上铺盖底下去探花，
一身白肉当细茶。

三

阿季家也是石板房，下雨不漏水，日头出来却满屋光点。阿季躺在炕上看那吊下来的光绳子，绳子里有万物，活活飞动，就想着怎样去挣钱；挣了钱就好了，满口袋人民币，走到火纸坊去，说，麻子，你的火纸我全买了！麻子一定高兴，就不会待他恶声败气了。他就提出要娶丑丑，叫他一声老泰山！可是，怎样挣钱呢？靠砍竹，一斤竹一分钱，山上，水上苦一天挣三元钱，仅够上自己吃喝花用。去割漆吧，死也不走那条路了。阿季想，要挣钱还得去砍竹，砍竹挣钱少也只有砍竹才能挣钱。麻子，麻子，你死不着的，你古板了一辈子你也要丑丑和你一样！瞧着吧，我娶了丑丑，领着丑丑去逛大世界，你死了也不理，没人给你摔孝子盆，你造火纸，到头来却没人给你坟头上烧！

阿季想得好，一到火纸坊，还是怯麻子，怯狗。再到崖畔上砍竹子，砍得心烦手困，就做了一支竹箫儿吹。汉江边上的人不识乐谱，一代一代却传下来会吹箫，吹的是孝歌，呜呜咽咽，苦竹丛里人就觉得更飕飕的冷。同伙说："阿季，阿季，你别吹了！"阿季还是吹，同伙就叹息："阿季真让丑丑勾了魂了！"先前戏谑阿季是狗子，那是为了开心，阿季当真爱上了丑丑，同伙们就正经地替阿季想办法。小逛山们不想办法则已，一想办法就绝。

"阿季，你是真心娶丑丑，还是赌气娶丑丑？"

"真心也娶，赌气也娶！"

"你个小情种！我们给你想办法，你去找丑丑，你给丑丑个生米做熟饭！麻子当然恨你，但他好脸皮，也只好包住事情挨个肚子疼，事情就成了。你敢？"

阿季却摇头。

但同伙们还是要帮阿季，当去交竹时，几个人围着麻子到纸浆坊去算账，几个人用一块儿猪骨头引狗子到土场外，阿季真的从水轮后闪进砸竹坊去见丑丑。

丑丑好慌，说："你死胆儿，狗一咬，我爹要来骂我的。"

阿季说："你那么怕你爹？！你爹七十了，你才十八！"

丑丑说："我爹信不过你们，你们在外边跑的人，心都不正哩。"

阿季说："你爹胡说，我心正哩！"

两个人站在木榫前，木榫升起，与他们平肩，木榫落下，脚下的地就咚地一颤。木榫空起空落，响声空洞，丑丑嘴里说着什么，传到阿季耳朵里却听不清音。阿季一时不知说什么了，将腰带上的箫送丑丑。丑丑笑，说："我不会吹。"阿季说："我给你教，好学得很哩！"就搭在嘴皮上吹起来，吹得像水声，比水还柔，和谐到了水轮木轴的"咯吱"声中，和谐到木榫的"空咚"声中。阿季的一双眼看见了石板屋顶的木椽上蜘蛛结编的一个雨帽般的大网，看见了水轮轴杆上生就的一层绿色的藓苔，看见了丑丑的白白脸和宽大的粗布衫子下依然能看出的凸起的胸部。丑丑也听呆了，眼里一会儿放光，一会儿又黯淡，头低下去，惊奇阿季的嘴怎么比夜莺还巧妙。

麻子却出现在了坊门口，吼了一声："吹你娘的脚！"一竹棍磕在阿季的腿上，竹箫落下去，正在木榫下，立即粉碎。阿季跑出砸竹坊，听见麻子打丑丑，直声喊："要打来打我，打丑丑不算有本事！"狗子闻声扑上来，将阿季腿咬了一口，阿季跑了。

麻子在土场上指着远去的阿季骂："阿季，你这坏坯子，火纸坊再收你的竹子，除非你砍了我这脑袋！"

阿季挣钱的门路因此也就绝了。他在家里躺过三天，心灰意懒，无事可做。同帮同伙们少了阿季，生活也寡了味，提了酒来阿季家喝，话又退一步说着劝慰。酒是消愁的，酒却添了愁，阿季第一次醉了，口口声声念叨丑丑。醉醒了，倒一脸羞愧，第三天里，当江面上驶过去葫芦镇的梭子船时，搭上走了。

阿季到了葫芦镇，镇上人来人往，阿季认不得一个人，阿季也没个地方去待。汉江上顺行的逆行的船在葫芦镇都要停，停了，船夫们就上孙二娘茶社去，阿季也跟了去。茶社是三间房，房里没隔墙，四根光柱子，左一排右一排竹躺椅，人人一边茗茶，一边听孙二娘弹琵琶唱曲儿。孙二娘是真名实姓，还是称号，反正人不老，说有三十，小了一点，说有四十，老了一点。白脸，光头发，衣服里涌动着两个胖奶子。她唱的是好嗓子：

郎撑船儿下汉江，
姐在房中烧报香。
报香插在香炉内，
一望二望七十二望南京土地北京
城隍观音老母送子娘娘，
保佑我郎早回乡，
免得我一心挂两肠。

阿季听着听着，倒想起火纸坊里的丑丑，眼角湿起。后来就迷糊起来，竟在竹躺椅上睡着了。待到孙二娘喊："这少年子，这里是你的炕吗？"睁眼看，茶社里已没了人，慌忙走出茶社，到街上寻栖身的地方去。

四

葫芦镇是个古镇，有三百年事，是汉江崖上最繁华热闹的地方。北崖山势形如卧龙，忽于此细若蜂腰，单单地突结一个葫芦状的岗峦为镇。洵水从秦岭来，绕镇三面而入汉江，其中屋宇参差，楼台层叠，宛如画图。阿季小时随父到过镇上，记忆早已模糊，如今最惊奇的是镇街。镇街说起来是五条，实则一条，从渡口的石阶上进入，走过人声嘈杂的河街，街便绕到后镇右崖边，之字斜向而上，又绕到左崖边，如此盘绕，直到岗顶，岗顶上是一高楼为区政府所在，在这盘绕街上，又直上有四条小巷，一律石阶，阿季不知此巷名，自作聪明称“好汉巷”。就在这纵纵横横弯弯绕绕的镇街上，屋舍建筑十分奇特，正面没有一家类似一家，入深也是一家大来一家小。旧社会，葫芦镇是大码头，栈多、店多、馆多、铺多，有钱的人房子雕梁画栋，门楼五脊六兽，因为居势而筑，结构又以山赋形，极尽曲折。当今这些旧屋人分而住之，残壁断垣，却新式水泥楼阁立锥地而拔起，墙或长或方，或仄或圆。镇上没有一辆自行车，人人口袋里却都装有手电。阿季闲得无聊，走遍镇上每一个角落，看了穿蓑衣戴毡帽的人，也看了戴墨镜披长发的人，新旧混杂，俊丑相处，阿季不免大发感慨，悔之自己以前未能常来，也惋惜丑丑一次未来过。“丑丑要是来过一次，她也不会听她爹的话了！”阿季这般思想，肚子就咕咕响起来，看着那随处都是商店货铺的柜台上的糕点，两耳下的部位不停闪出小坑。人总是想着活下来的门路，阿季脑瓜灵，寻到了挣钱的好门路：他在渡口上打问那些从城里来游玩的人，介绍要住到岗上的国营旅社去，走镇街太绕，走镇巷太陡，他可以当脚夫，把所带的大包小兜背上去。城里人有的是钱，少的是力，自然阿季日有收入，竟有几次，一些娇嫩的女子一下渡船，望着山镇噢噢直叫，阿季就让其面后坐在背架上，他背着上“好汉巷”。女子在背架上观镇景，乐得大呼小叫，说这里的旧式建筑像迷宫，说这里的新式楼房前看有六层，后看是两层，说这里的四合院好小，四面房顶是四个三角组合的正方形，中间的天井应该叫漏斗，后来就兴奋地唱歌。阿季虽然爬惯了山，背惯了竹，但背架上活人活动，八十斤也似有百二十斤，累得气喘吁吁。安慰他的，使他多少忘了疲倦的是女子的歌声，和女子身上散发的一种说不出的什么香水味，怪香怪香。

阿季有了钱，就吃饱了肚子坐到岗腰的河神庙门口去。庙门口一奇石，高数丈，石面上附有花藻，如雕刻，石上竟一古木蜷曲，霜叶新染，石下更有一泉，寒洌异常，里边投有一层银银的小分币。这都是船工们投的，为的是祈求好运，再便到庙里去，给河神烧整捆整捆的火纸。一看见火纸烧焚，黑灰片飘飞如鹫，阿季就要想起丑丑，无限惆怅，遥看汉江自远处迤逦而来，曲崖回端，半隐半现，出没于云山沙渚之间。这当儿，阿季就到河街上的孙二娘茶社去，混于船夫之中，别人说茶好，他也说茶好，别人为二娘歌声喝彩，他也喝彩。这般去得多了，二娘就认识了阿季，问年龄，问籍贯，问家世婚姻，二娘就乐了，一把拧了阿季的脸，说道："你还是个小光棍？！"阿季猜不透她的话意，但他装傻，取人以悦，只是憨笑，又眼活手快，帮二娘去茶炉上添煤，替二娘给船夫续水。二娘喜欢他了，让他夜里睡在茶炉边，却警告说："你要是小偷，我就会剥了你的皮的！你跑到哪里，只要在汉江上，船夫们也会抓你来送我的！夜里静静睡，楼上有什么动静你不要嚷！"

阿季夜里有了安身窝，熟睡如猪一般。几日之后，却睡不着，成半夜听见楼上脚步走，桌椅动，有话声笑声。阿季就想：二娘在楼上住，是她和丈夫说话吗？但从未见过她的丈夫，也不见孩子！心下疑惑。有一次茶社没人，他说："二娘，伯伯是在外做生意吗？"

"死了。"

"死了？那你也没孩子吗？"

"有你这儿子！"

阿季噎住话，不可回答。二娘却问："阿季，你夜里听见什么了？"

"听见你和人说话声。"

"用驴毛塞了你耳朵！"

阿季想：二娘是寡妇，是不是夜里有野汉？话却不敢问。观察来茶社的每一个船夫，似乎都不是二娘的野汉，又似乎人人都对二娘亲近，进门有送木耳的，有送核桃的，有送头巾的，说话出格，甚至粗俗，但二娘好时百般伺候，恶时横眉竖眼，骂船夫如骂儿子。阿季便不觉得二娘不是，倒视她如姐、如娘，如观音菩萨，夜里睡下，竟也想到她的那一对涌动着衣服的大奶子！

一日，阿季当脚夫，在“好汉巷”里，上去腿软，下去腿酸，回到茶社卸了帽子朝下搔，脱了袜子朝上搔。二娘说：“阿季，你年轻轻的要当一辈子脚夫？”

阿季说：“我没事可做呀？”

二娘说：“你要有本钱，我介绍你到一个船上去跑生意，可你没本钱，船夫不会收你，你怎不去深山割漆去？”

阿季说：“啥事都可干，就是不割漆！”

二娘说：“那你就回去好生种地，将来也好混个老婆跟你过活。”

阿季说：“我要娶丑丑！”

说罢，大觉失口。二娘就问：“丑丑是谁，好难听的名字？”

阿季瞒不过二娘，如实说了与丑丑的关系。二娘脸色黯然，叹息道：“好可怜的丑丑！你阿季要做男子汉，你应该就去娶丑丑！”阿季苦愁自已一没本事，二没本钱，不知将做什么好。二娘说：“听说河神庙门口有个驼子能拆字，你让他去拆拆，看你做什么合适。迷信不可全信，也不可不信呢。”

阿季到了河神庙门口，奇石清泉右侧，正有一古碑，一驼子就在碑下，不是为人拆字爻卦，而在推挪行医。一老汉腹内绞痛，被人背来，驼子当下在患者腹部揉摩，但老汉痛不能支。驼子说：“也好，也好。”伸指按动腰部一穴，捻之，老汉即死，复重缓缓揉摩腹部，痞积即散，再按腰部一穴捻之，老汉复生，疾亦霍然。众人赞道：“真是神医！”旁边一人说：“先生起死回生这还罢了，拆字爻卦，更能预知后事！”当下阿季上前乞求拆字，爻卜命运。驼子问：“你拆个什么字？”阿季脱口说道：“我名叫季，就拆季字！”驼子沉吟片刻，合掌说道：“你这命好，眼下困顿，但吉人天相，好事将至！”阿季半信半疑，紧问他将去哪儿做什么为好，驼子说：“季字上头一撇，这是青龙抬头，中间为木，下部为子，子属水，水在木下，木有水茂，这是一个绝好的字。所以，你宜于向东西北干事，忌讳向南，南属火，木见火焚。”阿季不懂阴阳五行，但听明白他遇水则生，遇火则克，不觉想起砍竹之事，旋即又想：麻子恶我，他不收我的竹子，我有何奈？不禁又郁郁愁闷，抬头又见三三五五船夫进庙，都在庙门口货摊上购买火纸，灵机一动，拔脚就赶回茶社，对二娘说：“二娘，我有事可干了！”二娘问要干什么事体，阿季说：“我还要回七里坪的火纸坊去，我去买了麻子的火纸，来河神庙门口卖，这一倒手，利也是不少的！”二娘也为阿季高兴，当下说了许多鼓励话，不提。

自此，阿季走动于七里坪和葫芦镇，麻子见阿季是来买纸的，也不再提及前仇，将纸售他。阿季先是三捆五捆买，再后十捆八捆，生意越大，本钱越大，本钱越大，生意越大。麻子的火纸坊销路一直不好，阿季几乎承包了他三分之一货量，麻子也可以允许他在火纸坊里多停留，听他天空地阔说些葫芦镇的人情世态，奇谈怪论。这期间，他也偷偷与丑丑交往。

一次丑丑说：“阿季，你越发不像以前了，嘴好能说！”

阿季说：“我这算什么？葫芦镇上人肚里全是新闻，话说得才多哩！”

丑丑说：“葫芦镇真好！”

阿季说：“你去不去，我领你走一趟？”

丑丑却说：“我才不去。”

阿季就拿出一瓶“雪花霜”给丑丑。丑丑闻了闻，说“好香！”却还给阿季。阿季说：“你怎么不要？我特意给你买的！”塞在丑丑的手里就走了。

丑丑重新坐下拨竹绒，心慌得跳，将“雪花霜”搽一点在脸上，总怕搽不匀，被爹瞧见，对着水渠里的水照看时，听见江面上阿季唱歌子：

这山望见那山高，
望见一树好仙桃。
长棍短棍打不到，
脱了鞋儿上树摇。
左一摇来右一摇，
摇得仙桃遍坡跑。

过路君子捡个尝，
不害相思也害痨。
郎害相思犹小可，
姐害相思命难逃。

五

阿季在河神庙口卖火纸，卖得出了名，索性将纸摊摆在茶社卖。有买主来，阿季卖纸，没买主来，阿季就帮二娘侍船夫。阿季腰不疼，腿不乏，一张嘴也能说会道，啥人啥对待，事体处理得滴水不漏。二娘弹琵琶唱歌时，他也吹箫，弦竹和谐。船夫说："二娘，你这徒弟精灵哩！"二娘说："他是我的干儿啊！"阿季也甘心充干儿，并不避讳，越发精明乖觉。入夜，阿季还睡在茶炉边，二娘从楼上下来，一边烫了一壶水酒慢慢地喝，问阿季：

"前三日去火纸坊，给丑丑说透心思了？"

"说了。"

"丑丑怎么说？"

"她脸红，羞着就走了。"

"你没看她的眼睛吗？她眼里会说出话的。"

"我看不出来。她走到坊门口，只说了一句：你不怕我爹？"

"这就是七成八成同意了！阿季，你给干娘说，你没有拉过她的手吗？"

"干娘怎么说这个！"

"阿季还羞口！你要拉手哩，事情到了一定时候，那就不羞了。干娘问你就想知道事情到什么火候上。"

阿季记着孙二娘的话，他真的要试试丑丑待他的心意。再去火纸坊，天赐良机，麻子竟不在，丑丑的哑巴舅在纸浆坊里捞纸，阿季从水轮后进去，狗子没发现，正在土场上啃骨头。丑丑又惊又喜，让阿季站到墙角来说话，木榫还在起落，起落了白起落，遮掩着墙角的俩人说话外边听不着。阿季问丑丑：上次他提说的事，怎么考虑？丑丑说：爹是不同意。阿季问：怎么不同意？火纸坊的销路几乎他包了，还能不同意？丑丑说：爹信不过阿季，说阿季越发在外边跑动了，越发染有坏毛病，这号人钱越多，越靠不住，将来没个好落脚！阿季说：他好死板，世事都到什么时候了，他还这么看人？问丑丑：那你的主意呢？丑丑不说，阿季就瞅着丑丑脸，脸子好白嫩，阿季心就热，伸手去拉丑丑的手，丑丑挣了挣，挣不脱，让阿季握住了，像握一团棉絮，越握越小。阿季也糊涂了，丑丑也糊涂了。糊糊涂涂之中，两个人头尾相接，两个人做了一个人。等醒来，都出了一身汗，吓得痴痴呆呆，丑丑竟呜呜地哭了。阿季慌手慌脚，不知所措，劝也不是，不劝也不是，倒拿巴掌打自己，求丑丑饶了他。丑丑不哭了，说："爹说你是坏人，你真是坏，你快走吧！"

阿季听丑丑这么说，心又咯噔咯噔发凉，他不走，又要问："丑丑，你真的看我是坏人吗？"

"你走！"

"你不饶我，你要不答应我娶你吗？"

"已经……我还能不让你娶吗？叫你走，你就快走！"

一块儿石头落下地，阿季就走了。在葫芦镇里，阿季痛定思痛，想起砸竹坊里的事，又惊又怕，到后来却全化作喜。孙二娘问他情况，他说丑丑同意了，绝口不提别的事。

日光荏苒，转眼半月过去。茶社里来一位紫阳船夫，茗茶间论起茶道，说汉江二百里外的上游紫阳镇新生产了一种高山云雾茶，清心明目，防癌降压，且价格便宜。孙二娘心便动摇，欲搭那船去紫阳进货。阿季说："干娘身体不好，水上行几日，风大浪急，必是太累，不如我去采购好了。"二娘说："有你这一句话，我死了也心甘，即就是某年某日我死，留下茶社交你，我也闭得下目！可你毕竟出门少，又不识茶，还是我去的好。我去三天五天，你好生经营茶社，船上的人辛苦，能到茶社，是瞧得上咱，你只能嘴甜腿快，百般服侍，别瞧不起这些下苦人，坏了茶社名声！"阿季说："这是自然，干娘放心好了！"黎明，送孙二娘上船，其时晨雾锁江，但见渡口旁江崖上古木参天，老干苍藤与秀石清泉相映，却有一只乌鸦聒噪。孙二娘又给阿季叮咛了一番茶社的事，船便一路上水而去。

阿季在茶社里手脚勤快，态度热情，里外接应，大方自如。如此过了五日，孙二娘却不见转回，每天早起开茶社大门，扫除卫生，就持帚眺望汉江上游，江上却平阔一片，荡荡浩流，两崖诸峰罗列，一痕苍青，碧宇空悬一弯残月，明迷之光铺洒身前身后。他突然觉得身冷，连连打过几个喷嚏，转身进茶社起炉生火。烧水泡茶，茶客们就三三两两来了。那些早起的船夫，喝惯了一天的第一杯茶，直嚷道："阿季，冲酽点，清早这一壶喝了，一天头不疼的。你家干娘还没回来吗？"

阿季说："没回家，也到回来的时候了。说不定这杯茶你未喝完，她就回来了！"

此语言中，孙二娘回来了。孙二娘回来的不是活人，尸首被席卷着抬了回来。先是孙二娘买好了三百斤新茶，依旧搭了那条船返回，在江上行了一天一夜，不想在月日滩，江风顿起，波光摇曳，船一时把握不住，斜冲向一堆屋般大的乱石，便人船俱翻了。船夫识水性，却脑袋被撞去一半，再没浮起。孙二娘不善水，双手去攀浪头，浪头将她打入江底，远远的别的船上知道此船上坐有孙二娘，见船翻后，一片惊叫，当下船划过来，却没见了孙二娘踪影。这船呼叫那船，船队全停泊靠岸，人扑进江里打捞孙二娘，打捞上来了，孙二娘却死了。

孙二娘之死，震惊了葫芦镇，满镇人人惋惜，所有的船夫全到茶社来哭。他们联合集资，为孙二娘购买了一副上等棺木，又去商店给孙二娘买了毛料葬衣。剥开席包入殓时，阿季见干娘双目紧闭，却面润如生，哇地就哭昏在棺下。众船夫用清水泼醒阿季，说："阿季，你干娘死了，她在镇上无亲无戚，无夫无子，你就是她的儿子，你万不要哭坏身子，还要给你干娘摔孝子盆，照料丧事啊！"一句话提醒了阿季，阿季似乎一下子长大了许多，将孙二娘的钱柜打开，吩咐几个船夫：去拱墓，去请鬼子班，去买米买面招呼来人用膳。

第二天中午，送葬队出发，阿季披孝，泪水涟涟，将孝子盆摔在孙二娘棺前，棺木就被八人抬起。从茶社出发，前边是五十余各路船夫每人持着花圈，再是鬼子班咿咿咽咽吹打，又再是一船夫举了八串鞭炮，沿路鸣放，后是阿季，抱了孙二娘遗像，又后是八抬棺木，再后是随行的船夫，镇上的各行各业男女老少。送葬队慢慢走过河街，就沿盘绕街而上，鞭炮声中，唢呐调中，八个船夫抬了棺木前走三步，左摆三步，右摆三步，后退一步，他们为孙二娘摇船一样，鬼路上走得那么缓，那么难，一走三徘徊，一步一回头。围观的人全都伤心感动得哭了。送葬队上到岗顶，然后通过葫芦岗上几处的窄道，就直立立地登上镇外的大山尖去。抬棺的艰难了，所有送葬人全去扶棺，棺材像立栽了一般，在白花花的人头上运上去，孙二娘被埋葬在高高的山上。

阿季在坟头上培下最后一锨土，回头看见河神庙门口的瘸子驼子也来了。他是前一天买了阿季的火纸，跪在那里烧焚，焚毕，交给阿季一节挽幛，六尺白绸，上有黑迹。阿季看时，题为：过去画船虽有迹，尺来彩鹊却无形；舟行莫向葫芦镇，到此还须棹一停。

阿季继承了茶社家业，但实际上只仅仅是三间茶社房，六七十张竹躺椅，一套水壶茶具。孙二娘多年的积存，除购买了三百斤紫阳茶覆没江水外，其余全在埋葬她时一花而光。阿季有心想离开这里，却每每见船夫照样来茗茶，于心不忍，强留住下，既然做了社主，招牌依旧是“孙二娘茶社”，阿季就要一心使这茶社长存葫芦镇，长驻船夫们的心！他早起晚睡，重新经营，船夫到来，就弹起孙二娘操过的琵琶，学唱着那些歌子。唱着唱着，阿季泪下来，船夫泪也下来。船夫泪下来了，阿季就不唱，说：“各位伯伯叔叔，我干娘在世时唱歌让大伙儿解乏，我唱了你们落泪，我干娘要知道了也是不允的。既然她死了，死了就不能活来，咱们还是行船的行船，卖茶的卖茶，唱一个‘还阳’歌吧！”

阿季就唱起来。

还了阳，还了阳，
桑叶子短柳叶子长。
还了阳，还了阳，
亡者归阴我们归阳。
亡人归阴到阴曹地，
我们归阳阳满堂。

船夫们就一起唱开来。如此忙过三个月，阿季为了茶社兴旺，也没有时间再往七里坪去，没有去买麻子的火纸，没有去见那砸竹坊里拨竹绒的丑丑。

六

过罢四个月，茶社又兴旺起来，汉江上下的船只，洵河往复的筏子，凡到葫芦镇，没有不停泊靠岸，来茶社茗茶的。但是阿季却发现镇子上的闲人常常待他不恭起来，在街上碰着了，就说："阿季，生意红火啊！"

阿季笑着说："托大家凑烘！"

那人就又说："二娘一死，这下你可以娶个媳妇了！"

阿季还是笑了笑，立即觉得不对，不明白这人这话的含义，问一句："你说什么？""你总算把她陪终了，你好本事，想得长远！"

阿季愤愤起来，回到茶社气还不匀，他知道了镇上的人忌恨了他，要说他的坏话，也要说孙二娘的坏话。但阿季清清白白，堂堂正正，气上来，偏要决心把茶社办好，愈发勤苦，愈发精明经营。又新盘了一台炉灶，置了二十把躺椅，添了烟糖果品买卖，生意更为红盛。他有心要在镇上再雇一名服务员，便物色了河街一个老婆婆的女儿。这女儿脸子平平，腰身却俏，手脚麻利，性情柔和，且也是唱歌子的好手。干过一星期，不想镇子上风声鹊起，议论汤沸，说是阿季和这女子乱来。又说到孙二娘在世之时，就有这风气。老婆婆的女儿羞辱不过，不告而辞了。女子一走，更落了口实，阿季上街，背后就遭人所指，茶社声誉顿跌，阿季扑在孙二娘遗像前号啕大哭，痛恨自己使茶社受累。

茶社的门暂时关闭了，阿季到镇子政府去诉委屈，要求调查落实，清白声誉。镇政府领导去查问老婆婆的女儿，一口否定，提出可以到医院体检，去调查说闲话的人，又都是你听我说，我听你说，结果不知所云，镇政府领导对阿季说：一切都是造谣，你办你的茶社吧！平反是平反了，一人手却捂不住万人口，阿季忙不过来，再去重金雇用服务员，则无一人响应。阿季到了此时，方明白麻子的话，世风真的日下，人心越来越不通啊！阿季恨的是那些丑恶，阿季却同时被麻子所恨。阿季这时候，只觉得火纸坊的丑丑好，他迫切地想去见丑丑，要想办法娶了丑丑，领丑丑到葫芦镇，小两口就可以平平和和幸幸福福来开茶社了。

茶社的门又一次关闭，阿季离开了葫芦镇，带上了全部的积蓄，往七里坪去。搭船到了七里坪渡口，阿季跳上石岸，却看见了村中的水渠折流而下。这水渠是麻子引了沟里的溪水去转动砸竹坊的水轮的，然后废水从村旁洼地里流下汉江的，如今水直漫村前，在石板层上一曲三折，平石上织一层无数细密的倒写人字，侧石上翻一堆滚雪。阿季生疑，遥看火纸坊，石墙石顶依旧存在，却听不见了那沉重的难听的水轮轴咯吱声和木榫的起落咚咣声。

“麻子不办火纸坊了?！”

阿季心里一股冲动：火纸坊不办了，丑丑就不整日整日坐在木榫下拨纸绒了，他就更容易领走她去葫芦镇了！

土场上，万籁俱寂，阿季却突然害怕起来，觉得是那样空。砸竹坊里蹿出了狗子，直向他扑来。阿季已经从地上摸起一块儿石头了，但狗子并没有咬，也未吠。四个多月未见，狗子也温顺了！他叫着狗子：“狗子，狗子，丑丑呢？”狗子却霎时惊恐起来，大声吠叫，森煞可惧。阿季骇绝，定睛看，看见了纸浆坊的门口，石礅子上坐了麻子和哑巴老舅，一个左，一个右，默默地在用绳子扎捆晾干的火纸，听见狗子狂吠，抬起头来，木然地看着阿季走过来，一直走到面前了，又低下头去扎捆火纸。

麻子的不热情，阿季是习惯的，但麻子的不恨不怒，阿季预感到这里的异变！

“老伯，木榫怎么不砸竹子？”

“不砸了。”

“丑丑呢？”

“死了。”

“死了?！”

阿季被铁锤击了一下，木在那里，立即奔向砸竹坊，只见水槽子垮了，水轮空静，轮板干裂，一搂粗的方形木榫立竖在原地，榫底下还是一堆未被砸好的竹绒。阿季又疯了一般冲过来，对麻子吼："丑丑死了?！丑丑怎么死的?！"

麻子却突然扬起拳，直打在阿季的心口上。阿季倒在了地上。麻子又平平静静恢复了原状，说："你安静下。丑丑真的死了，三七都过了。"

阿季真的被这一拳打醒了，他坐在地上，哽咽着问丑丑怎么死的，为什么死的？麻子还是一边扎捆火纸，一边低了头，慢慢地说开来，讲的好像是一宗很古很古的事情。先是麻子发觉丑丑好几日神色不安，后来就老是躲避爹，一个人到茅房去吐。麻子以为丑丑病了，让去看医生，丑丑却不去。也就在这天夜里，麻子听见丑丑在她的卧屋里低声呻吟，麻子问怎么啦，丑丑说肚子有点疼，不要紧的，后来就到茅房去。麻子以为丑丑拉肚子，并未在意，便又瞌睡了。第二天一早，起来喊丑丑去砸竹绒，连喊数声不应，到了她卧屋，炕头上放了一个碗，碗里是瓷和玻璃碴末汤，已经所剩无几了。麻子心就毛起来，他知道喝这东西，是打胎的，就往茅房跑，丑丑就死在茅房口，口里吐血，下身出血。听完了，阿季哇哇地哭叫不绝。

麻子说："丑丑死了，我也顾不及羞辱了，你说说，是哪个贼东西勾引丑丑，使她干了这种丑事?！都怪我啊，我为什么开这个火纸坊，让那些不三不四的人来我这里，我没管好丑丑啊！"

阿季说："你没管好丑丑？丑丑还不是让你管死的?！"

麻子说："放屁！丑丑死了，死了也好，她要不死，怎么活人？她要不死，我也不会清醒我活该办这个火纸坊！我不办了，再也不办了，卖掉了这几百斤火纸，我什么也不办了！谁要那水轮谁拿去，谁要那木榫谁拿去，我一分钱也不要了！"

阿季说："我要！"

麻子说："还要什么？还买这火纸吗？"

阿季说："我买！"

麻子说："买多少？"

阿季说："我全买！"

一沓一沓钱从怀里掏出来，放在地上，就进去将一捆一捆的火纸提出来，放在了那水渠旁边，又拿了板斧走进了砸竹坊，嘁里喀嚓劈碎了水轮，劈碎了木榫。抱上火纸堆，阿季跪在那里，一根火柴将火纸点燃了。水养出的竹，竹制作的纸，真有火性，顿时黑烟冲起，火光燎天。丑丑砸了几年的竹，制成了百张、千张、万张的火纸，为别家的亡人烧化，没想到最后的也是最多的火纸是为自己的亡灵所化。

阿季被火燎焦了头发，燎焦了眉毛，跪在那里是一桩木头，一尊石头。麻子和哑巴大舅完全被这一切惊呆，看着满天飞舞的纸灰片，落下来，黑了一地，黑了一头一身，突然干涸的眼睛里泪水肆流。

汉江的水面上，正过着一排竹筏，竹筏上垒的还是竹捆，撑筏的又是一帮一伙少年子。他们是到另一村的另一新建的火纸坊去交竹了，看见了七里坪的黑烟明火，唱起来一首古老的汉江号子：

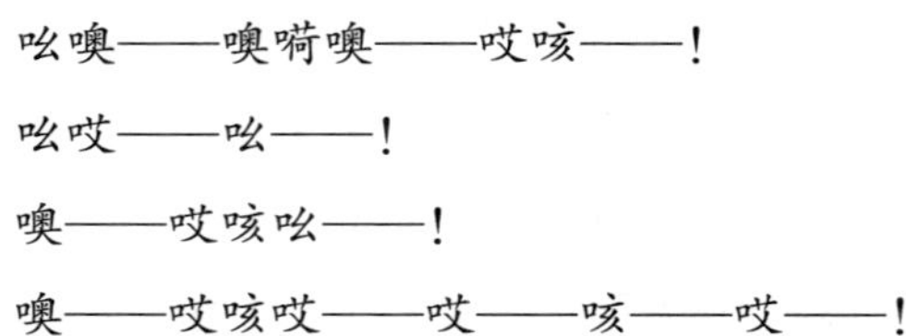

吆噢——噢嗬噢——哎咳——！

吆哎——吆——！

噢——哎咳吆——！

噢——哎咳哎——哎——咳——哎——！

一九八六年

蒿子梅

这是一个真实的人物和曾经发生的真实故事。但她却已经死了，死了三年啦！她的队友曾五次给一家报社去信，要求报道她，宣传她，树一个典型。报社先后有三个记者来采访，结果皆摇头了，说她生前并没有做出什么了不起的事迹，死也死得极不壮烈，够不上见报的标准。今年冬天，我偶尔的机会去到那里，她的队友得知我是作家，就又缠住我要写她，几乎是苦苦哀求了。一了解，她确实太平凡了，但当我在这六十三个男人中间生活了两天，设身处地作为第六十四个男人的时候，我深深地被她感动了，我不能不写她。但我告诉她的队友们：因为我是作家，不管怎样真真实实地来写，那些过惯大城市优裕生活的男读者或女读者们，一定会认为我又在虚构一个多么荒唐的故事。那六十三个男人说：可你毕竟把她写出来了！不管别人怎么看，你一定要想办法把它公开发表，世上总会有人信的。

我只好遵命了。

——作者先要说的话

一

在甘肃的南部，山连着山，深得像海一般。

林子密密的，荫得太阳也不亮，月亮也不明；七十里，八十里，难得有着一个村子呢。村子，三家的也有，五户的也有，占沟洼为地，依坡势筑屋。这里，神秘得就像一颗未砸开的核桃。

到了这一年，这里的秘密突然被发现了，说是山林下边，隐藏着很大很大的油田。于是，路也修了，车也通了，人也来了。人一到这里，就都差不多“啊”的一声叫了。原来这地方不但山是秀山，水是活水，稀罕的更是到处都长着一种蒿子梅。清瘦瘦的，十分素气，也十分美丽。城里的公园里未见过，别的地方也不曾多见。这里却山坡呀，河畔呀，路边呀，随地而长，一片一片，花开得黄也是，白也是，红也是，如万千蝴蝶倏忽飞来，全落在那里颤颤地扇动粉翅了。

很快，川道地盖了大楼，设了指挥部，勘探部，采油部，炼油部，漫漫的二百里山林，到处便可见到那井队了。挣大钱的工人和贫困的农民混居；现代化的机器和古老的农具共存。二年，三年，海一般深的山地里，正如身上有流不尽的汗水一样，源源不断的地下原油，抽了上来，又输了出去。

最远最偏僻的一座山上，一个钻井队已经待了三年。三年里，他们住在山梁侧的一块儿平台上，在四周钻出了十多个井，他们还将继续打钻，似乎整个地球就要从这里钻个透。全队六十四人，大部分从部队转业来的，小部分是从乡下招工来的。转业的，差不多还都残留着当年服役的痕迹：或者是一件上衣，或者是一条裤子，或者是一顶帽子和皮带。乡下招工的，也慢慢交换了衣物。所以，当他们逢年过节或休假的日子，黄的颜色在他们身上就都表现出来了。

地方的工作，当然比部队上要自由得多，但他们都来源于农村，在青海高原上度过了五年紧张的却没有女人的生活；到了这里，又是过着繁忙又没有女人的生活。他们的性格就都变得暴躁、强硬，而不受拘束起来。他们不可能去找城里的姑娘作为妻子，双职工的家庭是他们最为羡慕的。所以，结了婚的，妻子儿女都在陕西、河南、山东等乡下的老家，一年二年，在衬衣的口袋里缝上几千元去探亲一次。未成家的，就胡吃乱花，在总部后勤单位的姑娘身边献殷勤。接连失败后，就又发疯似的在本地山村里打主意。或许便在宿舍喝酒、打骂，发泄自己剩余的精力。

所有的井队里，他们的影响是最不好的。

总部派去了一个顶能干的喜子队长，半年光景，果然有了起色，生产搞上去了，在外乱跑胡闹的事没有了，但酗酒、吵闹、说粗话的习气还依然存在。喜子便连连向总部打报告，企望再派一个强有力的干部来。

结果，就在八月，两件喜事传来：一是上月超额完成任务，全队受奖五百元；二是准备派一个人来。受奖的那天，全队会餐了，在星光灿烂的夜晚，大家席地而坐，大块吃肉，大碗喝酒。喜子提议：把酒给新来的人留些吧。每人便留下半瓶。但是，一天过去了，两天过去了，已经是第四天了，人还没有到。那留下的酒就在一片斥骂声中一饮而干。

但就在这个时候，要来的人，来了。

二

喜子好不喜欢，一得到消息，就跑下山去，远远看见一辆运水车腾着尘雾开上来。他呼叫着与车上跳下的那人握手时，才发现是个小小的姑娘。

他一下子呆在那里了。

“我姓高，单字梅。”她说，掀去了那件挡风的帆布雨衣，一头波浪似的鬈发呼地披在肩上，同时伸出了白嫩嫩的小手。“你是队长？喜子！”

喜子的手插进了口袋里。

“就你一个人？”

“卫生员向你报到！”

“卫生员?！”

“不受欢迎吗？”

“欢迎。”

他再没有看她，与她拉开距离，将全部行李背在身上。那行李也真够多，一个偌大的被褥卷儿，一个大皮箱，还有大大小小的提包。一个提包的拉链已经撑坏了，露出一个大圆镜子和高高低低的化妆物品。那镜子正映出自己的脸来，头发乱得如茅草一样，他不自觉地用手理了一下。她笑了一声。他忙又揉乱去，极快地反扣了镜子。镜子的背面却装着一张老大的彩色照片，她正对他笑呢。

他没有说话。

运水车开动了，绕到山后的路上往宿舍区开去，他和她就抄近道向平台上爬。

“到油田几年了？”

“五年。”

“今年二十六了？”

“我长得老面吗？”

“……”

“二十三了。”

“先是在总部工作？”

“是的。”

“下放来的？”

“要求的。”

“我们井队从来还没有个女的。”

“这我知道。”

“这儿风大哩。”

“看得出来，瞧你脸多黑！”

“石油技校毕业的？”

“替我爸爸的。”

“你爸爸退休了？”

“死了。”

喜子回过头来，风正把她的披肩发吹起，如墨云一般，白净的圆脸只显出半边。他知道这样的顶替是很多的，可怜她年轻轻的，父亲就牺牲在井台上了……

“那上面就是宿舍区吗？”

“井台在哪儿？”她再问。

“喏，瞧见吗？沟那边！”

沟那边的山峁上，一座井架高高衬在天幕上。井架下几个人，如黑豆一样。马达声沉沉地传来。

“你们这儿蒿子梅这么少？”

“我们只有油和酒。”

“看得出，你这一身衣服就让人知道是干什么的了！一说话，闻得出准是喝酒了吧？”

喜子领着高梅刚一走进平台，工人们已经听司机嚷嚷了，一齐跑了出来看稀奇。他们都是刚下班回来，眉目都不甚分，一边用树棍和木板刮着身上的油渍、泥浆，一边闪着白颜色很多的眼睛盯她。

她几乎要“啊”地叫出声来。

喜子突然觉得逊眼，发了脾气：

“都回屋子去吧。去照照镜子，就这么个样子迎接人吗？还像不像个工人？简直是一伙土匪，土匪！”

大家哄地散了。

喜子将高梅让到他的房子里。房子里乱极了，被没有叠，上衣、裤子、袜子、衬衫，一堆一堆地窝在枕头边。桌子上，落着灰尘，高的酒瓶，低的碗盘，摆得没有一点空隙。他直让座，她却不知道该坐在哪里。末了，总算在床沿上担了一点屁股。喜子就靠在桌子前，难堪地说：“我们都是男人。”

“男人太脏了。”

他笑了起来，却不知再说些什么，开始在身上胡乱地摸烟来吸，但四个口袋全掏光了，却是些烟末儿，就伸手把床上的被褥抓起来抖，果然在里边抖出一包烟来。

他点着了。

但他立即又警觉了什么似的，极快地起身去打开了门，又打开了那面小小的窗子。风忽地刮进来，墙上挂着的什么表格哗啦啦散开了。

高梅一页一页捡起来，往外瞟那么一眼。窗外是围了一个院子似的列车式活动房，每一个房子的门口，站着已经换了黄色衣服的人，拿眼睛往这里瞅。她突然哧哧地笑了起来。

“你笑什么？”

“你不嫌风大吗？”

“这样好。”

“你是好人，我可不是赖人呢。”

喜子越发尴尬起来了，却立即又站在门口，大声叫起来：

“都来啊！来了新同志，就是那么个态度，做什么事了不敢见人？！”

工人们便又呼地拥了进来，却都在门口，脸上是憨憨的笑。后边的一推，前边的打个趔趄进来了。一个进来，都挤了进来，房子里立时又插木楔一般紧张了。喜子向大家介绍：她叫高梅。众人就说：哟，好中听。再说是卫生员。众人又说：一看就知道是个卫生人儿。喜子说：欢迎！众人手就呱呱地拍。高梅脸红红的，手脚没处放，说：我是第一次到井队工作的，什么都不懂。众人就嚷：往后都是一家人嘛。高梅再说：不对的地方，还望多指教呢。众人就乐了：好着哩，好着哩。高梅从口袋抓了一把糖，给这个，这个不要；让那个，那个不接。喜子说：“装什么正经！”随手拿过来，往门外一撒，说，“都到外边去吃！”众人呼地拥出去，在地上乱抢，直叫着糖甜。

喜子突然问道：“人怎么不够？”

一个穿西装的说：“我没让路平出来！”

“病了？”高梅问。

“他拿不出手。”

小西装对着高梅谄媚地一笑。

喜子骂了一声“丢人！”

三

下午，人们为高梅的宿舍犯了愁。

在这山梁上，方圆十里没有一户人家，七十多间列车式活动房，组成了一个独立的世界。一边靠着山崖，三边临着深沟，碧青色的房子围成一圈，北边是灶房，五天由山下用水车运一次水，那门口就修了一个水泥大水池。高梅的房子摆在哪里呢？大家思量来，思量去，就将她的那间房子摆在了院子的中间。

夜里，高梅就收拾起自己的家了。她擦了房内每一块儿木板，铺好了床。床很讲究：毛毡，毛毯，雪白白的单子。墙上贴了图片，拉了铁丝，挂上了衣服架。那张小小的平板桌上，铺了台布，安放了录音机，端端正正摆上了那面大镜子，一进门就看得见那张美丽迷人的头像了。

"真好！"小西装一直在帮她的忙，末了，看着那张照片，咽了一口唾沫说。

"是吗？"

"你来了太好了！这些人满口袋的钱响，只图吃，不求穿。"

"你不是穿得挺帅吗？"

"你说这衣服好？"

"讲究。"

"你真有眼力！他们还都笑我。我一穿，就故意给我抹土呢。"

"你叫什么名字？"

"祈祈。"

"祈祈？！"

"你笑了？"

"那是个女人名字。"

"我故意改的。在这地方，你紧注意慢注意，人就变得窝窝囊囊了。"

高梅又笑起来了。

"你还需要什么吗？"

“没有。”

“甭客气啊！”

“哎，中午那个怎么没让来？”

“哪个？”

“队长说丢人的那个。”

“路平呀？消沉分子！有的是钱，却偏要老虎上山一张皮。几件破衣服，从来不洗，一件脏了压在床下穿另一件，另一件脏了压在床下又穿那一件。外边来了人，会见从没他的份。”

“那你就是人面上的人物了！”

院子里响起了哨子声，喜子在喊着要开会。

“开什么会？”

“你来了嘛！”

祈祈理了一下头发，走到门口，回头还说一句：“我走了。”

高梅觉得这人好熟的，想了想，又确实未见过面。但这几年，在她这般年龄的时候，见到的这种男人是很多了，难道这样的人是平均分配的吗？这里就偏偏又有了一个！她瞧着他走去，又几次弯下身去弹弹裤子上的土，就觉得那件西装未免有点不大合体，哪儿不合体呢？她又说不清楚。

她坐下来，心里还是激动得不能安静，双手轻轻按在胸口，像按捺着一眼汩汩的泉眼。夜已经黑严了，天上是一颗一颗亮晶晶的星星。星星好像比在山下看得清亮，月亮也似乎大了点。但山山沟沟却雾起来，看不分明。风还在吹着。各个房的门在响，三三两两的工人披着衣服，向灶房那儿的空房子走去。是为了一支烟的缘故吧，几个人嬉闹地打成一堆。

“我从此就生活在这里吗？”她在问着自己。一个女人，孤零零住在一群长年没见过女人的男人中间，是会受到什么待遇呢？

她想起了一头麝鹿。那是她小时候跟爷爷上山去打猎，突然发现了一头小小的麝鹿。他们乐得发狂，使劲儿地追赶，一心想得到那头美丽的又有香气的生灵……

会议室的房子里，传来喜子讲话的声音：

“……现在来了一个女同志，唯一的一个女人！咱们都要爱护她、尊重她，不要使她感到孤单。但是，谁也不能欺负她。记住，三大纪律八项注意第七条，谁要犯了，我就让谁吃不了兜着走……”

高梅突然笑了起来。

麝鹿继续在山尖奔跑，像风一样的快。爷爷突然停下脚步。“怎么不追赶了？”“它太美丽了！”“那它怎么还在没命地跑呢？”“它在为它的美丽和香气而发狂呢。”

她想到会场去，已经走近了，但又停住了脚步，蹑手蹑脚回来，先是静静地看了一会儿自己的那张照片，就轻轻地哼起一支歌儿来。

会一直开到深夜，工人们都进各自房子休息了。祈祈又来了，说：“还没歇下？”

“不困。”

“要早歇呢。”

他走了，又回来说：“洗脚水在灶房打。”

“我知道了。”

“这儿没有澡池，要擦身子我那儿有大铝盆。”

“不用了。”

“那好。”

祈祈走了。院子里开始安静起来，接着，每个房子的灯熄灭了。高梅坐在那里，总觉得后脖子上有谁用鸡毛掸子拂着，回过头来，那墙上有一个小小的洞，风正从洞里吹进来。她糊住了。还是没有一点睡意。屋外的风似乎更大了，像哨子一样地响。她走出来，站在院子里，听见了一片男人的鼾声，在山地的夜里，男人的气息是这么浓厚。她一直走到平台的边上，看见了远处井台上的灯光。

星月下，她看了一下表，已经是夜里一点半了。她转回来，冷不丁听见那排房子的门口背光处，有刷刷的响声。

“谁？”她问了一声。

那响声立即没了，接着一个人影急快地跑了，推门进屋的时候，房里的一线灯光射出来，隐隐约约看清那人是赤着身子。她意识到他是在干什么啦！

她脸红了。

四

第二天，吃早饭的时候，太阳正好照在院子里，大家都蹲在那里，端着比脑袋还大的搪瓷碗扒饭。什么事把他们逗乐了，端着饭碗，用筷子互相指着，个个都笑喷了。

高梅站在窗前拢头，暖洋洋的太阳照了她半个身子。斜对门的祈祈才起来，站在门口，一边往这里瞥，一边用一个布条子左一下、右一下擦着自己脚上的皮鞋。

“祈祈，今天是下山进城去吗？”吃饭的人喊。

“十二点不是上班吗？”

“那皮鞋擦得那么亮给谁看呀？”

“你们只知道吃！”

“吃是吃给自己的，穿却是给别人看的。”

大家哄地又笑了。

高梅去打饭，大家全都站了起来，一个模样地全给她笑笑的，她打了饭，也蹲下来。但是，大家都不说话了，只是低着头，呼呼噜噜地扒饭。

“你们说什么好听的，让我也热闹热闹。”她说。

大家就都瞅着一个工人嘿嘿地笑，那工人脸色顿时赤红，碗遮了脑袋起身就走，一边回过头说道：

“你们谁不是那样！”

大家哄地又笑了。

高梅也跟着笑了。

“这儿饭吃得惯吗？”一个人问。

“这饭好啊。”

“这儿没有桌子。”

“蹲着吃下得力呗。”

“我们都是粗人。”

"我细吗？"

这当儿，南边屋角突然照过一束白光，有人看见了，就叫道：

"呀，路平在镜子里看人哩！"

一句未了，那白光又一闪，什么也没有了。

大家又一阵取笑："想见人又不敢见。"

"高梅是老虎吗？"

"路平，你真个肚子不饿吗？"

高梅这才知道，叫路平的原来住在那个角落，她端着碗过去，路平的房子什么都随地而放，没有插脚的地方。他看着她。他的衣服皱皱巴巴，泥浆已经干了，裂成了鳞片的模样，脸却长得方方正正，络腮胡子，一直连脖子下都是毛茸茸的。

路平没有见过高梅，本来想高梅来了，或许还能和自己说说话，但祈祈不让他去，挖苦着要他收拾，他一下子反了胃，便不见高梅了。当高梅在院子吃饭的时候，他不好意思见她，也不好意思路过她面前去打饭，就待在房子里把镜子斜在窗台上，想从镜子里看看她的模样，但却被那伙人发现了，落了个更大的没趣。

高梅走进了他的房子，他一下子更加自惭形秽了。要关门，来不及了；要藏起来，也无处可藏了。

"路平！"

一声没有戏谑他的声音。

他没有回答。

"你怎么不去吃饭？"

声音柔得是石头都要化了。

他顿了顿，还是没有回答。

"你嫌我到你房子来了吗？"

她准备要出门的时候，突然扶住了桌子，小腿软得要倒下去。

祈祈端着碗来了，把高梅叫了出去，回头对路平说：

"你欺负她了？"

路平砰地关了门。

当天中午，在去上班的路上，路平突然抓住了祈祈，他像一头发了疯的狮子，什么也没说，当胸打了一拳。路平是全队力气最大的，祈祈当场倒在地上，叫喊着要还手。但别人稍一劝，他就不再扑着去打，只是空口骂了一通。

路平的举动，使大家莫名其妙，甚至祈祈也搞不清他为什么会发这么大的火。喜子剋了路平一顿，也说不出个子丑寅卯。大家纷纷议论路平越发性格孤僻，不可捉摸了。

高梅是一直不知道这事的，过了好多天，喜子跑来对她说：

“你真行！”

她疑惑了。

“你知道这几天大家都在议论什么吗？”

她倒吓了一跳。

“这儿都是男人，慢慢就懒散了，夜里小解从来是出门就撒。那天夜里的事大家都知道了，脸上没有光，现在谁也不那样了。这问题我以前说了多少话也不能解决，你一来，就一下子改过来了。”

高梅这才明白那天早上吃饭时，大家发笑的原因。

“现在只是那个路平……”

他讲了路平打祈祈的事。

“听说他是怨怪祈祈把你从他房子里叫走了。”

高梅蓦地在那里呆住了：“为了我？”

五

高梅跟大伙儿差不多全熟了。看病以外，她几乎什么杂活儿都干。她每天早起打扫院子，大家就都主动地铲平了那些垃圾、土堆，喜子就领着又修起了篮球场。一个小小的球，人人都争，争了就掷，把几十个男人的活力都给逗起来了。每每打球，高梅就做唯一的观众，她最喜欢去捡出线的球，球在地上跳着，她也在地上比球跳得还欢。

过去，太阳暖和的时候，一些人在阳坡地里就解怀捉虱子，如今谁也没有这个胆量了。于是院子里的铁丝一道一道拉起来，每天有人洗衣服了。

她又买了一把新理发推子，从此每一个男人的头发不许遮住耳朵。

人类的进步，难道也有异性之间互相刺激的因素吗？高梅不止一次地想着这个问题，她突然感觉到自己存在的价值。

她深深懂得，爱美之心人人有之，越是美好，越是与这些男人接近，越是美好得庄重、高尚，越是吸引来更多的美好，而使一切邪念畏退。

喜子表扬她，她只是笑笑。

“我是个女人。”她说。

“从你身上，也使我做思想工作得到了启发，我真该感谢你呢！”

“感谢我？”

“这些工人，都是野惯了的，说大道理，谁也知道，谁也不理，光有我这个队长不行，一个井队就像一个家庭，不能不有个主妇啊！”

他说完，立即觉得失了口，满脸羞红。

她会心地笑了。这些可爱的男人，也使她自己懂得了自己原来是个女人！

她的房子，一时成了全队的活动中心。有病求医，无病来装。有的来装的次数多了，觉得不好意思了，就大病也是病，小病也是病，没病也是病。进门说头也疼，脑也热，坐下说一句，笑几声，说完了，笑毕了，抬脚便走了。他们不再提病，她也不再问病。无事来看病，得了病又在她面前撒娇，要打针了，针还未打，就皮肉颤抖。她说一句：算什么男子汉？！那十二分的坚强和勇敢顿然产生。

“男人们会随杆子上的。”

高梅的房子里人来得最多，甚至，在她房子坐下了，都喜欢偷空就在那面镜子里照一下。她发现了，她偏不说，心里却明白：男人也会比女人更爱美。

她也到大家的宿舍去，慢慢倒形成了高梅去谁的房子，谁的房子就干净起来；高梅去过了谁的房子，就意味着看得起谁。从此，大家都注意起各自的卫生了。

路平依然是全队最消沉的一个，也是最不会到她房子来的人。即使得了病，也不肯来。每当大家来她那儿又说又笑的时候，他就悄悄钻进自己房子，躺在床上吸烟、喝酒。有一次又喝醉了，吐了一床，她帮他去收拾。

“你不能这么浪喝了。”

“我离不得酒。”

“但不能过量啊！”

“我有什么呢？只有酒对我好了。”

“你为什么要自弃，你瞧我。”

“我和你不一样。”

“怎么不一样？”

“你一来人都围着你，谁肯看得起我呢？谁肯到我房子来呢？”

“我来。”

从此，高梅一有空就到路平的房子去，路平果然也注意起整洁来。喜子便打趣地说：

“看来，邋遢方面，责任全在我身上了。高梅，我房子要再不改变，你就不要去了。”

高梅说：“不改变，偏要去，去了就揭你做领导的短！”

路平不窝窝囊囊了，也觉得高梅看得起他，在人前也有了自信。情绪一好，慢慢合起群，人缘也好了，只是话依然没有祈祈那些人多。当大家在一起，高梅一来，大家拥上去说笑，他就退在后边，一眼一眼看着高梅。高梅一抬头看他，他却忙掉过头。

他似乎觉得干什么都有了劲。常常就想到高梅的房子去，但一走近那房子，看见里边坐满了人，他就又退了，偶尔得空一个人见到她了，却心慌得厉害，出一头汗。过后，又恨死了自己的无能。

他感到欢快，又感到了一种难以捉摸的恐慌。竟有一次下班回来，采了一束蒿子梅，给了高梅。

“哟，你倒还喜欢花？”高梅说。

“这花挺好呢。”

“你知道我爱这种花吗？”

“女人都爱花。”

“真看不出你心还这么细哟！”

他喃喃起来，倚在门口。

“进来呀！”

“我走呀，你忙。”

“你怎么老避着我？”

“没。”

“我看得出来，你心里是有什么事了？”

“没。”

“没?！”

“我心里不知道怎么老慌？”

“怎么个慌法？”

“我也说不上来。”

他却脸红起来，赶忙就跑走了。

高梅将那一束蒿子梅小心翼翼地插在瓶子里，一天三晌都换水。

第二天，祈祈下班回来，也采了一束蒿子梅送给了她，接着，每一个人都回来要采一束蒿子梅。高梅就提议，是否在院子里修一个花坛呢？大家立即叫好，几个休息天，一起动手，花坛修好了，移栽了蒿子梅，又在平台的四周也移栽了。那花也十分好活，花开得黄灿灿的、红艳艳的、白花花的，从山下往上就看见了，站在井台上扭头一看也就看见了。

高梅便给这个平台宿舍区起名：蒿子梅村。

多美丽的名字！消息传到油田总部，总部大大表扬了他们，又通报了整个油田。喜子高兴地说：

“高梅，我以前看过一本书，上面写道：在世上，木匠是作用于木头的，泥水匠是作用于泥水的。那么，你呢？是不是作用于美的，贡献于美的！你给大家看了身上的毛病，也治了心上的毛病呢。”

高梅撇了嘴说：“哟，队长要成诗人了?！”

六

井队的风气一天天好转起来，但是，井队的生活毕竟是单调的，戏是看不到，巡回电影队也一月两月来不了几次。下班回来，仅仅只祈祈有一把口琴吹吹，大家就玩玩球、打扑克或者百无聊赖地说天道地，或者吆三喝四地行拳酗酒，每次硬要灌醉一个人开心取乐。队长十天半月自费买酒请大伙那么喝一场，却从未见他醉过。高梅说：

“队长，那酒不会少喝些吗，怎么老是请大伙喝酒？”

“这就是井队的特点，有钱，却没娱乐的，把大家拢起来图个热闹嘛！”

“酒喝多了，就发酒疯，热闹是热闹，可这样下去容易散漫哩。”

“这我知道，另一方面，我是一直把学习抓得很紧的。”

高梅就笑了：

“我就要给你说这事哩，咱们那学习日一定要坚持吗？”

“这可不敢放松，干咱这一行的，紧学习慢学习都乱糟糟的，要不坚持，下了班人一闲着就出邪事，一定要箍住呢！”

“人可不是盆子、桶能箍得住。”

喜子愣住了，摊着手说：“那你说呢？”

“学习时间，你就不要老是念报纸，你在那里念，下边就说话，打瞌睡。不如咱成立个活动室，多买些书报，引导大家自己去看，效果倒比现在好哩。”

喜子沉吟了一会儿，说：“那好，你就给咱牵这个头吧！”

活动室很快就组成了，喜子捐了一笔款，大家多多少少全都拿出了一些钱，高梅亲自下山到镇上去买了许多书刊，订了各类报纸，还有康乐球、象棋，并将自己那台录音机宣布纳公了。队长并没有宣布高梅负责这项活动，大家却都尊她是主任。

酒是慢慢地喝得少了，但并没有停止，每次酒会，大家总要叫高梅到场，她不会喝，就负责在一边看酒，宣布谁也不能喝醉。后来，她就成了自然的酒官，颁发了新的酒令，实行传花吹哨，轮到谁，谁就出一个节目，或者故事，或者唱歌，或者背诗，完不成的再罚酒。这一招果然有效，慢慢大家是喜欢起唱歌来，生活倒过得有滋有味了。

高梅的威信越来越高了，她成了这个井队必不可少的人物。她稍一离开井队下山去领药品，常常几个人、几个人到山下去接她。

不久，一件意料之中的事件就发生了。

有一次高梅下了山，天黑时还没有回来，大家都急了，祈祈就叫了六七个人下山去接，路平也叫了五六个人下山去接。两支人马都来到山口，高梅还没有回来，大家就坐在那里说开来，都说着高梅的好处。有人就说：这么好的姑娘，谁要娶了她，谁就是世上最有福的人了。路平最喜欢别人说高梅的好处，但又害怕在这么多人的场合下这么说话，当时没有言语。祈祈就说："你们看看，在咱这井队里，高梅对谁好？"

"对谁都好。"旁人说。

"最好的呢？"

"是你祈祈吗？"有人说，"高梅最干净，你也最干净。"

"这倒是真的。"祈祈说。

路平忍不住了，说："干净都干净，可干净得不一样呢。"

祈祈说："你这是什么意思？"

"什么意思你明白。"

"把话给你说明白：别看你平日不言不语，见了高梅还脸红，可我摸透你的心。"

"你摸透了就好！"

"死了你那份心！"

"也死了你那份心！"

"哼哼，也不尿泡尿照照自己？！"

"你嘴干净些！"

两人一吵，大家各人的心里都在掂量着自己：我也有这心思吗？便都不言语了。最后，两人竟动起了手脚，路平揪住了祈祈的胸口，祈祈抓住了路平的衣领，大家才惊慌起来，叫道：

"路平，别动手！高梅让你们打人吗？"

路平手松下了。

祈祈也松手了。

路平和祈祈分裂了。

他们的分裂，使那些都怀有同样心思的人也都考虑着自己的可能性。一时间，大家吃饭不在一块儿，喝酒也不在一块儿了，每个人都看每个人是情敌。

同时又都轻财起来，买糖、买烟、买酒，钱花得如流水一般。又都竭力靠近高梅，不是几个人一起到她房子来呢，就是轮流向她献殷勤。她要洗衣服，就有人去打水；她要扫院子，就有人去倒垃圾。又都希望高梅能为他们干些事，一个人衣服破了，高梅给补了，没补的人就眼红，补着的就得意。他们在暗中比赛，看谁最能获得高梅的那颗心。

高梅一点也没想到这些事，当她开始收到这些男人一封又一封的求爱信时，她吃了一惊。

女人都喜欢男人的爱吗？她承认是这样的。

那么，男人呢？

一个月里，差不多未婚的年轻人，除路平以外，都给她写信了。她有些慌，不知道该怎么处理，就告诉了喜子，求他帮她出主意。但只说了有一封信，又硬是不肯说出写信者的名字，千叮咛万叮咛要为她保密。

“这就看你的态度了。”喜子说。

“我？”

“是的，写信者爱你，如果你也爱他，谁也干涉不了，而且应该祝贺！”

“要是三个、四个、十个八个呢？”

喜子愣在那里了。

“那么，”喜子说，“就咱这个队，既有那么多人，你随意挑选吧。”

她摇摇头。

“一个也看不上吗？”

“不，我觉得那样会破坏了这个集体，因为这里有这里的具体情况，我不愿意破坏目前的气氛。我决定与谁也不谈，我还小，再过几年吧。”

喜子把她这个决定当众对大家讲了，大家似乎都受到了沉重的打击，一整天里，全队没有歌声，也没有笑声，各人都待在各人的房子里沉默。但是，第二天，第三天，井队恢复了正常，祈祈亲自到路平的房子，给路平说起了宽心话，路平也没有恶脸。接着，写过信的人都到路平这儿来，他们一人拿了一瓶酒，开始喝起来。酒喝到半醉，谁也没有发酒疯，倒异常平静和安宁，末了说：

“她和我们一个也不谈，可对我们都好，但愿我们谁也不去找。如果她属于了某一个人，那我们就会失去现在的友谊的。”

说完，他们就都又到高梅那儿去，又说又笑，似乎是在安慰安慰高梅了。

高梅心里倒不安了，她破例地买了一瓶酒，和大家吃了一回。

从此，井队安然下来了，路平再不害羞和心慌，穿着那件黄军裤，大大方方到高梅房子来说话。祈祈依然爱干净，却很少穿那件西装，也不每天早晨对着高梅的房子擦皮鞋了。人人都更加团结起来，高梅喜欢得不得了，越发想办法给这些男人做些服务。她找着了祈祈，了解了他家庭的状况，批评他钱花得太凶，祈祈就把工资交给高梅让为他代管。接着，那些经济不能自理的人，都把钱交给了高梅。高梅就每人缝一个钱袋儿，一项一项放在箱里，成了蒿子梅村的银行了。

七

高梅又添了一份心思。她担心着这些男人们的婚姻：他们工作得这么艰苦，又都这么大的年龄，婚姻问题哪能再往下拖呢？城里的姑娘看不起他们，油田上的姑娘又都不愿意找同行，终身大事不解决，毕竟要直接影响井队工作的。

禁欲主义，是要使人变态的。

最实际的问题解决不了，这井队面貌的好转是不会长久的，她默默盘算着。她把这想法告诉了喜子，喜子第一次紧紧握住了她的手，说这是他当队长这几年最头痛又最没办法的事，他要首先代表全体光棍汉们向她感谢。

她开始了解每一个未婚男人的情况：老家有可能吗？有什么打算吗？每

个人都在她的心里存了档案。每个人的个人事一有动静就来请她拿主意。好几个在老家谈成了，她建议接来井队住住，来了，就亲得像自己的姐妹，安排吃，照顾住。

繁重的医疗工作，沉重的精神负担，使她一天天消瘦下去，而且例假极不正常。路平就询问过她：

“你有病了？”

“哪里。”

“瞧你脸色，一定是病了，什么病呢？”

“你不要问。”

“我一定要问。”

“你真傻！”

她笑笑，起身走了。

路平去告诉喜子，喜子听了，打了他一巴掌：

“怕是妇女病吧，你也真傻！”

于是，队部作了决定：在她病的期间，要保证她的休息，到她房子去呢，晚上不能太晚。灶上常常因粮、菜不能及时供应，但一定要保障她的伙食。全队热水凭票供应，她可以不定量。

有一天，她身子又不舒服起来，正在房里睡觉，山下运水车来了，司机敲她的门，告诉说上次她托他在总部后勤单位为路平、祈祈物色对象，现已物色上了两个。她便找着路平和祈祈，要求去相看，两人倒害羞了。

“人家看得上咱吗？”

“能成就谈，不行作罢，是要你们命吗？”

“……我们不会说话，你先去替我们看看吧。”

“我怎么替人去看？”

“你能看上的，我们就看上了。”

高梅想了想，也就搭运水车下山去了。

高梅一走，喜子知道了，告诉说高梅今日身体不好。路平和祈祈就叫苦不迭，同时遭到了大家一哇声地责备。一等下班后，十多人就挡了一辆便车，匆匆下山去找高梅了。

高梅到了总部后勤单位，见到了那两个姑娘，但是十分遗憾，给祈祈物色的那个，勉强答应可以先谈谈，但路平的那位，一看了路平的照片，又问了路平的家事，当时就吹了。高梅苦口婆心说了半天，仍没希望。她气得饭也没吃，就匆匆寻车往山上走。正走到一条街上，碰见了邻队几个工人，一个说："这不是喜子队的那个内当家吗？"一个说："啊，压寨夫人。"高梅觉得话刺耳，回头看了他们一眼。那些人又嘻嘻哈哈更放肆起来：

"哈，这么俊的小狐子，怪不得把那个井队给统治了。"

接着又叫："公共车！"

她回头训道："请自重些！"

"你不是公共车吗？几十人都坐在车上哩！"

高梅气得手脚打抖，那伙人更乐得什么话都说。这当儿，来找高梅的十几个人正好赶到，当下围住那些小流氓，双方斗起口舌，后来大打出手，稀里哗啦，将那几个人打趴在地，口鼻出血。

事件发生后，官司打到总部。总部处分了那些流氓，但又通报了他们打人。喜子就在井队开了整顿会，点名批评了高梅，高梅也当场作了检讨。没想，高梅一检讨，全队男人都站起来作了检讨。结果，井队给总部打了报告，由祈祈起草，他用了好多比喻，写得很有文采。最后一段写道：

高梅是属于这个井队的，她是美的象征。美给了我们生活的希望、勇气和力量，我们要珍惜和保护这种美。

报告的署名，第一个是喜子，接着是六十三名工人的签字。

谁也没有想到，这份报告，竟使总部领导大受感动，报告的内容传开来，不胫而走，使整个油田每个井队、单位的人都知道了。报告中最后的话甚至成了一段名言，抄录在一些人的笔记本上，黑板报上，出现在一些年轻人的爱情信上。

八

一时间里，这个井队很热闹，好多人给高梅写了信来，有慰问的，有致意的，有送了书本和瓜子的，总部的领导也来过几次。蒿子梅村越发生气勃勃，生产进度大幅度地上升。

六月过去，到了七月，高山上气候极不正常起来，说雨就是雨，说风就是风。风雨一来，山路垮得厉害，运粮运菜运水车不能按时到来，整个井队便常常一天只能吃到一顿饭，好多人又都染上了疟疾病。高梅几天几夜不能合眼，总算控制住了病情，但患上病的同志一时还不能痊愈，井上又不能停机，大家都咬着牙根坚持上班，高梅也就跟班工作在井台上。

由蒿子梅村到井台是八里，天晴日，坐车从山头往过绕，现一时路断，人们只好沿沟下去，再爬一面坡上去。夜里上班，夜里下班，几十人一拉一串，拄着木棍，在那泥泞里蹚，每次都有滑坡的，虽不会出事故，但全身就成了泥蛋。高梅身子越发虚弱起来，大家就轮流背着她走，从一个人的背上，到另一个人的背上，高梅感动得直流眼泪。一直熬过了七月，一切才正常起来，井机没影响井的一寸进度，工人的疟疾病痊愈，但是，高梅却病倒了。

她被送进了总部医院。

井队少了她，似乎一下子空了许多，到了这个时候，人们突然发觉在他们生活中，是这么严重的不能没有高梅。每一个人一下班，第一句话就要问：高梅还没回来吗？他们轻轻地走到高梅的房子，坐在那凳子上，床上，默默吸烟，烟灰弹在一张纸上，临走，擦擦桌子，扫扫地。他们知道主人是十分干净的。

路平和祈祈，两天去一次医院，一进医院门，就各自不自觉地提提衣领，理理头发，一出医院，就谁也不说话，只是吸着鼻子，用大手抹眼泪。

高梅的病慢慢好起来了，祈祈一来，就询问他和那个姑娘恋爱得怎么样。又安慰路平，说请相信她，她一定要给他找一个漂亮、温柔的姑娘。

总部的领导也来看望过几次。后来，一位管人事的领导来的次数更多，每次来都带了好多东西，高梅十分感激，总是强撑着坐起来，和这位领导谈好多好多事情。

竟有一次，这位领导说：

“你的终身大事解决了吗？”

“没有，”她脸红了，“我还小，过几年再说吧。”

“也不小了。你是个好姑娘，个人私事当然不能影响工作，但也要解决，作为领导，我们都很关心呢。”

她激动起来，眼里闪着泪水。

“如果你愿意，我这儿有一个小伙，在总部开小车，人挺帅的，条件也好，我可以领来看看你。”

“不，不。”她慌得不自在起来。

“可以谈谈嘛，井队生活最艰苦，男同志还吃得消，作为女同志，那也不是长待的地方。谈成了，组织可以照顾你到后勤单位来。”

高梅一下子不言语了，关于个人的婚事，个人将来的出路，她似乎从来还没有认真考虑过。领导的关心，她要十二分的感谢，但要照顾她，把她从井队抽走，她倒真不愿意了。到井队去，是她的要求，在那里，她才找到了她的位置，她才真正懂得了世上的男人和在男人群里一个女人应怎样活着。

“不。”她再一次说。

“你不是一律拒绝了井队工人的求爱吗？”

她突然觉得这是一种曲解，甚至是一种侮辱，她之所以拒绝井队工人的求爱，那是她太爱那个井队了，太爱那个井队的工人了。如果是看不起他们才拒绝了他们的求爱，那她算个什么人呢?!

“我想我一辈子就在井队上。”

她说完，头疼起来，便软软地溜下来，躺下了，这位领导还在说些什么，似乎全没有听清。末了，领导要走了，拍拍她身上的被子说：

“你真是个好姑娘，你再考虑考虑。”

她又感激起这位领导了：领导还是理解她的。他要走了，她强打精神又坐起来送他。

第二天，来看望她的，是一位陌生的小伙子，穿一身好料子，戴着墨镜，给她提了好大一堆糕点、水果。

“你是？”她有些疑惑了。

“我是庆庆，人事科王科长是我的哥哥，我在总部开小车。”

高梅一切都明白。

不知怎么，心里泛起了一种恶心，使她对那位领导一下子反感起来。

“我认不得你，也认不得那位科长，你找错人了。”

“你不是叫高梅吗？”

“不是。”

到了下午，路平和祈祈又来看她了，她一下子抓住了他们的手，就呜呜地哭了起来。两个人不知怎么回事。她哭了一阵，就要求回井队去，口气很坚决。两人只好办了手续，三个人直到后半夜才赶回蒿子梅村。

回到井队后，全队人为她办了一个会餐会，庆贺她的康复。她十分激动，唱了好多歌，唱完一首，喝一杯酒，一连喝过三杯，喜子夺过酒杯，说：

“高梅，你怎么啦，你病才好，不能多喝。”

“我太兴奋了。”她说。

喜子眨了眨眼，心里还总是放不下。会餐毕，他到高梅的房子，说：

“高梅，你有了什么心事？”

“没有。”

就趴在被子上不动了。

“是不是在医院受人欺负了？”

“你不要说，不要说！”

哇地却哭了。

她把那科长的事全说出来。喜子暴跳了，大声骂道：

“这算什么领导！咱们反映他去！”

高梅阻止了，这件事没有向上反映。但井队的人都知道了这事，也都为高梅担心。

“他能怎么样？他会报复我吗？”她说。

“你就在咱井队，我们保护你！”

他们从此养了一条肥大的黄狗。这黄狗就白天跟着高梅跑，夜里守在高梅的门口。

路平说：

“如果那科长再来纠缠，这只狗也会咬断他的腿的。”

九

这年冬天，他们打完了右边山峁上的那口井，又到左边山嘴十里路远的地方重新打另一口新井，也就在这时候，祈祈结婚了。

他们的婚礼在蒿子梅村举行的，主婚人就是高梅。一间小小的房子，高梅布置得十分堂皇。新婚的夜晚，鞭炮齐鸣，高梅为了助兴，连歌带舞，大家一直热闹到半夜，方才散了。

祈祈的媳妇，在油田机修厂工作。她为了感激井队的同志，便将自己精心育养的一对白色鸽子赠送给大家。

鸽子雪白雪白，十分可爱，从此就生活在井队。大家为鸽子修了一个木笼，挂在高梅的房子里。常常是路平带了鸽子去井台，站在井架上写一张纸条，系在鸽子腿上放开，鸽子就飞回蒿子梅村，高梅收了纸条。井台没有电话，这鸽子就成了他们的递信人。大家都争着写纸条，随时把井台上的事告诉给高梅。

高梅出门，那鸽子就不再跟着别人，前边是一只肥肥的黄狗，肩头上站着白白的鸽子，大家一见，就叫道：天使来了！

到了春天，山上就绿荫荫一片，各种各样的野花又都开了。路平收到了陕南老家来的信，说是家里给他物色了一位标致的姑娘，让他回去相看。路平拿着信让高梅看，高梅喜欢得手舞足蹈，鼓励他立即请假回去。队部很快准了假，大家都来送他，祝他成功，路平握着每一个人的手，末了对高梅说：

“我想带着它回去。”

“谁？”

“鸽子。”他说，“这儿离老家几千里，从家里写信，要十多天才能到咱这儿，我想让鸽子及时把情况带给你们。”

大家都乐了，说：“绝了！”高梅就亲亲鸽子，让他带走了。

十天后，那两只鸽子飞回来了，高梅第一个看到一封长长的信，信上说：他回去见了那姑娘，果然很好，眉眼还有点像高梅哩，他们很快谈成功了。让大家为他喝一杯酒，还要高梅一定也喝一杯，向着东南方为他祝福。

高梅大声喘着气，对着每一个人把信念了。当天中午，她买了酒，每人端起一杯，面向东南方，为路平祝福。

“祝你幸福，路平！”她大声叫着。

“祝你幸福，路平！”四山起了共鸣声。

如今，井队的光棍汉们，已经百分之八十有了爱人和对象了，高梅的喜悦甚至比那些当事人更厉害。她夜里再没有失眠。每次一睁眼，天就大亮了，竟有一次还误了上班时间。

大家都奇怪，说高梅一天比一天白胖了。

而且她更喜欢唱歌，又跟着祈祈学口琴，竟吹得比祈祈还好呢。

一个月后，路平回来了，带来了好多陕南土特产，将那炒好的茧蛹、酱豆，一人分一包，送给高梅的，却是一封长达六页的信和一条绣着水仙花的手帕。

信高梅看了，是那个未见面的姑娘写的，写得十分热情，她说她听路平讲了高梅的事情，她多么感激，是高梅提携了她的路平，他们一辈子会记着这份帮助和情谊的，也祝高梅能找一个称心如意的爱人。

“这手帕呢？”她笑着说。

“是她送我的。”路平说。

“那怎么能送我？”

“怎么不行呢？没有你，也不可能有她。”

“你这个憨鬼，人家的心意，怎么能随便送人！”

“那你为我保管着吧。”

她答应了，小心翼翼地叠好，放在了她的箱子里。

一个月后的一天，路平去上早班，他是司钻，正紧张地操作着，突然起车过猛，将接头提掉，井架晃动了一下，井架上的几个大螺丝帽脱落，一个正打在他的安全帽上，帽子打翻了，另一个紧接着落下砸在头上，当场就倒在地上，血流不止，昏迷过去。

这一天，高梅正在宿舍区为一个感冒病人熬药，突然听见远远的井台那边有人在喊，接着白鸽扑棱棱飞了回来，她一看到纸条，脸煞白了，忙提了药箱往井台跑。赶到现场，路平还没有醒，她赶忙包扎了，直叫着路平的名字，路平醒过来了。

"高梅，高梅！"他微弱地叫着。

高梅俯下身去，握住了他的手。

"我怕不行了，我还以为再见不到你了。"

他困难地说着，突然直愣愣盯住了高梅，拉近了高梅的手，用劲握着，高梅意想不到他握得这么有力。

"路平，你不要这么想，你会好的，马上就送你下山到大医院去。"

路平微微笑了一下：

"我知道我不行了，你允许我有一句话要给你说，再不说就没有时间了。"

"你说吧，路平。"

"我，我在未见到我现在的未婚妻之前，我一直爱你，我觉得我爱得最深。"

高梅眼泪流下来了，她说：

"我知道，路平。我……"

路平松开了手，突然又昏迷过去了。

大家都哭起来。高梅忙让抬上汽车往山下医院送去。汽车出发了，在车上，路平又醒了，还在叫着高梅。

"还有什么事吗？"她说。

"你带着口琴？"

"带着。"她从怀里掏出来。

"你吹吧，我喜欢听你的琴声。你答应我，给我吹一首歌子吧。"

高梅就蹲在车上，在汽车的颠簸中吹起了一首动听的歌子。她吹着，眼泪流下来，她继续在吹，吹得那么优美，那么深情，大家都惊奇了，她自己也惊奇了。那白色的鸽子就在车前飞着，那黄狗在车后的尘土中紧追着，琴声传得很远、很远……

当高梅停止了琴声，低头看路平的时候，路平却早在琴声中死去了。

十

路平死后，当着大家的面，高梅依旧还是有说有笑。但她一个人待在房子的时候，就拿出那条绣着水仙花的手帕呆呆地看，免不了流一阵眼泪。

每当那对白鸽子在蒿子梅村的上空瞿瞿地盘旋，她就死眼儿看着，一直要等到只剩下两个小黑点儿，才默默地将头垂下来。

大家一看见她的样子，心里就发酸。

“高梅，你要多保重。”喜子说。

“我好好的。”她说。

“大家的心已经够沉重了，你要伤了身子，大家心里就更难受了。”

“我知道。”

她点着头，眼泪就又流了出来。

喜子就把祈祈等一帮人召集在一起，议论高梅为了这个井队的每一个人，耗费了多少心血，现在她心情不好，应该为她做些什么？

他们商量着，采取了种种措施……

转眼间又到了秋天，蒿子梅开了。高梅的心绪也好了起来，整个井队的情绪也十分高涨了。一下班，大家都忙着务弄花，宁肯自己少用点水，也要节省下来浇花。花开得旺极了，全是一人多高，蓬蓬勃勃一片，整日里蜂蝶熙攘。

看着蒿子梅，高梅就又想起了路平。

她取出了插当年路平送来第一束蒿子梅的花瓶，端端正正地放在屋中，上面却再不插花，盖上了那块绣着水仙花的手帕。

黄狗现在已经不再仅仅卧在高梅的房门口了，它日夜在蒿子梅花丛边游转，外边人谁一走近折花，它就大声叫着。

可怕的阴雨季节又来到了，照例又是山洪暴发，道路中断，菜运不上来，井队已经吃过了三天甜饭。三天过后，全队下山去背粮菜，结果路上又下了雨，回来后就有三人感冒病倒了。高梅终日守着这三个病号，两个四天后上班了，一个还继续发高烧。高梅就等了一个便车。自己陪伴病人下山去医院。

路十分难走，短短的四十里路，车已经哼哼走了两个小时，还没有走下山，光溜溜的卡车厢里，高梅让那病人倒在自己怀里，她紧紧抱着，减轻着颠簸。

路已经发软了，车开上去，如在浪头上。车在一个山峁的转弯处，突然车一横，司机猛地刹住，车剧烈地闪了一下，并没有滑下去，却将高梅和病人闪得跳了起来，她惊呼着去抓那病人，身子还未站稳，车又猛地一开，把她摔了出去。

病人在车上大喊，司机才将车停下来，过来看时，高梅已经没有人影了。赶忙从山峁往下找，她已经静静地躺在了沟底。

这一天，正好是井队提前完成一口新井的日子。井台上停止了机械的轰鸣声，大家欢腾跳跃，消息传来，人们一下子哭了。

谁也没想到她会死，死得这么早，死得这么快！大家都哭得很伤心。

大家决定，把高梅埋在这口新井的旁边。他们挖了深深的墓穴，抬着她下葬。从蒿子梅村到墓穴，十二里长的山路上，他们把所有的蒿子梅花割下来插在两边。这是一条铺花的小路，是一条洁净的小路，是一条芬香的小路。他们送着她走，鸽子一直站在棺材顶上，赶也赶不走。黄狗发疯地狂叫，使这个送葬队显得异常悲壮。

十一

一年过去了。

这个井队接连在附近又打下了几眼新井，他们的宿舍依然住在蒿子梅村。

一群没有女人的男人，他们失去了女人，他们并没有又导致到以前没有女人的混乱。

高梅虽然走了，但列车式的房子围起来的院子中间，那间小房子还安在那里，里边是高梅的铺着雪白单子的床，是那张放着盖有白手帕花瓶的桌子，是那只箱子，箱子上是那面大镜子。镜子反过来，是高梅的那张美丽迷人的照片。

人们依然常到她的房子去，坐在那里，默默抽烟，烟灰弹在一张纸上。走时，拉拉床单，扫扫地，擦擦桌子。主人是十分爱干净的啊！

每一个人一进这个房子，总不禁地提提衣领，理理头发，他们要见到的是一位神圣的女人啊！

蒿子梅一到了七月后，又是遍地开放了。

就在蒿子梅开放的季节，这个井队又新来了三个姑娘。姑娘们都十分年轻，打扮得花儿一样。她们是从石油技校才毕业分配来的，开始新的生活，她们一块儿去高梅的墓上看看。

从蒿子梅村出发，沿路，已经开满了蒿子梅花。她们一步步向花的深处走，走到了山嘴处，站在高梅的坟前。坟向着蒿子梅村，坟后是那当年竖井架的地方，现安上了磕头机。这采油的机器，日日夜夜在这里磕拜，像是在为高梅圣洁的灵魂祈祷，向这位年轻美丽的姑娘致意。

不知什么时候，那只狗也来了，静静地卧在坟头前，那对漂亮的雪白雪白的鸽子，在她们的头顶上盘旋。

一个姑娘说：

"蒿子梅多美丽！"

两个姑娘同时在说：

"是的，多么美丽的蒿子梅！"

一九八二年

阿　吉

阿吉原名叫阿鸡，从城里打工回来后村人才知道他已经改名了。

城里人将妓女称做鸡，这使初次进城的阿鸡很没体面，虽掏了五元钱在环南十字路口的卦摊上求了个“吉”字，但字改音未改，仍被人瞧不起，只能在建筑工地上当和灰的小工。工人们一边劳作一边要说些荤段子，阿吉呆听着就捉了锨把不动，老总便骂阿吉懒，不出四个月，结算了三百元，让他走人。

阿吉在城里浪逛了一天，无事可做，将一泡屎拉在草帽里，把草帽又摔在一堵砌了瓷片的墙上，离城回家。

回家要坐一天的火车，三百元钱藏在鞋垫下，不敢随便买吃喝。同椅上和对面椅上是三男两女，衣着鲜亮，又啃着烧鸡，阿吉就很孤独，把鞋脱了，抱起双膝在座位上作瞌睡状，心里骂：好东西都叫狗吃了！好女人都叫狗 × 了！骂着骂着心理平衡下来，真的便瞌睡了。一觉醒来，刚好车快到站，赶忙要穿鞋往车门口去，却怎么也找不着自己的鞋。

“鞋呢，我的鞋呢？”椅下满是皮鞋，阿吉急出一头水。

旁边人问，你是什么鞋？阿吉说条绒面，布底子。那人说，就是那双破鞋呀？臭死人了，早从窗口扔出去了！阿吉质问谁扔的？拳头便提了起来。但阿吉很快就松开了手，因为他面前站起了三个男人，又粗又高，拿眼睛盯住他。阿吉说：“扔了……就扔了。”人站在车外了，却对着车窗破口大骂：“扔我鞋的，我 × 你妈！”骂一句，跳一下；再跳一下，站台上一块儿玻璃碴子扎了脚，扎出血来。

阿吉并不可惜那双鞋，鞋确实是破鞋了，他也是可以打赤脚从小站上走十里路回村的，但阿吉遗憾的是鞋垫子下藏着钱，硬咯铮铮的三百元钱。

阿吉赤了脚到小站东边的席棚里去找阿狗。阿狗是阿吉的同胞哥哥，父母死的时候，阿狗待阿吉还好，发誓说他卖豆腐也要供弟弟念完高中念大学，可阿狗一娶了婆姨就听婆姨话了，分家过活，搬到小站卖豆腐了。阿吉也瞧不起阿狗，进城时跑过豆腐棚就恼得去打招呼。现在，他只好向哥哥借钱了。阿狗听阿吉说得恓惶，扇了他一个耳光，却把五十元钱捏一疙瘩塞给他，低声说："别让你嫂子看见。"

阿吉说："屎，我会还你的！"

原来阿吉要买双板儿鞋的，想了想，一怒买了双人造革皮鞋，二十元。又三元钱买了一副墨镜。镜一戴上，眼前蓝哇哇的，感觉换了个人似的。

阿吉回到村里，天已麻麻黑，老远看见巷口村长家的窗口亮了灯，灯光映在山墙外的碾盘上，阿米和小安蹴在碾盘上赌红桃四。阿吉咳嗽了一声，端端走过去。阿米"哈"地咋呼了一下，说："是鸡哥回来了?！"

阿吉说："从城里回来了！"

阿米抬起身要摘墨镜看看，阿吉喊了一声："臭手！"阿米就不敢动了。

小安说："我手才臭哩，叫他赢了十元了！"

阿米说："这靠智力哩，又不是抢的。"

阿吉说："你以为你是谁，看我收拾你！"

阿米是村里的上门女婿，阿吉没进城前就眼里没有他。婚后的第二天，牡丹引着新夫阿米来给本家子各户认门磕头。到了阿吉家，阿吉问："贵姓？"阿米说："免贵，姓米。"阿吉就笑了。阿米说："大哥的大名？"阿吉说："说了嫌你怕怕哩！"阿米说："莫非大哥叫老虎？"阿吉说："老虎倒不是，叫鸡，往后你不要惹了我！"从此阿米果然害怕阿吉。阿吉去城里打工的时候，阿米就求过能不能跟着一块儿去，阿吉没有理他。

一张牌一块钱，三个人赌了几个来回，阿吉果然赢了。阿米嚷着再来，阿吉说行么，我也不嫌钱多了扎手，却一定要验资。小安是没钱了，只好袖了手在旁当牌警。阿吉和阿米两个人一来二去继续赌，阿吉把赢来的输了，又把身上的二十七元钱输掉了，一摔牌，说：“权当我耍了个歌厅的小姐！”

小安说：“吉哥在城里耍过歌厅的小姐?！”

阿吉说：“城里讲究夜生活嘛！”

阿米死死捏着一把钱，看着阿吉走了，一张张清点，却突然想：阿吉他是骂我哩嘛！恰好村长的公鸡天黑了从大场上回院中的架上，阿米一脚踢去，骂道：“黄鼠狼拉了你去！”往常，骂黄鼠狼阿吉是不会饶的，但现在阿吉竟不理，这使阿米有些纳闷，看着那一溜皮鞋脚印，甚至有了点失意。

阿米说：“阿吉怎么不理会？”

小安说：“阿吉见过大世面了。”

阿吉走得很远了，站住，回过头来，而且是把墨镜推架在了脑门上，说：“阿米，我告诉你，我不是鸡狗的鸡，我是吉，上边一个士下边一个口的吉！”

阿鸡改名为阿吉了，这消息很快就在村里传开来，能改了名字。肯定是在城里做了大事。园园甚至听到议论，说是阿吉在一家公司里当了什么主管，皮鞋西服那是上班的工作服，一月发一次，常陪客户去歌舞厅，耍的是白脸长身的小姐，还泡过俄罗斯来的妞儿，园园就惊慌了。

因为阿吉以前曾要和园园谈恋爱，园园拒绝了他，说，你能给我盖一院像拴子家的两层水泥板楼房，我就嫁你！拴子的舅舅在县公路局当局长，拴子的爹能长年在公路工地上包活儿干，是村里最富的人家。阿吉哪有和拴子家的比头，打死他也盖不了那样的房子！阿吉进城也是受了园园的打击而走的，那时阿吉说：我在城里不干出个名堂就不回来！如今阿吉回来了，一定是会羞辱她的。

园园就去找拴子，拴子和他爹正从害了肾病的刘干事家出来往回走，园园立在树后叫了一声“拴子”，自己脸都红了。园园是和拴子在他家的磨坊里亲过嘴的，说话已经不心跳，但园园怯拴子的爹。拴子的爹眉眼威严，却是开通人，说了一句“你们说话”，自己就先回去了。拴子见爹一走，急猴猴就扑过来拉园园的手，园园说大白天的，把手收了：“你知道阿吉回来了吗？”拴子说：“知道。”园园说：“你知道他改了名吗？”拴子说：“城里的王八大三辈啦？何况他还不是城里人！”园园说：“听说他在城里耍大啦，交识的都是些有头有脸的，装了一口袋名片哩！”拴子说：“别听胡说！”心里却吃了一紧：现在的世事说不得，什么情况也会发生，难道阿吉还真脱胎换骨了？就拿眼睛盯着园园："他又骚扰你了？"园园说："这倒没。你说他这回来要干啥呀？"拴子说："管他干啥呀，咱俩的事我爹催着待客的，你定个日子吧。"

园园很快定了日子，毛看待了十桌客。按风俗毛看就是订婚，但订婚分两道手续，得毛看一次，男方的父母要给女方钱财首饰，再得正看一次，男方的父母还得给女方钱财首饰，方可领取结婚证，商定结婚日期。园园和拴子毛看待客的那个上午，阿吉和小安，还有小安的相好豆花，去逛镇街。小安年纪轻轻的就有了相好，阿吉气有些不顺，好的是豆花腿短屁股下坠，阿吉便让他带着豆花。豆花是石头的侄女，进乡政府院子去询问修水渠经不经过她家坟地的事，小安便问阿吉："你觉得好不好？"

阿吉说："鞋好。"

小安说："鞋是我买的，脚胖了些，看不见鞋沿了。"

阿吉说："你倒舍得！"

小安说："咱想讨个婆姨么。"

阿吉哼哼地笑，问小安，婆姨是什么？小安说婆姨就是婆姨呀。阿吉说你也学过拼音的，你念，慢点拼拼。小安念："婆——姨——×！"叫道："原来婆姨是指那个呀，你怎么知道的?！"其实阿吉也是听城里人说的，城里人曾经听阿吉口里婆姨长婆姨短的，就嘲笑乡下人把女人不当人。

但现在阿吉却嘲笑小安了，为讨个"婆姨"就买那么好的一双鞋。阿吉再问小安，你知道日子是什么意思？小安说这我知道，油盐柴米醋吧。

"你什么也不懂！"阿吉说，"你没进过城！"

小安完全是低了一辈了，他歪着头看阿吉的脸，问日子到底是什么，阿吉的脸定得平平的，什么却不说了。豆花从乡政府出来，脸色灰了一层，小安问怎么啦，豆花说水渠已定了线，是要经过她家坟地，去年才给爷爷造了新墓，又得迁移的。阿吉说迁移的事有你爹和你叔哩，用得了你犯愁，你操心个草帽是正事，大热天的，人都晒成红薯啦。豆花说，小安不给买么。小安翻着口袋，口袋底都翻出来了，说，哪有钱？街上的人窝里有人戴了个新草帽，阿吉说，豆花你要不要那个草帽？豆花说，要哩么。阿吉说，你有一条绳带没，有绳带了这草帽就归你。

豆花把一条绳带给了阿吉，阿吉将绳带从头顶系到脖子上，还打了个结儿，就走近那个戴草帽的人。他是站在了那人的左边，右手极快地揭了草帽戴到自己头上，那人头扭向左边张望，喊："谁抢帽子？我的帽子？！"阿吉在右边拍拍那人肩："嫂子，这街上贼多哩，戴帽子你要系帽带么，你瞧我，有帽带儿谁抢得去？"

阿吉戴着草帽踅过来，把草帽戴在了豆花的头上，豆花眼里都放了光。

阿吉一得意就想尿尿，他去街边的公共厕所里尿得老高，但阿吉听到了两个人说话，话说得像五雷轰顶。两个人是蹲在坑边边拉屎边议论拴子家的事，一个说有钱的人都长得好，一个说那不见得，东洼村的得胜该有钱吧，脸窄得像刮刀。一个说得胜不行他儿子拴子也不行，可拴子生下娃娃了你瞧吧，那园园就人样稀么。一个说拴子真的能娶了园园？一个说今日毛看哩你不知道，得胜昨天在银匠铺里取了戒指哩。阿吉不等尿完就提裤子，裤裆里湿了一片。他没有再去理会小安和豆花，小跑进村要查个究竟。村里果然有许多人都往拴子家走，当下拐脚回到自己家，哐啷把门关了。

阿米也是去拴子家吃席的，走到半路，牡丹让阿米回去拿个空桶，说是拴子家今日待客，肯定剩菜剩饭多，到时候盛在桶里提回来喂猪。阿米就返回去拿桶，跑过阿吉的后窗，听见屋里有吵架声，吓了一跳，放下空桶站上去从窗缝往里看，看见阿吉一个人在屋里走过来走过去，大声地说："嗨——把我气死啦！嗨——我 × 你妈！"

阿米同情起阿吉了，他在拴子家坐了一会儿，想，这时候安慰阿吉，阿吉就不会再欺负他阿米了，便推托家里有急事，向拴子告辞。拴子大方，说那让牡丹带些饭菜给你捎回去。阿米便来敲阿吉门，什么话都不提了，只邀请到他家吃饭去。阿吉在阿米面前是不倒威的，他把皮鞋穿上了，又穿上了那一件很短的西服，戴上墨镜，说："请我去你家呀，没有肉我不去给你充脸哩！"

牡丹从拴子家带回来的是一盆米饭和一碟红烧肉，阿吉吃毕，问："有没有牙签？"阿米说："牙签？"阿吉说："瞧你，你家哪儿会有牙签？在城里用牙签惯了，吃完饭不剔剔牙就像每天不洗脸一样难受！"牡丹看着阿吉上嘴角粘着的一颗米，她不敢说阿吉你擦擦嘴，便夸奖道："吉哥不显老，嘴上不长胡子。”阿吉抹抹嘴，笑笑，是不？米粒掉下来。牡丹说：“吉哥在城里是个主管了？”阿吉说：“你看我像不像？”牡丹说：“我早就说了，吉哥大鼻子，不是乡里能待住的人，果然是了！东洼村最俊的女子数园园，可惜园园眼里没水，鲜花插到拴子的牛粪上了！”阿米知道底细，立即用眼睛瞪牡丹。阿吉却嘎嘎大笑：“你说园园是鲜花呀?！”牡丹说：“园园不是鲜花谁还是鲜花啊？”阿吉说：“你没进过城，我怎么给你说呢？我告诉你，即使是我一辈子在村里，我也不会娶园园，她是个白虎哩！”这下阿米和阿米的婆姨都吃惊了：白虎？我的天！

女人若是白虎便命硬，嫁谁克谁。阿米千叮咛万叮咛婆姨不敢把这话扬出去，可牡丹哪里能憋得住一个屁，先给隔壁的石头爹说了，石头爹又告诉了阿财的婆姨，不几天村里人都知道园园是个白虎。园园人称小观音的，毛看的时候虽然得胜一再挡客，村里仍是十分之七的人家去行情恭贺，猛一下形象坏了，好像兴善庙里的佛像在“文革”中被人砸了头，庙从此成了生产队的仓库，什么东西都可以扔在里面。大家对得胜家的敬畏没有了，也避着园园和拴子，拴子已经感觉到有些不对劲儿，但他弄不清是什么原因。

一日，小安和拴子去镇街，拴子给小安买了一碗凉粉吃，小安受感动，两人小便的时候，小安往拴子腿根看，说：“拴子你是不是青龙？”拴子说：“不是青龙怎么啦？”小安说：“不是青龙压不住白虎。”如此这般那般说了一通。拴子说：她是白虎？拴子的衬衣都汗湿了，当晚约了园园到村后的废砖瓦窑上，拴子和园园亲了嘴，拴子的手就往园园的裤带下钻。园园坚决不愿意，说不到洞房花烛夜，是绝不会干那事的，拴子梗着脖子不言传，两人挽缠了半天，园园只允许手伸进去摸摸，拴子摸了，倒在地上狂笑。园园说：“瞧你这瓜样！”拴子才把小安的话说了一遍。园园当下打了拴子一个耳光，说：“别人这么坏我名声，你竟然信了来验证我?！”转身跑走，拴子叫也叫不回。

这一恼，园园数天不理拴子，拴子去她家，门都是哐地关了，门外的狗还在喊：汪！拴子就把这事告诉了爹，得胜勃然大怒，他不允许阿吉来诋毁，就召集了曾在公路上包过活儿的一帮熟人要教训阿吉。

镇上的灌溉大渠开始栽桩画线，阿吉去现场看了看，正逢着邻村有人给孩子过满月，阿吉也去了，问："是男娃女娃？"主人说："生得不好，女娃。"阿吉说："不就是长大了嫁给皇帝吗？！"主人高兴了这一句话，也拉他去吃席。阿吉吃得肚子多大，往回走时弯不下腰，路过一片芦苇地，墨镜掉在地上，醉眼蒙眬的，又折不了身。芦苇里出来三个人，一女两男，他说："嫂子，帮我拾拾镜。"女的说："你眼睛瞎了？"阿吉看了一眼，女的也是大肚子，阿吉说："唔，嫂子也去吃席了？"两个男的便扑过来一顿打，阿吉说："我没看清她是孕妇么，我就该打？"两个男的并不说话，又是一顿打。

"我是阿吉！"阿吉赶忙说。

一个拳头戳过来，阿吉只觉得嘭的一声，人就倒在地上，赶忙用手护头，人就像西瓜一样滚过来滚过去。滚到了芦苇丛里，两个男人解他的裤子，阿吉立即叫道："不要不要！"害怕被割了尘根。但阿吉的裤子被拉开了，手脚同时也被压住，他看见一个人拿了剪刀，说："就这么一点点呀！"阿吉就昏过去了。不知过了多久，阿吉醒来了，满天星斗，芦苇地里一片蛐蛐叫。我还没有死？阿吉想，赶忙用手摸下身，那尘根还在，却没有了毛，爬起来唾了一口："呸，是瞎子还讲究杀人哩，剪 × 把 × 毛剪走了！"四下里瞧瞧无人，一瘸一跛回了村。

二道巷拐弯处是刘干事家，刘干事家的屋檐下燃着一堆火，火旁几个人在杀黄鼠狼。刘干事的肾病已经很严重了，中医和西医没办法，家人开始缝制寿衣，来修水渠的技术员提供了一偏方：喝黄鼠狼血，喝过十只黄鼠狼的血就会好。刘干事的婆姨哭着说，死马当着活马治吧。可黄鼠狼许多年不见踪影，托人去南山总算捡了一只装在铁笼里提来，却没人敢杀，正急着，阿米的婆姨看见有人从巷道走过，就喊："那是谁？"阿吉听见了，说："是我！"

"是吉哥？"阿米的婆姨喜欢了，"吉哥是男人，让吉哥杀！"

几个人去拉阿吉，阿吉不知道是干什么，后来听说杀黄鼠狼给刘干事治病的，挣脱了众人，说："谁的忙不帮，刘干事的忙得帮哩。"把西服领子提了提。强忍了右腿的疼痛，走过去。一看，铁笼口被口袋套住，黄鼠狼就在口袋里乱蹬，口袋就这儿一个包，那儿一个疙瘩，阿吉就不敢下手了，说："把口袋剪个小洞，只让头出来么。"小洞剪开了，一只黄脑袋钻出来，几乎整个身子也要钻出去，阿米的婆姨赶紧压住口袋，说："吉哥，快拿剪子剪！”阿吉剪了一下脖子，没剪开，手一抖，黄鼠狼把剪刀咬住了，阿吉就跳开去，说：“使不得，我是鸡。黄鼠狼要吃鸡的！”

阿米婆姨说：“你不是士字头口字底的吉吗？”

阿吉说：“你知道士字是什么意思，士不杀生的。”

石头的媳妇也在场，说：“让我来！”胖身子拧过去，抓住口袋扭了一匝，黄鼠狼一动不动了，然后拿剪刀剪黄鼠狼脖子，血就流下来，而同时有屁发响，熏得众人都背过头。石头的媳妇一丢剪刀，将血手往阿吉的腮帮抹，说你不如个娘儿们！却大叫：“你留胡子啦？”

众人看去，阿吉是留了胡子，两撮小八字胡。

阿吉用手摸摸，果然唇上有胡子，他也不知道这是怎么回事，却说：

“少见多怪，城里的人越年轻越要留胡子哩！”

阿吉回了家自个纳闷怎么就长了胡子，照照镜，揪了揪，就揪下来，发现是用胶水粘就的，忽地醒悟了，就吐了一口，还恶心，把坐席吃的酒肉全吐了出来。

阿吉一口气咽不下去，找村长告状。

村长说：“你怎么知道是拴子家找人打了你？”

阿吉说：“我说了园园是白虎。”

村长说：“你怎么知道园园是白虎？”

阿吉说：“她应该是白虎。”

村长说：“那你就应该挨打。”

告状自然是不了了之，但阿吉丢了面子，几天闷在家里不出。后来坐到村长家山墙外的旧碾盘上，招呼人来玩“红桃四”。阿米路过，阿米说他到地上摘茄子呀。叫小安，小安说让他上个茅房，进了茅房却翻过茅房矮墙跑了。阿吉坐在碾盘上，看见巷子东口走过来一只狗，巷子西口也走过来一只狗，两只狗在巷子中同时发现了一根骨头，就咬着抢骨头。阿吉便过去用脚踢狗，把骨头捡起来扔到了村长家的房上。村长的婆姨一直在窗里看阿吉动静，说话了：“阿吉，你真缺德，一块儿骨头也不让狗啃？”

阿吉说：“干骨头有啥啃的?！”

村长的婆姨说：“狗就图个肉味嘛。”又说：“阿吉，你那胡子呢？”

阿吉拾了身就走，巷口里两个人吵吵闹闹地过来，一个说："你把爹叫爹哩，我把爹就不叫爹？一个萝卜你两头切，这天下还有理没？！"一个说："什么理，给了你就是理？咱寻村长么！"阿吉见是石头和石头的哥，就又坐在了碾盘上，而村长的婆姨呼地关了窗。石头和石头哥便敲村长家的院门，敲了一阵敲不开，拳头砸得门扇咚咚响。村长的婆姨在院里说："是土匪打劫呀！？"石头说；"我们找村长断个理，婶子。"村长的婆姨还是不开门，院墙上撂出一句话："村长不在！"石头说："村长几时回来？"村长的婆姨说："村长就是回来，他也断不了你们家窝事！"

石头和石头的哥见敲不开门，靠着院墙闷了一会儿，阿吉拿石子在碾盘上敲，石头的哥说："你烦不烦？！"石头就对阿吉说："阿吉你是从城里回来的，你来评评这是个什么理儿！"石头的哥说："让阿吉评就让阿吉评！"

阿吉来了精神头，说："等等。"阿吉把墨镜取下来，收了镜腿儿装在上衣口袋，说："谁先说，啥事么，说截快些。"石头就先说，说得满口白沫，石头的哥又说，也说得满口白沫。阿吉终于听明白了，原来是石头的娘死得早，埋在老坟里，剩下一个爹八十多了。兄弟俩分家时讲好爹轮流着在儿子家吃饭，而爹将来死了，石头的哥管待造坟制棺材，石头管待埋葬时的待客吃喝，石头的哥前年春上就选了新坟地给爹造了墓，没想修水渠正好经过新墓址，这新墓就得迁移。当然，迁移新墓乡政府给迁移费的，迁移费石头的哥拿了石头没意见，可新坟四周栽了二十棵小柏树，乡政府一棵树赔十元钱，二十棵树赔了二百元，石头便提出二百元一人该分一半，石头的哥死活不愿意，两人吵闹了两天吵闹不清。阿吉说："就为这事？"

石头的哥说："墓是我造的，树是我栽的，为啥要给他分一半？"

石头说："你要这么说，爹死了待客的事我就不管了！"

阿吉还是问："就为这事？"

石头和石头的哥说："就为这事。"

阿吉说："这是打的事么，吵个熊哩？！"

村长家的院门哐啷打开了，门口站着的是村长，村长竟一直就在他家里。村长黑着脸说："阿吉你真个是臊嘴，你就这样评理哩？打起来你还要不要安定团结啦？！"

阿吉瓷在那里，说："你安定团结哩，你还不就是个倚老卖老的专制呀！"

村长说："该专制就专制哩！"把石头和石头的哥拉进院去，回过头还说，"你往一边冷着去！"

阿吉灰不塌塌回坐在自己家里，拿瓢在水瓮里舀水喝，喝得牙根疼，喝得肚子和心都凉了。他突然觉得在村里难待下去了，可不在村里待又能到哪儿去呢？阿吉实在不愿意再往城里去打工。蹴在地上，用柴棍在地上画，画着画着，画出阿吉两个字，猛地想到吉字上半部是士，自己也多少有文化的，下半部是口，莫非该要我做口力工作者？阿吉这么想去，精神振作了，重新穿好了西服和皮鞋就出门，走到门外了又回来，从柜盖上拿了墨镜戴上。

阿吉去的是镇街上的龟兹班。龟兹班主一脸麻子，先是在县剧团唱黑头，剧团没了演出，工资发不出，他就拢了一帮人吹龟兹，逢着谁家婚嫁，给老人祝寿，为孩子过满月，或者死了人葬埋和过三年忌日，被请去吹吹唱唱，赚三二百元，吃三顿饭，末了还能带一条烟一瓶酒的。麻子的龟兹班在这一带还挺红火。阿吉去麻子家时，麻子正在他家山墙边的茅房里蹲坑。茅房的挡墙低，头能露出来，阿吉一进院，麻子就看见了，麻子没有理。阿吉却瞧着麻子在对他笑哩。

"麻哥——"阿吉把墨镜摘下来。

麻子的脸还在笑着，一颗颗麻子红赳赳的。

"麻哥——！"阿吉回笑了一下。

一阵扑里扑通响，麻子的脸不笑了，阿吉才明白麻子刚才不是对他笑，是努了力拉屎哩。麻子说："你是不是阿吉，谁又死了？"

阿吉说："人倒没死的，我想跟着你哩。"

麻子说："你会干啥？"

阿吉说："我能唱。我唱一板《张连卖布》。"将一口稠痰唾给脚下的鸡，唱了起来，鸡立即跑远了。

麻子说："好了，你甭唱了，该做啥就做啥去！"

阿吉一时眼前乌黑，想起了城里工地上老总的训斥，再勉强说了一句："我……我还会说段子。"

麻子说："你说说我听。"

阿吉想了想，说道："说的是两头牛，一头公牛一头母牛，犁完地后没有回村，在村外河边吃草哩。吃着吃着，公牛说回吧，母牛说你要回你回，我还要再吃哩，公牛就蹶子一尥一尥回村了。但公牛很快便从村里跑出来了，一边跑一边喘着气，牛鼻子都歪了。母牛问：咋啦咋啦？公牛说：县上来了几个干部，嚷道着要吃牛鞭呀！母牛说：噢，那与我无关，你就在这儿躲着，我回呀。母牛回去了，母牛很快也从村里跑了出来。公牛问：你怎么也出来啦？母牛说，干部说了，吃了牛鞭今晚吹牛 × 呀！"

麻子用粪铲将坑槽里的屎往下捅，忍不住噗哧哧笑了，拿着粪铲在矮墙上磕，说："你狗日的阿吉，嘴比这屎还臭！"

阿吉从此留在了龟兹班。龟兹班始终是坐在过事人家的院子里，面前蹾着茶壶，耳朵上别着烟，敲板鼓的敲板鼓，拉二胡的拉二胡，麻子和一个女的脖子上暴了青筋地唱。吹唱之后，轮到阿吉说段子，以麻子的想法，要用白粉给阿吉按个白眼圈儿，阿吉坚决反对，他就戴墨镜。阿吉的本事是嘴皮子利，说得别人笑了他不笑。豆花来听了一场，豆花就佩服得不得了，说："吉哥，你真行，你也给小安教教呗。"阿吉说："小安那猪嘴！"小安的嘴唇是厚，豆花就丧气了，豆花说："那我拜你为师。"

阿吉领着豆花去镇街的饭馆里吃麻辣粉，一个盆里你夹一筷子，我夹一筷子，吃着吃着，一条长粉一人吸了一头，像两只鸡争吃着一条蚯蚓。豆花一松口，阿吉把整条粉吸进了肚，他看着笑得整个下巴呼噜呼噜抖肥肉的豆花，说："再有场合了，你把园园也叫上。"

豆花立刻不笑了，说："你请我吃饭，原来是要我叫园园啊？！"

豆花赌了气离开饭桌，阿吉再喊也不回头。

阿吉到底没有在场合上碰见过园园，阿吉肚子里的段子也差不多掏空了，重复老一套，听者就生了腻歪，常常一开口，说上三句，有人就跟着一块儿往下说。阿吉急了，说我这段子可是从城里听来的！主人说，我这钱也不是我家印的！主人不高兴，麻子自然分给阿吉的钱少，赚来的烟，别人可以分得一盒，麻子也只给他几支。

麻子说；"阿吉，屁放三遍都没味了，你得说些大伙儿爱听的么。"

阿吉说："我又不是每个人肚里的蛔虫，我咋知道爱听啥？"

麻子说："农民么，你说联合国的事鬼听呀，你不会编些东家长西家短的事儿？"

阿吉开了窍，编造起本乡的趣闻轶事，这阿吉是在行的，比如谁家的公公天一黑就给儿媳拿了尿盆呀，谁家的婆姨把丈夫打得钻在炕洞呀，谁家的两个儿子都是结巴，两个结巴吵架，一个比一个如何地能换气呀。阿吉成了长舌男，逮住个影儿就编造得云山雾罩，听的人蛮起哄，阿吉的嘴成了名嘴。

阿吉终于发现了自己的天才，每说过一个段子，自己也被自己感动得热泪盈眶。正流泪着，被作践了的人骂阿吉，阿吉阿吉你嘴里就吐不出个象牙来?！阿吉还未回应，听众就说，这你就气量小了，说笑说笑就是说一说笑一笑嘛！有众人叫彩，阿吉就轻狂了，越发要哗众取宠。往后的场合上，有的事说上，没有的事也捏上，肆无忌惮，凡是编造了谁的段子，犯不上法也出不了人命，但尿泡打人不疼，臊气重哩，每次场合前，就有人来求阿吉，你今日把某某给咱糟蹋一下。或许，有人就提前打招呼，阿吉，你今日可别作践我啊。阿吉说，这我考虑考虑，你去买一包烟吧。

没有了场子，阿吉在家里用锅煤子涂鞋帮，人造革皮鞋磨出了一片白，思谋着是不是去买一双真皮子的，就听到巷口有人吵架。一个说："你没文化，这事我不和你说了！"一个说："你有文化，不就是个民办教师么，你给学生教课，你说光，光，光明的明……"一个说："你污蔑！"一个说："我污蔑？阿吉当着那么多人都说了，我污蔑?！"阿吉就得意了喝酒。喝酒把酒瓶子提着蹲在院外的碌碡上喝，阿米提了粪笼从村外回来，阿吉就说："阿米拾粪起得早？"

阿米说："石头他爹那老家伙没瞌睡，他拾过一遍了，你说说，墓都给他造了两回了，咋还不死嘛？"

阿吉说："你要当皇帝哩，当了皇帝天下的粪都归你拾！"

阿吉把酒往嘴里灌，灌过了从口袋掏钱数，一张，一张，对着天空辨真假。

阿米说："哇，这么多钱？"

阿吉说："常言说，钱难挣屎难吃，屎真的难吃，钱倒好挣的。"

阿米说："吉哥的日子和拴子家一样了！"

阿吉说："甭提他！"

阿米说："我有气哩么，都在一个村里，都是农民，他日子恁好过，我日子恁难过?！"

阿吉说："你恨他哩？"

阿米说："我咬牙哩！"果然嘴里响，吐出一颗蚀了一半的黑牙。

阿吉拉阿米坐在了碌碡上，把酒给他喝，阿米一口气灌下二指深，顿时耳朵都红了。阿吉说："慢慢喝，这半瓶你拿上，让小安也喝几口了，都归你。你晚上和小安来我家说说话。"阿米喜欢地走了，继续喝酒，一条巷没走完，把酒全喝光了。

晚上，阿米和小安就来了。小安一进门便骂得胜，说他去向得胜借钱，得胜有的是钱却不借给他。阿吉说："他不借你钱，让他留着买药吃么。"小安说："他吃人参哩，身体壮得很！"阿吉就关了门，叽叽咕咕地给阿米和小安出主意，末了说："这话就烂在咱肚子里了，小安你要漏了风儿，我和阿米就一口咬定是你干的，阿米你要漏了风儿，我和小安就指证你，指证你懂吗？"阿米说："不懂。"阿吉说："就是吃不了兜着走，你是上门女婿，你该知道轻重！"一条烟拆开，一人给撂了一包。

自后的日子里，阿米见了得胜，说："叔，你咋啦，脸色这不好？"得胜说："胡说了，拉条牛看你扳得倒还是我扳得倒？"小安见到得胜了，说："叔哎，要那么多钱干啥呀？"得胜说："咋啦？"小安说："你也买些好东西吃么，瞧瘦成啥了！"得胜说："我是瘦人，肚子里吃头牛也不胖。"得胜回到家就照镜子，纳闷怎么几个人说我瘦了，气色不好？又过了几天，阿水碰上得胜说得胜叔你越来越瘦了，你得去医院看看，到了这个岁数突然消瘦就有问题了。得胜握握手腕，也似乎觉得有些瘦，回来窝在家里休息了几天。得胜是闲不住的人，休息了几天，就觉得身上不自在，吃饭也觉得不香。小安在镇街上当着很多人的面还是说得胜气色不好，而问周围的人是不是气色不好，众人也说有一些，得胜心里就有了慌。如此阿米小安逢人就说得胜有了病，许多人倒跑来问候，得胜嘴里说没事没事，却背了负担，饭量越来越少，两腿也沉起来，终于去找镇街上的跛子医生抓了七副中药。

拴子家门外的巷子十字口开始每日倒一摊药渣，阿吉约了阿米到镇街的酒馆去喝酒，两人坐在条凳上，说起得胜婆姨近日脸上的愁苦相，高兴得呱呱大笑，笑过了，就比着努屁。阿米先努响了一个，阿吉就努了连声响，阿米再努，没有成功，阿吉憋了一口气，一抬屁股又是一个，虽然嘶哑，却使酒馆的掌柜都听到了。掌柜说："阿吉，啥事这么高兴，捂了嘴用尻子笑哩！"

阿吉说："笑掌柜要给我们免这一壶酒钱哩！"

掌柜说："我这小生意可免不起的。"

阿米说："要是乡长来你免不免？"

掌柜说："阿米，我晓得你，你是上门女婿，你可不是乡长！"

阿米登时蔫了，阿吉说："阿米是试试你德性哩，你以为我们掏不起一壶酒钱吗？"从口袋里掏出一张钱往桌上拍，拍出来却是五角钱，再掏，是五十元，拉了阿米顺门便走："多余的，不用找啦！"

阿吉和阿米到了街上，坐在一家屋檐下的台阶上了，阿米还在说："那一壶酒十元钱，两碟小菜六元钱，你就给他五十元？"阿吉说："你为啥穷，你眼窝子浅嘛！"阿米不言语了，手伸进怀里搓垢甲，搓一个泥球儿出来，说："吉哥有钱么，有一句话我想给你说的。"阿吉说："啥事？"却大声叫道："老侯哎！"

邻村的老侯披着一件褂子，从斜对面的裁缝铺出来，抬头看了，骂道："阿吉，你狗日没进城前叫我侯叔哩，从城里回来了叫我老侯，赶明日发财了就该叫我侯老屄了?！"

阿吉就嘿嘿地笑，走过去，他喝了酒，鼻子里就流清涕，捏了一把趁机在拍打老侯的后背时抹了上去，说："咱这乡上，我最服气的还不就是你，听说你当了工头了，县医院门前的那一条下水道是你修的？几时也让我给你帮个下手么！"

老侯说："我可不敢请你！给我当下手？干不了一个月真说不定谁成谁的下手！"撇开阿吉，径自走了。

阿吉尴尬地回坐到台阶上来，呸了一口，说："他还真以为我去给他当下手啊?！"仄过头问阿米："你刚才要给我说啥话？"阿米说："姓侯的就靠胡煽乱吹着办事哩，修了个下水道，整天吹嘘他认识县上这个头头那个脑脑，你现在要给他说帮买个原子弹吧，他也会说没问题，我给你去挑一个没把儿的！”阿吉说：“我问你要给我说啥话的？”阿米说：“你能不能给麻子说说，让我也去龟兹班吧。”阿吉扳过阿米的脸，看了一会儿，说：“你瞧着我潇洒啦？”阿米说：“牡丹老唠叨我挣不来钱么。”阿吉掏出一支烟叼在嘴上，阿米立即用打火机给点着了，阿吉就眯着眼看街上行人，说：“看见那并排的一男一女吗，你给我说说，他们是什么关系，是夫妻，还是情人，还是男的拐来谁家的婆姨？你说说，你能不能编一个段子？”

阿米说：“这我咋知道人家是干啥的？”

阿吉说：“是吃哪碗饭的料就吃哪碗饭吧，你好好把地种好，早上起早些多拾些粪……”

阿吉突然间不说了，因为阿吉看见了园园从街东头走了过来，手里提着一大袋中草药包，阿吉就站了起来，软软地叫：“喂！”园园瞥了一眼，立即斜侧了身，假装在看对面街房的门面，腿换得很快地走过去了。阿米说：“园园走路水上漂一样，把人看得骨头都酥了。”

阿吉重新坐下来，一口一口吐烟圈，说：“阿米，哥在城里耍过小姐，你信不信？”阿米说：“信的。”阿吉说：“你想不想听哥咋耍来？”阿米说：“咋耍来？”阿吉拉了阿米就走，园园远远地在前边走，阿吉和阿米慢慢地在后边走，阿吉没有再说他是如何耍小姐的。走出镇街，走过了一片苞谷地，远处的园园回头看了一下，阿吉拉了阿米躲身到一棵树后，园园钻进苞谷地里不见了。

阿米说：“你是要看园园哩？”

阿吉说：“我是看她提草药包子的，她一定是给得胜抓的药。哼，她现在就是洗得白白的睡到我的炕上，我理都不理呢！她到苞谷地做啥去了？”

阿米说：“是不是去尿了？”

约摸过了五分钟，苞谷地里又走出了园园，还是回头看看，然后提着草药包顺着小路走，拐了一个弯，消失了。阿吉和阿米便走过来，阿吉竟也钻进了苞谷地，阿米一时纳闷，哎哎地叫阿吉。阿吉不理，只管往苞谷地里走。阿吉也已经猜出园园钻进苞谷地一定是尿了一泡，果然在一个地塄和一个地塄的中间处有了一片湿，阿吉就端详着那片湿，看着像一块儿地图。像哪一个国家的地图他没看出来，却猛地听到，左边地塄上有人急促地跑开，踏倒了一溜苞谷秆。阿吉大声问："谁？"那人也不管，还是跑。阿吉斜插着过去，跌了一跤还未爬起来的是小安。

阿吉揪着小安的耳朵从苞谷地里出来了。

阿吉怒不可遏地在小路上审讯起了小安："你说，你刚才在苞谷地里干啥？"

小安说："我不是故意的，我在地塄上扳甜秆吃，是园园在地塄下尿哩，她碰到我眼里了么。"

阿吉说："你看见什么啦？"

小安说："我看见她的脑壳儿。"

阿吉说："胡说，往下说！"

小安说："看见脖子。"

阿吉说："胡说，往下说！"

小安说："看见了腰杆。"

阿吉说："胡说，往下说！"

小安说："看见了大腿。"

阿吉说："胡说，往上说！"

小安说："我看见毛啦。"

阿吉扇了小安一个嘴巴，骂道："把你眼窝咋不瞎了哩！"拉了阿米就走，小安再叫"吉哥吉哥"，阿吉就是不理。

阿吉恼得不理小安，阿吉并不担心小安会把他们密谋过的事漏出风去，反倒是小安惶惶不可终日了。第三天，小安硬让阿米作陪来见阿吉，说："吉哥，我想来想去，我没有啥错么，就是看见了园园光着尻子尿尿，园园又不是吉哥的婆姨，我咋就错了？"阿吉说："你还没错？！"小安说，"好，好，就算我错了，吉哥没看到我看到了，我赔个罪儿，我还要给吉哥说一件大喜事哩！"阿米说："小安真有个大喜事哩，你笑笑，让小安给你说。"阿吉皮笑肉不笑了一下。小安告诉道："得胜原本是承包了水渠二里长的一段工程，这一病，眼看着修不成了，许多人就吵闹着寻乡政府要重新承包，争得最厉害的就是邻村那个姓侯的，听说乡政府也动了心，要再研究哩。"

阿米说："得胜这一下亏得多了！这不是喜事？"

阿吉说："这倒还是个喜事。我阿吉命硬着哩，谁要和我作对，没有不栽了的！"

阿吉这一夜没有睡着，他冲动起了一个念头：既然得胜承包不了水渠工程，别的人要重新承包，我阿吉也可以去重新承包么！阿吉就盘算着若要自己承包了，工程三个月即可完成，工程若是一里十万元，二里就二十万，三分之一买钢筋、水泥和石料，三分之一付做工的工钱，三分之一就全是盈了的利！阿吉想着想着却叹气了，乡政府肯让我承包吗？承包了能招来做工的吗？阿米是跟着干的，小安也可以，石头和石头的哥肯不肯呢……阿吉不去想了，天也就亮了。

天亮起来，阿吉便去找老侯。阿吉去找老侯是要探探承包的事，而老侯却刚刚从乡政府大院回来，粗着声给几个人说："论能力，县城的下水道我是干过的，我修不了一条水渠？论担保，我一院子房，青堂瓦舍的，还不够抵押？况且我有电视机，我还有存款哩，谁比得了我？可乡长就会说要研究要研究，还有啥研究的，他要研究给他的熟人啊？！"阿吉一听，扭头就走，心里说：毕了毕了，我拿啥担保呀？走到村口，却收住脚又往老侯家去，一进门喊："侯叔！"

老侯说："又叫侯叔了？肯定有求我的事了！"

阿吉说："求着给你送钱哩！"

老侯说："你要送钱，钱也是被药水煮了的！"

阿吉说："你是不是想承包水渠工程？"老侯说："想哩。"阿吉说："是不是还没有承包上？"老侯说："是没有。"阿吉说："这事你包在我身上好了，明人不做暗事，我要给你争取到了承包，你得给我二千元。"老侯说："行么，再给你添二百！"阿吉当下就趴在柜盖上写了约定书，说："口说无凭，咱以城里的行规办。"自个咬破中指按了一个指印，让老侯蘸了他的血也按了一个指印。

现在，倒轮到阿吉来求小安了，小安把刘干事叫姑父，刘干事是可以给乡长写推荐老侯的条子的，但小安在家里坐着，阿吉喊了三声，小安都没理。阿吉说："哈，我来了你不拿烟倒茶，连理都不理了？"小安让了座，说他生豆花的气哩，豆花刚才还在这儿，他要亲嘴哩，豆花不让亲，他把嘴洗了还是不让亲，说嫌他黑，人长得黑那是能洗白的吗？阿吉说："她是老鸦笑猪黑哩！你给哥说，你把她放展过没有？"小安说："没有，要亲个嘴把脸都抓烂了。"小安的鼻子上果然有道指甲印。阿吉说："没出息！你得硬下手哩！"小安叫苦没有个环境，豆花家他不敢去，他家里又有个老娘，总不能把豆花往苞谷地里拉吧！阿吉说："哥给你寻地方，你就在哥屋里！"小安简直不敢相信，眼睛珠子都要掉下来了。阿吉说："这你得办件事哩。"将想法道出，小安当下出门就要去找姑父，却又回来，说："豆花不去你家怎么办？"阿吉说："你就说我叫她哩。"

小安真的去了刘干事家，央求姑父给乡长写个推荐老侯承包的条子，刘干事的婆姨就骂小安："你姑父病成这样子了还写什么条子？姓侯的承包不承包与你有屁干系?！"再骂，小安就是纠缠，刘干事趴在炕沿把条子写了。

小安把推荐条交给了阿吉，就去找豆花，豆花一个人先去了阿吉家，豆花说："你叫我来的？你眼里只有个园园，叫我来干啥？"阿吉说："你往我眼里看，看到底里边是谁？"豆花竟真凑近来，看见了阿吉的眼球里有一个小人儿，是她豆花，就哧哧地笑。阿吉顺手把那个胖奶子握了一下。豆花一对小拳便在阿吉的胸上打："吉哥你坏！吉哥你坏！"院门外一声干咳，小安进来了，小安脸红彤彤的，才喝了酒。豆花登时安稳了，噘嘴坐到一边，阿吉就把一筐陈年老苞谷棒子拿出来，说："小安来了更好，你们给我帮着剥剥苞谷颗儿，我出去割些豆腐，今日就在我这儿吃饭啊！"一出院门，却喊小安，让小安把院门关了，隔了门缝说："成不成是你的事。你记着，你得把被褥揭了，若在被褥上留下不干净东西，我可饶不了你！"

阿吉把小安和豆花关在了自己的家里，心里总不是个滋味，见着了阿米，要阿米跟他一块儿去乡政府找乡长。两人走着走着，阿吉就低声嘟囔道："有贼心的时候没贼胆，有贼胆的时候没贼钱，贼心贼钱是有了，贼却不行了。"阿米说："你贼不行了？"阿吉说："你贼才不行了！"

走到乡政府，乡政府的大门口拥了许多人，吵吵嚷嚷地要往里进，而大门口站着三个派出所的警察，黑着脸说县上来了领导了，谁也不能去干扰，把人往散着赶。阿米腿就有些发软。

阿米说："咱回吧。"

阿吉说:“我在城里看电影从来没买票哩!”

阿吉就把西服的扣子系上，墨镜也戴上了，端端地朝着大门口走，竟一直走了进去，然后站在那里还给阿米招手:“进来呀，从这边走，从这边走!”

阿米脸色煞白，走进大院了颜色还未变过来。阿米说:“怪了，他们怎么就不挡你?”阿吉说:“这得有气质!”阿米说:“啥叫气质?”阿吉说:“说句你能懂的话，老虎天生下是吃肉哩，老鼠就只会溜墙根。”阿米说:“来了县上领导，乡长还会不会见咱俩?”阿吉说:“有县上领导，咱还见他乡长干啥?!”阿米就跟着阿吉走。

走过院子，拐一个墙角，是后院招待楼门口，还往里走，有人很快跑过来挡住了门。阿吉不认识这人，说要找县上领导。当然阿吉阿米这回不得进去了。阿米说:“这是阿吉!”那人说:“什么阿鸡阿狗的，领导正吃饭哩，要告状明日寻你们乡长好了!”阿吉说:“我不是鸡，是士字头口字底的吉，我哪里是告状了，要告状我能进了大院吗?”一吵嚷，乡长出来了，乡长头梳得油光光的，正和县上领导碰杯照相着，见着是阿吉，定着脸问阿吉怎么进来的。

阿吉眨巴眨巴眼，说:“乡上招呼领导哩，需要不需要龟兹班来热闹热闹?”

乡长说:“这里啥场合，用得着你吹龟兹?”

阿吉便把干事伯的推荐条子交给了乡长。乡长看了看，说:“他病成那样子，还操心这事?!”收了条子，转身就走。阿吉赶紧说:“乡长乡长!”乡长已经站到饭厅门口了，说:“事情我知道了，回去好好伺候老刘，好吃的就让他吃，好喝的就让他喝，就说有空了我去看他!”阿吉却大了声说:“我想和领导照个相哩，行不行?”

声音响亮，饭厅的领导就听见了，问乡长谁要和他照相呢?乡长说:“决定修水渠，群众高兴得不得了，自发成立了自乐班，每天晚上唱戏哩，现在知道您来了，派两个代表想和你合张影的。”领导说好么好么，阿吉和阿米就赶紧进了饭厅。

领导原来是个白胖子，这让阿吉和阿米肃然起敬，拍照的时候，阿米的头发乱，在手里唾着唾沫往头上抹，脸上的肉是硬的，摄影师叫他笑，他紧张得不会笑了。阿吉说："领导，咱农民要给你们修庙哩，这水渠可修好啦！"

白胖子说："干部就是为群众办事么！修渠是大家的事，大家都来关心和支持，这水渠就能修得快，修得好！"

阿吉说："就是就是，得胜他病了，可不敢让他的病延误了工程。"

白胖子就问乡长："得胜是谁？"

乡长说："得胜是工程承包人，现在突然病了，我们正考虑让别的人重新承包哩。"

白胖子说："那就得抓紧物色人，可不得误了工期！"

乡长说："这不会的，误了工期你把我这乡长撤了去！"就推了阿吉阿米出去。阿吉说："那我们走了呀！"眼瞧着饭厅的门就关了。

阿吉一出了乡政府大院，直脚往老侯家去，阿米也要去，阿吉拒绝了，说："你回去，回去了不要洗手，让牡丹也瞧瞧，你阿米也是和县上领导握了手的！"阿吉到老侯家，端了桌上的茶壶就喝。老侯说："阿吉，你怕是走错了门了吧，这可不是你家！"阿吉慢条斯理地说了他怎样托干事伯给乡长写了条，又如何见到县上领导直接反映了得胜有病而工程要让你老侯承包，再是乡长说了什么话，表了什么态，末了说："你老侯这茶喝得喝不得？"

老侯说："我现在又不是你侯叔了？"

阿吉说："你现在的任务一是这两天直接去找乡长去落实，二嘛，给我付二千二百元吧。"

老侯揭了炕席，炕席下压着一沓钱，但老侯只数了一千元给阿吉。阿吉脸长起来。老侯说："你就靠两片嘴皮子挣这么多钱呀？即便现在事情十有八成，那也只能付你一半呀！"

阿吉说，"八成比五成多三成，"

老侯说："八成也可能事不成，这和五成有啥区别？"

阿吉说："那二百呢？"

老侯从炕席下又拿了一百元给了阿吉，说阿吉你心沉得很。阿吉走出门，吐了一口："这侯老屄！"

三天后，老侯如愿揽成了水渠工程，喜欢得念了佛，借着他生日过寿要待客庆贺，就请龟兹班去热闹。阿吉曾鼓动着麻子不要去给侯家凑兴，但麻子说，姓侯的给的钱多，又说，姓侯的承包水渠工程，势头压过了得胜了，这号人不要得罪。阿吉也只好跟了去。

龟兹班在老侯的院子里吹吹唱唱后，阿吉就开始卖嘴了。众人说："阿吉，今日咬谁呀？"

阿吉说，"逮住谁咬谁！"

众人说："老侯绊一跤拾了个金疙瘩，咬老侯！"

阿吉说："我是咬哩，可我有个原则，以势欺人的我咬，村盖子我咬，别人不敢咬的我咬，别人咬不动的我咬，你说不能咬的我偏咬！"

众人说："阿吉倒成了纪检委的人了?！"

阿吉说："你以为我只为混个小钱来的？要挣钱我进城去了，我又不是没挣过大钱！"

众人就嚷嚷得胜是没人咬也咬不动的人，你把得胜外派外派。阿吉说得胜叔现在病了，水渠工程也干不了了，外派他我心里不忍，但得胜叔前日请了南山的大夫，大夫让他每日喝钱哩。

麻子拿敲板鼓的棍儿敲了一下阿吉的头，说："你说着说着就胡扯了，有喝钱的药方？"

阿吉说;"我听说了我也不信，昨日早起，我去看我得胜叔，我没敢进去看，站在窗外看的，我那婶子真的是把一沓一百元的票子剪成碎末儿，冲了水让我得胜叔喝，得胜叔喝不下去，我婶子放了些红糖，他就喝了。喝毕了，我婶子问，还吃啥呀不？得胜叔摇了摇头。我婶子又问，还喝啥呀不？得胜叔摇了摇头。我婶子再问，还干啥呀不？得胜叔说话了，得胜叔说的话是：那你活活把我放上去啊……"

众人哄然大笑。老侯骂道："你狗日的缺德！"却把一瓶酒塞在了阿吉的怀里。

阿吉在老侯家外派得胜，当然有人就传到东洼村。阿吉问过阿米："拴子家什么反应？"阿米说："倒能沉住气，没动静。"阿吉说："他害怕了！"

阿吉认为拴子一家害怕了，就想为啥害怕了，一定是有更大的见不得人的事，比如，他得胜为什么就长年在公路上包活儿干，他给县上领导行了多少贿？这回承包水渠工程为什么又首先他能承包？他和乡长有没有猫腻的事？阿吉想着想着，感到他若真能弄点情况来捅出去，他阿吉就会被乡人捧为打虎的武松了，到时候得胜的势一倒，园园就不一定还会嫁了拴子。阿吉一高兴，在院子里唱龟兹班里麻子曾唱过的一段戏：

眼看着他起高楼，
眼看着宾客宴，
眼看着楼坍了。

阿米和阿米的婆姨经过院外，阿米喊："吉哥，你段子说得好，你唱戏聒人哩！"

阿吉在院内说："你懂得屁！"

阿米和阿米的婆姨要走过了，阿吉却说；"阿米，你进来，咱俩到刘伯家去落实个事！"

阿米说："哪个刘伯？"

阿吉说："还有哪个刘伯，在乡政府当干事的刘伯！"

阿米和阿米的婆姨进了院子，阿米说："刘伯家我昨儿去过，喝了五只黄鼠狼的血了，病还不回头，我看人快要毕了。今日石头的哥给他爹新墓拱好了，你去不去行情？"

阿吉说："麻子没有通知去给热闹么。"

阿米说："石头的哥舍得花钱请龟兹班？咱一个村的，再不亲，你也该去去。"

阿吉该去的。阿吉说我拿啥礼呀，仰起头看屋檐下一串晾着的辣子，要过去取，却一拍手说："屌，人去了就给他壮了脸了，拿什么东西？我烦就烦咱这里提酒呀送糖的，一瓶酒一包糖又能值几个钱！"

到了石头的哥家，人来得不多，坐了三席客，席上没见石头。阿吉一见石头的爹，老人是坐在他的那副已做好了十年的棺材上，阿吉说："老伯，你有了新房子，恭喜恭喜！"老人说："阿吉，你几时还进城呀，听石头说你在城里坐大啦？"阿吉说："那有啥哩，几时我把你老领到城里也去看看。"老人说："我不中了，都八十有六了。"阿吉说："你还能活哩，你给咱往一百上活！"老人说："活得丢人了，再活就丧德了。"

饭菜很简单，吃饭的时候，小安嘟囔没有鱼也没有鸡，石头的哥这么啬皮，到时候老伯倒了头，看谁还来帮着抬棺材呀。他说："反正我不会来啦！"石头的婶子听见了，脸不好看，舀了一勺肉片扣在小安的碗里，说："兄弟，别人我不管，你得吃好！"小安端了碗就蹴到了阿吉身边，讨好地说："吉哥，这几天你见着园园了没？"

阿吉说："吃你的肉，我见她干啥？"

小安说："我看见她在镇街上买红裤带哩，买了两条，说是今年她晦运哩，要给她和拴子系红裤带辟邪呀。"

阿吉说："是不是，怕快要系白腰带了吧。"

阿米也凑过来问："吉哥你是说得胜要死呀？我可没想让人家死……不会闹出大事吧？"

阿吉说："出啥事？话就多得很！"

阿米受了噎，瓷在那里，正好石头的爹叫阿米给他舀一碗汤来，阿米把汤端给老人，问了一句："今日石头呢，他没来？"

石头的哥听见了，没好气地说，"我爹就我一个儿！"

阿米的婆姨就用手拧阿米的腿，低声说："你不会说话就别说话！"一时众人寂静下来，只有很响的吃饭声、咳嗽声和擤鼻声。阿米的婆姨便说："吉哥，你到处都在说段子哩，今日你也不来几句？老伯有了新房是喜事，又不是到了刘伯家看病人哩。"

阿吉就把一片肥肉未嚼碎咽下了肚，说："那我给老伯热闹几句，说啥呀，原本我要去看咱干事伯的，得知老伯新房盖好了，就又赶了过来，那我就说说干事伯的事吧。前年秋天，县长到咱乡政府来检查工作，乡政府当然就做了一桌饭菜招待县长。咱干事伯是负责伙食的，饭菜好后他就端上来。端上来时大拇指伸在菜汤里，乡长就说，你瞧你那指头？干事伯说，指头咋啦？乡长说，指头都伸到汤里了！干事伯说，我这指头风湿，伸在汤里暖和么。乡长说，你咋不伸到尻子里去呢？干事伯说，端饭前我就在尻子里伸着呀！"

阿米噗地把满口的饭菜喷出来，喷了对面人一身，有肉，有米，还有一片菠菜。大家就笑，阿吉说："阿米，你也文明些，你瞧瞧喷在你婆姨身上的肉，你吃肉要嚼烂么！"

石头的爹却指着阿吉说："你看看你，耳朵上也还挂了根粉条！"

阿吉一摸，在耳朵上真的就也挂了根粉条。

阿吉作践刘干事的段子，有人就传给了刘干事，刘干事已经喝了五只黄鼠狼的血，又托人逮来了第六只，杀了正喝血哩，听了传过来的话，说："他阿吉谁都糟蹋！"一口气憋住，没返上来，倒在炕沿上翻白眼死了。

刘干事死了是命到头了该死，虽然死时是听了传过来的话才死的，但不能说是阿吉气死的。阿吉坦坦荡荡没有内疚，刘干事的家里人也没怪罪。尸首在家停放了三天，第三天下葬，村人从坟上回来，刘家照规矩招待吃饭，堂屋里、院子里都摆了席。

龟兹班是一早就来的，起灵时吹唱了《诸葛亮吊孝》，也吹唱了《血染的风采》，阿吉没有卖嘴说段子。阿吉随着送葬人往坟上去的路上看见了拴子和园园，故意咳嗽着，但园园没有正眼看他。现在吃开饭了，阿吉心情还是不好，只闷了头扒饭，一只鸡就盯着他，掉一个米粒，鸡吃一颗，他不吃了，鸡却跳起来啄他腮帮上的一颗米，把脸啄破了。阿吉一下子躁起来，放下碗把鸡扑住就拔毛。刘干事的婆姨说："阿吉阿吉，我那鸡是下蛋的鸡！"

阿吉下不了台，呼哧呼哧出粗气。小安就打圆场："吉哥，轮到你的节目了吧！"

阿吉说："我说啥呀，刘伯不是旁人，他一死我心里难受得很，我不说了吧。"

梨子树底下坐了几个人，冒了一声："恐怕怕刘伯的鬼哩！"

阿吉明白这话指的是什么，憋着的火儿就攻上了心，说："我怕啥鬼哩，我阿吉这张嘴天王老子都钝不了的！"

小安说："吉哥你说，说个带彩儿的！"

阿吉说："我不说带彩儿的，今儿谁说风凉话我就说谁，刚才是拴子撂凉话了吧，拴子在学校的时候，有一天……"

拴子放下碗站起来，唾了一口，往院外走。走到院门口了，又给园园招手，园园帮着刘家人洗碗，起身也跟着走了。

阿吉说："走了？这让我很遗憾，走啥哩，阿吉是老虎吃了你？走了我就不说了？我还要说，有一天……"

堂屋台阶上的一张凳子倒了，发出很大响声，从凳子上立起来的是阿财，他把阿吉的话打断了。阿财是乡小学的民办教师，穿着四个兜儿的中山服，口袋里插了钢笔。阿财说："阿吉，我整日在学校忙着，可你进了一回城回来，干了些啥事我也听说了，你也太过分了吧？谁你也作践糟蹋，你要真有能耐，你批评腐败么，你说你敢吗？老是你那一套，我也就小看你了！"

阿财的话说得很慢，但阿财把阿吉镇住了，立在那里没再能说下去，脸一阵红，一阵又白了。麻子敲了碗说："都吃饭都吃饭！"阿吉的脸颜色缓过来了，擦了一把鼻涕，抹在了身边的桌腿上，说："阿财老师身上插钢笔哩，是知识分子，知识分子我是尊重的。阿财老师说我不敢说腐败的事，我不敢吗？我敢！阿财老师的嘴哄娃娃哩，阿吉的嘴从来没有不正义的，今日我就说一个段子，阿财老师你听着！"

阿财说："你说吧！"

阿吉说："这个段子有一个背景，就是咱们乡里修水渠，原本是五里长的水渠，但乡政府上报的材料是十里水渠，县上拨款当然要拨十里水渠的款。那么，多拨的款到哪儿去了？前五天，县上来了一个领导，来了后就住在乡政府的接待楼上，请注意，故事就从楼上发生了……"

满院的人都不吃饭了，拿耳朵听，却听到了堂屋里有人喊："阿吉！"

声音尖亮，是乡长的声，乡长在群众会上总是讲话，声音是大家都熟悉的。阿吉下意识应了一句："嗯。"便说："乡长没走？"

乡长是代表了乡政府也来给刘干事送葬的，但乡长来时在灵桌上上了香，奠了酒，没有去坟上，原本告辞了要回去，刘家的亲戚却硬留下让吃饭，就一直待在堂屋吃烟喝茶，饭时也便坐了上席在堂屋。这些，阿吉不知道，阿吉听见乡长叫他，不能不去，阿吉就到堂屋，一条腿在堂屋门槛里，一条腿在堂屋门槛外。阿米看见阿吉的皮鞋后跟一边磨损得已经很厉害了。

乡长指着阿吉说："你在说啥哩？"

阿吉说："我还以为你走了。"

乡长说："我不在你就可以信口雌黄？你有事实根据吗？你有证据吗？"

阿吉赶忙笑，说："乡长你也信我说的是真的吗？"

乡长说："你红口白牙地当众造谣，我不信别人信不信？你如此造谣诽谤，我得告你！"

阿吉脸一下子绿了，当下就扇自己嘴，墨镜掉下来打碎了。阿吉说："乡长，我不是诽谤你呢，你问问大伙，我在背地里常说乡长是好人，就是有一天乡长你坐监狱了，别人躲着你，我阿吉能去给你送饭的……"

乡长更火了，说："这么说，我真贪污水渠款了？我告诉你，你要送饭，我不会给你这个机会的，我永远坐不了牢！"

院子里当下乱了，一部分人顺门就走，一部分人进了堂屋去拉劝。阿米也往堂屋钻，阿米的婆姨拽了他的耳朵拉回来。堂屋里，麻子扶住了乡长，让乡长坐椅子，说："阿吉的嘴上贴过 × 毛，是臊嘴，狗咬了人，人犯得着去咬狗吗？"乡长方坐下来，一拍桌子，桌子上的酒杯全跳起来。

乡长到底没有告阿吉，使阿吉躲过了一难。但乡长把麻子叫去，指示麻子开除阿吉，若阿吉还在龟兹班胡说八道，破坏社会安定，那么龟兹班就要负法律责任了。麻子当天便把阿吉除了名。

阿吉没事干了，地里的草长得比庄稼高，他是个懒身子，不去料理，嘴还是能说，但说了话没人接茬儿。阿吉就在自己家里骂乡长，骂阿财，骂拴子和园园，骂："'文化大革命'，我 × 你妈！"

阿米从院外经过，立住脚听了听，说："吉哥，你骂错了！"

阿吉开了院门，让阿米进来，说："我就骂啦！"

阿米说："'文化大革命'惹了你了？咱那时还穿开裆裤哩。"

阿吉说："我骂它怎么就不再来啦?！"

阿米听不懂阿吉的话，阿米有阿米的心思，他想着能几时进城打工去，说："吉哥，咱俩一样，在村里混笨了，你要进城了，给我说一声。"

阿吉说："我和你咋能是一样？你是上门的女婿！"

阿米低了头就走，阿吉却说我到十里外火车小站上找阿狗呀，阿米你愿意不愿意跟我一块儿去？阿米说："卖豆腐呀？"阿吉骂："你就只会出瞎力，我告诉你，这世上是出力的不挣钱，挣钱的不出力！"阿米点点头，说："去哩。"

阿吉说："那好，我带着你，你把你家的莲花白给我装一口袋，不给带点东西去，我那嫂子脸比尻子还难看哩！"

阿吉在火车站东边的席棚里，他对来收管理费的人说他名字叫鸡，左边一个又，右边一个鸟的鸡。

西北口

一、雍州

史记：雍州，成周兴王之地，秦嬴创霸之区。可是，若不查教科书，现在的年轻人是不大晓得这个地方的。当今的文坛正时兴男子汉文学，人物都是阳刚之貌，且又要贴一些制作的胸毛。那么，都市里的少男少女如果受了诱惑，厌烦了好吃好喝好自在的文明生活，也要学学做古人的豪气，却万没必要一定赶一队缀满拳大铜铃喤喤价响的骆驼，出咸阳，缓缓沿渭河北岸的厚土，做丝绸之路的西行。只要是到了八百里秦川的西北口，就是这雍州，现在改名叫作凤翔的，去走一走，看一看，也便十分的可以了。

原来黄土塬上，一马平川，太阳从地平线上消失了（你可以说是去了，也可以说是它正要来了）。这凤翔城就由此显得威壮。虽然城墙已经荒废，无石无砖，全靠着土的立身，是用木槌捶打，浇灌了小米的浆汁而版筑的。但其原始，原质，原色，真是天下不可无一，又不可有二。城四周围绕了七县：东是岐山，岐山却无山；西是麟游，麟游又无麟；南是眉县，武功，扶风，虢镇，还有一个宝鸡。虽然鸡是地上之物，凤是天上之仙，但一条陇海线，使那里车水马龙，成了繁荣的地面，凤翔则是凤落架不能翔，充其量仅仅是一个偏远小县的县城罢了。夕阳西照的时候，天空无云，遥遥可见北边的山峰，那便是雍山；其峰在日里腐蚀，依稀辨出黄土古堡的遗迹，令人不禁一往情深，思想古昔武功的景象。

一往情深的，当然是外地来人的少见多怪，雍州土著人则置若罔闻。这如同人在平常身体好的时候，并不感到好的好处一样。月在中天，夜色静美，这山头的古堡闪动着铁的冷光。土著人依旧三三两两上来，打着灯笼，在那土缝里、枪炮眼里掏捉灰鸽。或者一皂衣男子，急不可耐地站在那里，摘一片树叶在口里，咿咿呀呀吹奏秦腔曲牌。就在那荒草埋没的牛路上，一个白影出现了，忽长忽短，原来是一个着孝白的女子。秦腔便终止了，两个人合成了一个人，那树叶就在亲嘴的时候贴粘在了女子的上唇上。他们手握手要坐到月落，狼也不怕，鬼也不怕，色胆包住了天。天亮从草窝里起头，头发都乱乱的，粘满了草屑，露珠把鞋袜连同裤腰都潮湿了。然后一个从山这边下去，一个从山那边下去，各自皆满足，各自带着满足回到各自的村里去蓄着，养着。

村子，你是永不见到屋舍的。黄土堆积的雍山，缺乏森林，土质又不含蓄水分，在风的造化水的作用下，满处皆是冲沟，树叶状的，掌状的，花瓣状的，根系状的；黄土梁则呈平顶的，弯曲的，有之字形，梳篦样。人家在哪儿？只看到性崇拜的象征物：粗的细的倾斜的塔，和一个一个零散的黄土坟墓前的石板碑，以及天造地设而人并不去破坏的“孕璜含元”的黄土柱。但沿着黄土断崖往下一看，崖壁下却是一块块场地。斜路下去，则若干人家的那窑里洞里并无断崖的。更绝的是平地掘阱，阱下辐射式的四面开窑。但这么一村一庄，却并不称作村，亦不称作庄，一律是 ×× 营，可见这村落历史长久，均为历代的屯兵军训所致。而散兵游勇落荒为农者，现在便是雍山的土著人了。

土著人既为历代战争中天南海北的残兵败将的乌合之众，自然要保持自己的独立，沿袭原籍的风俗习尚。当世几十年里，一个村为一个生产队，政治运动的风风雨雨，人不免产生仇恨；有管制人的，也有受人管制的，更有管制过人又被人管制了的。到后来，山越来越秃，田越来越薄。不能养生，焉能问道？于是乎，居雍山下不出，狠命在土圪垯里流汗要粮，竟不大关心了当今政府谁在台上谁又下野，只熟知立春、惊蛰、谷雨、小满，背诵“冬不冷，夏不热，五谷不结”的谚语。等到土地分包下来了，各家务各家的营生，没了直接的利害，又有了积存的粮食，人和人似乎有来有往，行门入户的礼节兴起，节时集会又恢复昌盛。酒风极凶，整夜整夜，有打着灯笼火把的一群一伙去到某某家喝个你死我活，分个雄雌。

这一天，是初夏的傍晚，天的四角高悬，柳林营村打麦场上，风把地面扫得光溜溜的，一群后生在那里打毛蛋。这是极原始的一种游戏，三年前深翻地，挖出了一块儿碑子，上面刻有一幅打球图。球是什么样子，看不清楚，人却是骑在马上打的。有好事者就仿制起来，规则吸收了城市人玩的垒球法。但球绝不是皮革的，也不是塑料，纯粹的羊毛缠的，便叫毛蛋了。他们全丢剥了上衣，穿条裤衩，打了赤脚，拿灰撒了四个营垒，大呼小叫地掷球。用镢把当球棒，拼足了力气去打；太激动的，毛蛋掷来，连毛蛋带棒一起打出。那毛蛋就一次又一次打到崖下的那家窑壁上。立即，有四五个人跑去要捡，尘土就腾起一团，在日里起浮。却每一次毛蛋在窑壁上反弹过来，争捡者便遗憾地站住，痴痴地看一眼那窑窗。窗上糊有麻纸，纸上贴了五毒窗花。

已经有半晌的时间了，毛蛋没有一次打进那窑窗去，连停落在窗下的机会也没有，后生们大觉气馁。后来就不再打毛蛋，吵闹着在那里用屁股掀栽石磙子碌碡做比赛，逗引着那窑门打开。眼看着夕阳已经在峁梁上坠去了一半，万泉河东边的坡上腐蚀了一片黄辉，碌碡还没有一个被屁股掀栽起来，终忍不住叫“安安，安安——”

“坏屄！”东坡洼里，小四骂了一声。

娘在窑里烧好了饭，烟熏得眼窝越发红了，一边在窑门口抹下头上的黑布帕帕拍打灰土，一边疑疑惑惑问：“你骂谁了？”

小四并不回应娘，眼睛往下看那打麦场上后生们七倒八歪地软在那里，窑门并没有开，心里倒产生了一种幸灾乐祸的感情。就扫起了碾盘上的小米，倒在笸篮里，随之将碾杆下的毛驴解了，摘了暗眼，放生了。

毛驴黑着眼在碾道里转了成千上万个圆圈，一解除苦役，并没有从斜路上下去万泉河渴饮，而倒在黄土窝里，四蹄扑打着打滚。毛驴打滚，感染了小四，小四满怀满心地涌动了英雄气概，竟也拉开马步，抬脚动手来了一通拳脚。本事显过，酣意未尽，又将那打墙捶场地的石杵子扬起砸下，“咚咚咚”地连声价响。打麦场上的后生闻声看了，自惭形秽，各自散去。小四也收了英武，将瓦盆侧靠在窑壁根，淋着半盆水洗了脸面，缩一疙瘩地蹴在碾盘上，端了耀州黑瓷老碗，吃娘做好的羊腥荞面圪坨了。

对岸的断崖壁下窑门却开了。

窑门口站着的是安安，一只脚在窑里，一只脚在窑外。那只漆一样贼亮的黑猫，已经从窑里出来，扬着前爪追扑着一只蝴蝶，追到窑垴畔上就卧下了。

小四的黑瓷老碗挡住了脑袋，后来就反身进窑去。娘说："小四！小四！"小四只是不理，在窑里呼呼噜噜地扒饭。

安安低了眼，心里空落落的，一块儿土圪垯就抛上窑垴畔，把黑猫吱的打跑了。一群乌鸦哇哇地从万泉河上游飞过打麦场上空，夜色就降临了。安安站到了窑前皂角树下，偏还要往那坡洼里看。

毛老海从河里蹚过来，过河时并没有脱草鞋，水淋淋地印了两道湿脚。印到了窑前，说："安安，站在树下望啥哩？"

安安脖脸立即烧了，但天色麻黑，并不怎么通红，说："我看树上的皂角哩！爹，这么晚你才回来?！"

毛老海说："盼爹回来？有谁欺负我安安了?！"

安安说："谁敢欺负我？你一走，这么大个窑，夜里听见有狼叫唤哩！"

毛老海就笑了，进窑放下背上的褡裢，褡裢里装着直尺、线锤、泥抹、灰刀，说句"这么大了，什么都叫爹操心！"脱鞋上了炕，从炕桌抽屉里取了泥腥酒壶喝起来。安安就生火给爹做饭了。

这窑的入深大，一个正窑，一个侧窑。正窑的门后就是面大炕，被褥卷了，一排儿靠在墙根，光溜溜铺了四六大席。黄土深处的石头是能揭起层儿的，爹的炕沿就是八尺长的石板条子压的，磨得明溜溜的光。炕的那头，是一截短界墙，锅灶就在界墙那边。一个锅台，安了撑锅、桶子锅、鏊锅，柴从灶口塞进，烟从窑外的炕洞里冒出。窑里气寒，终年都使用这连锅炕；毛老海觉得身下温温起来，睨睨就盯着侧窑门口新吊的布帘。门帘绣满了山水，花鸟，树木，人物，一组一组的，散乱中见整齐，对称里又有错落，便说："安安，这帘子是这几日绣的？"

安安说："爹成年在外给人家修门楼，雕墓壁，爹毛巧哩。你看我这么绣对不对？"

毛老海说:“你哪儿学得这么个安排法?”

安安说:“爹不知道哩,你去平原上给人家修门楼走的第二天,八岔营村打井,打出一面碑来。上边刻有打猎图案,就是这种安排法。咱村的后来来给我说了,我跑去看了,回来就胡作想,按咱万泉河边的样子绣起来。”

毛老海却不言语了,端了酒壶吮了几口,说道:“是那些厚脸皮的后生说给你的?你又和那些野小子混一起了!”

安安说:“混一起了还能有工夫绣这门帘?”嘴噘多长,不理爹。

毛老海见安安生了气,心里说:女大了,有皮有脸了。装作没听见安安的话,扭头又看那绣花门帘,果然是万泉河一带的景色。却看出下帘部分,绣有一头毛驴,驴头却是双的。一个是正面头,一个是侧面头。驴旁有一个人,前腿弓,后腿蹬,做武功状。正面脸部,却同时又是左侧头像和右侧头像。就笑着说:“安安绣的驴不驴马不马,人不人鬼不鬼!”

安安听罢,“噗”地笑了。笑过一回,就折柴火往灶膛填。柴火折得很狠,折不断,一头搭在界墙根,拿脚去踏。踏断了,一截柴棍飞溅上来,偏偏将界墙头上的煤油灯打灭了。窑子黑咕隆咚,看得见对面坡洼里有一点亮。那是小四家的窑窗灯。

毛老海说:“你毛手毛脚的,和谁使性子哩,爹还不敢说你几句了?”安安说:“谁给你使性子!”灯点着了,灶膛的火烧得红堂堂的。

安安给谁使性子,安安知道。

安安是人梢子,从小就长得好,从头上到脚上,每一样都看着是地方。那些年里,雍山里只有这一条万泉河,万泉河畔只有这个柳林营村,柳林营村里也只有安安他们一家人。但安安是一朵花,四村八庄的人都被这朵花耀乱了眼。却毕竟安安是个小兽,太嫩了,谁也不忍心对她想到别的事情上去。她一天天长大,长身,黑发,白盘子脸,门前的皂角树上皂角就安生不了。籽儿未饱的时候,就天天有人来。毛老海就要走出窑,拿凶凶的眼光窝着。毛老海是一条狼狗,来人就借故摘一个两个皂角;皂角就这样全被摘净了。做爹的心里真慌,叹息安安娘死得早,没人教养安安,把七里营的外婆接到家来,教安安整日坐在土炕上学剪纸,学刺绣,消磨她的性子,免得出外疯野。

外婆是出了名的好针线，授得安安能用七彩丝线绣出“鲤鱼跳龙门”，绣出“宝莲生贵子”。那十二属相图案，更是龙点睛要飞去，羊生动欲叫咩。外婆的祖籍是苏杭，学得齐针，套针，打子，盘金，游针，鱼鳞，反底，挑花，又多用金色，黑色，紫色，银灰作为画面。她婆家又是四川籍，便又兼学有晕针，羽叶针，片线光亮，构图大方，形象浓丽。两者结合，一并儿传给安安。安安又糅进自己的想象，她便在给爹做的那件泥水匠家具的褡裢兜袋上，于佛手的金线轮廓内又绣上房子，树，河水；岸边的钓鱼人钓起的鱼，比人竟大得多！鲤鱼下的三峰波浪，九根线条也就用了九种颜色！那树上的鸟儿，出奇的身子就是一朵花，仙桃石榴内又是花和蝴蝶的混合形状，叶柄是蝴蝶的向外卷曲的触须。外婆也在说：“安安是狐子精转世的，我是教不了啦！”

外婆年事已高，舅是不放心老人在外，十天半月，就和表兄抬了碾杆做成的“斗子”来接走了。外婆一走，安安就不安心坐炕。因为她没有不会绣的，觉得老是捏针穿线的也没多少趣味，就又常常要走出去，和别家的婆姨、女子月下到万泉河下游去洗身子，或到喝酒的某家去，和嘻嘻哈哈的女子坐在炕上，被子盖了腿，脚在下边乱蹬，瞧着男人狼吼一般地划拳。有男人将酒盅递过来，也练就得喝得三盅五盅，粉红上脸。爹便唬她，引逗着她去捏泥玩货。

雍山人的泥货，其实就是一种雕塑，雍山人却从来不知道泥玩货倒有这么个中听的名字。他们差不多的人都能捏捏，但地道的却是毛老海。他祖籍江西，据说远在明洪武年间，朝廷屯兵在雍州，安安的先人是个兵卒，闲暇时捏泥玩货馈赠营里乡党。后军营变迁，他便落户雍山，代代家传其手艺，慢慢也影响了四周人的，农闲之时就闭门制作。制作了，一是家宅不安，人体有恙，一个老虎挂片挂在门上、堂上，可辟邪免灾；二是为孩子做玩具。毛老海既是祖宗真传，又是泥水匠人才，替人盖花门楼，拱墓穴，能做五禽六兽的砖雕瓦塑，泥货的手段自然比别人高出一筹。安安离娘早，做爹的不会唱曲子哄安安乖，就从小捏泥老虎给她玩。安安现在之所以心胆儿大，是她从小就玩着泥老虎长大的。至今她没见过真老虎，但她自信，就是真老虎来了，她也敢扳老虎的牙齿，摸老虎的屁股，要骑着风风火火地在黄土峁上跑哩！

安安跟爹学捏泥玩货，倒极来兴趣。她捏大老虎，捏小老虎要它威风，就会让人视而生畏；要它温顺，就会可爱得是小猫儿一样。窑里的泥老虎柜上卧的有，界墙上立的有，四面墙上挂的有；谁要是求上她了，她也会兴致勃勃去捏几个。爹老骂着她傻。

爹因为有手艺，那些年里出外做泥水活儿，落有几个零钱，被人就忌恨过，自此也便学得性硬，与凡人不搭言，独门独户地住到万泉河畔。万泉河说是大，也就是旱季时不会干涸。但夏秋二季，涨水了，就要齐腰深，一直漫过安安家门前打麦场上。河滩里有几块大石头，这是难得的好石头。水一浅，每一个石头就使周围的水辐射出一圈一圈波纹，甚是好看。也就在那河边，长出了粗粗的五株柳，这也是这里之所以叫柳林营的缘故。五株柳都空心了，枝叶也不茂旺，树干就斜斜的，生出疙疙瘩瘩的瘤块。安安或在炕上刺绣，或提了笼子从河里走过去，在上游的断崖层里掘挖泥玩货用的“板板土”，就要看一阵五株老柳，总认为那已不是柳树，是五个用石头砌起来的倾斜了的塔。便又忍不住要看看雍山顶上那些古昔战争残留的，后来土匪住过的古土堡，想：那些也是古柳树化变的吗？

这么思想，就常常捉摸不透：过去的年月为什么总要打仗，打仗在平原上打了，还要到这里来打？就将挖“板板土”的笼子和小镢放在岸上，脱得光光的溜进河水里去，和鱼比起身子的白亮，比起身子的光腻。

这情景就被后生们瞧见了。当然他们什么都看不见，却凭借了最敏感的神经和丰富的想象，说她上岸了就是一头有麝香的獐子，入水了就是一条最白嫩的鲤鱼。他们是在对岸黄土崖畔用猎枪打山鸡，山鸡拖着五彩的长尾，常常瞄准了，一只眼睛却看起了河面，那枪就忘了放，花尾山鸡便趁机飞走，带起尖尖的哨音。

后来，别处沟岔的人接二连三地搬迁到万泉河边，在安安家的上下左右凿窑安家。这些都是些年轻后生，一嘴唇茸茸的毛，两胳膊涌动的肉疙瘩，生性胆大，说话气粗，年迈的父母拗不过他们，只好把别处的窑洞空着；见了毛老海，就尴尬地要说：“哈，这里的土立身好啊，住窑长远。再说，靠着万泉河，吃水多方便啊！”毛老海数了数，竟有二十三户邻居了。

这二十三户人家全都是天南海北的籍贯，风尚习惯多少有些差异。可每天夜里，最少有二十三个后生听着河水咬啮崖土的音乐入睡，睡梦里都梦着安安家的那孔窑。

安安是知道这些的。安安过去小，不懂得事，谁说声她长得好，还乐得给人家笑。现在安安成熟了，她身上来了红，能用了垫棉花套子的带子，读得懂后生脸上的内容。没人处，她也火烧火燎，跃跃欲试，见了人却又羞羞怯怯。但她后来就全不羞不惊了，她理会这么多后生注意她，喜欢她，她才是最安全的，最保险的。她说："这算是狼多了不吃人呢！"

但这群狼里，使安安后来深感惶恐的，却有一个人，这人就叫小四。

二十三个后生里，安安先头是最不留神小四的，她出得门来，十个八个后生跟了她说话，小四总在人后边，放沉着脑袋抽烟。她是烦抽烟的，看不起他，有一次还笑他是"瓷壶"！女孩子有女孩子的秉性，安安不喜欢后生们喋喋不休地拿好话奉承她，夸她的针线好，夸她的泥玩货好，夸她的人才比针线泥玩货更好。但对于不理睬她的，她却感到生气。因此，小四总不寻她说话，也不馋眼儿看她，她就有了征服他的念头，偏寻话戏谑他，故意在人面前难堪他。小四是个没嘴葫芦，葫芦里却装得有药。安安戏谑他，他并不恼，依旧故样，惹得安安恨不是爱不是，越发注意起他来。

一天夜里，安安在炕上刺绣，夜半了，出来小解，左右上下的人家都熄了灯，小四家的窗子还亮着，看得见那窑前的碾盘上蹴着小四的身影。安安想：他莫非在偷偷看我？就走回来，一口将灯吹了，却坐在黑暗处看那小四。小四就站起来，冲着这边唱了秦腔：

对面山上一棵树，
什么人担水什么人浇？
什么人儿（来）扎上了刺？
什么人拿上绣花针儿挑？

词儿却是过年闹"搭彩门"时唱的词，安安笑声"没水平"！可一连几夜，安安暗暗观察，却夜夜如此：陪着她灯熄，给她唱秦腔。心就"扑腾腾"

跳个不已，认作小四是个踢人的蔫驴，是个不出声的咬人的狗。

从此，她就不和小四说话，也不理小四。谁知这样一来，她的心里更是老想着小四。那小四却一阵儿待她很近，一阵儿又待她很远，始终吊她的胃口。当那些后生们在打麦场上百般撩拨她出窑去，她偏不出窑，隔着窗格儿往外瞧。她看见了小四在后生们骚情她的时候，绝不混在其中。他在驴圈里出粪，他娘在坡梁的地里撒粪，那毛驴驮了粪筐，一次一次将粪驮到梁上了，空筐子又返回来，并无人驭制。她觉得蛮有趣味，就将那坡梁，那毛驴，那小四绣在门帘上了。等着傍晚打毛蛋的后生们散了，她迎着碾盘上一边吃饭一边直溜溜看着她家窑的小四的眼光走出了窑门。小四他却走了。安安心里就发恨！她抠了皂角树身上的一块儿皮，骂小四是“鬼”。

毛老海盘脚搭手在炕上喝完了一泥腥壶烧酒，又去舀了些过来。见安安一直再没有说话，以为自己出门了几日，一回来就重话数说，也觉得安安一个人在家里倒委屈了她，就说：“安安，来，爹给你倒一盅喝喝。”安安说：“我不喝，大热天的，你也少喝些。”毛老海也果然收了酒壶，爬起来取过褡裢，从中掏了一个纸包。打开了，是一卷卷钱，指头蘸着唾沫点了，压在炕席下。说：“安安，爹把钱放在席下，你要花了你就取。”安安说：“我花什么呀？那钱也不是好挣的。爹，这几日挣得了多少？”毛老海说：“不多，四十。”口气淡淡的。

安安不觉吃惊了，扬起脸来，看见爹脸色酒红，说：“爹又是喝多了。才几日就四十，还不多呀？”

毛老海说：“你没去过平原，不知道外边的动静大哩！平原上的人做生意，一宗就落千儿八百的。天神，那不是在挣钱，是白花花的银子水往里流哩！爹干泥水活儿，爬高上低，风吹日晒，十个指头蛋都磨烂了，赚这四十元，人家倒笑话呢。”

安安说：“干什么营生挣那么多钱，钱莫非是地上拾的？”

毛老海说：“人家有拖拉机，到省城、宝鸡去揽货物，百里千里跑着贩运，又办有工厂、商店，世事闹腾得天翻地覆，看把咱看得都眼睛花了！”

安安痴痴地看着爹，好生惊奇和疑惑，那手里就不停地在灶膛里塞柴火。水立时三刻滚开了。安安打开了锅盖，乳白色的热气忽地冲到窑顶，再弥漫下来，油灯也成了黄黄的一圈光。她站在灶火口，双手拎了面，开始丢片，哗哗哗，面片飞雪一般落在滚水里。再滚几滚，熟了，给爹取了瓷老碗，在碗底放了一疙瘩腥油，盛了端过来。再在锅里烩了一些浆水菜，搅搅，给自己盛了一碗，猫儿似的端着坐爹的身边，说："爹，照你说的，那些人不是大发了财了？钱在世上数儿是一定的，那些人那么多地挣了，钱不是归了窝儿了吗？"

毛老海说："现在兴挣钱呀，能挣的就多挣，不挣的就白不挣。人家这是能人。平原上兴一个新名词，叫改革家，是光耀的事！哪像咱们雍山?！我要是年轻十岁，你爹也会跟着去英武哩，活该咱村里小四这伙后生窝窝囊囊的没一个有出息！"

说到小四，安安就不作声，不知道爹说得对，还是不对。毛老海吃过三碗，人热得如才从河里爬出来，衣服全溻湿在身上。安安就开了窑窗，让风进来吹爹，抬头却看见对面坡洼里那个窗口还亮着，隐隐约约在光影里显出碾盘上的一个人。那驴圈里驴声嘶力竭地叫了一声。安安随即把窗子又关上了。

刷洗了锅碗，安顿爹睡下，安安进了自己的侧窑。她坐在炕上，却没有睡意，想那小四："也真是爹说的没出息，要说你是个有毒的人物，夜夜蹴在那碾盘上看我做甚？要说你是个没志气的，却偏偏又离我远远的?！"安安没去过大平原，不知道平原上挣大钱的人是什么个样子，现在脑子里却尽是小四，就拿了窑角的盘好"醒"好的"板板土"泥，捏弄起来。她是要捏个老虎的，身子有了，蹄子有了，捏头时却捏成个小四的头，"噗"地就笑了，回头看一下窑窗，骂道："你不让我看你，你倒看我，哼！"爬起来用一件黑布衫子遮挂在窑窗上，却把人面虎身的泥货放在箱子里去阴干；不让小四见，不让爹见，谁也不得见。就吹灯脱衣，睡下了。

窑外静静的，没有风，也没有狗吠。安安似乎已经要迷迷糊糊了，便听见了河那边有了歌声，是小四在唱秦腔。这次他唱的是正经秦腔，一板一眼，老腔老调的：

你把咱大环锅卖了做啥？

我嫌它烧煎水光着圪针。
你把咱大槐树卖了做啥？
我嫌它不结果只招老鸦。
你把咱木风箱卖了做啥？
我嫌它拉起来扑里扑嗒。

这是老戏《张良卖布》里一段，经小四一唱，安安心里直想笑。却突然又听见一种唱声，是唱一首歌，安安在外婆家的收音机里听过，是《草原之夜》，一连几十个的“来来来来——来！来来来来——来！来，来，来，来，来——”！安安心里就骂了：“小四，我偏就不来，你猴儿急去吧！”

毛老海在正窑炕上问：“安安，这么晚了，是谁在唱？活得泼烦了？！”

安安说：“不知道，怕是谁叫魂哩！”拿手忙捂了嘴，把笑按住，心里却作念：这小四还能唱了收音机上的歌儿？听那唱声，却比先前的秦腔细了许多，也柔和了许多。含笑着合眼又迷迷糊糊。那只黑猫悄悄溜进窑来，钻进了被窝，搔动着她隆起的胸脯。安安在睡梦里搂住了，搂得紧紧的。

二、水文站

夜半歌声，其实不是小四唱的，小四只会吼秦腔，小四唱不了那斯文的“来来来”。

小四家原住在圪垯峁营村的，离得万泉河远，吃水艰难，家门前就挖有一个水窖。夏季雨水旺，窑垴畔的，打麦场上的，窑侧阴水沟里的流水，就引到窖里沉淀。一季之蓄，全年享用。小四的娘惜水如油，一瓦盆水洗完菜了，再洗脸，脸洗罢了，又洗衣服，最后还是不忍泼，倒入槽里让驴鸡渴饮。每顿做饭之时，打开那挂有铜锁的大门，脚手并用，从窖壁生满绿苔和白汁的蹬窝下去，轻轻拨开水面上的一层枯枝败叶，驴粪羊屎，悠悠地舀出那半桶生命水。这日子使小四过烦了，老想离开圪垯峁营，但哪个村哪个队肯接纳了他？因为小四爹历史不清白，当过兵，在扶风、眉县的四九年的战争中，他是蒋介石的一卒。战争结束后，他逃到了雍山务农，从此政治上再没有出路。人心情不好，光景艰难，小四长到十八岁，只说可以替爹帮上力了，生活却早把爹的身子像药渣一样淘虚淘空，就病倒了。可怜在雍山多半生未吃香喝辣，临下世时却患的是噎食病，硬是活活饿死。爹一死，小四就是家里的男子汉。他粗胳膊壮腿，头顶双旋，脸色麦黄，眉毛是浓得瘆人，眼睛平常看是单眼皮儿，只有翻脸动怒的时候，才看得清双眼皮是在里边的。他不善热闹，和外人在一起，外人愈是滔滔不绝，他便愈是一语不发，骂不还口，骂急了就手脚上来。土地分包之后，他狠命侍弄那几亩地，一年四季春种秋收倒样样走在人前头。人活得有了精神，小四的心里就想着美事，老早就看上了柳林营村的安安，夜夜睡梦里和安安在一起，醒来几多受活，几多遗憾，笑一声，叹一声，发久久的一个呆。后来他就攒着劲，跟马家老二合伙。马家老二是他当年的小学同学，曾一块儿背着黑馍、炒面布袋在七道营镇的寺庙里读语文、算术。老二是能人，百事不精，百事皆会。两人给驴配种，打窑凿窖，习拳弄棒，围猎捕兔，好得辣子不摘把儿，也便撺掇着老娘把家搬到万泉河沿上住。

娘是风火眼，见风落泪，说："儿呀，世事是你的世事，娘能不依了你？我瞧着你爱惦那毛家安安。我已经暗地里打问了安安的生辰八字，让阴阳师看了。你是水命，她是金命，有金水清，虽说金多了水浊，水盛了金寒，毕竟大相投合。我就托付人给安安爹说话去。"

小四却说："娘，那安安是咱娶的？"

娘眼里又酸出水来，说："安安是画儿上走下来的人才，可你也长得周周正正，我看是厮配哩。你只是怯胆儿，怕了什么。你爹坟上的草都要长成树了，何况现在不兴高成分，低成分，说不定真能成的！"

小四再不言传，将家就搬过来。阴阳师看中了河对岸坡洼的风水，窑门直对着那五株老柳；小四喜不自禁，出门就能看着安安家。可是，没人时浑身长了眼睛看安安家的门窗，眼睛恨不能长了钩子，偏面对面地碰着安安了，窘得说不出话来，低头看地，每一次看得清楚安安脚上的鞋。鞋上有绣的花，七彩绚丽，心里说："安安的手好巧！"

后晌，峁梁后的马家老二爹过生日，要小四过去吃酒，小四便背了装满苞谷的褡裢。这是雍山规矩，凡遇红白喜事，吃酒的不能空甩着手；过去的山里人穷，这种礼节是五角钱一元钱，或是一斤挂面，十六个拳头大的白苞谷面馍。现在则兴了背一斗两斗的粮食褡裢。小四去后，客已来得不少。他就帮着宰了一头羊，羊从圈里拉出来，前蹄跪下咩咩地叫，小四喝了二两烧酒，刀在口里叼了，一下子将羊扳倒在一个土坑边，左腿压了羊身，左手捏了羊嘴，一侧头，右手的刀就从羊脖下捅下去，立时三刻结果了。趁着羊身余热，极快地割开肚皮，划离四蹄皮筋，那刀便丢了，双拳在割开的羊肚皮内嘭嘭打撕，三分钟剥得一张皮子钉在窑墙上，一吊子羊肉挂在木架上。那炕桌上坐着请来的阴阳师，停止了呼呼噜噜吸动的水烟袋，说："小四，你小子近日心里有事？"小四吃了一惊，问："你怎么知道？"阴阳师说："你印堂里写着哩，瞒得过我？"众人看小四印堂，看不出异样。阴阳师又说："你生几月几日，哪个时辰？"小四说："二月二十一日。娘说半后晌生的。先是肚子疼，让爹去请接生的四婆。四婆脚小，爹背着赶来，娘已经在土炕的麦草里生下我了。脐带子还未铰，是爹在盐水里蘸了镰刀，一镰刀割断的，出门在窑外挖坑埋蘖胞，看见太阳还没落。"阴阳师点头说："那是酉时。你小子婚姻要动了！"在锅灶上忙活做豆腐的马家老二听罢，笑着说："小四相中毛老海的女子安安了！"众人就叫道："小四眼头倒高，也看上安安了?！"马家老二说："对安安有的人有贼心没贼胆，有的人有贼心贼胆却没贼力气，小四是有贼心贼力却少个贼胆。你给小四好好算算，小四能成不能成？"阴阳师五指扳动，念念有词，末了说："小四是天刃星照命，命里活该有艳福哩！"小四一直红着脸不语，这时性急问道："那是不是安安？"阴阳师说："我可不敢说这话！"众人哗地笑了，窘得小四抬不起头来。

酒席上，喝过三巡，开始打通关，每人每次六盅。小四心里老想着阴阳师的话，拳也划臭了，盅盅皆输，有时轮到自己，倒走神发呆，被人戏谑："小四魂又让安安勾走了！"小四就想起夜里他还要在碾盘上看安安家灯亮的窑窗，还要为安安唱那秦腔。他忘不了他要做的功课，就推辞家里有事，退席要回去。马家老二留不住，提了酒壶撵出来再让喝三盅。小四不肯，老二说："这三盅是替安安喝，你还不肯？"小四立在风地里喝了，脚高步低翻了峁梁回了家。

碾盘上，他一直看着安安的窑窗黑了，就唱了秦腔《张良卖布》，然后仰面躺在碾盘上，脚手摆得舒舒坦坦的，痴眼儿看天上的星星。小四不懂星象，观不来阴阳师说的照他命的那颗天刃星，只看得见自己头上空有一颗星星贼亮，又看见安安家上空那儿一片星星，也有一颗大得出奇。安安那颗照命的星是什么呢？照安安命的星星一定是最好的星，可惜小四不知天文，叫不出星的名称。后来，就在安安家上空一道闪亮，一颗星星拖着尾巴划闪而过，小四心里吓了一跳：听人说天上有多少星，地上就有多少人，一颗星星消失了，人就要死一个；这流星在安安家上空！小四心里“噗噗”地跳，回窑上炕睡下了。

娘并没有睡着，听见小四在炕上翻来覆去，问时，小四说：“娘，天上有一个流星落了。”

娘说：“不知哪儿要死人了。”

小四说：“在安安家上空。”

娘爬起来，黑暗里惊了老大一会儿，说：“你看错了，天那么大，流星就一定在安安家上空？安安是什么人，你敢信嘴胡说！”

母子重新睡下，再无话说。河畔上就传来“来来来”的歌声，小四先听到了，好生疑惑，听不出这是谁唱的，给谁唱的，就说：“娘，你听到什么了吗？”娘说：“谁好像在唱歌。”小四说：“是唱歌，深更半夜的……”娘说：“这唱的不是咱这儿的味儿，怕是过路人唱的，你好生睡吧。”

以后连着三夜，小四唱完秦腔睡去，这歌声就唱起来了。怕啥有啥，绳子偏要在细处断。小四第四天夜里唱完秦腔，从坡洼里下来，躲在河边的一处黄土洞下，果然见有一个人就在洞上面对安安家的窑窗唱。小四认不得这个人。知道这是和自己怀着一个心思，有着同样野心的，便妒火烧心，视之为仇，竟躲在那里双手捂在嘴上学着狼嗥，那人就吓得从洞上跌下土坎，没命地逃去了。

小四得胜，心里却并不踏实。他知道安安一定听到了那歌声，以为还是他小四为她唱的。人家唱得比小四中听，小四担心的有一日安安要被那歌声勾引了去。他把这事告知了马家老二，老二鼓动他去给安安说说，先下手者为强。小四又难为了数日。

雍山的黄土下，埋着有煤炭、石油。煤炭、石油埋得太深了，国家没有派人来勘探，来开采，雍山人依旧点的是煤油灯，烧的是麦草禾秆和荆棘、黄麦菅。但雍山人深翻土地，挖蓄水涝池，打井拱墓，却常会挖出一些地下古穴，弄出瓷盆瓦罐，石碑残铁。家家就少不得有没嘴的瓷罐装了米面，没釉的瓦坛做了夜壶，或孩子们养蛐蛐的罐儿，或老太太点香火的钵儿，压在台阶下做踏脚石的石碑儿，垒了茅房墙的旧砖儿，全是些奇奇怪怪的形状式样。雍山人并不以为那是些文物古董。小四也不以为然，他只看中这些东西上的金龙赤凤麒麟奔马的图形。他去搜集，人家说："茅房角放了一堆，任你去拣吧，只要你不怕死人墓里的霉气！"小四就拿了纸按在图案上，用铅笔在纸上蹭涂，阳处是铅黑，阴处是图案。拿着，试试探探走到安安家里去，毛老海却挡在窑前打麦场边的地头。他是翻地翻累了，歇着在地堰凿洞熬茶喝。毛老海是酒鬼茶魔，怀里有酒瓶子，腰带上挂有洋铁皮砸成的小熬罐，几时瘾发几时熬了喝。毛老海蹴在那里吹火，眼睛红丝丝地盯着小四。小四看他是"泰山石敢当"，硬了头皮说："毛伯熬茶呀？"毛老海说："熬茶。"茶倒出来，黑稠如药汁。再说："毛伯好喝手！"毛老海说："不喝身上没劲，头疼！"小四往下不知该说啥，拿眼看毛家的窑门：门缝关得一条线。搭讪说："毛伯这地翻了几天了？"毛老海说："有啥办法！皂角树上的皂角我不摘有人就摘了；地翻了一半，我不翻谁也不见来翻翻！"小四就过去抄了镢头，黑水汗流地刨起来。心里也纳闷，为什么要帮这不该帮的毛老海翻地？

地翻了一畦，毛老海只是坐在地堰喝茶。看着小四的褂子后心湿了一片，吆喝道："小四，过来喝口茶！"小四过来喝了一口，苦涩得不能下咽。毛老海笑骂道："你小子百事不中，只是一身蛮力气！今年倒腾多少钱了？"小四说："没有几个。"毛老海说："你小子要是个灵醒的，你就出雍山去。现在城里乡里世道都变了，胆大的就能吃死，胆小的你就饿着！"小四说："我知道。"毛老海骂道："你知道你娘的脚！像你这等年纪，要混个有头有脸，赶快向人家学去！"小四说："要是学哩，只是不摸深浅，怕跟着猫拉车，把车拉到炕洞里去了！"毛老海说："你管得了那么多，能挣得钱就是了！"小四咽咽唾沫，无话可说。看样子无法去窑里给安安说话，怏怏地就起身回家去，将怀里那几张铅笔拓出的图案做一疙瘩揉得丢了。

晚上，微风不动，地温上蒸。小四在窑前坐了一会儿，窑里的浆水菜酸味和驴圈里的臭味，热腾腾地喷出来，熏得人冒了一身汗，花脚蚊子又打锣一样打头顶上绕团。小四听得见万泉河下游的深水湾里有了人声，便给娘招呼一声下河去了。万泉河下游的深水湾里，水深碧绿，翔鱼游虾。湾上是男人们洗澡，湾下是女人们擦身。月在中天，水色迷蒙，湾上下两处只听见人声水声，看不清赤头光腚。在下的骂："女的为什么不能在湾上洗？"在上的回敬："我们是男人！""男人有什么了不起，我们哪一件低了你们？""能尿得高吗？"湾下的石子沙子青泥打将上来，满河里大呼小叫。小四听那女人笑声里，有一个最脆的，判得出是安安的，就出水上岸穿了衣服，一个人躺在安安回家经过的打麦场上。

安安果然回来了，步伐跳跃，口里哼着什么，是"来来来来——来！"那支歌子。小四立即急了，低声叫道："安安，那不是我唱的！"

安安站住了，问道："你是谁？"其实安安明知故问，她已经听出是小四的声。

小四从地上站起来，说："安安，是我，我是小四！"

安安说："是小四呀，小四真会找地方，这地里好凉快！"

小四说："我是专门找你来的，我要给你说话呢。"

安安说："小四眼窝在脑门上长，还来找我呀?！"

小四心里说：安安的德行又来了！但小四没了高傲，这里没有毛老海，又没旁人，小四不会放过这机会的。说："我真的要给你说话！你刚才唱的'来来来来——来！'不是我唱给你的。"

安安说："那就是龟孙子唱的！"

小四说："我唱的是秦腔，你听见了吗？"

安安说："嘴是你的，你要唱什么就唱什么；耳朵是人人都长的，谁要听见就听见了。"

小四往前近了一步，急得双眼在黑暗里放光，说："我是专门给你唱的！"

安安要的就是这句话。安安站在那里直想笑，她萌动出一个想法：她要小四用屁股把身边的碌碡掀栽起来，小四一定是不能不掀栽的。正要试他的忠诚，毛老海在窑前喊"安安"，安安转身就走了。小四说："安安！安安！"

安安唬道："喊那么高挨爹的锨把吗？！"小四眼睁睁看着安安走进窑门口那道光亮里。窑门关了，安安带着光亮消失了。

安安认定小四是个咬人不出声的狗，小四果然就是。如今小四寻着安安说话，话虽没说成，安安更是夜夜听小四在唱，背着爹慌口慌心地不安分，又绣了许多花，捏了许多泥玩货。

一日，安安又从古柳树下过了河，到上游的断崖根去挖"板板土"。这种土呈褐色，用手捻捻，质地润滑细腻，像是掺了油。安安拿着小镢正趴在那里一下一下地在黄土层里挖，挖得浑身出汗，就剥了上衣，露出那件胸罩来。安安当然是山里人，不知道如今城里的女子戴有乳罩，但她做的是紧身的胸兜儿，将那丰满的胸部鼓得凸凸的。那两件最珍贵的物件儿，安安也搞不清怎么就发育成热腾腾的蒸馍似的，风一吹，树叶一拂，就引起说不出的酥痒。她在那两个部位，分别绣上了一朵红石榴花。安安自爱，瞧着那石榴花笑，就听见河面哗哗水响，知道是来了人。来的是谁，一定是小四；小四是浑身都为她长了眼，他是知道她来挖"板板土"的。安安并不去穿衣裳，一直等那水声响过岸来，她捂着胸口闪到旁边的黄土柱背后去了。

来了却并没有动手帮她挖土，坐在那里"咔嚓"地用打火机点烟吸。小四也阔了，不用那弯嘴火镰了？！安安探出头来，立即就咽了话，手把胸部捂得严实。

"你是谁？龟孙子！"坐着的不是小四，是一个白净净的后生，安安不认识。后生不说话，眼睛弯弯的像钩子，要透过她的手看到里边的宝贝。

安安愤怒起来，骂道："看你娘去！"一脚便踢过去一个黄土圪垯，黄土圪垯未落在后生身上，于脚下开花，溅了一团尘土。

后生撒脚跑了，出水站在河那岸，却唱了一段"来来来来——来！"安安好生吃惊：以前唱歌子的就是这个人？！从此，安安就发现柳树营村里经常有些陌生的后生，都长了茸茸的小胡子，头发留得很长。她赶忙就躲了。

一日，安安一进窑门，爹正陪着一群小胡子的陌生人在炕桌上喝酒。爹竟能认识这些人，使安安惊异；她点头那么笑笑，便悄没声儿地闪进自己侧窑去。毛老海说："安安，你出来，我给你说句话！"安安身没动，忙着摆弄泥玩货，爹就进来悄声说："叫你怎么不出来？你知道吗，那都是些城里人呢！”安安说：“城里人到这儿捉毛老鼠来了？”毛老海说：“这些人家在西安、宝鸡城里，现都在咱雍山水文站工作。”水文站，安安是知道的，顺万泉河下行八里，在黑枣沟那儿；安安到外婆家去，就从那对面坡梁上过。但水文站里住的是吃国家粮的人，安安和人家没干没系，安安认不得这些人。

毛老海说：“这些人不是平地卧的，你知道吗，他们七八个人成立了一个经销服务公司，嚷闹着要改革什么哩。那新名词咱不管，可人家，脚快手长门道多，钱挣得如喝冷水一样容易哩！”说着，那羡慕的眼便放出光来，平日里的昂头扬脸的神气，早就没了影。

安安也着实震了一下：“能闹腾赚钱的就是这号人！那怎么有工夫到咱这儿来？”

毛老海说：“你以为人家是来游山玩景吗？人家是收购驴马牛羊皮子来的，中午光在咱村就收了十二张皮子。听说你爹是泥水匠，要请爹去给翻修几间房子的。来，和人家见识见识，去给人家倒一盅酒！”

安安说：“爹！”有些扭捏害羞，不悦意。

毛老海说：“这又不是雍山里那帮三脚野猫东西，人家是城里人，有名堂的。”

安安还是不挪身，那些喝酒的却都进了侧窑，看见侧窑里放着许多“板板土”，全晒干得像是石头，问挖这土干啥呀，安安只好说：“捏泥玩货。”于是他们就坐下来看各种各样的泥胎坯，看一种青白色的土，捏之成粉末，舌触之发黏，掺水后具有可塑性。

他们又问：“这是什么？”

安安说：“封洗。”

这些人就不懂了：“封洗？”

安安说：“泥胎坯干透后，就要画货，先得用这白粉水刷涂几次打底哩。”

他们又问：“怎么就偏用这打底？”

安安说：“它不咬色嘛！”

安安说着，用眼看一下他们的尊容，眼皮就忙落下。对这些人怀着稀罕，反感也便不那么厉害了，让他们坐着看底色打过后，开始在泥胎坯上彩绘。一个凸面的泥胎坯上，霎时就有了鼻子，有了嘴巴，有了眼睛，有了胡子，额头上又画上一个“王”字：一个老虎挂片就成功了。城里人乐得直叫：“没见过，没见过，真美！”

美的是老虎脸，美的也是安安的脸。安安似乎感觉到这些人直愣愣瞧她，瞧得她不敢抬起头来，耳后就阵阵发烧。毛老海在外边跑得多，敬重钱，也敬重能挣钱的人，就开始为客人熬茶，茶里还放了糖。安安见爹殷勤，慢慢地心里拆除了栅栏，告诉说彩绘的颜色可分两种：一种是干色，一种是水色。干色是矿物染料，石黄、石蓝、石绿，银朱。此色用石花菜熬成的胶水调和，色彩保存长久，不怕风吹日晒，缺点是价昂，色地较暗，不易调研。水色则是从集市上买来的，如碱性玫瑰红，碱性品绿，碱性嫩黄，用骨胶调和，价钱便宜又易调配，效果鲜艳，就是怕风怕日，需得彩绘后罩一层清漆。墨色是用得最多的，但墨不用买，锅煤烟子自制就成。要用粗碗研细，过罗，用胶水和，制了墨条，用时以胶水稀释，调成墨汁。安安当场就操作了，画出个“八仙过海”，画出个“天官赐福”，以及老虎、狮子、蟾蜍、蜘蛛、金瓜、石榴、佛手、海棠。安安嘴说手动，一抬头，陌生人全听呆了，看呆了，浑身软得提不起腿儿，说：“早听说安安的手艺了，百闻不如一见！可惜经理没来。”安安说：“什么经理？”回答道：“我们经销公司经理呀，他是有名的改革家啊！他说你认识他，叫冉宗先的。”安安摇摇头，说是认不得，就站起来说：“天不早了，回去吧。”打发客人出了侧窑，毛老海也便说：“慢走呀，明日我来翻修房子。”不走也不行了，水文站的人一步一回头地归去。

翌日，毛老海去了水文站。这是黄土峡谷里的一院白墙蓝瓦房子，院子很大，一直圈到了房后的半坡，弯弯扭扭，高高低低，像摆了一圈活动折尺。院前是一条大路，满是车前草和马兰草以及驴粪羊屎，路过去一片耕地，就到了万泉河。一架浮桥在那里，涨水时只有水文站的人才上去走动，平日就栖了长腿子老鹳，处世泰然，吆赶不动，撒下石灰水一样的白屎。那水边的石头上，水泥制作的墩子上，红漆标写着水文的符号。毛老海认识了公司经理冉宗先。这是一个精精干干的瘦后生，一口普通话，和毛老海交谈时，偏要学雍山的语调，将字字念成去声，肆意扩大语气。毛老海也觉得好笑而不好意思了，说：“我们山里人不会说话，甚是逊眼，活该你们作践了。”

冉宗先说："哪里！土话倒中听的。"毛老海说："什么中听？味儿寡哩！"冉宗先就笑了说："你瞧瞧，什么'逊眼'呀，'活该'呀，'作践'呀，'寡'呀，尽是些古文字眼哩！我真弄不明白，这些古文里的语言倒是你们最土的话？！"毛老海当然更不懂，就再是不知所云地笑笑。

但毛老海毕竟眼热起这帮后生，尤其是那个冉宗先。他们四面八方都有联系，每天有好多人来，也有好多人出外，常常什么也不摊本，就弄回来一大批钱。毛老海也是挣钱的角色，却尽挣得小么零碎，便对冉宗先佩服不已。冉宗先在柳林营村收集的皮子，第二天就有人来拉走了。一手拿货一手交钱，就把一沓钱在手心摔得哗哗响，说："毛伯呀，你们雍山老说穷，是见钱不捡嘛！"毛老海说："寻不着钱眼呀！"冉宗先说："其实你们乡里人比我们更自由，问题是你们不开化！毛伯若也要当万元户，咱们以后合作吧。"毛老海求之不得，当下喜欢说道："敢情好，敢情好，我在外边两眼墨黑，雍山里却熟哩！"高兴起来，没了命似的忙活，四天里就将房子翻修好了。

冉宗先要宴请毛老海，饭桌上却尽放的是啤酒。毛老海喝不惯，认作味同马尿，又吃不惯每样菜里都放糖；而且还有整条烧好的鱼。万泉河里有的是鱼，但雍山人不吃，嫌有刺麻烦，味儿腥口。冉宗先大笑，说："你们只知道吃羊肉泡馍，喝烧酒，唱秦腔！东南沿海人之所以脑子活，就是人家吃鱼的缘故！"毛老海只好吃了一口，腥味呕得几乎要吐出来。回到柳林营村，却大肆宣传。村里人都知道了水文站有一个经销公司，公司有一个冉宗先经理，是一个了不得的人物。毛老海说："城乡到底是有区别嘛。咱这儿的后生，都剃个光头，城里的后生就留长发；咱这儿女子都是长发，城里的女子却都是短发！"气得安安噘嘴，窝一眼瞪一眼地恨爹话多。

从此，水文站的人常来村里。来了就到毛老海窑里坐，临走顺手捡窑角几件古墓里挖出的烂盆破罐，付给毛老海几张钱。毛老海也乐意搜寻，倒博了许多收入，越发看重冉宗先他们了。

水文站这些人，都是城里的子弟。他们的到来，把文明带到了雍山，也把不安分带到了雍山。他们在城市里吃喝惯了，热闹惯了，来到这深山里，上五里没村，下五里没庄，孤孤零零寂寂寞寞，一身的精力发泄不出去。每日从万泉河里用仪器和尺子测量了水位，回来记载在一个硬皮本里，就集在一起抽烟，喝酒，打扑克，下象棋。他们有电视机，图像模糊得看不清。他们有各种各样时髦衣服——父母可怜儿子过不上城市生活，总是满足他们的服装，但时髦的服装一半是为自己实用，一半则是让外人看的，却谁能看到？他们想离开这个穷僻之地，可中国的每一个人都是有户口的，他们也就慷慨激昂议论当今政府，政策，法令。他们带着浓厚的城市文明人的文明眼光看雍山，认为雍山人太贫穷，也太原始落后，归结到底，认作是没钱的缘故！当城市经济改革政策颁发后，他们申请成立了公司，头儿就是冉宗先。提出他们要改革，要自己开创文明生活的环境条件，要以文明来影响整个雍山。也就是说，钱是万能，钱能包揽一切，改变一切。他们都是读过书的，知道当今社会的信息的重要，了解到城市里那些大单位，大公司能和外国人搞合资经营，买回成套的洋机器。雍山条件不行，要赚钱就只有在城乡之间搞经纪，搞皮包公司。他们好英武，开口闭口“要做改革家”，谁也奈何不了。

钱是有了，日子却还是寂寞。他们是到了对女人特别敏感的年龄，一谈起来，万般想象，身上的部分肌肉勃勃而动。当第一个人偶尔在万泉河上游看见了安安，回来就说得眉飞色舞，满口白沫。从此轮流去观看，称柳林营村是“雍山市”，安安就是“市长”。“看市长去！”已成了他们的一项生活内容。这“市长”艳俏自然比不得城里的姑娘，城里的姑娘有高跟鞋，有牛仔裤，扭动水蛇一样的腰跳迪斯科。安安没有，安安不是披肩发，还梳个大辫子。但安安耐看，这么多人轮流去看。百看不厌嫌，常看常出新味。

冉宗先是个有气魄的人，什么事能够敢想，也能敢干。他公开讲他是看上了安安，使别的人只好退避三舍。他给安安唱歌子，甚至明目张胆地看安安脱了外衣挖“板板土”。后来，因为和毛老海糊弄熟了，竟一身风流地到安安家里去，排说外边的世事，抖显城里的时髦。安安认出这是那个偷看她紧身粗布胸兜的男人，脖脸泛了一片红，但并没有打他，骂他。冉宗先就胆子更大，竟从怀里掏出一件东西送安安。

安安说:“送我个牛‘暗眼’呀？我家可用不着这个，我爹把牛早卖了！”安安咯咯咯地笑，笑世上还有送牛“暗眼”的，那还值得掏钱买吗，她一个晚上就会做好的，而且上边还会绣上两朵海棠花的。

冉宗先说：“这不是牛‘暗眼’，是乳罩，海绵的，城里的姑娘都用这个，身子就有了线条了。”

安安“唰”地脸像裹了红布，想起上一次他看到了自己的身子。做女儿的身子让生人看到了，那是何等的羞耻?！她一扬手，打落了那洋玩意儿，恨恨地回侧窑把门关了。

往后水文站的人再来，安安不再教他们捏泥玩货，掩门不出。毛老海依旧和冉宗先往来，怪安安不赏脸。安安怨爹，却不好意思给爹说明。日子过得气不顺，三天两头和爹顶嘴。毛老海帮冉宗先拉线寻关系做生意，赚了钱拿给安安看，安安理也不理。毛老海气得说：“我挣了钱倒是干了丢人事了?！活在世上，什么都可以有，就是不敢有病；什么都可以没有，就是不敢没钱。”安安说：“爹，你老是钱，钱，不说钱就没啥说吗？”毛老海说：“现在是什么世事，钱还有嫌多的吗？”安安说：“爹，你记着，钱多了就是祸害哩！”

冉宗先接二连三地来安安家骚情，小四是看在眼里的。但人家人多，穿着洋气，脸子又白净光堂，小四有些自惭形秽。他已经不再忌恨柳林营村的那二十二个后生了。同他们一起在打麦场上打毛蛋，玩屁股掀栽碌碡，教他们学习拳脚，说：“水文站那姓冉的一伙凭什么欺负咱们，他们凭他们能赚钱?！”说起来，肝火盛旺。但眼瞧着水文站的人和毛老海越发热火，他们却近身不得，私下里也检点起自己的不是：水文站的人能行，咱雍山人就不行了？钱也不是天生下让他们赚的，自己何不也寻寻钱路，过一种有钱有势的气派日子？于是，就又鼓动那些后生，发着狠学水文站人的样子，从此再不死守那几亩黄土薄田了，各自根据各自情况，有的去贩葱贩蒜苗，有的挖药材养土鳖子，有的办了杂货店。小四则到七里营镇买了五千条桐树纽根，五寸长短，在万泉河边的湿地里埋种了，育了苗将来会一棵卖得三角钱。安安到河里来挑水，他挡在五柳下，叫：“安安，安安！”

安安放下水担，水担支在水桶梁上，坐了，说：“小四，育这么大一片桐树呀？”

小四说：“挣钱呀！平原上都育这桐树。雍山长不成别的树，听说就长这桐树和红眼茅哩。我已经说好了，明年春上买一批红眼茅树种，在峁梁上荒地里再育一片。”

安安说：“小四也灵醒了，学水文站的人要挣大钱了！”

小四说：“比试哩！”

安安就笑说：“小四的秦腔比水文站唱得好，要挣钱就差老鼻子了！你比得过冉宗先吗？”

小四说：“我的钱比他挣得明白！像他那样云里来，雾里去，日鬼捣棒槌的，我还嫌败德行哩！安安，你别以为只有他能挣钱，让他口袋的钱耀花了眼啊！”

安安说：“小四，你说这话是啥意思？”

小四说：“我提醒你呢。不管他穿什么戴什么花什么用什么，到头来，靠得住的，还得看他的人哩！”

安安倒生了气。冉宗先纠缠她，她没给好脸，心里倒老恨小四不到她家去，没想见到小四了，他竟拿这种话训她！就说：“我是我，你是你，你凭什么提醒我呢？！”挑了水桶就走。

小四急了，用手去拉水桶。水泼洒了一地，说：“安安，你听我的话！”安安说：“我又不是你家人！”气得小四一撒手，安安打个趔趄，水桶脱钩了，从五柳下滚到河里。小四扑在水里打捞了，两手提了两桶水走上岸；一直提到打麦场边，放下，折头又到河对岸栽种桐树苗了。地角是一片野芦苇根，交错复杂。他狠了命地刨，刨，牙子镢的一个齿都“咔嚓”扳断了。

小四一肚子闷火，下午就到马家老二家喝酒去了。喝得很凶，回来又着了风，夜里便睡倒了。娘只说是喝醉了，并不在心上。可两天里，小四没有下炕，周身烫热。娘用火罐在额上拔了几个红坨，用针又在眉心挑放了几滴黑血，病还是不见轻。娘就急了，去叫了马家老二。马家老二又去请了阴阳师，让来祛邪驱魔。阴阳师带了黄纸条做成的神衣，粗麻拧制的神鞭，还有一把三山刀，用铁板做成，下面吊着大铁环子，一摇动“铮铮”有声。阴阳师一进窑，小四就怨娘胡折腾。娘捂了他的嘴，忙着在锅里打了六个荷包蛋，端给阴阳师吃了。那阴阳师就穿了神衣，挥动神鞭，在窑内窑外甩得“叭叭”价响，紧接着摇动三山刀，口中念念有词地请神。十分钟，一刻钟，神被请来，身子顿时跌坐地上，僵若一具死尸。少刻，又以神的面貌一跃而起，挥动三山刀如疯如痴，口中咒语不绝，用刀砍炕棱，砍门框，又碰击自己的头颅、膀臂。后是路不择途，跳上窑前的石磙子碾盘上，上到窑垴畔，甚至竟从丈余高的土崖上往下跳。返回窑里，气喘吁吁，说是："妖魔鬼怪撵走了，病人有希望了！"吃了羊肉泡馍，接了五元钱返去。

巫神跳神舞的时候，安安是站在窑门口往这边看的，她知道小四的病是怎么得的，心里就觉得不忍，要过来观看时，毛老海又要到凤翔县城去，让安安做饭。安安一边烧火一边说："爹，小四病了。"毛老海说："吃五谷谁不生病！"安安说："爹不去看看？"毛老海说："冉宗先要我跟他去凤翔呢！"安安说："那我送他一个老虎挂片去。"毛老海说："招理那傻野小子干啥呀?！"安安和爹说不拢，懒得也不再多说。

天擦黑，毛老海走后，安安拿了老虎挂片到了坡洼。小四家来了许多人。小四还未起炕，昏昏沉沉的。娘就抱了一堆圪针柴在窑前燃了火，圪针柴是小四平日赶驴、拦羊、砍柴捎背回来的。火势旺，"噼啪"作响，所有来人均在火旁围观。等到火势稍退，开始了"跳火"。年轻人争相跳跃，再是老年人跨火，再是抱着小孩跳，在火上绕圈子。娘到炕上搀小四跳，小四不起来，娘就将小四的枕头抱出来在火上绕。安安进了窑，叫声："小四，小四！"小四睁开眼，猛地就坐起来，说："安安，你来了！"安安说："说你没出息，真没出息，真的就病了！我送你个老虎挂片，把邪气从心里赶了去！"小四拿过老虎挂片，抚摸着说："我这病就害在老虎挂片上……"正说着，娘进了窑，小四不说了。娘用衣袖拂了炕沿的尘土，拉安安坐下，说："安安能到我家来，我真喜欢哩！窑里收拾得乱糟糟的，叫安安委屈坐了！"安安说："婶子把我当皇宫娘娘待了?！"小四娘说："你来了，小四也能坐起来了。他是个硬性人，在外见了女子羞脸却大哩，这回病得怪了，咋治也不见好，问他也不说，你劝他下炕转转，跳跳火去，好人睡上三天两天，也要睡出毛病来哩！"安安心里说：小四哪里见女子羞脸大，他是有毒的男人哩！就拿眼勾着看小四。小四顶不住安安的眼光，给娘说："娘……"娘就退出窑去。安安说："说你怪，你真怪，什么事你都拿捉了我！"小四说："我怎么拿捉了你？"安安说："我这不是还得来看你吗？"就过来搀小四去跳火。小四被安安搀着，脚下飘飘的，过门槛时，头在门框上碰了一下，也未觉疼。两个人从火堆上跳过来，又跳过去，安安叫："回来了——！回来了——！"小四应着叫："回来了——！回来了！"如此几番招魂，小四在心里说：你就是人魂，你就是我的魂！脸上就有了红晕，不用搀扶走动了。安安悄声说："你装病！"小四说："你要真心让我好，你听了我的话！"安安说："听你的！"就过去将燃余之柴把向坡下、沟里扔去，伴着口里喊道："撂百病哩！""撂百病哩！"

八月二十八日，安安和爹要捏一批泥玩货，为的是上十月一日的七里营镇的集会。清早起来，父女俩收拾了石磨盘，将"板板土"倒上去除了杂物、砂石，以水浸泡了。估摸泡软的泥有七十多斤，就撕碎了一斤重的麻纸、柳絮。麻纸是爹买的，柳絮则是安安春上在五株古柳上采的。便用木榾柮捶打，"啪啪啪"地响，直捶打得纸片和柳絮成了纤维状，就把打好的泥用湿布包好，放在一口瓷瓮里"醒"着。这一"醒"就得一天。安安说："爹，泥让醒着，你在家里做封洗吧，我到外婆家走一趟，老长时间没去她老人家那里了。上次外婆来说，她们那儿代销店里有骨胶、皮胶和白矾。听说还有从省城进货来的丝线，我要给爹绣个烟包儿的。"

毛老海说："你要去就去，还拿好话儿迷爹的耳朵，爹又不是孩子！"

安安就给爹笑笑，擀了一案面条在箕盘里放了，叮咛爹晚上自个儿下了吃，又给爹早早将涮净的便壶放在床下，还提醒爹夜里吃烟，火星儿别溅在被褥上。就头上一把，脚上一把，收拾得平头整脸，用粉线扯了额上的荒毛，将眉毛拔得细细的，一甩辫子，黑光光的蟒蛇一般的打着屁股蛋子走了。

外婆家在七里营镇，安安沿着万泉河走，跳跳蹦蹦地到了三里湾，这里是个黄土峡，两边崖光秃秃的，崖顶上有一座黄土古堡，峡沟里满是些坑坑洼洼的黄土漏斗。有一棵树，是小叶榆，干枯得像是一桩烧焦的柱子。干榆下是一个洞穴，洞口长满了野酸枣棘，白茅草，黄麦菅。安安平日是不敢到那里去的人，人们传说那里曾经吊死了一个媳妇——是偷汉子，被男人抓住打了一顿，就跑到这榆树上上了吊。从此就说这里常有鬼，有狐子，有狼。安安便一边拿眼睛往那边看，一边脚下急急地走。突然那枯榆下的土坑里就冒出一个黑乎乎的东西来。她"啊"的一声，拔腿要跑，身后就有了叫声，是叫她安安。

安安回过头来，是小四。小四满脸的土，给她笑着，身上背着一杆枪。

安安镇静了神儿，问：“病好了？你在这儿干啥哩？！”

小四说：“病好了，只是身上乏力，我在这儿等着打狼哩！”

安安说：“你不要小命了，跑到这儿打狼来了？”

小四说：“我给你打的，打着了，我要用狼尾巴毛制个笔。送你画泥玩货哩！”

安安说：“你八成疯了，你要打不过狼，叫狼吃了，你让我做什么孽！我稀罕了狼尾毛，我画泥玩货有狗毛哩！”

小四说：“稀罕不稀罕是你的事，打不打狼是我的事。人都说这洞穴里有狼，我等了三天了，连个狼蹄印也不见的。”

安安不言语了，她知道小四是蔫胆儿，你不让他干的，他偏要干。就说：“你呀你，要是在泥玩货里，你就是个老虎；要是在关帝庙里，就是个周仓；要是在戏文里，就是个‘黑头’！我告诉你，你就是弄下狼尾毛，我也不要的！”好像气嘟嘟的，抬脚就走了。

听话听音，小四爱见安安这种生气，就说：“安安，这儿没人，你不愿意和我多说一句话吗？”

安安说：“我怕有鬼哩！”说罢却笑，她是笑小四肯定不知道这话意思。你小四就是一个活着的小鬼哩！

小四过来扯住安安手，安安手软得像棉花。安安一甩却挣脱了。小四说：“安安，你这是到哪儿去？夜里你还听着我唱的秦腔吗？水文站姓冉的来给你唱，我几声狼叫就把他吓跑了。他算什么汉子，兔子大个胆！”

安安一边跑一边说：“小四，你这坏小子，你唱秦腔我怎么知道。你有本事，你就去和水文站的人比试去。你不要追我！”一块儿石头就掷过来，打在小四面前的河水里。水溅了小四的眼，一趔趄要掉到水里去了，用枪一支，却弄湿了枪上的火药。

安安唱着歌沿河走，后来就上了坡梁，看见了坡梁下河边的水文站房子。刚一站定，正好水文站门前站了许多人，悦声说：“这不是安安吗？安安来我们这儿坐会儿吧，参观参观嘛！”安安不喜欢这些人的话多，又都是奉承话。抬脚又要走，冉宗先就猴儿一样跑过来，问："安安，是要到凤翔城里去吗，穿得这么新鲜！"安安摇摇头。冉宗先又问："是去西安省城吗？"安安还是摇头，却心里有些灰：唉，都怪爹，哪儿也不让去，凤翔城里去过三次，每次还都是有外婆跟着，西安省城是什么样子，怕今生今世也去不了一趟呢！

冉宗先见安安脸色不好，就越发上了劲地激安安："安安，到站上歇会儿吧，看看我们公司。你是怕我们城里的男人吗？"

安安说："怕怎的，又不是老虎又不是豹子！"就跟着下了坡梁，进了水文站院子。水文站的人出来个个收拾得整整齐齐，集体卫生却不如猪狗，满院子的尘土垃圾。七八个后生都在一间大房子里，让一个外请来的裁缝在丈量身子。见了安安，脸上全嘻嘻笑，说："市长来了！"安安说："谁是市长？"冉宗先说："你是市长，我们叫你是市长。如果雍山搞民主选举，安安，那你的票就最多呢！"安安心里又烦了。冉宗先忙岔了话题，说："瞧瞧我们这里吧，改革不改革就是不一样，这一月做了一宗生意，赚来的就能给每个人做一身西服了！"安安知道冉宗先身上穿的就是西服，便说："西服有什么好的，连扣子都那么少，胸口晾着不怕伤风感了冒！"惹得大家都笑，安安倒有些不好意思。冉宗先殷勤地引安安到他的房中，说给她看收录机、电视机。安安第一次见到这些东西，心里也禁不住稀奇，刚才的气也消了许多。这儿摸摸，那儿敲敲，暗暗惊讶这些人到底是不同雍山人一样。不知怎的，这阵儿倒想起小四了，便说："你们也真行，满屋子闪光的东西，尽都是赚了我们雍山的！"冉宗先说："雍山有什么好赚的，要不是想法改革，为了四十五块钱活该就窝到这黄土洼来了！"安安说："胡说，是我们雍山糟蹋了你？"冉宗先说："这地方，真会出了什么宝贝也没人知道。瞧你，这般人才，不是白白在山里等着变老太婆吗？人都说黄土洼里的山丹丹花好，开了也就白开了。你知道吗，我们那些同学在城里待业，天王老子也管不着，天南海北地去逛，去做生意，钱多得数也不数，一沓一沓只用尺子量呢！安安，你还捏那泥玩货吗？"安安说："捏哩。"冉宗先就说："你们也好落后，什么时代了，还玩那泥玩货！真屈了你，你要是在城市里，说不定会使用电子计算机，可你没条件，只会绣你的花，捏泥疙瘩。"安安说："泥玩货在七里营镇上买的人多哩。”冉宗先哈哈大笑，说那能赚几个钱，他这几日正在联系一宗生意，成功了，得手就是五千元哩。安安心里空空落落起来，她觉得冉宗先口大气粗，却说的话也不能说没有道理，城里长大的人到底不是雍山人！那心里便生了说不出来的感觉。

天渐渐黑起来。安安要走，冉宗先硬留下吃饭。饭是蒸的米饭，菜是买来的，冉宗先夸耀是城里的罐头。安安从小没吃过米饭，罐头甚至见也未见过，第一碗吃着挺香，却觉得吃不饱。吃惯了羊肉泡馍，苞谷面搅团，那样的粗饭吃了能顶饱，口里味儿长久。冉宗先拿出酒来让喝，安安是能喝的，喝过五盅，头却有些昏了，只道是城里的酒味儿不一样。冉宗先就出去打水，要熬茶饮。

安安在房中等着，一等不来，二等不来，靠在床上放沉了脑袋。好大工夫了，院子里有了吵骂声。一个说：“她就在这儿，与你屁事，你是她什么人？”一个说：“一个村的！”一个说：“不沾亲不带故，你走你的路！”一个说：“你们不要勾引她！我告诉你，你们不把她叫出来，我今日就和你们没好说的！”接着一阵响动。双方斗打开来。

安安走出来。月光满地，两个人搅在一起打滚。安安看清了，攥着冉宗先长头发的正是小四。小四是光头，冉宗先没处攥，揪住了小四的招风耳。安安叫道：“打什么呀，都给我起来！”

两人都爬起来，满脸的鼻血。小四说：“安安，我是来接你的，天这么黑了，你在这儿干啥呀！”

安安说：“谁让你来接的？”

小四说：“我看你老没回来，就担心你走夜路害怕，一接就接到这儿来。安安，咱人穷，骨头却不轻的！”

安安说：“小四，是我骨头轻了？”

小四说：“你别瞪着我，安安。他们这里的东西，也没什么了不得的，咱也是能弄得来的，眼下没他们钱多，咱也是慢慢可以挣的。我估摸这些人没安好心，一定半路截了你，果然就截了你！”

冉宗先说：“谁没安好心，你嘴里干净些！”

小四说：“还想再打吗？”出其不意一个鸳鸯脚，正踢在冉宗先的胯下。

冉宗先骂声“野种！”也反扑过来。被人拦住，却将脸上的鼻血抹在了小四的脸上。安安酒劲全醒了，倒生了大气，说道：“小四，我是自个儿来的，哪里受谁的勾引，你说这话难听着呢！”

小四说：“安安，哪里去不得，你怎么能到这儿来！”

安安说：“你也管得宽了！我愿意到哪儿就到哪儿，谁也管不了！”说罢出了院门往外走。小四跟上来，冉宗先也跟上来。安安停住脚，怒目而视。

小四说：“我跟你回去！”

安安说：“我到外婆家去！”拾起一块儿石头，“你俩再不走，我就拿石头打呀！”一步步从万泉河的浮桥上过去，流水呜溅溅的。

三、小四

清早，马家老二来找小四，小四不在家，那杆土枪孤零零挂在炕头窑壁上。没有剥下的狼皮，连一个长尾山鸡也没有。小四娘给老二冲了一碗茶，说：“老二，小四昨日夜又在你家喝酒了？”老二说：“没呀，我这就要寻他，他又发什么疯了？”小四娘说：“半夜里回来，脸上阴得能捏出水来，今早还是恼得不说话。”老二说：“这就怪了，莫非又为着安安的事。这阵人呢？”窑门口就响起驴蹄声，那头黑叫驴驮着两桶水站在门口。马家老二过去把桶卸了，水倒进瓮。知道小四在河里装水，放驴下坡洼去，果然看见小四蹲在河边。

小四娘过来说：“老二，小四是没嘴的葫芦，安安的事他不给我说，你和他好一场，要多承携哩！”

老二说：“这当然。毛老海是个空空脑子人，如今眼睛长在了脑门上。小四憋不了一口气，我们也想法儿改变咱雍山人的处境哩。我这就来叫小四到我家去，帮着去给驴配种呀！”

小四娘听老二说了，脸上有了喜色。一边拿了线拐子，一边取了羊毛在那里拧绳，打问着小四和安安的事。小四回来，给娘使个眼色，不让说下去。娘偏说：“老二是旁人别人？既然你心上有安安，你也不要在人家面前发犟牛劲。女孩儿羞脸大……”小四说：“娘，你哪里知道什么！”娘说：“我从小养的狗，我不知道狗咬人不咬人？你见了人家女的，要么死不闪面，要不还硬撑你的架子。别说你现在无财无貌的，就是有财有貌，不会说话，嘴笨口拙，十个女子有十个就跑了！”说得小四一脸通红。老二就笑得“嘎”地喷了一声。小四问了老二来的目的，一甩手说：“啥也甭说了，我谁的气也不生，我生我的气哩！老二哥，还是咱把咱的正事没办好哩，他水文站的看不起咱雍山人，咱就是百事不如他们，可咱人是正人。咱下茬干成几件事，水文站的也不敢在咱脸上五抹六道的！时候不早了，咱走吧。”娘就放下线拐子，在窑外墙角地里拔下一棵冬花叶草，摘两片在手心啐了唾沫，拍薄了，一片贴在小四额上，一片贴在老二额上，看着他们去了。

雍山人家差不多都养了驴马，以往配种要到七里营镇上去的，马家老二买了种驴后，生意极是红火。小四是“从小卖蒸馍，啥事都经过”，又一身力气，大凡驴配种的时候，老二少不得来叫他。小四到了马家，窑前的场院里已安好了配种架子，小四就将母驴拴就在木架柱上，让老二用刷子梳理其身。自己就端了好吃好喝的给种驴喂了，一手牵来，绕场院打起场子。惹得孩子们来看热闹，嗷嗷直叫。种驴一见母驴，骚动起来，四蹄踢踏。小四却并不放开驴绳。热烘烘的太阳下，精赤了膀子，只牵驴绕着母驴转，让种驴伸出舌头闻母驴的尾巴下部位。闻了又闻，舔了又舔。看热闹的孩子们就用土块掷打种驴，有几块掷在小四身上。老二只拿着扫帚赶打。愈打人愈多，有的婆姨也抱了娃娃过来看，赶忙就走了，远远地骂小四是坏东西。小四笑而不理，将急不可耐的种驴几次从母驴身边拉开。如此反复，种驴忽地在身下冒出鞭来。小四喊一声：“闪开！”人群闪开，手中缰绳放松，种驴就前蹄搭上了母驴后背。但是，一次不成功，下来；又一次不成功，下来。马家老二脸都急红了，直叫小四，小四叫道：“稳住母驴，别让它动！”自己头上的汗水也豆子一样滚动。种驴又一次扑上去，成功了！围观的人哗地笑着逃散。小四抹了满脸的汗，一抬头，却见窑的堖畔上站着安安。

安安是从外婆家才回来。外婆家孵了小鸡，送她两只。一手握着一个路过这里，见路下的窑场院里一堆人，不知有什么热闹。过来看时，脸红得发烫。慌慌要走，却看见牵驴的是小四。小四还有这手艺？安安想不到。再看时，正是种驴的几次失败，她也真为小四急了，暗暗替那人那驴加劲。浑身一用劲，拳头就捏起来，竟忘了手里握有小鸡。最后驴的事情成功了，安安身骨软下来，手一松，两个死鸡掉在脚面，就急骂："小四！小四！"

小四见是安安，逞能得却不搭理。

安安害怕的就是谁不搭理：谁不搭理她，她偏要搭理谁。就气呼呼的，甩两个死鸡下来，跺跺脚，扭头走了。

小四毕竟是男人。男人对什么事情心里都有毒，唯独待女人，骨子里却犯贱。便又跑上去，瞧安安并没跑远，才要站住脚。安安却瞄见了小四，偏又不回头，再走。小四索性不追了，安安则立定了脚，骂道："小四，你好大架子，理也不理人了！"

小四说："是我不理你，还是你不理我？"

安安说："我路过水文站去坐坐，你就和人家打，你打得什么理儿?！"

小四说："我气愤不过，你是咱雍山的。"

安安说："你得了！你还不如说我是你的?！"

小四说："我是这么想的。"

安安说："你想得美！你知道我是怎么想？"

小四说："那你说给我听。"

安安说："我想是给我想的，我为啥要说给你听？"

小四口笨，不知道怎么对策了。俩人相厮着往回来，安安故意话就多起来，说水文站的冉宗先房子里有好多城里的洋东西，肚里又装有好多城里的稀罕事。当了经理，跑那么多地方，经那么多世事，到底和咱雍山人不一样。小四一句话不说，末了气恼地顶撞道："他那么厉害，还到咱山里干啥哩，还在水文站待着干啥哩？"安安说："你别忌恨人家。人家就是千不对万不对，总有你小四不如的地方吧？"

小四说："我不如的就是他能欺负了我！"

安安说："你别和我赌气！"

小四说："谁和你赌气？我要的，就是你那一颗心不要偏了！"安安咻咻笑，小四就恼了，故意和安安拉开距离，走到前边去。

走到村前湾后，路畔地坎下有一孔旧窑，是拦羊避雨地方，里边光暗，放有许多干禾草，和一地黑豆一样的羊屎蛋。小四站在窑口，说："安安，你肯和我到窑里坐坐？"安安说："坐坐有啥？"小四说："你肯听我一句话？"安安走进去，靠墙站了，双手压在身后说："你说吧。"

小四说："我没冉宗先穿得好，说得好，可我心里倒不服他！你心上有我没我，我不知道，反正我心里有你，夜里做梦都和你在一搭。我说要给你送一支狼尾毛笔，我一定送你，不是我打死了狼，就是狼吃了我！"

安安急了，说："不许你说这话！"

小四说："我就是说，狼要是把我吃了，你只要知道我是怎样被狼吃了……"

安安一把捂了小四的嘴。手是来捂嘴的，嘴却把手咬住了，另一只手来帮忙，两只手全被握住了。安安被拥在窑壁上，退走不成，嘴唇上凑上来了另一张嘴。三推两挡，安安也安静了，两张嘴像各含了熬锅糖，糖把牙都粘住了。安安说："好了，这下你满足了，你这个鬼东西！"小四却说："你给我说，冉宗先亲过你没？"安安拿眼睛看着他，就感觉到身上有什么在索索索跑，立即又看见从尘土里、禾草里，蹦上来几只跳蚤，趴在小四的小腿上吸血，说句："有跳蚤！"指头在口里蘸了去捏。小四被跳蚤吃了，小四却要吃安安的舌头；安安放生了跳蚤去吃，自己便将小四的舌头吃住了。恨恨地咬，说："我叫你胡说！"跑出窑来，太阳热烘烘的，一边抖着有跳蚤的裤腿，一边拢她的头发。

小四心里踏实了，常回忆着窑里的事，每一个细节都回忆得起。在家里，也给娘笑脸子看。娘猜出儿子的心事，也买了香，三天两头在中堂下烧，求神明保佑儿子的好事。

小四从此就胆大起来，厚着脸到安安家去。安安骂过他是苍蝇，他觉得苍蝇最勇敢。安安说："我爹就是蝇拍，会拍死了你！"他会说："我这苍蝇就专往蝇拍上面落，你爹拍得死？"果然小四一来，总是和毛老海说话。毛老海爱喝酒，小四就打一只山鸡来下菜；毛老海爱喝茶，小四就采鲜玫瑰花切丝晾干给毛老海拌茶，毛老海迷糊了。他将安安捏好的泥玩货胎坯全晾干透了，让小四一一放在柜台上，就把细罗筛过的封洗碎末加上胶水，在炉火上搭锅滚沸，拌搅成团，竟说道："安安，小四没本事，却是勤快老实哩！"

安安站在灯影里，偷着看小四，说："老实！担粪就是不偷吃！"

小四赶忙站起来，看见瓮里没水了，摸了挑担要去万泉河担水，毛老海过意不去，就说："安安，天黑了，路不好，你给小四打了灯笼去！"

安安说："我不去，我怕哩！"

毛老海生了气，说："你跟小四一块儿去，野猫子会咬了你?！"

安安到底不去，小四挑了水桶出窑时，黑影里就踩了安安的脚。安安一"哎哟"，爹问时，却推说牙疼哩。毛老海见小四担水走了，就训起安安："你怎么不懂得个人情世故？"安安说："你让我不要疯张嘛！"毛老海说："你这女子也真没眼色，看待什么人呢。"安安说："你说小四是什么人？"毛老海说："你爹眼光毒呢，小四来不是为了我，是为了你呢。可他也是不掂量自己，咱也就全装了糊涂。他要干什么就让他干吧。"安安说："爹是骗人家劳力呀?！"小四担水进来，父女俩就不再言语。

毛老海和小四坐下又熬茶吃烟，说天道地，最后说到准备打个院墙。小四说他来打。安安又点了灯坐在炕沿上绣一件裹肚儿，说："打什么院墙?！"毛老海说："没个院墙，过路人尽往窑里看，门口的皂角树，哪一年咱收过？"安安说："要打院墙，哪里用得着小四，小四能打了院墙？"小四却说："我怎么不会打，我一个人包了！"安安皱鼻子恨了一声。小四一边喝茶，一边极快地往安安这边瞅，安安裹肚也不绣了，"噗"地吹了灯。

第二天，小四就过来帮着打院墙。院墙的土是顺地起的，担些水洇湿就好了。黄土地区的院墙不用砖，不用石，也不用板，八根椽用禾草套了，装上土用木槌子捶，底部宽至二尺，愈上愈窄。两天里便打得一人来高。

两天里，安安未帮工。也用不着安安出力气，她是坐在炕上捏她的泥玩货。小四在毛老海面前，对安安不苟言笑，正正经经地有些呆，好像他人事不省。毛老海却识得破他的鬼，装着不理会，看着他黑水汗流地卖力，脸上笑而未笑，未笑欲笑，说："小四，你这一身力气真好！"小四说："下苦人嘛。"毛老海说："挣钱的不出力，出力的不挣钱呀！"小四知道毛老海心里没他，有冉宗先，气愤不过，又回答不出。毛老海就掏出一元钱给小四，说是家里没了纸烟，这一元钱拿去买烟吃吧。小四不推辞，一元钱便装在鞋壳儿里。毛老海说："钱怎么放到那儿?！"小四说："钱一直坑我，有钱了，我也要报复报复，压在脚底下！”毛老海笑骂了一阵，到河边去担水了，小四就在院墙上小声叫安安。安安听见不理。小四又忆起旧窑里的事，浑身火燎，跳下墙进窑去拉安安的手。安安不给，只是忙着制泥玩货模子。制好了，将“醒”透的泥在方砖上擀开，纳入模子中成型，是立体的，如对狮，对虎，就捏出肚子，以备合货时需要，动物腿部一一又插了竹棒、竹签支撑，连同案子一齐放到后窑阴凉处去干燥。小四只是缠，终于拉住了手。小四是顺竿就上的猴，拉了手，又抱了腰，嘴又来，安安将泥手在小四脸上一抹，说：“爹要回来，看打不断你的腿！”小四就跑出来，安安便将窑门关了。小四不得逞，心不甘，一指头又捅开窑窗纸，还在叫：“安安，你开开门！”一回头，毛老海担水回来了，赶忙就闪开去，爬上墙大声呐喊地捶土。

毛老海心下疑惑，嘴上不说，吃饭桌上发了话：“小四，累了你几天了。现在墙也一人多高，剩下的我自己打，后晌你就忙你家的事去吧。”

小四冷不丁瞪了眼，以为毛老海看见他的什么了，嘴上却强调他不累，帮人要帮到底。毛老海就冷冷地说：“世上什么东西都能看得清，就是人这个肉疙瘩看不清。这窗上的纸才糊得好好的，怎么有了一个窟窿，小四，是你捅的？”

小四头上出了汗，说：“什么窟窿，我不知道，是安安捅的吧。”拿眼睛直暗示安安，安安只是背过身去笑。

毛老海看了窟窿，破口是向外张着，便不言语了。精明的毛老海一时糊涂了，他忘了从外边捅进去，指头抽出时，又把破口带了出来。小四心里直念阿弥陀佛。

夜里，做爹的黑了脸，问安安：“小四在外边打墙，你好好在家做泥玩货，捅了窗纸向外偷看什么？”

安安说：“我没捅！”

爹说：“你没捅是谁捅的？做女子的不检点，你开门让进一个指头，那身子就会挤进来的！我给你说过多少回了，这地方不比别的地方，人是杂人，姓是杂姓……”

安安说：“不是我，就不是我。全给你说了，那是小四捅的！”

爹说："小四？小四涎馋你了？"

安安说："涎馋不涎馋我怎么知道，小四是爹请来的，爹眼睛毒嘛！"

毛老海噎住了，狠命抽烟，骂道："这骚驴子小四，他敢这样，竟耍弄了我！安安，小四还对你怎么样了？"

安安说："爹问这啥意思？"

爹说："剃头担子一边热，那就让他热了放凉去。你这头要是也热了，我就不依你！这小四蒙了我，他竟敢蒙了我，竟能蒙了我！他要敢再到我家来，拿草火燎了他去！"

安安说："这何苦呢，爹要说他好，就好得不得了，要说他坏，就坏得啥也没有了！"

爹说："你说什么？我看你心里也不干净了！"

安安是爹娇惯大的，从未受过爹的重话，当下委屈地流了眼泪，钻进侧窑关门呜呜哭。毛老海坐在那里好没意思，听到女儿哭起娘来，心里就酸了，气也消了大半，说道："你哭什么，你爹还不敢数说你了！你哭着，是给爹哭丧吗？"安安越发伤心，哭声就更大了。

毛老海只好一句话也不再说，到自已炕上睡了，肚子鼓鼓的，觉得有个疙瘩。天发亮，毛老海起来，安安还睡着，他第一次没有热水洗脸，喊了两声，安安还是不言语。他就往地里去了。

老天已经好长时间没有落雨了，地里的苞谷、谷子在灌浆的时候受了症，棵棵都长得秕秕的，还未真正成熟，就差不多旱死了。毛老海到了地里，热气烘烘地直炙脸，心里越发烦得焦躁，看见旁边的地里有人在担水浇，就说："二哥，一担水倒地里还不够蒸呀，哪能得救活呢？"

叫二哥的苦皱着脸说："有啥办法呀，明知道不行，可能眼看着这么旱死吗？今秋是瞎了，我担心再不下雨，麦就又种不下去。现在地分了，搂了几料好收成，怕就怕的是这有个天灾。井打不起来，万泉河岸的浇水渠也没人经管了，漏的漏，垮的垮，水不得下来呀，老海兄弟！"

毛老海说："村里没人去请请阴阳师，祈祈雨？"

二哥说："几个人也商量了，想去请哩。可听说东坪屯那里旱得比咱这儿更厉害，把阴阳师请去了，怕咱还请不来。你兄弟是长年在外走世面的人，你几时出面给咱请吧？”

毛老海多少心上有了安慰，说：“让我去请？人家看不看我这面子呀？”

二哥说：“你大人大事的，他不赏脸？你连水文站的城里人都交手哩嘛！”

提起水文站，毛老海越发自负了，说：“唉，话说回来，还是水文站那些城里人行，咱就是好风好雨的收一料粮食，一斤苞谷一角二，一斤麦二角钱，人家一宗生意，嘴皮子动动，也顶了咱几年的收成！”

二哥说：“咱不敢和人家比。咱这一带，除了你手头活泛外，谁能挣得几个钱呢？”

毛老海说：“这话倒也是，这么说，我是该去请请阴阳师了。”

正巧，小四从地边路上过来，老远叫：“毛伯，在地哩！”毛老海窝了一眼，扭了脖子。小四再说：“毛伯，安安怎么没来？”毛老海没了好气，说：“我认不得你，你也不要认我！”带气回来，窑里冰锅冷灶，安安的侧窑还在关着。硬是叫开了，安安睡在炕上，满脸赤红，眼睛肿得像烂桃儿。做爹的便吓了一跳，用手去试试额头，烫，一屁股坐在安安炕沿上长声叹息。

安安病了。村子里的人都知道安安病了，也很快知道了安安是怎么病的。就有人骂小四，说小四样子不言不语，其实是个贼胆儿人。也联系到他的家世，说他爹就是当过国民党的兵，小四也有伪兵的遗传性。多少年里他家出身不好，小四全是装着老实的。现在不论成分了，地也分了，谁也不管了，那真本性就暴露了。风火眼的小四娘听了，眼里水汪汪地擦不干。

小四得知安安病了，心里很是着急，却再不敢到安安家去。夜夜站在窑门口盯安安家窗口的灯光，但安安家有院墙，窗光看不见。自己打了院墙挡了自己的眼，小四觉得好后悔。就看着那没灯的院墙坐到半夜。

水文站的冉宗先又来了，出出进进安安家，临走，毛老海还送客送得远远的。小四恨得牙根子疼。白日里担水浇地，夜里就又唱秦腔。他再也唱不出《张良卖布》的词了，他在唱一出《三十里铺》的乱弹：

荞面圪坨羊腥汤，
死死活活紧跟上。
你爹打你你给我说，

为啥要把那洋烟喝？

歌声飘过河面，钻进安安的窑里。安安坐在炕上静静地听，听着听着，心里乱得一团麻，身上更是没了劲，眼泪扑簌簌流下来，歪着发迷症。

河对岸的歌声还在唱着，河这岸的人家都听见，开了窑窗要听这秦腔唱到几时去，后来却听到了打斗声。

打斗的是小四和冉宗先。冉宗先夜里又来找毛老海。他最近有了一笔生意，要找毛老海推销，在河边听见小四的歌声，就骂秦腔是驴的艺术。小四骂不过，拳头上去，打得冉宗先嗷嗷直叫。可也就在第二个晚上，小四去找马家老二商量抗旱的事回来，才走到万泉河边，月明星稀，黄土柱的后边忽地蹿出四五个人来，一下子将小四扑翻，接着拳打脚踢，小四头上起了几个青包。回家里，娘吓得半死，骂是哪个天杀的下的手脚，小四说："还有谁？水文站的！"

娘就哭说："儿呀，咱命里是没有安安的；既然这样，咱也就死了这条心吧。"

小四说："我不，我不！"扑在娘怀里，也呜呜地哭。

娘说不转小四，也可怜小四，就骂水文站姓冉的，城里的男人不找城里的女子，偏要看上安安，成心是要让雍山人都打了光棍，这么缺德？又骂毛老海，女儿是人，又不是盆盆罐罐，你能用箍子箍了？女大出嫁，能跟着你老东西过活一辈子?！小四听娘这么说，又直怪娘不会说话。娘没办法，便去找马家老二。老二家坐了好多人，都是在商量抗旱的事，将小四娘叫进后窑问了情况，拍手说："正要用小四了，小四怎么出了这事！"小四娘问："要用小四？"老二说："天红得这样，大家提出要抬龙王祈雨哩，原叫毛老海去请阴阳师，他竟和冉宗先跑着去做生意了。今早我才把阴阳师请来，让他做雨师。这么大的事，能少得了小四?！天再旱下去，秋收不下，麦种不进去，咱雍山遭了饥荒，那水文站的更要下眼作践咱山里人了！"小四娘明白抬龙王祈雨是雍山遇见干旱年里的大事，就不再叫老二来家宽小四的心了。回到家来，一一说知小四，小四竟从炕上爬起来，就要往马家老二家去。娘拦阻，他说："老二的话是正理，雨祈下了，再说别的事吧！"

当天中午，老二家集合了三十多人，由一位老者领着，上到雍山顶上的龙王庙里问卦，问龙王可否出山？龙王庙并不大，几乎要倒塌了。老者跪下，众人皆都跪下，便将一根八面体的小木棒，称作“八卦”的，在上面写了“三日雨足，行人早回，人心不诚，五谷丰登，走抬雨旺，口愿不明，风调雨顺，远行大吉”。老者祈祷后将卦滚下去。待卦停下，上面的面上写的是“走抬雨旺”，老者就大叫：“龙王愿意出山祈雨噢——！”立即祈雨队排列整齐。阴阳师便抱了口小肚大似葫芦状的“圣水瓶”做了“雨师”；众人则抬起了用木头做成的轿式龙王楼，一声呐喊，个个头上戴了柳条编织的“雨圈”；“雨师”便将一个龙王牌位摆进龙王楼，又将柳条插在楼轿上，叫一声：“马脚们，龙王走哪儿，就跟哪儿！”“马脚”就是抬龙王楼的人，小四便是第一马脚。一时间，马脚们全无目标，从雍山顶上走下，逢坡下坡，逢沟越涧，逢崖跳畔，时而横冲直撞，时而旋转不前，时而东摇西晃，时而猛然转向，直到万泉河边，龙王楼就地旋圈。那“雨师”就身披了绣有青龙白云的祈雨旗，抱着“圣水瓶”浮在河水中，看一下子是否瓶子水满外溢。糟了，水并未满，急得小四直叫，那“雨师”也满头大汗，连连摇头。老者只有再问卦，“马脚”们又纷纷跪下。老者就苦苦哀告了：“玉皇大帝，你老在上，天气大旱，危及多时，晒得山头冒烟，黄土流坬！……求拜你老，参了三参，拜了三拜，三参六拜，求你老给个雨卦……”八卦滚下，则是“口愿不明”，老者便说：“口愿不明，卦是好卦，草木之人，解不开八卦……”又一次将八卦滚下，却是“人心不诚”，老者又说：“天上星多月不明，地下人多心不公，山里山高路不平，河里鱼多水不清，人有万多，多多不平，好人足多，坏人极少……”问上半天，还是祈不起水，“雨师”就带大伙儿唱：“龙神老爷，早下哟——！”“马脚”们就一齐接唱：“清风细雨，救——山——民！”“雨师”就在唱声中再一次滚下八卦，终于“祈起了水”，人流就赶快往回跑，“雨师”紧抱了盛满了河水的“圣水瓶”，害怕将雨丢在路上，不顾一切地跑，没了命地跑，小四紧跟着“雨师”，赤裸的脚拍打着滚烫的黄土路，脚丫子上的血就流了下来。

可是，三天里雨并没有落下。三天里，人们像是霜打后一样发蔫，小四也再没有夜里唱那秦腔。

小四去寻着马家老二，说：“怎么不落雨呢？”

马家老二说：“是呀，怎么不落雨呢？”

小四说：“老二，你说说，抬龙王是不是迷信呢？”

老二说：“我也这么琢磨，看样子，这老一套是不行呢！天还红得厉害，再不想别的办法，秋是不行了，这种麦耽搁不起啊！”两个人全闷住了。

小四再说：“老二,万泉河上的那条水渠真的不能用了吗？”

老二说：“是不能用了。地承包后，这两年雨水好，谁也没管过那水渠，沿渠上的石头被人搬走了许多，修修倒还可以。听说柿子湾那儿滑了坡，一里长的渠道全没了。”

俩人沿万泉河上去，果然见柿子湾滑了坡，旧渠道连影儿也不见了。马家老二抱了脑袋蹴在那里，脸灰灰的，没一点血色。小四问：“老二，重新在半坡开渠，你看得多长时间？”老二说：“少得二十天，多则一个半月。你是想干吗？”小四没言传，又问：“你说的是用镢挖，那用炸药炸呢？”老二说：“你哪儿有炸药？七里营镇有卖炸药的，你有多少钱？”小四说：“各家各户摊嘛！什么时候了，还有谁不肯出钱的？脱裤子当袄也会筹钱的！”正说着，坡弯砭道上走来一个穿一身漂白的人，看见了小四和马家老二站住，一条腿颤颤地抖，乜着眼往这边冷冷地笑。小四说：“这不是冉宗先那浑东西？他上次带人打了我，你坐着不动，看我怎么收拾了他！”老二一把拉住了，说：“招惹这种人干啥？”

那边冉宗先却说话了：“喂，大热天的二位在这里有何贵干呀？”

老二说：“没啥。”

冉宗先说：“马家老二，我瞧见你们抬龙王了。这已经到什么时代了，你们还求神祈雨?！原始的那一套还顶事吗？”

小四握了拳头说：“姓冉的，有本事你过来讲！”

老二恨了小四一声，说：“我们的事你别管！天不下雨，雍山人就是颗粒不收，要饭也不会寻到你的门口！”

冉宗先嘿嘿笑了几声，说道：“还是来艰苦奋斗那一套呀？雍山人真是雍山人！”一闪一闪步下砭道去。

小四气得嘴脸乌青，说：“让他又笑话咱了?！”就仰面躺在地上，睁一双血红红眼睛呆呆看天，老二叫了几声也不理。后来就站起来，走到河边，把整个脑袋沉在水里，弄得满身淋淋的水回村去了。

当天夜里，小四和马家老二召集了村里几户人家。提出筹资修渠之事，皆应声支持。老二就先拿了自己家的存款披星戴月到七里营镇去买炸药，小四则挨家挨户去收纳筹款。三天里，所有的劳力都集中到渠道上。炮声在柿子沟滑过坡的地方隆隆了几十炮，炸出了一段砭道，渠道开始修筑起来。安安家却没有来人。安安的最小的表哥要结婚，安安前四天去了七里营镇。毛老海在家里，既不筹款，也不出劳力，陪着冉宗先喝酒，就是纹丝不动。小四去找他，他说他正忙哩。问忙着干啥，说是青海来了人，他和水文站合伙谈一笔生意哩。小四说："你实在太忙，也就算了。可修渠是大家的事，有人的多出人，没人的多出钱，你出二十元钱吧。"毛老海说："二十元钱？二十元钱要买多少粮食？就是水浇到地里了，又能多收多少粮食？"小四也便火了，说："你不出劳力，多出几块钱也是应该的，渠修起来了，不是用一料两料，以后年年要用，那会多收多少粮食？！"毛老海说："我十年八辈子不浇你的水还不行吗？地里就是能产金娃娃，我毛家现在不稀罕嘛！"小四说："都像你这样不出人不出钱，那行不行？"毛老海说："生产队在的时候，他队长也不敢这么对我说话，你现在带什么'官'了，什么'长'了，倒强按牛头喝水？！"气得小四脚一跺走了。

水渠工地上，人就议论纷纷，骂毛老海变得见钱黑了心，连人缘也不顾了。免不得见了小四，又戏谑小四英武地带头修渠，却偏偏动员不了毛老海，亏得你夜夜还给他家唱那么多次秦腔！小四就夜夜收工回来，看安安的侧窑窗口亮了没有，盼着她回来。这一天安安回来了，小四就对马家老二说："老二，人都在骂安安她爹，总不能让安安也跟她爹倒了名声，咱去动员安安，安安不会像她爹的！"

老二说："你倒替安安着想！小四，你给我说，安安到底热你不热？"

小四说："这我不敢说准。"

老二说："你连这个也说不准？你给我个实话，你们在一起亲过没有？"

小四说："怎么说呢？"

老二说："实说！"

小四就说："亲过。她不愿意，最后还是亲了。"

老二说："那就好！我陪你走一趟安安家，当面把修渠的事说知她，她不会像她爹那样把事做绝。再是讨她一句话，是不是心上有你，只要有她一句话，水文站的扑得再紧，咱放了心，理也不理他冉宗先！"

俩人到安安家去，偏不偏在院门口遇见了毛老海。问一声："毛伯！"做伯的横眉问："干啥呀？"小四说："渠快修好了，来给毛伯说一声。"毛老海闷头不语。小四就不敢往下多说，问："毛伯，安安呢？"毛老海说："啥事？"出气便有些粗了。小四说："我给安安说句话。"回答是："回家寻你娘说去！"小四说："毛伯怎么骂人？""啪"的一下，小四脸上挨了一耳光，毛老海随之把院门就关了。

毛老海打小四，左邻右舍都看见了，站着看笑话。气得小四要踢门，马家老二拦住说："小四，罢了，罢了，离了毛家，渠道依旧修得好！崩了也就崩了，世上也不是只有安安一个好女子，把心口搋搋，消了这口气，也死了这条心。等水渠修好浇了地，收秋种麦停当了，你跟我出去也跑跑，咱也挣了钱，到时候也娶了媳妇让那老东西看看！"

小四一口气也斗上来，回家将预备给娘做寿木的十二块三寸厚的桐木板拉到后山卖了，又买来千把斤白灰用在水渠上。水渠很快修通了，干渴的苞谷地里灌了个饱。十天之后，苞谷砍倒，不歇气地犁翻耙碎，撒下麦种。小四安顿了娘的生活，就跟马家老二走了。

这些安安全不知道。她身子不发热了，头也止了痛。去了外婆家为表兄的婚事忙活了数日，回来却也懒得出门。夜里听过几次小四的秦腔，后来就夜夜安静了。她心里倒犯了气，说："没良心的小四，我是怎么病的？一病你人也不来，面也不闪，你个没心没肝没情没义的人！"后来听见远处的炮声，问爹哪儿响炮，爹说："修渠哩。"她说："全村人都去修吗？"爹说："谁旱不住了，谁修哩。"她说："咱地也旱得娃嘴一样裂缝，咱不去修吗？"爹发了脾气，骂道："地里的事要你操心?！"后来，地里的苞谷全旱死了，爹将苞谷秆砍回来晒柴。地硬得麦种不下去，安安看见四周围的平地里都有墒，问爹："咱几时种麦呀？"毛老海却从平原上买回来了三担小麦，说："他们才种呀，咱麦却倒在柜里了。"安安说："地白白撂了，花这么多钱去买？"

毛老海说："你知道个啥呀，只要有钱，有钱买得鬼上树！"安安出得院门，村里人都拿另一种眼光看她，打麦场上也再没有那一伙后生在打毛蛋，她便预感到有了什么事变。一打问，知道了原原本本，气得眉毛都竖起了，回来和爹闹；闹得厉害，毛老海又只好给她说好话。说："他们骂你爹，是你爹比他们强嘛！农民是见不得谁米汤碗里氽张皮，就红了眼忌恨哩！"以后再挣了钱回来，故意捏住一角，哗哗哗地抖，说："安安，又是五十元哩！"安安说："你那钱是怎么挣来的？"毛老海说："你爹能去做贼？把钱给咱放好吧。"安安冷冷地，坐着不动说："你要放你放去！"冷得毛老海没趣，摸了酒壶去喝酒。

安安无论如何觉得对不起了小四，拿了泥玩货偏坐在院门上彩绘，眼睛盯着对面坡洼，但终不见那小四立在碾盘上要他的拳脚。夜里也再没听到那秦腔。一天看见小四娘到河边用驴驮水，就提了筐子过河去挖"板板土"，问："婶子，你家小四呢？"

小四娘说："我家小四走了！"

安安吃了一惊，问："走了？小四到哪儿去了？"

小四娘说："他去挣钱呀，现在没钱谁认得他呀？！走到哪儿去了？谁知道？！"

安安呆在那里，喃喃地说："走了，走了。"抬头再问时，小四娘已经赶了毛驴上了坡，水淋淋洒了一地，老人跟在驴后，撩了衣襟在擦眼泪。

安安坐在了河沿上，眼睁睁看着那笼筐掉下去，滚在了河里，顺流而去。她想捞，身上没了一丝劲。

四、过会

九月二十八日，外婆打发舅舅来接安安，要早早住到七里营镇，过那十月初一的会。雍山一年逢两次会，夏天是四月初八，冬天里就是这十月初一。四月初八是吃会，七里营镇的一街两行全摆了吃货。辛辛苦苦地收了麦，农民就有了心情做出传统的小吃来。雍山里的人，凤翔城北的平原人，都赶到山根的塬上。这一天，人的目的很明确，就是开胃口。赶会的莫不分两类：卖吃的和买吃的；卖吃的之所以要卖，也就是想买了别人的吃。吃当然说来说去，只是面食：有做有各种花卉虫鱼图案点了红黄绿彩的“糊联”，中间留孔，以红绸系了，挂在碾杆上供人送夏的礼品；有二升面、三升面做的大鲤鱼背小鲤鱼作为送小儿满月的贺品；有鸡蛋、大油和面炸出的莲花状、佛手状的麻叶、馓子为老年人过生日的寿礼。单供一边在会上走着看着吃着的饼便有十来种：千层油饼、石子饼、肉夹饼、葱花鸡蛋饼、太后饼、糖心饼、芝麻饼……最有名的就是那锅盔，面调和后，用木杠子压揉，烙出一拃厚的模样，其色嫩白，其坚固程度能垫了马车轮子。传说有一年会上，忽然天云作变，下起一场冰雹，冰雹大若鸡蛋，连牛都砸死了，卖锅盔的则将锅盔顶在头上，竟人无损伤，馍无破坏。那卖主卖起来，不用手掰，全用尺二长的柳叶子弯刀，斜面儿削割。买者云集，一是为了贪口，二便是为了稀罕。这锅盔在关中平原上，只有凤翔人会做。凤翔的锅盔，最有名的还是雍山的卖主。远近的人就议论了：这雍山人之所以能做锅盔，是祖上传授，其祖为古时兵士，拿惯了盾牌，耍惯了大刀之故。经营什么买卖的都有可能遭到抢窃的事件发生，而锅盔卖主则从来安全无事，连赖账的也没有。再就是吃面条：扯面，削面，大刀面，炉齿面，拉面，丢片，炸酱面，臊子面，花样出新，名目繁多。最有名的是涎水面，一个大锅熬汤，一个大锅下面。面捞入清水盆里，盆大如鼎，碗小如盅，十人，二十人，三十人，围在一起，一碗一筷面，只吃面不喝汤。汤回锅内，再捞面，再浇汤。大肚汉们竟蹴在那里，纹丝不动地一气吃三二十碗不止。全都是重盐重醋重辣，口辣舌辣心辣肠辣的辣子；全都是有凳子不坐，在凳子上蹲下；全都是抹了头巾，露个光头，吃得满嘴红油满脸黑汗；全都是吃罢了，五官封住，停息呼吸，手脚痉挛打出一个重力向下的“啊嚏”！

那个会上，小四是帮着马家老二卖腊驴肉的。卖腊驴肉的也只有他们一个摊子，马家老二出驴肉，小四出手艺。小四的爹在世的时候，是会侍弄这驴肉，小四看也看会了。早早就杀了驴，取其四腿，挂架晾冷，淋尽血水，切块，分层入瓮。每层加土硝，食盐，再加以巨石相压。越旬日取出，挂阳光下曝晒。等其潮干，再以石块反复压榨排尽水分，用松木水加五香调料煮熟；用驴油汤掺和加温，浸泡肉块，后晾至呈显霜状之色。小四干这一套，几乎是绝招，马家老二也不得不佩服他。腊驴腿是绝妙之品，但品中之品者，还是腊钱肉。小四听爹当年讲过，腊钱肉在天下只有雍山生产，老佛爷慈禧在世之时，这属贡品。其实腊钱肉说穿了，倒令人不忍卒听，原料是驴的生殖器。炮制得万般精细，横切如铜钱模样，挑眼儿蘸醋吃之，补肾滋阳，奇香是山珍海味莫能类比。

小四他们拢共有三个鞭的腊钱肉，品尝的几乎要挤翻了食案，在人窝里，他是瞧见毛老海了，便留下一个鞭子不卖，将毛老海叫近来，切了一碟让他吃。叫安安，安安不来，远远地立着直摆手，后来就钻在人窝里不见了。小四想过去拉，又怕人笑话，灰沓沓立了一会儿，过来却用纸包了一些，装在自个儿口袋，会散罢硬寻着安安，偷偷给安安一塞就走了。

安安把那纸包带回家，展开一看是腊钱肉，脸红得像火炭，骂一声“贼小四！”就丢在脚地里出大气。气着气着，心里想，人都说这是仙物品儿，家里没人，何不尝尝是什么滋味？便捡起来吃了一片，果然香得说不出，就立在案边全吃了。吃罢，自个儿嘿嘿笑，咯咯笑，笑得没死没活。

第二天，小四揽了羊。小四那时还未搬迁家，揽羊要往雍山坡上，小四却鬼使神差地把羊赶到柳林营来，就又见着了安安，说：“安安，那肉好吃不好吃？”

安安说：“不知道。”

小四说：“你没吃，那肉呢？”

安安说：“扔给猫吃了！”

小四顿足捶胸，叫苦道：“那使几块钱哩，你就给猫吃了？凤翔城里，县长一年才有一个走后门的权力呀！”

打那一次，小四才算抛头露面地和安安拉起了话，也从那以后，安安才知道了这小四的乖觉。

现在，四月初八的会过去了半年，十月初一的会又到了。十月初一的会比四月初八更红盛。它不是吃哩，是玩哩，耍哩，乐哩。人把它叫小年，其实比大年还热闹。安安一年里最盼的就是这一天，因为这一天，男人们要大喜大乐扮社火，女人们却在狠着心地亮各自的手段，全要将纳的鞋底、袜面，刺绣的枕顶、围裙、荷包、头帕、门帘、炕围，泥捏的老虎、狮子、佛父、菩萨，彩纸剪的窗花，牛皮剪的皮影，竹编的摆设，木雕的耍货，都拿上会显亮买卖。往年里，整个会上，外婆的刺绣是最赢人的，爹的泥玩货也是最喝彩的，如今安安长大了，眼正亮，手正巧，刺绣上压过了眼花了的外婆，泥玩货上比过了胳膊发硬的爹。她憋足了劲在家里刺呀，绣呀，合模子呀，捏坯子呀，偏偏就出了水文站的冉宗先，偏偏爹就发觉了小四这毛头鬼，安安病得好不轻，上会的心劲也灰了许多。

舅舅来接她早早到七里营镇去，安安坐在炕上不动弹，说是她不去。舅舅纳闷了，问为啥不去，安安说："你问我爹！"

毛老海说："你让你爹还给你下跪不行？我就不敢说你几句了？"

安安说："会上人山人海的，我抛什么脸儿？"

舅舅说："现在是什么社会，谁敢把你拉了抢了？小四呢，让小四厮跟着，还怕了什么！"

舅舅是认识小四的。前几次来，小四因为他是安安的舅舅，也不避他。他看出小四是个馋嘴猫儿，却以为安安是在恋爱，就看见的装作没看见。这阵冷不丁提出小四，父女俩却都噤了口，安安附过身去，上嘴唇咬住了下嘴唇。

毛老海说："好了，安安，你下炕洗脸梳头换衣裳吧，我收拾那货担去，吃罢饭跟你舅上路。"

窑后里取过了柳条筐，一筐是装了刺绣的物什，一筐是装了泥玩货，饭后送安安和做舅舅的走了。毛老海心里乱乱的，在窑里不知做什么，噙着烟袋一走就走到万泉河边去了。半晌回来，窑门口却坐了一个人，是冉宗先。冉宗先见了他就笑，将一支带把儿的烟递来。

冉宗先来家里，安安总是不冷不热的。毛老海心里就有些不忍，思想安安毕竟是个女的，他和小四闹过一场，安安病了，也把疯张性儿收了。但若谁来上门，皆都冷水儿泼热脸，未免也太不顾场面。便自己主动和冉宗先拉话。冉宗先到底是城里胎，手脚懒是懒，口上却甜。毛老海心里也叽咕：这小子看得上和我拉关系，做生意，也全是有个安安的。

安安是爹的宝贝，爹更知道安安在这些后生们心上的位置。毛老海感到满足和得意，也同时明白了女大不当留的道理。但他看待寻安安的后生虽不恼不怒了，也不轻易给谁热脸，冷眼儿看着，比较着谁是可以将来要做了毛家的半个儿的。

冉宗先当下坐进窑里，开口就问安安，知道安安到七里营镇去了，竟直直着眼说：“伯呀，我有一句话在心里揣得时间久了，不知当说不当说？”

毛老海说：“你们城里人斯文，还有什么不当说的话！”

冉宗先就说：“我想给你当女婿！”

说罢，再没下文，眼睛睁得圆圆的。毛老海心里倒吓了一跳：他竟能说这话，直来直去，无遮无掩！当下少不了动气，却又觉得城里人就是厉害，就是不同小四，噎得一时不知该怎么回答。

毛老海倒不敢看这小子，摸烟袋在烟包里掏烟，掏了足足半天。半天过后，毛老海抬起头来，看见冉宗先还在一直看着他，才说：“你知道小四吗？”冉宗先说：“知道。”又说：“你知道我扇过他的耳光吗？”又回答：“知道。”毛老海眼一乜说道：“知道了你还来再挨打吗？”冉宗先并没慌张，倒心平气和说道：“安安不可能不嫁人的，我是上门给你提说，伯难道还打了我？”毛老海又对不出话，将口上的烟锅拔下来，用手擦了，递向冉宗先，“噗”地倒也笑了。

这一笑，冉宗先端直直的身子就软下来，变得温温柔柔地，给安安爹说中听的话，说得不及又不过，说得有条又有理。毛老海便认准冉宗先比小四的强处。嘴上却说：“安安是山里人，野脚野手的，你是吃公家粮的，城里的女子哪一个不比安安好？”

冉宗先说：“我也是这么想的，可我偏偏就爱上了安安，活该这是千里姻缘一线牵哩！再说现在政策变了，人的户口看得也不那么重，农民也不一定比吃公家粮的差多少。伯呀，现在是改革时期，经济社会，只要有钱就是，城里好多工人、职工都辞了职，办公司哩。我也把职辞了。”

毛老海说：“你也辞了职？”

冉宗先说：“辞职这成了时兴，更能有条件去跑动，去搞经济呀！我在咱这儿收购枸杞子，雍山和广州的枸杞差价是七八角钱哩。这么跑上十天半月就顶住半年一年的工资了！”

毛老海说:“我信得过你们，活该现在是你们这些能人的世事了!”

冉宗先瞧毛老海高兴起来，话兴也起，大谈国内国外形势，说是毛老海可惜认不得多少字，要不读读几本书，就知道社会发展的历史和趋势。后来就说到日本的文明，说到美国的文明，毛老海不懂日本和美国，说到清朝，说到李鸿章当年就主张从外国购买洋枪洋炮洋机器，毛老海却是多少听得懂。雍山人的祖先是当兵为将的，清朝的事民间传说的多，便说:“你说的李鸿章，是不是后来中国和日本打的甲午战争的那个李鸿章?我小的时候，听我爹说过，这个李鸿章不是那次战争打败了，后来就卖起国的吗?”冉宗先喃喃地说不清楚。他也是半罐水，原想在雍山人面前要一阵嘴皮，没想毛老海倒还知道甲午战争，便不再往下说去，将转移了的话题又收回来，说:“伯，那你这是同意我了?”

毛老海说:“这我不敢做这个主。安安的事，安安要拿最后的主意。这我要和安安商量哩。”

冉宗先说是的是的，头点得像啄米的鸡。第三天，毛老海悄悄到水文站去。水文站来了许多人，有的是把整袋的枸杞子运来，要求水文站给他们推销，有的则来买拖拉机。但是冉宗先并不在，问:“你们经理呢?”回答说:“经理到凤翔城去了，你是来买春小麦良种吗?”毛老海说:“你们这里还卖良种?哪儿弄的?”回答说:“省良种站。”毛老海就疑惑了:“你们怎么能弄来卖?”那人说:“我们经理的姨父在那儿当站长哩，他给我们提供方便，我们也亏不了他的，你懂了吗?”毛老海退出来，心里说:这冉宗先年纪不大，挣钱的门道稠呀，十个八个小四是不能比的!就顺脚到了七里营镇的老丈母家，他要给安安提说冉宗先求婚的事。

老丈母家的门却紧锁着，邻居说是全上会去了。毛老海从后街过去，打远处就听到街面上一片轰轰声。一到街口，黑压压的人山人海，他挤也挤不过去，就索性钻到一家小酒店里，打一壶酒，要两个猪蹄，油口油舌地吃喝。一边吃喝，一边拿眼睛瞅着街面，注意着安安和丈母家的人能突然在人窝里出现。猛地胳膊被人拉了一下，随即是一声“爹!”毛老海以为是安安，回过头来，却想不到是冉宗先。冉宗先白脸不白了，红得像上了酱，鼻口三股酒气。毛老海心里吃惊，人稠广众中，怎么叫起“爹”来，便说:“别胡叫！你不是到凤翔城去了吗，怎么也来逛会？”

冉宗先说：“我在这儿谈一笔生意呢！走，进去喝喝！”说着就拉，毛老海才知道店里套间还摆有酒席，问道：“谈什么生意，和谁喝酒？”冉宗先说：“内蒙古来的，他们有一批马尾，我打听了，广西一家工厂正缺这种货，本来他们直接联系的，我认识了广西那工厂的采购员，我们一合计，由我出面来牵线，我和那采购员各人就可赚这些！”手五指分开，翻了两下。毛老海说：“五十？”冉宗先只是笑，说：“再加两个零！”毛老海惊得直叫：“五千？你怎么知道广西缺这种货?！”冉宗先弯身过来，附在耳边，说：“我同学他爸在省外贸局当头儿，什么行情都知道，他提供信息，咱付他报酬。再就设法认识那采购员，他平白得钱，能不干吗？现在那个采购员正在里边，他酒量大哩，你去陪陪吧！”

毛老海直打牙花子，心里叫道：五千元，好家伙，冉宗先也是贼胆儿！却说：“我不认识，我和人家喝什么呀？我是来找安安的。”

冉宗先说：“你没见到安安吗？她在南街口那儿摆了刺绣泥玩货卖哩！”

毛老海说：“你见过她了？”

冉宗先说：“一早我就在街上找她，我把事情说给了她，她只是闭口不表态。……还卖那些刺绣和泥玩货干啥呀，那能落几个钱？现在城里人涤卡也看不上穿了，都时兴西服，谁还看上眼穿戴刺了花的东西？我几时买回电子玩具来，你也就知道捏那些泥玩货是陈旧到哪年哪月了？”

毛老海见他说得口大气粗占地方，心上倒不以为然，说：“你又喝多了！你陪人家客人吧，我去找安安呀！”出得酒店，倒显得不悦，后来又摇头了：现在这年轻人，脸怎么没皮没臊的，他急得倒给安安先说了！

到了南街口，果然找见了安安。安安的面前是一个用两页门扇支的货摊，摊上铺了一面白生生的床单，摆满了各种泥玩货：双虎的，单狮的，虎头挂片的。泥玩货的内容有戏曲故事的：“八仙过海”“洞宾戏牡丹”“摘星楼”“黄飞虎反五关”。有纳福求祥的神话故事：“麒麟送子”“张果老倒骑驴”“福禄寿”。有娃娃塑：骑马的，骑牛的，骑鱼的，骑鹿的。更精彩的是动物：虎，狮，羊，狗，猫，狐，蛇，蝎，蚰蜒，蟾蜍，壁虎。那货摊四角各撑四根竹竿，拉上铁丝，挂满了各种刺绣：方枕，圆枕，耳枕，猪枕，兔枕，花鞋，花垫，围腰，筒绣，烟袋，腰袋，片夹，绣花门帘，提包，香包，帽子，信插，炕围，耳套。眉清目秀的安安坐在货摊里边，正表演着彩绘一个大型立体的泥虎，这是专放在案头箱柜上的，其造型尽量缩短了泥坯的枝杈部分，失去了原老虎的真实比例。前腿直立，后腿坐卧，头与身子等同，两只大耳又与虎面等积，虎眼圆睁，一张大血口，巨牙外露，左右脸面上就几笔画成一个金钱图案，虎耳上又插上了一枝彩花，牙碴骨上端又各插有一只彩蝶，虎背上再一枝莲花，花心坐了个赤身小童。

毛老海看了，心里也暗暗叫绝。这种造型，他从未做过，安安是狐子精，竟想象得这么怪！再看那色彩，灿艳照人！老虎身上画的是大红花。小猴却穿了红裤子，二三十根毫毛一粘，竟形象逼真。牛身上画了大红桃，大石榴，深浅区别，黄色做底，大红大绿。

安安将立虎画毕，四周围的人里三层外三层一声叫好，当下就有人掏钱买走，喜得一边走，一边看。有的就围近去，问这色是怎么配的，安安小口启动，白齿露出，说道："绿配蓝，狗都嫌，大红桃红实在艳。大红大绿实在好，黄色打底不能少。"正念口诀，就看见了爹，脸唰地红，闪身站起叫道："爹，你也来了！"

毛老海看着女儿体面，也忘了吵架怄气的事，给安安笑着，挤过来问："你外婆呢？"

安安说："外婆到那边买丝线去了！"

毛老海说："卖了几件了？"

安安说："刺绣卖了三十件，泥玩货卖了四十三件。爹，你在这儿经营着，我去街口逛逛，听说丁字口那儿开始闹社火了！"说罢，就跳过货摊，钻在人窝里不见了。

安安走到哪儿，哪儿的人就挤，挤得她东倒西歪，一打趔趄，偏就有人来拉。她一看，尽是些嘴唇上长一层茸毛的后生，气便上来，一甩手，将头巾往头上一包，连脸也盖了，只露一对大眼在忽闪。

前边有了锣鼓唢呐声，人喊着"社火过来了！"一起往那边拥，潮水一般。安安本是高挑个，高挑个也不顶用。踮起脚从人头缝里往前看，远远有了社火芯子过来，半空之中，那些大戏里的人物造型悠悠忽忽过来。她往前挤，却被人挤了出来，看不见下边抬社火芯子的人，不知道这社火是哪个营村的人扮的。突然街房檐下一个中年妇女在哭哭啼啼，安安看不得人哭，过去问怎么啦，那妇人说是钱丢了，双手拍着臀部，又将斜襟大褂拉开，翻着空口袋给安安看："我姐添了男娃，要过满月，我是来买泥老虎去送了，刚才在人窝里，我觉得有个后生手到了我胸口上摸，我以为是搋奶哩。心想年轻娃没见过，搋让搋去！过来一掏钱包，钱包没见了，这挨刀的，挨枪子的，他不是要摸奶呀，他是在偷我啊！"周围的人"吃吃"笑起来，安安又气愤她，又同情她，说："快别嚷了，还不嫌丢人现眼！我家是卖泥玩货的，我给你一个吧。"那妇人立即转啼为笑，表情丰富。俩人从街上又过来，那妇人说："妹子，你长得这么心疼，你更要小心呢！"安安说："看吓破了他谁的胆！？"

妇人拿了一件虎头挂片而去，那边的社火锣鼓越发响亮，安安再要挤去，蓦地街这头"咚咚咚"三声火炮，三尺六寸长的铜杆子号呜呜哇哇吹奏"上坡"社火调。街上的人流忽地倒拥过来，街巷就虎势势闪出一列队伍。这队伍十分奇特，前面是一辆架子车，车上拉了一面牛皮大鼓，敲鼓人立在车后，手擂两个棒槌。该单敲单敲，应双打双打。精彩的是到了空歇节拍，棒槌在空中耍几个虚架势，落上落下，却并不敲；而另一个棒槌就在鼓帮上"啷啷啷"打点。吹长杆号的后仰了身子，号口冲天，脖子努得像猪灌肠。打大锣的最清闲，也最有机会得意。俩人抬一个，大若竹筛，拎着棒槌，得空"咣"的一下，震得人耳发麻。鼓乐之后，不是竹马子，也不是社火芯子，人物造型皆在一排十二匹牲口背上。牲口高头长腿，披红挂彩，缀满拳大铜铃。前四马是"三战吕布"，中两匹骡是"劈山救母"，二匹骡是"哪吒闹海"，后面四匹则是驴，叫草驴，黑头黑身黑蹄子，扮的是"西游记"。打头的马是山里马，未见过这么多人，未听到这么多锣鼓响，一时发惊，扬蹄撅头，幸亏早有准备，每匹牲口皆左右二人拉了缰绳，尾有一人紧拽其尾。这些控制人短衣紧身，横眉竖眼，于锣鼓长号之中，踏着步子前进。

安安从未见过这种阵容，滑稽倒滑稽，气势却是雄壮，不觉看得口痴眼呆，似乎那大锣大鼓之声，是从她心里发出一般。再往前挤时，却"啊"地叫了一声，那打头拉马的人不是别人，却是小四！小四精悍，头上扎了白毛毛手巾，脚上蹬一双马耳麻鞋，缠人字形裹腿，腰里紧一条毛蓝腰带，只勒得胸口凸起，小腹突出。安安一时忘了场合，叫道："小四呀！小四！"

小四正双手紧紧牵制着马的缰绳，看见了安安，就愣了。这一愣不打紧，缰绳松了，马嘶叫不已，前身扬起，险些将马背上的刘备掀下来。小四立即使尽了力气拉缰绳，马安静了，回头看安安，安安吓得脸色煞白。

安安又在叫："小四！小四！"

旁边就有人拿过了小四手中的缰绳，说："小四好大架子，那是何等的仙人，倒叫不动你了！？"笑着把小四推过去。

小四是个油锅里的油条，筷子越拨拉越硬，虎虎地看着安安。安安说："你怎么到了这儿，给人家耍热闹了？"

小四说："我不到这儿，到哪儿去？"

安安见小四语气生硬，知道他还在生她的气，就说："我病了，你也不来看我？"

小四说："我去让你爹再扇我耳光吗？"

俩人立在人窝，小四把去找她的事说了，安安才明白了一切。欷歔了一阵，想说些安慰小四的话。马家老二在那边驴背上扮着猪八戒，猪眼睛翻着叫小四，伸了小拇指头指他，又在小拇指上唾了两口。小四恨一声，问安安："我走后，姓冉的还在河边唱不唱？"

安安说："他不唱了，他到家里来哩。"

小四骂道："这骚驴子！你和他好了吗？"

安安说："我和谁都好，和谁都不好，你骂人家干啥？人家现在才红火了，说是成了改革人物！"

小四说："他改革了什么？"

安安说："我也不清楚，只知道那钱挣得越发大了！"

小四说："能挣钱就是改革人物？旧社会地主、资本家都能挣钱哩！我出来这些日子，全打听了解到他们一伙干的名堂了，尽是胡日鬼！要看改革，你到十道营沟里来看吧。人家因地制宜，全村联合起来打了机井，办了林场，羊毛加工厂，闹的实实在在事情，家家年收入也是几千上万的。以前那是个穷地方，从没闹过社火，如今富了，才闹起这一队社火来了。"

安安说："你和马家老二就在十道营沟帮活？"

小四说："啥事都干，打墙烧砖剥羊配种。"

安安说："可你们这也不是长法呀，几时回柳林营呢？话说在前头，你要不回去，冉宗先越发缠我爹，我爹会把我嫁给他的。"

她说罢，自己也就想笑，直拿眼睛看小四。小四也是急了，说："你爹要你嫁他，你就嫁吗？"

安安说："那你说呢？"

小四说："我上次去找你，就是要讨你一个主意的，今日你能见我，我心里也受活了许多。一句话，只要树根不动，树梢再动也是白动哩！"

安安就说："小四，你倒说得这么坦然呀。你好像不像以前了，你不那么害怕冉宗先了？"

小四说："出来跑跑，开开眼界，我怕他作甚？说老实话，以前还真怕他，我心里对他没底嘛！现在忌恨还是忌恨，但却也要感谢他哩。"

安安说："感谢他？"

小四说："他虽然不是正人，可他干的那一套，也启发了我，要不，我也不会跑出来；不跑出来，也不会知道十道营沟的世事；不到十道营沟，也不会增加我的信心。安安，只要你信得过我，我用不着先回去，我已联系了一项活路。你知道吗，塬下张家道村里有一座大坟，是秦穆公的，国家在开掘哩，需要几个拉废土的民工，一天可以挣三元钱。我和老二已经与人家讲好了，明日就去呀。等挣了更多钱，我俩回去也想办个什么厂哩！"

社火队在那里转圈子闹腾，开始要往街那头去，有人喊小四。小四说："就来喽！"身子不动，还和安安说话。冉宗先却打老远瞧见了这边，挤了过来，对安安说："安安，你在这儿！你爹寻你，你见着吗？"安安说："见着了。"冉宗先又说："安安，那边商店今日展销好多货，咱们去那儿看看吧。"安安脸对着小四，说："我要看社火哩！"冉宗先说："这有什么看的，文明不文明，艺术没艺术，粗俗得像一群野兽！"

小四先是不理，忍不住了，说道："嘴里不要喷粪！"

冉宗先却拉住了安安的胳膊，说："走，安安，理这不开化的人干啥？"

小四扑过来，叫道："谁不开化？你这男不男女不女的二尾子货！"拳头已经晃在了冉宗先的眼前。冉宗先也逞了酒劲，列了架势。街上立即有人叫道："要打架了！"人群炸开。安安就拉这个，拉那个，谁也拉不动。一气之下，扭头便走了。冉宗先见安安走了，反身也跑，小四还要撵过去，毛老海不知什么时候也挤过来，就站在了安安身边。小四便站住了，眼瞪着直喷火。

冉宗先见毛老海在场，却又返过来，挨着安安站了，得意地给小四笑。小四忽地转了头，跑去拉了马的缰绳，猛地一扯，马快步动起来，街上的人流随之向后倒。社火队蹿向前去，马家老二未防备，身下驴一小步跑，竟从驴背上掉下来，街上全乱了。小四没有回头再看安安。安安在人窝里，也再未看见包了白毛毛手巾的小四。

五、饕餮

冉宗先脚步勤，隔三岔五就到安安家来。雍山人都议论，毛老海攀高枝儿了，认城里人做女婿。柳林营的二十二个后生，气恼不过：先头小四和安安好，好得惹人生嫉妒，可小四毕竟还是雍山人，好了也便好了；如今一棵鲜活活的白菜，却要被外来的猪啃去，总是于心不甘，甚至感到了莫大的侮辱！从此对毛老海便不恭，当面也敢斜眉瞪眼，热讽冷刺。

但是安安终未吐口。毛老海对她提说冉宗先，她说："这事爹不要管！"爹也没办法。冉宗先主动进攻，脸上搽很香的油，穿时兴衣服，一次又一次地顺从说话。安安该笑的时候笑得眉飞眼动；该冷的时候又是恶声恶语，目射寒光。冉宗先吃不透她的心。冉宗先毕竟不是小四，喜怒显形于色。他不恼得生病，也不性急得发疯，一股脑儿地待毛老海更好，好得使做爹的心里有了愧。后来，冉宗先确实为毛老海换了好的春麦种，春麦种卖给别人是比别的麦种高出十倍价，给毛老海却分文不收。再后，又张罗着要给柳林营村买手扶拖拉机。先是，柳林营村的人穷，一家一户买不起，到后来钱积起来，却又买不到货。冉宗先似乎很热心，五天里就把货提了回来。给村人办了好事，毛老海的脸上有了光彩。在地里干活儿的时候，也到旁人的地畔上去。一边帮着人家熬罐罐茶，一边搭讪，末了就掏出一包“陕青”茶叶，说：“尝尝这茶吧，冉宗先送的，味道到底纯呀，能防治癌呢！”

喝了人家的嘴软，那人不免也说：“安安她爹，冉宗先这几日来过吗？”

毛老海见话能投机，就说：“是要他捎买什么东西吗？这小子神通广大哩，说是县上要开改革家会，他也是榜上有名呀！”

那人说：“安安她爹，你坐过来，让我观观你的麻衣相。”这人文墨不识，却懂得中医，依的是意象治法。患者身上长了肉瘤疙瘩，他就让找树身上生疙瘩的部位，剥了二瓤皮熬喝；伤筋断骨了，就让捉土鳖子捣烂了敷，却常常是药到病除。后来有了声名，又观面相，看掌纹。毛老海一向是信服他的。当下挪身近来，让正正经经看了五官部位，看了手心手背，说：“你是有贵子啊！”

毛老海说：“这你就笑话我了，安安她娘一死，我老得掐都掐不下的，我还能再娶个三十、四十的？”

那人说：“一定有贵子！这儿子不但厉害，还能光耀门庭。常言说，一个女婿半个儿，你将来的女婿不是你的儿吗？我也瞄过安安的相了，坐是坐相，走是走相，双目生秀，银盆大脸，活该是做娘娘的命哩！”

毛老海喜色上脸，说：“你说，安安是和冉宗先有前世的缘分了？！”

打这以后，冉宗先来家，毛老海越发心底踏实，必是置了酒桌在炕上，和冉宗先吆三喝四划几拳。出走的时候，还要送到河沿，爬在古柳树上扳断一枝树股，让冉宗先拿了，高声说：“路上有狼有狗的，慢着走呀！”招呼是给冉宗先的，却要叫邻人听。后来就被冉宗先邀请到水文站去喝酒，成了熟醉汉，见酒就醉，醉了就在水文站过夜，慢慢热乎上合作做生意，不大出外做泥水匠活计了。安安对爹又一层不满。

一天，毛老海打早就出去了。邻村来人请他去修造门楼，直到等天快黑了还不见人影。安安说：“你们先回家吧，我去找爹！”就沿河到了水文站。

水文站里，爹却不在。不知爹又到了啥地方，竟这样地不顾家了。气得安安倚在门口直喘气。月亮朗朗的，天上很空，安安心里也空。远远的地方狗在咬，安安从柴堆上抽一个木棒拿了要走，冉宗先拦住了她。她说：“我爹没来过吗？”

冉宗先说："来过，中午去十里外的乡政府去了。"

安安说："到乡政府里干啥去了？"

冉宗先说："我们又做一宗买卖。"

安安就火了："我爹是山里人，你别拉扯他，他是做生意的人吗？他有手艺，人家请他去修门楼哩！"

冉宗先倒笑了，说："还修什么门楼呀，老人那么大岁数了，爬低上高，站在脚手架上吹风晒日头，你也忍心？再说这是什么时代了，挣那几个劳累钱？我联系了一批树种子，让伯到乡政府去找个接收的单位，这两头一拉线，不出力不淌汗的，从中就可赚两千元的。"

安安禁不住说了一句："这么多钱？"

冉宗先说："这顶得住给人修门楼吧？他小四讲究也种树哩，河滩里也植了那一块儿瘪桐苗圃。他为雍山要办好事，我这是几万斤的树种子哩！"

安安听罢，也觉得这宗买卖不是坏事，一可赚钱，二可绿化雍山，为后人造福，也确实是比小四种那一小块儿苗圃强出几百倍。心中说：这冉宗先到底比小四气派大！嘴上却不再做声，转身要走。冉宗先却留她吃了饭走。安安想起上次就是在这儿吃饭，惹下了小四和冉宗先的打架，便不大同意。冉宗先说："我到你们家逢吃就吃，逢喝就喝，你也不敢吃我一口吗？"安安只好坐下，说："那就随便吃点吧。"冉宗先就出去张罗，招呼水文站的人有的去烧饭，有的去河里洗菜，有的就进来，有一句没一句地和安安拉话。

饭并不是十分丰盛的，但却有三样酒，一是"西凤"酒，二是啤酒，三是葡萄酒。冉宗先文质彬彬地给每人倒了一盅，碰杯，又一盅，碰杯，再一盅，碰杯。三巡过后，安安头有些沉起来，直嚷"不敢喝了！"水文站的后生们却一个献殷勤，个个献殷勤，全端了酒盅，邀她来喝。喝过一盅，必还有两盅；喝过一人的，人人都得喝。要不会说："你看不起我吗？"安安就只得喝下去，感觉到眼睛发花，脸皮僵硬，却同时尝那酒并不辣了，变得发甜。当冉宗先说："安安，再喝三盅，敢不敢？"回答是："敢！"一下子喝个精光，赢得满桌叫好。冉宗先就又说："安安，你总是听小四给你讲，说我们除了挣钱就是挣钱，这次生意怎么样，完全是为了雍山绿化出力啊！能为我们办的这件好事再干一杯吗？"安安醉眼蒙眬地说："冉宗先，算你这件事干得还可以，只要你真心能为我们雍山办些事，雍山人是念你好哩。我就干了这杯，也盼你成功！”安安动手倒酒时，小腿却软了，溜下桌底，任事不晓。

一夜无话。天亮安安醒来，她是睡在床上的，窗子上挂有帘布，见麻麻胡胡，不明白这是什么地方。猛地听到粗粗的鼾声，扭头看时，就在自己身边，睡着满脸油汗的冉宗先。她“啊”地大叫坐起来，竟发觉自己全身精赤，安安一下子抓住了冉宗先的长头发，揪起来，五指在那张脸上抠下了五道血印。冉宗先惊叫醒来，没有说一句话，精光光地就跪在了她的面前，任脸上血流下来，说：“安安，安安！你原谅我，我太爱你了，我控制不住我的感情。你不要嚷，你千万不要嚷，你给我个面子，我是经理，不能影响了我的事业啊！”

安安浑身打抖，再要打他时，竟软得没了一丝儿劲，倒在床上呜呜地哭。哭过一通，穿好衣服就开门走了。

冉宗先说：“安安，你要到哪里去？”

安安说：“我告你个流氓！”

冉宗先又跪下来，抱住了她的双腿，说：“你还让我活人不？安安！再说你告了我，别人怎么议论你呢？反正大家都知道咱们在恋爱，现在城市里，有哪一个谈恋爱的不是这样呢？”

安安说：“谁和你谈恋爱？！”一脚踢了冉宗先，就开门出去。外边还不大亮，水文站院子里没一个早起的人。安安发疯地在黄土路上跑，浮土噗噗地腾着尘团，后来一块儿石块就绊倒了她，跌得是那样重，胳膊蹭伤了，一头一脸的黄土。她没有起来，卧着放声大哭。

但是，安安并没有去告。这正合了冉宗先的推断。安安不是为了冉宗先，安安为了她自己。当天中午，毛老海满面高兴地回来了，一进门就讲他的买卖，说是乡政府的林场正要买一批树种子，听了他的联系，直夸他为雍山办了一件好事哩。安安却并不反应，爹就说：“安安，你怎么啦，脸上怎么浮肿了？”

安安不敢给爹说，就笑了下，惨惨的，说：“没事。”

爹再说：“你啥时有空了，也到水文站去看看，冉宗先不是个平地卧的角色啊！”

安安低了脸，说：“知道，是怪物嘛！”

正吃着饭，冉宗先又来了。毛老海站起来让饭，安安却端饭进了侧窑再也不闪面了。爹连喊了三声，安安犟，安安不理。毛老海就对冉宗先说：“全让我惯坏了！”冉宗先没敢多话。后来毛老海出去，冉宗先走到侧窑门口，对着安安说：“安安，你还生我的气吗？”安安唾了一口，说：“你还有脸到我家来？”冉宗先说：“我不放心你，你好好的，我就踏实了，我该回去了。”这当儿毛老海回来，冉宗先交给了一千元，说是树种子钱，一共两千，一人一半。现在什么也不用管了，人家会按期把树种子运到乡政府林场去的。完事就起身走了。

毛老海握着钱沾沾自喜，一边点着，一边叫出安安，说：“你这孩子，没一点礼性！这么能干的人，你老给人家冷脸，让我怎么对人家说话？”

安安眼里唰地流了泪水。

毛老海又说：“这才怪了，你哭什么呀！你要同意就同意了，这是难逢的好事，只要人家不嫌弃咱，你还有什么不悦的？我和他已经说好了，要成亲，就得上咱家，你永远会跟着爹哩！”

安安什么也说不出。这一夜，她好痛苦。对于冉宗先和小四，多少日子里，两个人在她的天平上称。一会儿这个上来，一会儿那个又上来，他们都有他们的长处，他们都有他们的短处。论人，小四更实在，更可靠；可论能耐，冉宗先却更有气派……但是，现在还有什么可比较的呢？她的身子已经是冉宗先的了，就是再不悦意姓冉的，嫁给小四，难道使自己一辈子心里有一本愧账吗？罢了，罢了，怨自己就是这命了！安安痛苦地流着泪，叫着小四的名字，拿手使劲儿撕自己头发，撕下了一缕又一缕，一直哽咽到天明。

等到冉宗先再来的时候，毛老海告诉了他：可以认作他是未来的女婿了。

冉宗先喜出望外，从此就一口一个“爹”地叫，也可以大了胆地到安安的侧窑里去。安安消瘦了许多，后来就有了笑脸，冉宗先来了，就招呼他吃喝，有问话就回应。不知怎么，心里却老想起小四。她也奇怪，没失身的时候，心里并不老想到小四，如今小四却夜夜总在梦里。

这种思想强烈起来，安安就到小四的家里去。小四娘冷冷淡淡，不让座，也不说话，问起小四，老人说："这苦命孩子，问他干啥？"

安安心里就冰冷，回来反倒待冉宗先好了一些。待冉宗先一好，冉宗先就要动手动脚，毛老海稍不在窑，就纠缠安安，安安照鼻脸打一拳，打得口鼻出血。安安却害怕了，给他端水洗了，冉宗先却就势拥倒了安安在炕，说："既然有一回了，还在乎二回三回？安安太正经！"

安安说："放你娘的狗屁！你要和安安成夫妻，你就老老实实给我等着！你要再这样，我就做尼姑子，也不嫁给你！"唬得冉宗先怯了贼胆。

冉宗先得不了逞，就又出外跑动去做生意，安安的日子倒安静下来，心想：他还是个说得清的人。嫁他就嫁他吧，只怪自己命苦。心里就渐渐忘却小四了。

霜降过后，雍山里起了冷风，呜儿呜儿抽响着哨音，麦粒子雪就干唰唰地落下来。毛老海穿起了臃臃肿肿的棉衣，耳套也戴上了，开始在家里烧起了红薯酒。冬闲时节，却到了年轻人结婚出嫁的季节。万泉河岸边的黄土路上，过不了几天就响起唢呐声。唢呐吹得好，安安在炕上坐不住，怀抱了黄铜火炉出来看热闹。上河湾下来了一队结婚人马，前面是成十人抬动的陪桌陪椅，柜子箱子；后边是新郎、陪郎、新娘、陪娘。一对新人披红戴花。陪郎却在新娘的娘家里，被人将半碗的洋红水涂抹在额上、鼻上、腮上、脖子上，可笑如小丑。柳林营的孩子们撵着新娘跑，安安的眼光也跟着跑。这时候，偶尔在下河弯，又是一阵吹天吹地的唢呐声，闪出一队结婚人马。双方就停住了。安安好发急，安安是知道，结婚的人就是"红人"，"红人"是不能见"红人"的。可万泉河岸只有一条黄土路！安安就看见上边来的新娘走出来，下边来的新娘也走出来，俩人走近了，就笑着，各自将头上的头巾交换了。这风俗安安不懂，返回窑里对爹说，爹说："这是规程，不交换礼物，双方日后日子不吉利的。安安，那是谁家在结婚？"

安安说："是上官营村的张家老五，媳妇是下马营村的彩彩，我认识的。彩彩才十六，那么小的就结婚了?！"

毛老海说："不小了，不小了……"

安安就说："爹！"羞脸儿回到侧窑，心口跳得好紧。外边的唢呐声还在吹，忍不住从窗缝里再往外瞧，却瞧见了河沿上痴呆呆地站着小四的娘。她脸色就变得难看起来。

毛老海在正窑的炕桌，又喝泥腥壶的烧酒，喝得时间久了，叫着安安，说要给安安说件事。安安说："啥事，我听着哩！"

毛老海说："安安，爹思谋了，爹想好好给咱院墙修个门楼。你也不小了，今冬里办不了亲事，也不会拖到明年夏天去。门楼修好了，体体面面的，招冉宗先过来。爹要好好在村里给你们热闹热闹哩！"

不几天里，毛老海就买了砖瓦回来。果真请了阴阳师安了罗盘，择了门向，讨了个动土的吉日，他自己就修筑起来。爹不愧是一等泥水匠，这院墙不高，门楼却一定要高高大大。门楼修起来，形似庙宇牌楼，饰以雕塑壁画。脊中部以砖瓦巧妙组合：中是"红星"一枚，喻向往光明；两边巧置"明镜"数方，以除邪去恶。脊两端饰以龙、凤花纹，高翘数尺。四檐拱起，如翼翻飞。紧接檐头，凿刻片片花雕，描画层层云朵，组成三角连续或圆弧连续的图案，围绕四周。花门楼前面正中，设一匾额，以匾额为核心，用砖雕瓦饰成鹤、鹿、狮、虎、花鸟、人物，再涂以白石灰、墨黑、红土、白土、蓝土及黑矾。黄土峁梁下出现这么一个花哨气的门楼，一下子在柳林营惹眼引目，人都说毛老海一辈子的手艺全用出来了。

爹日日夜夜忙活在门楼上，安安也理解了爹的苦心。人生在世，也就是这么回事了。生下来的时候，唢呐嘀嘀呜呜吹一阵，结婚的时候再吹，死了下土的时候又吹。唢呐吹起来能大起大落，人也活该是大悲大乐。命里造下是冉宗先的媳妇，结婚就喜喜欢欢一场吧。安安这阵想的倒不是为自己，安安是为爹想，就也开始布置自己的侧窑。她知道，将来的洞房就是这孔侧窑了。收拾起来，也是爹修门楼的那种"花哨"：剪了好多彩纸贴在门上是花门，贴在窗上是花窗，窑里有花桌、花椅、花橱，炕头铺陈花席、花单、花枕、花被和炕围子。这都是自己精心绣的，上边是四季百花，色彩不一，针法各异：春季的花用平针法，参针法；夏季的花用川绣法，大字法；秋季的花用搭字法；冬季的花用绞针法。那窗台上、界墙上、箱柜上，更是摆满了各种各样的泥塑：炕台上是卧虎，高一尺，长三尺；窗台上是十二属相图；左墙上是五毒挂片；右墙上是花瓶和娃娃挂盒，男娃娃，女娃娃的。下面是彩绘盒子，既可装饰，且又实用，放了安安刺绣用的针头线脑顶针线轴。那桌上一个彩色端盘，放有一组小得可爱的百兽，百兽之后是一香筒，香炉，再后就是一尊佛，是慈面菩萨。安安最爱这菩萨，村里人说她好得如菩萨，她也就对着镜子自己捏了自己。

这天，太阳暖和和的，牛羊都上坡去撒欢，柳林营的老汉们在阳坡里晒，解了怀捉虱。毛老海在捉虱人中谝说了一通外面的世事，就又去水文站了。安安头梳得光光的，坐在当院里上封洗。拿出了好多捏制的泥胎，在封洗水里刷涂一遍了，一渗干又刷涂，那只黑如瓷壶的猫就跳上怀，用爪子挠胸口，挠得不疼，却痒痒的，说不出是舒服还是难受。隔壁的婆婆走进来，说："安安，忙呀？"安安忙起身，拉婆婆坐下。婆婆却直瞅着安安说："安安活该是出嫁的人了，头发显黑，肩膀加厚，胸口也起来了！"安安羞得双手捂脸。婆婆说："安安，今冬你爹不给你办事，明春就得办事。你娘殁了，可怜啥事没人叮咛。婆婆指教你哩！"就说了到那一天，在娘家就要吃饱，吃干东西。接着新郎回来，坐上了炕，更不要贪吃。新娘子是一整天不能下炕，水喝多了，稀饭吃多了，有了尿就只能憋。安安听得"哧哧"笑。婆婆又说了，夜里不要羞，不怕床下藏有听房的，发觉了不敢狠打，人家偷听那也是喜事。如何上床，如何见红，如何怎样怎样。安安就把耳朵都捂住，笑得更厉害。安安不是为羞脸笑，安安在笑这婆婆，安安什么事不知道，没经过呢？末了，婆婆就去砸了瓷碗碎片，取了丝线，要给安安"开脸"，那白粉就涂上额角鬓角，一根一根绞拔那荒毛。安安任从婆婆摆弄，就听见了院墙外有了秦腔声：

正月里肉肉喝喝，
二月里豆豆颗颗，
三月里菜菜藿藿，
四月里耐耐活活，

安安一听，猛地就跳起来。这是小四在唱。小四好长日子没回来了。就叫道："小四！小四哎！"

墙外的小四却不吱声，还在唱：

五月里粽子油糕，
六月里麦面麦草，
七月里瓜瓜果果，
八月里月饼饦饦，
九月里栗子核桃，
十月里糜面发糕。

安安开了院门，小四却正坐在古柳树下对着花门楼唱。一见安安，声噤了，拿眼看起柳上。柳上一只灰鸽，咕咕地叫。

安安说："小四，你挣大钱回来了，认不得我了？"

小四回过头来，却轻轻招手。安安走近去，指了一指头，说："你鬼头鬼脑！"小四说："你爹在没？"安安说："我爹是老虎？"小四说："我才是老虎哩！"安安说："你算什么老虎？"小四说："我是老虎，你爹是武松哩！"自己先倒笑了。安安说："亏你说这话！你那么怕我爹，你还给我唱什么？走，爹不在。"小四猴儿一样进来，反身就将院门掩了，拉住了安安的手。安安另一只手就打了下来，骂声："骚情！"拉把椅子让小四坐了。小四坐不住，又要上来，院墙角的茅房墙内，冒出一个人头，大声干咳了几声。小四吓得看时，是那婆婆，问句："婆婆也在这儿！"安分下来。

小四落个火烧脸，却在怀里掏，掏出一个硬纸卷，展开了，里边又是一层纸。安安说："什么好东西，里八层外八层的！"

小四说："你最爱的！"哗啦抖开，原是一张拓片，上边五个不同图案的虎面纹像。安安果真一见就急，忙夺过去，细细看起来。这虎面皆狰狞凶狠，却十分威武，就问道："这是哪儿弄的？"

小四说："我在秦穆公墓上帮工，挖掘了大量文物，尽是些青铜器。有一种人家专家叫饕餮的铜器上，四面就是这种虎面纹。我一看，就想着你刺绣和捏泥玩货的事，保险用得着。等人家搞拓片，我就讨要了一张拿回来了！"

安安喜得手忙脚乱，跳高高哩。进窑取了自己做的老虎挂片，和这拓片上的虎面一一对照，口里赞叹不已。

小四瞧着安安高兴，自己便发狂了，说：“好不好！”

安安说：“好！我真要谢你哩！”

小四说：“怎么个谢法？”

安安说：“我以这虎面纹像的样捏出泥玩货，送你十个八个！”

小四说：“那不行，太轻了！”

安安说：“那你还要什么，要我给你出钱吗？”

小四眼睛斜了斜，瞧见婆婆在窑前又卷起裤腿捉虱子，低声说：“钱也不要，我要你像在旧窑里的事一样。”

一句话，安安脸色变了，直直地看着小四，看得小四也发了愣，问道：“安安，你怎么啦？”安安说：“小四，你知道吗，我和冉宗先订了婚了！”

小四一把揪住了安安，睁大了圆眼叫道：“你说什么？”连问了三声，自己就没劲了，手松下来，一扑沓坐在椅子上。安安侧下身来，紧声叫“小四，小四！”一条腿几乎是在跪着了，说“小四，你不要这样，你这样我心里就难过了。这是我爹的主意，再说，你要真心爱我，你总希望我能有好日子过吧？你了解冉宗先，他是也爱我，真的爱我。小四，小四……”自己的眼泪也流了下来。

坐在窑门前的婆婆，看这边闹出事来，就说：“小四，你这是怎么啦？人家安安是黄花女子，你别缠着；人家是冉宗先的人了，你寻着做造孽的事吗？”

小四终没有说出一句话来。他默默地转过身，一步一步从那花门楼下走出去了。

夜里，小四和娘说了一宿，也哭了一宿。娘又气又吓，担心小四想不开，出个什么事情。扶儿上炕睡了，自己就和衣睡在炕角，听一夜儿子窑里的动静。天麻麻亮，小四起来洗脸，娘说：“小四呀，你多睡会儿，这么早的起来干啥去？”小四说：“我睡不着。”娘说：“儿呀，婚姻是天造的，你要想得开远些，千万不敢做了什么二杆子事来！”小四到窑壁上取了那猎枪，在箱子里找火药和弹子；火药装进枪管后，又加了铁条，把底火片就装在了口袋。说："我死不了的！"娘真扑下炕来，夺那猎枪，叫道："你要去干啥呀？你打了人家安安和冉宗先，你还会有命吗？没了你，你娘在这世上怎么活呀？！"小四把娘扶起来，用手替娘擦了眼泪，说："娘把我当作什么人了！我是去打狼呀！"娘疑疑惑惑问："打什么狼？"小四说："真的是打狼。我以前答应要送安安一支狼尾笔哩。是我说了的，我就要还账哩！"娘把手松开了，但娘却不解，说："她对你那么狠，你还给她什么笔不笔的？！"小四说："娘你不懂！"从窑门里走出去了。娘跐在那里，听着窑畔上响着儿子的脚步声。

小四背了火枪，在黄土梁上的小路上走。清早一片霜白，地气正从坡根往上升，一团一绺的。一会儿透出那一个一个黄土漏斗来，一会儿什么都不见了。他一夜没有眨眼，恨冉宗先，恨毛老海，更恨安安，牙子咬得咯嘣响。几次火气攻心，想扑起来拿火枪去要了冉宗先的小命。可到后来，浑身就无力，发软，出虚汗，在炕上委屈地哭，恨起自己的无能。有什么办法呢？安安要嫁谁，那是安安的主意，你小四能一条绳索捆了她来？他细细追忆安安说的话："你要真是爱我，你就盼我过得好呢。"唉，安安能看上冉宗先，冉宗先真是有她可爱得上的东西吗？这贼冉宗先，他不是个正经人，可他终究是给雍山带来了新的东西吗，毛老海让他糊弄了，安安也让他糊弄了。怪谁呢，说来说去，怪的还是他自己，自己为什么没做出更大的事情，压过他姓冉的，彻底镇服了安安心呢？罢了，罢了，让冉宗先享福去吧，他小四一辈子也不见安安了。他小四总不服呀，他不服冉宗先，也不服自己的命运，他发着誓，赌着咒，要让冉宗先瞧瞧他是谁，要让安安明白他到底是什么角色！就叫道："安安！安安！"可是，安安在他心上抹也抹不掉，越抹影子越大越深，他太是爱安安了，爱得似乎安安已不是了人，是神，是仙。这么思想着，不知怎么，连他也觉得惊奇，那一腔的恨就化作了爱，爱得纯洁，爱得高尚起来，说："安安，只要你真和冉宗先能过得好，我小四就打一辈子光棍吧。打一辈子光棍吧！"

小四决心打死一只狼。或许狼会吃了他，那他死得心安理得；或许他打死了狼，让安安用着毛笔，使她明白他的心，而不使她心里知道他的痛苦而痛苦。

小四趴在了那个黄土洞前，一天没有打着狼，第二天又去。柳林营的人都以为小四是发了疯了，笑他痴，笑他可怜。第三天后半夜，人们都睡熟了，突然远远的万泉河畔，响起了沉沉的枪声，有人就往枪响的地方跑。安安也跑去了，吓得魂飘魄散，唯恐小四出了事。赶到黄土洞下的土沟里，小四被发现了。他长长地仰面躺在地上，满脸是血，肩上的棉衣破了几处，白花花露出棉花套子。就在他的身边，倒着一只老得焦黄的狼，脑袋挨了三枪，炸裂开来，牙齿上还挂着棉花絮。

来人哇地全哭了，跑近去看小四。小四却没死，他眼睛睁得大大的。他是在沟里和狼遭遇了。打了一枪，狼负了伤，却向他扑过来。枪来不及装火药了，他和狼扭在一起。用脚踢狼头，狼头是钢铁一样的疙瘩；他就记起打狼要打腰，等翻过身来，一肘子砸在狼腰背上。狼痛得大叫，张了血口咬他。他躲不及，就闭了眼睛，将两个拳头朝血口塞去，使劲儿塞，拼命塞，一直顶在狼的喉咙。狼嘴合不下来，浑身没了力气，这么无声无动地僵持了半个小时，小四快支持不住了，叫着："安安！"就准备倒下去，被狼吃掉。但狼却先他一步倒下去了。他拔出手来，装好了火药，一连又开了三枪，枪枪打在狼的脑门上。小四胜利了，满足了，也躺下去，大睁了眼，笑，笑得无声，无劲。

小四终于看见了安安，安安脸色煞白，流下眼泪，将罩衣下的棉袄撕破了，掏出棉花套子用火燃，燃了灰敷在他的伤口上。小四就坐起来了，从裹腿上抽出一把刀，把狼整条尾巴切下，给了安安，说："安安，我把狼打死了！"

六、清明

小四和马家老二在秦穆公墓上干了五个月，每日里只是拉架子车运土，后来就拉砖拉水泥。忙累一天，夜里俩人都累散了骨架，倒在牛毛毡工棚里歇身。整个开掘、基建队里，唯独他们两个穿着土布衣裳，也自感走不到人前去，收工回来，便待在棚里玩"狼吃娃"。这种简易的棋法玩腻了，扯些没盐没醋的闲话。但不论谈什么话题，最后总要说到安安，免不得小四发一会儿呆，马家老二就取笑他。忽一日，马家老二说："小四，你命里有艳福哩，一个女子爱上你了！"小四说："胡扯啥哩！"老二说："你发觉没发觉，那个羊尾巴女子每次打饭都给你多打哩！"小四听罢，一拳打在老二眼窝，老二滚到草铺里"哎哟"去了。

老二说的羊尾巴女子，是新来的炊事班的。她是凤翔城关人，父母工作，自己却中学毕业后在家待业，临时也来工地做饭。穿着时髦，窄窄的牛仔裤将屁股紧成两个瓣儿，曾惹得小四和老二偷偷耻笑了几回。

老二在草铺里"哎哟"了一阵，又爬起来，说："小四，信不信由你，反正我瞄见她总注意你哩。昨日下午，她还问你是雍山人吗？我说是的。她就问知道不知道水文站？我说知道，那些人烧成灰也认得。她便说她要向你打问一个人哩，我问打问的谁，她却不说，一定要问你呢。她是什么意思，还不是想和你多说些话吗？"

小四说："你别隔山能看见兔出气！那种女子，风风骚骚的，是咱守得住的人？"

老二说："卤水点豆腐，一物降一物，你怕了怎的？你还不是吃了胆儿不大的亏，才让安安被别人占了窝去！你不妨主动主动，给她写个信去，成就成，不成拉倒，她能在人稠广众中骂你不要脸吗？"

老二是个碎嘴人，小四就懒得理了，钻进被窝里呼呼去睡。没想第三天夜里，小四已经睡下了，老二悄悄摇醒了他，说："小四，坏了，坏了！"小四睡眼蒙眬，说："三更半夜的，你发什么神经？"老二说："我代你拟了个求爱信，想夜里悄悄塞到羊尾巴女子的门缝去……"小四骂道："你丢我的什么人?！"老二却说："现在你想送信也送不成了！"小四重新睡好，却觉得不对，问："怎么个又送不成了？"老二爬过来说："那女子是个扯货，要不得的！"小四说："别作践人家黄花闺女！"老二说："真的，我刚才走到她门外，灯还亮着，听见里边有说话声，站下一听，一个是她，一个却是个男人声。我正要走开，那灯却咔地拉灭了，还听见里边有淫淫的笑。你说，她是个扯货不是？"小四就翻身坐起，说："可不敢胡说！"老二赌咒一番，俩人骂几句，各自睡了。

天亮时分，老二又戳醒了小四，要小四和他出去看看那野汉子是谁，说是偷女人的不敢一觉睡到大天亮的，必是早起。小四拗不过他，俩人披衣出来，在那女子宿舍远远的地方站了，果然听见门响，有人闪出。小四心里腾腾跳，忙做大便样蹲地不动，定睛看时，走过来的男人竟是冉宗先。老二和小四皆傻了，直瞧着冉宗先消失在晨雾中去了，还呆呆蹲在风地里。

小四问："是姓冉的吗？"

老二说："是他！"

小四再问："咱没看错人吧？"

老二说："没！"

吃午饭时，小四故意在厨房磨蹭，那女子依旧一边打饭，一边哼小曲唱。老二说："你不是打问小四一个人吗？"女子说："是呀，小四，你在雍山什么村？"小四说："柳林营。"女子问："离水文站多远？"小四说："不远。"女子就说："可认得水文站一个人？"小四心提到喉咙了，问："谁？"女子说："冉宗先。"小四气紧得喘不过，说："认得，是你的亲戚？"女子说："朋友。"城镇人文明，对象不叫对象，叫朋友。小四急了，直问："你们恋爱吗？恋爱几时了？"女子得意地说："一年半了！几时你回家去，陪我一块儿去行吗？"小四端了碗晃晃悠悠走了。走到工棚，叫一声"安安！"扑地倒地，饭撒了一草铺。

天黑前，小四跑回柳林营。安安的院子里透着灯光，他使劲儿摇院门环。安安出窑来，一边跑一边说："爹，你是到哪儿去了，又去水文站喝酒了吗？"开了门，小四一把拉了她，一直拉到窑里，问："安安，毛伯呢？"安安不知出了什么事，说道："你几时回来的？早上乡政府来了人，把我爹叫去了，现在还没回来。有什么事吗？"

小四说："你实话告我，冉宗先最近来过没有？"

安安说："十多天没见面了，怕是出外联系生意了。"

小四说："他真在爱你？"

安安说："你怎么啦？"

小四就将工地上的所见一一告知。安安立在那里，慢慢地往后退，退在窑壁上，靠住了。界墙上的油灯在亮着，小四看见安安手按在了心口，酸水从嘴角流出来。安安用手背擦了，抬了头，愣愣地看小四，说："小四，我知道了。多谢你，你回家去歇吧。”

小四万没想到安安竟这么说。他准备着安安大哭起来，或者大骂起来，他就可以陪同她连夜去水文站，当面质问冉宗先个青红皂白，但安安却催他去了。小四走出来，院门关了，窑门关了，安安在窑里嘤嘤哭哩。

安安咬着被子在炕上哭了一夜，爹还是没有回来。天亮的时候，她肚子难受得厉害，一口接一口地吐酸水。

二十天前，安安就觉得身上有了异样，发困，想吐，后来就吐酸水，却极喜欢吃醋。她有些害怕起来了，但安安总不相信这真会是那回事。难道那一夜就那么应吗？或许是病，是她病了。她避了爹，到邻村的医疗站去让老中医号脉，老中医却说：“女子，这不是病，这是有了。”她吓得出一身冷汗。回家来日夜愁得吃睡不安，去找过几次冉宗先，冉宗先总是不在水文站。她不知道这肚里的冤孽是留下还是打掉？打掉又怎么个打法？安安没主见了，她得要冉宗先拿主意，要不，就赶忙结婚……

小四送来的消息，安安心如刀绞！她要等爹回来，她要把这些全说给爹，和爹一块儿去找姓冉的。他的罪，他的恶，他能拍手不管吗？毛老海却偏偏不回来。

半早晨，当爹的回来了。爹却眼圈发黑，脸色灰黄，进门就从炕桌抽屉里取酒壶，坐在那里喝开了。爹从来不是这个样子，安安倒犯害怕，去夺爹手中酒壶。毛老海拉住了安安的手，说：“安安，你爹是坏人不是坏人？”

安安愣住了，说：“爹是好人。爹你怎么啦？”

毛老海说：“爹不是坏人。爹怎么能是坏人！”

安安瞧爹的苦样，以为爹喝醉了，舀来一碗醋让爹醒酒。毛老海老泪纵横，说道：“安安，你爹却做了坏事了！你知道不知道，爹给乡政府林场联系的那批树种子，全是坏的，坏的！乡政府在三十亩苗圃里育了，到现在全不出苗，刨开一看，种子全腐了。乡长叫了我去，问我是怎么回事，说是要负法律责任，还要赔偿损失。这就要赔出两万两千元呀！安安，你爹到哪儿去赔这么多钱？算我瞎眼了，不明不白吃了冉宗先的亏，害了咱乡里人。我从乡政府出来，一街两行的人指着你爹骂呀，安安！”

安安惊得说不出话来，木木地站着不动，末了说：“爹，你怎么不寻冉宗先？这是他联系买的种子！”

毛老海说：“我昨夜就到了水文站，冉宗先他不在。我就直等了一夜。后来水文站的人说，冉宗先承包的公司，全出了事。他们买空卖空，说是给下塬村买汽车，人家把现款交给他，他又拿这钱去给县的一家工厂到广东买自行车，想把自行车买回来，从中赚了钱，再去联系买汽车。可自行车没买上，钱又花了大半，下塬村要汽车，没汽车，要原款，又没钱，县工厂又要退买自行车的钱。这样的事不止一家两家，买户都发现上了当，纷纷要原款，冉宗先就出去躲了。要账的人来，就谎说经理不在。安安，我这一时到哪儿去找他；就是找着了，他赔一万一，咱赔一万一，咱到哪儿去寻钱啊！？”

说罢就又哭，安安也哭，父女俩抱头哭得泪汪汪。毛老海又去摸酒壶，安安不让。毛老海说：“你让我喝了，安安，你让我喝醉了，我什么都不想了！”端了壶往嘴里倒，酒未喝完，人就从炕沿上跌下来醉如烂泥，那把泥腥酒壶“啪”地摔碎了。

安安将爹扶到炕上，趴在那里又一阵哭。不知过了多少时间，界墙上的油灯昏黄残灭，安安觉得很害怕。天明毛老海醒来，拿眼睛痴痴地看窑顶。安安又吐了一股酸水。想起肚子里那个东西，欲把一切说知给爹，又怕爹受不了，牙子咬着，在心里千声万声骂姓冉的。说：“爹，你歇着，我找冉宗先去！”毛老海叫道：“安安，安安！”安安说：“你不要管，他冉宗先就是钻到老鼠窟窿，我也要把他找回来！”拉开门就出去了。

残月还在西峁梁，万泉河的上空，灿灿地划出了一道闪光。安安心里发惊，说：“又一个流星。”就朝空呸呸唾了几口，以示辟邪，吐出的唾沫于风里又吹在脸上，安安又想起那把摔碎的泥腥壶了。她急急赶到了小四家，小四已经起来，正要过来看安安，安安说了爹的事，小四就进窑抄了一把切面刀别在腰里，说：“走，他要是不来，我卸了他八块子！”

冉宗先依然没在水文站。小四在水文站里大骂，谁也不敢回应。他动气起来，一切面刀砸开了冉宗先的宿舍门，将凳子桌子全掀倒了，抬手要摔那收录机，电视机，安安拦腰抱了，叫道：“小四，你是疯了，疯了？！”小四说：“他讲究还是改革家，他算哪一路改革家，他浑水摸鱼，借改革钻空子，是骗子，是流氓，这哪一件东西没有贼腥气！”安安把他推出门，却在床头看见了那面相框，里边装有她和冉宗先的合影照，眼前直冒火花，咚地砸开，把那合照撕成各半，自己的装在怀里，冉宗先的撕成碎末；又立即将怀中自己的那半取出来，也狠命地撕，撕得一把纸屑，扬空撒了。

小四和安安还要继续闹下去，柳林营有人气急败坏地跑来，让安安快回去，说是毛老海上吊了。小四听了，上去扇了那人一耳光，骂道：“你爹才上吊了！你是要我们离开这儿吗？不等着他冉宗先，我们就不回去！”来人却要比小四高一头，无故挨了耳光，好不气恼，瞧见他也是气得火攻了心，执迷不悟了，便连抽了小四三个巴掌。小四在院子里打了个连身转，歪在地上，清醒了，说：“你说的可是实情？”来人说：“你娘正在替他洗脸换衣裳哩！”安安眼睛一瞪，扑地往后栽倒了。

毛老海真的上吊死了。

在小四和安安离开柳林营后，小四的娘心里就一直慌，右眼皮跳得厉害，用一根麦草片贴在眼皮，还是跳，心中叫道：“莫非真要出事？”便过来找毛老海，让他去叫小四安安回来。自毛老海打过小四，小四娘是不肯到这家来。平日见了，也互不搭言。故她在那花门楼前磨蹭了多时，方摇那门环。摇了多时，里边不见动静，趴在门缝往里看，却看见那皂角树下，有两条腿悬空，下边是一个踢倒的凳子。再顺门缝往上看，吊着的正是毛老海。小四娘是妇道人家，当下失了声喊：“救人呀，救人呀，安安爹上吊了！”喊声惊动了左邻右舍，一起来砸门。门砸不开，有人搭梯子翻墙进去，开了门，卸下毛老海。他已经舌头吐出，手脚冰冷了。

人是在院子里死的，便不能再抬进窑去。村人就卸了门扇，将毛老海停放在院里。一边打发人去喊安安，一边安排后事。小四和安安赶回的时候，阴阳师已经在院子里做了法事，掐算了葬埋的日子，又去踏了阴宅。可怜毛老海盖了一辈子房，却没有早早为自己预备下一个好坟墓。那些手艺并不高的泥水匠一天一夜里挖好了坟坑，下砌了墓砖，也没人会、也没时间来用砖瓦做那些鱼虫花鸟的雕饰；墓面上光光的只是砖。

安安的舅也赶来了。他要经营丧事，小四娘就负责安排家事。问到安安给爹预备没预备老衣，安安气弱得抽丝一般，只是流泪，只是摇头。小四娘就回自己家去，拿了三丈青蓝土布替死人量了，裁了，缝制了单衣、棉衣、长袍、马褂共五件老衣。帮她手的是邻近几个媳妇，针线活儿不好，也只好将就。小四娘使用净水擦了死人周身，洗头刮脸，穿上老衣，用一面净白单子盖了。

三月二十八日，也就是第三天，是阴阳师看好的下葬日。一早里，安安的所有亲戚都戴了孝帽，穿了孝衣，提了“金银山”“献奠”、阴纸钱前来吊丧。安安舅就请了一班“响家”，坐在草席搭成的灵堂前呜呜呀呀吹奏孝歌。十二点就要盛殓下葬呀，天突然下起雨来，院里院外尽是水，尽是泥。小四娘又忙出忙进张罗支灶安锅为送葬人做饭。湿柴黑烟，红眼里就水汪汪地泪流不绝。安安舅在灵堂前的麦草铺上，把守了三天三夜的安安叫起，说:“安安，那冉宗先呢，他怎么不来？”安安说:“他来？我爹就是他坑害死的，他不敢来，要来我把他捏也捏死了！”舅舅说:“你也不要胡说！谁问你什么也不要胡说！”安安倒在草铺里又是哭。

到了十点，毛老海的棺木里放下了灰包，穿着长袍马褂硬如木头的毛老海被放了进去，棺盖就要上钉了。“响班”的孝歌又起，八支赤铜唢呐吹得天昏地暗的。安安叫:“小四，小四！”小四走近来，也是一身孝白，腰系草绳。安安说:“我爹教的我捏泥玩货。爹下世去，我再没啥给爹的，你去把我侧窑里的那尊泥老虎拿来，让爹到阴间也有个辟邪吧。”小四将那尊彩色卧虎放在了毛老海的头侧。毛老海眼睛闭着，脸比往日更加难看。

起灵开始了，前面是两个孩子打着魂幡、纸把，两个中年男子各端了纸扎的泥面童男童女，再就是三个“金山”，三个“银山”，再是“响班”，再是柏木棺材。棺材用绳索捆了，架了抬杠，八个精壮小伙抬起，两边又有八人以手扶了。棺上覆有纸糊的棺罩，一声喊，抬起来了。安安舅就叫安安。安安披麻戴孝哭得立不起身，被小四娘和一个老婆婆架着。舅舅说:“安安，孝子盆谁摔呀？你爹可怜没儿……”旁人说:“没儿就让女婿摔，女婿也是半个儿嘛！”安安舅摊了手说:“冉宗先出外不在啊！”人们便都呆住了。前边的队列已经出了院门，也停下来。棺材上了肩，却是放不得的。头上的雨哗哗直下。小四娘就说:“没儿没女婿的，安安就摔！难道她爹要上路了还没个送的？”安安只是哭，突然叫道:“让小四摔吧！”一句话，又是众人痴呆，面面相觑。小四正抬着棺材，也听痴了。安安就一步一步过来说："小四，你肯给我爹摔孝子盆吗？"小四满脸泪水，说道："只要你愿意，我送老人上路！"就让旁人抬了棺材杠子的一头，端起了那盆子烧过的香灰和香灰上的那一碗长面、花馍，给毛老海重重地磕了三个响头，高高举了摔下去。瓦盆落地开花，棺材后送葬人哇地哭声顿起，整个队列又一次出动了。棺材出了花门楼，送葬的男男女女，皆孝巾遮在脸上，长声短气地哭，前呼后拥从万泉河畔上了黄土梁。毛老海的阴宅在黄土梁半坡上。没有路，天雨一下，黄土黏滑如胶，棺材抬到一个坎下，上了几次都又滑退下来。抬棺材的就叫苦不迭，痛哭天雨，又嘀咕毛老海生前为人不怎么好，死了还这么累人，劲儿就不全使出来。安安舅舅一路指挥，见状急得出一身冷汗，就大声喊道："孝子给抬棺人下跪！"小四"扑"地跪倒在泥水里，安安"扑"地跪倒在泥水里，毛老海的亲戚子女也"扑"地跪倒在泥水里。抬棺的人见齐唰唰跪倒了一片孝子，大吼一声："上！"全憋了一口气，泥里水里从坎上抬上去了。

毛老海埋葬过后，外婆便要接安安到她那儿去住。安安不，她说："爹尸骨还未寒，我怎么就离了爹去？我等爹过了三七，再去你老人家那儿吧！"外婆搂了安安，流下眼泪说："你娘去了，你爹狠心地也走了，世事这是怎么回事啊，偏留下老的老，少的少？你也不要多哭，哭也没用，外婆就陪你住这二十多天吧。"婆孙俩就每日在毛老海灵牌前献上饭，化些纸。天还大白，就早早关了窑门睡觉。

小四还没有到秦穆公墓上去做工，一日几次过来和婆孙俩说话，替她们挑水，磨粮食，又叫娘做了好吃的送过来。但却隔两天就到水文站去查问冉宗先的动静。冉宗先终没闪面。

这天回来，安安问："还没见人吗？"小四说："没有，走了和尚走不了庙的，赶明日我就到乡政府去，替毛伯诉诉冤去，咱告他冉宗先！有公安人员，看他只要不在中国地面上露脸！"

外婆就说："安安，你爹死了，死得可怜，可他也精明了一世，怎么就糊涂成这样，信了冉宗先那贼东西？"

安安长叹了一声，不知该说什么好。小四说："外婆不知，冉宗先能糊弄人嘛。现在世道不比以前，政府政策宽了，让人人都富起来，兴改革哩。这姓冉的就驴粪蛋蛋外边光，趁机会日鬼捣棒槌地搂钱哩，哼，他这号人，什么东西！他越扑腾得欢，改革才越乱哩！毛伯什么都好，就是私心重，认不清人呀，是让人家用钱把眼迷花了！”

外婆千声万声地怨毛老海邪钻了肚里，末了说道：“出了这么大的事，这姓冉的竟就不闪面？可你们告人家，能告得过吗，树种子又不是他卖给你爹的，他是和你爹一样的在牵线，或许他也是受了外人的骗呢。”

安安说：“外婆，你不知道，他有那么老实就好了！”

外婆说：“算你爹认不清人，可他和你好过那么长时间……”

安安突然脸色大变，浑身颤抖不已，说：“外婆甭说他了，甭再说他！”反身进了侧窑呜呜地哭。

外婆不知所措，在正窑抽烟。外婆有烟瘾，抽的是水烟锅，呼噜噜，呼噜噜响。小四就替她卷火纸煤子。外婆说：“小四呀，这安安是怎么啦？”

小四说：“她恨冉宗先在骨头里了吧。”

外婆又一阵吸烟，说：“也好，也好，认识了人，安安的婚事就一场事了了。要不，糊糊涂涂成了亲才知道那为人，就一切都来不及了！”

小四说：“就是不出我伯这事，这门亲事也亲不成了！”

外婆疑惑了，问道：“这是为啥？”

小四说：“安安没给你说？”

外婆摇摇头说：“说什么事？”

小四说句：“那也就不说了。”借故天已不早，就要出门回去睡觉。外婆送小四走到院子。月光下，小四看见那棵皂角树枝叶茂旺，淡淡地开了一些花，就想起往年皂角结出时的情况，不禁为毛老海流下一滴泪来。

外婆却拉住了他，说：“小四，我老早就听说你对安安好。你伯三七过了，我就接安安过去住些日子，可她毕竟不能长住在那里，你就要一个心眼儿承携她哩，小四！”

小四说：“外婆，这你放心，我小四要是对安安不好，让我上峁梁滚坡，挖土窑塌死，过万泉河淹死！”

外婆颤颤巍巍地拉住了小四，替他把脸上的泪水擦了。

这一日，天又下小雨，坡道上的地里，麦苗已经能藏住兔了。雨下过一天，到处地土发软，湿漉漉的。小四露明起来给娘说，他去峁梁上捡些地软去，再挖些野小蒜，回来包些包子给安安、外婆送去。峁梁上捡了半天，小四转到河下游的沙岸上去捡。才转过一个拐弯，远远看见一个人站在河边，痴呆呆的，然后就俯下身去使劲儿掬了河水喝，再然后起来用拳头捶打自己肚子，又去喝凉水。小四奇怪，这是谁家女子，这么冷的天敢喝冷水？定睛看时，竟是安安！就连叫带喊地过去把安安抱住了。

安安见是小四，却更是疯了一般挣脱去又猛喝冷水。小四一把拖开，说道："你要命不要命，你不怕喝坏了肚子？"

安安却哇地号哭起来。

小四吓慌了，扶了她问道："安安，你是怎么啦？谁欺负你了？你说呀，有什么不能给我说的?！"

安安猛地睁开了眼睛，眼睛是那样惶恐和痛苦，突然说："小四，你还爱我不爱？"

小四说："这不是多余话吗？我怎么不爱你，我爱了你三年了！"

安安却说："你在骗我，骗我！你是不会爱我的！小四，我真傻，我不该让你给我爹摔那孝子盆！爹是已经死了，快到'三七'了，我这几天才醒过来，我不该让你摔孝子盆啊！"

小四听得莫名其妙，以为安安和他的婚事又有变故了，心里乱得一窝麻，粗声问道："安安，这是怎么回事？你就是后悔了，你也不该自己折磨自己呀！我知道我小四不行，配不起你，可你总不能这样。只要你能过得好，我小四怎么都行，我明日就走呀！"

安安却扑过来，拉住了小四，死死不放，却只是哭，哭。末了说："小四，你是个好人，既然到了这步田地，我安安也顾不及什么了，我就给你说，说了你就走吧。走得远远的，权当我是死了。"但是，却又不说了。

小四越发急了，问："你说呀，你说呀！"

安安就紧急说道："我是有身子的人了！"

小四说："什么？那是谁的？"

安安说："还有谁？我是到他那里去找我爹，爹不在，他留下我喝酒，我喝醉了，他就……可我不敢对人说，也不敢对爹说。也就是为了这，小四，我才同意了和他订婚的。我是个没志气的人，小四，就是这，现在我发觉已经几个月了，我怎么有脸再和你好？我喝冷水，我就是要把那冤家种子打下来！小四，我不是个黄花女子了，你也不要待我好，也不要等我，你打我吧。是我一时糊涂，让你摔了我爹的孝子盆。你打了我，你就走吧！”

小四木桩似的立在那里，突然嗷嗷叫喊，倒在地上，使劲儿抓着沙土打自己的头，打得额头都青了，起包了，出血了，还在打。当他没了一丝力气坐在那里发呆时，他听见了“咚”的一声，看时，安安昏倒在沙滩上了。

小四像一头雄狮扑过来，抱住了安安，掐她的人中。等安安口鼻有了气息，眼睛慢慢睁开，就不顾一切抱了她，双手端着，往家里跑，跑得满头大汗，只是平端着。他小四不能窝了她，不能窝了她的肚子。

“三七”过罢，小四和安安又是披麻戴孝。到毛老海的坟上去，双双跪在坟头。安安叫一声“爹”，小四叫一声“爹”。安安说：“爹，我把小四带来了！”小四说：“爹，你放心，有小四在，安安就不会有三长两短的。我把她送到外婆家去，我们还要常常来看你，等过了‘三年’，我们结了婚，我们就住在柳林营，永不离开你！”

安安走了，安安牵着一头毛驴，驴上坐着外婆。小四在驴后挑着担子，一头是安安的换洗衣服，一头是安安的刺绣用的针头线脑、布角料边，泥货用的坯模子、颜料，还有那支狼尾巴笔，那卷青铜器虎面纹图拓片。小四口袋里装有一个小老虎，虎面不是别的，是小四他自己的脸。这是安安从箱底拿出送他的，小四说是他的护身符。

七、出山

小四再到秦穆公墓开掘工地去，外婆给他烙了个大“胡联”馍。“胡联”馍上饰满了花，中间留一个孔，小四用腰带拴了，背在身上。安安给了小四一双鞋垫，那是安安三天三夜一针一针绣的。用十二种颜色，一个绣了一个鸳，一个绣了一个鸯。还有一个虎头挂片，那是将青铜器上的拓片图和以往习惯用的做法掺和起来捏做的：以双眼中心连线之中的点为圆心，构出一个面部的圆，两耳突了圆外。耳，耳窝，耳心，牙碴骨，嘴，牙，腮，下巴，鼻，脸蛋，额头额心，全不同了真实比例。夸张嘴，缩小脸蛋；夸大眼，缩小鼻；突出眉骨，凹下鼻根。更是在牙碴骨上、耳朵上，各插上花，鼻子上却有红色火焰，顿增其神奇之感。

小四连声叫好。安安说："你别尽夸我！古人这虎面纹画得真好，就是有些太凶，叫人看着害怕哩！"

小四说："几时我领你去秦穆公墓上去看看，出土的青铜器足足放了三间房子，大的瓮大，小的升子大，绿莹莹的铜疙瘩。你要去一看，就知道秦朝以前，咱这一片黄土上是个什么地方了。在学校念书，书上说'肉林酒池'，事情就发生在咱这儿。那时五谷怕不多，人都吃捕来的动物肉，喝酒，天不怕地不怕的。我想青铜器之所以刻这种凶狠的虎面图，一是说明这种老虎到处都有，二是在光耀人的厉害哩！"

安安静静地听着小四说，小四发觉了，就噤了口。安安说："说呀，说呀！"

小四说："我也胡说哩，你笑话了。"

安安说："小四，真没看出，你出去跑了跑，不像以前了，一肚子大学问，你说呀！"

小四却说："没了。"

安安就笑了笑，说："那你说，我以前捏的老虎哪儿不好呢？"

小四想了想说："好还是好，只是老虎不凶，威不盛。看你捏的立虎和挂片，只觉得可爱哩。"

安安说："嗯，你小四是行了，所以我看到送来的挂片，就重新变了我的捏法。你再去了，能多搞几张拓片，就给我搞回来，行吗？"

小四到了工地，那"胡联"馍便用刀削割了分给大家吃，虎头挂片却挂在牛毛毡工棚的床铺头上，睁开眼就能看到，感到雄壮又可爱。这泥老虎从此陪伴了他，启示着他的正气和力量。而那一双鸳鸯鞋垫，小四并没有装进鞋壳儿去踩，揣在怀里，常于没人处掏出来痴看，痴想。一次竟看得魂儿走了，视那鞋垫是安安的照片，噘了嘴巴在上边亲，不意让马家老二瞧见，羞得小四抬不起头来。晚上只好买了一瓶酒招待老二，以此封口。

马家老二人老实，耍怪起来却极不正经，端了酒杯说：“来，为鞋垫干杯！但愿你天天去亲，天天给我买酒喝！”

小四慌了，说：“你怎么又说，这酒不是白喝了吗？”

老二笑着，那酒就灌下喉去。小四正色教训道：“老二，我以后听你的就是了，你千万不要张扬。我比你能吃能喝，比你有劲，我可以替你干苦活儿。说真的，我现在心里很涌动，一身的力气似乎老用不完。”

老二说：“这是必然的，可惜我体会不来。”

男人是只有爱情到来的时候才能发现和感觉到自己的力量的。小四果然干一天重活儿，回来只消在草铺上眯盹儿一会儿，精力就又恢复上身。老二骂他是“叫骚驴”。每次自己身子像散了架一般，歪在那里看小四在工棚门口练习武功。小四的武功，完全是野路来的，但随心所欲，即兴发挥，于尘土窝里翻，滚，踢，打，弄得乌烟瘴气。

这种武功使工地上的人都刮目相看。梳羊尾巴发式的女炊事员，却并不以为然，撇了嘴骂过：“这小四怎么就不像个人。”

老二听了，说：“不是人是什么？”

女子说：“是野兽！”

老二骂道：“你敢这样作践小四，你是什么，你是臭美！”

那女子却受不了，捂着脸哭了回去，汇报给了工地负责人，招致负责人狠狠剋了老二和小四一通，说是不尊重妇女。老二不服，小四却说：“再不了。”出来对老二说：“鸡不跟狗斗，男不跟女斗。”但是不久，那女子却主动寻上小四和老二了，因为秦穆公墓开掘以后，其罕世的青铜器文物轰动了社会，便每日从外地来了学者、专家参观。后来从省城来了一批人，说是国画院的教授、画家和美术理论工作人员。统共的二十人中，又有七人是女的。有的半老徐娘，有的正处芳龄，全然一身本地上见也未见的衣着，潇洒翩翩，气度不凡。这使羊尾巴女子傻了眼，置身她们之中，顿感自惭形秽，没了可以得意和炫耀的资本和条件了，打饭时偏偏待她们苛刻，却特别优厚小四和老二了。饭后无事，竟走到工棚来，说：“瞧瞧那些‘洋人’，真不是好侍候的，还是咱们能说到一块儿。”小四说：“咱们，是指你和我们吗？我们可不敢和你一个档次呢。”女子说：“你们这些男人，就都喜新厌旧，也让那些洋女人看花眼了？其实呀，这些洋女人初看真镇了人，但却不耐看！你们知道吗，身上洒那么多香水，是她们有狐臭哩！”惹得小四和老二哈哈大笑。他们要趁机报复了，小四说：“你的那个朋友这么长时间了，怎么不来看看你呀？”女子说：“你近来见过他吗？他怎么样，和那些画画的男人立在一块儿，不逊色吧？”小四说：“没有见到，他现在在哪儿呢？”女子说：“我也不知道，他是太忙了呢。要是他再来了，我给他说说，你们墙高的人，为什么在这里出这么大力混饭吃？男的是吃四方的，让他带了你们，也出去开开眼。现在要的是改革人才哩！”老二说：“冉宗先是改革人才？”女子说：“那还用说，不是改革人才，他能出来承包水文站的经销部？能挣得那么多钱？像你们这样，一辈子连个媳妇都找不到！”

小四不愿听她的了，就又在棚前踢踢打打练起武来。老二说：“小四已经有媳妇了！”女子说：“雍山的女子我见过，鼻涕流到前心，脑油油到后心，袜子溜到脚心！”老二说：“你以为雍山没有好女子吗，小四的那个，比你要好看哩！”女子闭了嘴，说：“榆树上能落了凤凰？有她的照片吗，让我瞧瞧。”老二说：“你去看看小四床前那个老虎挂片吧，那就是她做的。”这女子过去看了，哼着鼻子说：“我以为是什么好玩意儿，才是个泥玩货！现在是什么社会了，还弄这个！”倒噎得老二一肚子气，又无言可对。

女子一走，小四坐在草铺上喘粗气。听老二说了，俩人好骂了那女子一通，最后就笑那女子可怜。但那女子炫耀冉宗先的话，却一直刺在小四心上。冉宗先一走之后，再没有回来，谁也不知道他到了哪儿，水文站里索钱要账的人很多，后来便纷纷上告，那个经销公司就封闭了。但冉宗先到底没见回来，小四的一口恶气出不来，过几天就去打问羊尾巴女子：冉宗先来信了没有？然后气一上来，便要在那里踢打地练一阵拳脚，直把自己弄得精疲力竭了，才回到工棚来和老二来一局“狼吃娃”，吹牛，睡觉。

一天他举了石头练手功，接着腾翻筋斗，不想那一双鞋垫从怀中掉下，被一位省国画院的理论专家捡起来。这专家刚要喊小四，目光却立即拉直了：那鞋垫上的日，月，山，水，鸳鸯，花卉，使他如获至宝，看得站在那里竟走不动了。

小四收了手脚，见专家专注看那鞋垫，一时羞脸，近去说：“这是我的鞋垫儿。”

专家说：“这是谁绣的？”

小四说：“一个女子绣的，你笑话了。”

专家说：“不，不，这女子是干啥的？”

小四说：“做庄稼的。”

专家把鞋垫握得更紧了，说：“小四，你能把这鞋垫送给我吗？不，卖给我，你说多少钱？”

小四说：“我不卖！”

马家老二过来说：“人家怎么能卖呢？这是小四的对象送的。”小四就拧老二，老二乐得直笑。

专家“噢”了一声，鞋垫还不交给小四。小四说：“你们城里人，皮鞋里边什么样的垫子没有，还喜欢这垫子呀！”

专家说：“喜欢，太喜欢了！”

老二说：“这有什么好看的，你要真喜欢，让小四去说一声，给你做一双。可不，小四那一个最拿手的倒还是泥玩货哩！”

专家说：“什么泥玩货？”

好事的老二便去拿了那老虎挂片来。专家不见则罢，见了惊得嘴合拢不上，“啊啊”了一阵，说：“小四，你对象现在哪儿？”

小四说：“雍山，不远。”

专家说：“能让我去见见她吗？她这刺绣和泥塑具有极高的艺术价值，生动，质朴，充满生活气息，又具备变形变异，想象丰富，完全可以和毕加索的绘画媲美啊！”

小四是农民，小四不懂毕加索。老二也不懂。专家却拿了鞋垫和老虎挂片，拉小四和老二去见所有的国画院来的人，没有一个不惊讶咋舌！他们决定，第二天就跟小四去找安安。小四却在当天中午就赶回了七里营镇，他说他先回去给安安打招呼，让老二明日一早领城里人来。

小四十多天没有回来看安安了。一进外婆家，外婆一下子将他搂在怀里，说：“小四，冉宗先回来啦！他一回来，乡政府就派人把他叫走了。现已查明，是他从外边联系回来了那批变了质的树种子，托你爹找乡政府林场的人，他又给林场那个主管的人偷送了一台收录机，种子未做试验就买下了。现在那个主管人已在审查，姓冉的贼东西保不住要蹲班房啦！”小四愣了一会儿，举了拳头叫道：“好！好！好煞了！外婆，安安呢？”外婆说：“安安也到乡政府去了，她是写证明材料去了！”小四抬脚就往乡政府跑。

小四并未走到乡政府，半路上遇着了安安。小四一把抱住了安安，使劲儿地摇呀，转呀。安安说：“人看哩，小四！”小四说：“看让看去，就是要人看哩！”放下来，让她坐在一个黄土柱下。黄土柱直棱棱竖着，直指天空。小四说：“安安，你说这黄土柱像啥？”安安说：“柱子。”小四说：“还像啥？”安安说：“你知识高，你说呢？”小四说：“像男人那个！”安安就抓了一把土打来，打得小四浑身土。小四说：“这不是我说的，是画家们说的！”安安说：“什么画家？你怎么回来了，是听说冉宗先被审查的消息了吗？”小四说：“不是，我是给你报告更大的好消息的，工地上来了一批画家……”便将前前后后的事说了一遍。安安却冷冷地说：“我不见！”小四呆了，说：“这是为啥？”安安说：“这些又是城里人，城里人尽作践咱雍山人，我还没吃够亏吗？”小四的热情顿时消灭了，说：“城里人不至于都是冉宗先那样吧？咱雍山里人怎么啦，咱也是人，咱比他谁都活得刚刚正正。既然他们来见你，你就让他们看看咱雍山的人怎么样！”安安说：“绣的花，捏的泥，那有什么好看的？”小四说：“可人家却是一片真心，你不知道他们看了是多么快活，好像挖了个金山银库！”安安说：“反正我不见！小四，咱也不稀罕抛头露面的，日子倒安静哩。”小四为难了，叫苦道：“明日一早，老二会领了人家来的！”安安说：“来就来吧，有外婆招呼就行了，你和我夜里回柳林营去，咱给爹坟上烧烧纸，把冉宗先的事给爹说一声吧。”小四依了安安。

马家老二领了二十个城里人到了七里营镇，外婆招待了。外婆做了一顿苞谷面“漏鱼”。这“漏鱼”是将苞谷面在开水锅里拌成糊状，滚熟了用一个葫芦瓢上钻了若干小孔的漏勺漏下的，形状酷似小鱼仔儿。客人们吃得极有味，又对形状感兴趣，问是如何做的。老二说道：“是一个一个用手捏的！”客人们叹为观止，夸说雍山人手真巧，连饭食都做的是艺术品。外婆就一笤帚打在老二头上，说：“甭听他胡扯！你们城里人，好吃好喝惯了，这粗粮难下口吧？”客人们一哇声称好。外婆就拿了那葫芦漏勺让客人看，乐得满屋的笑。

客人说:“小四和你那外孙女呢?”

外婆就直打哈哈,说是出去了。可三等两等还不见人影,再问时,外婆就不忍了,以实话告知。客人无不惋惜,就提出看看安安做的刺绣和泥玩货。外婆说:“那有什么看的?”开了安安的卧窑,客人们的眼睛不够用了。整整一窑,到处都是刺绣的花纹图案,到处都是泥塑的飞禽走兽,照相机就一件一件照,竟提出要全部收买。

外婆说:“你们要买?这都是给娃娃们玩的!”

客人说:“都买!每件拉平七元,你肯卖吗?”

外婆张大了口,看着每一个人,就将老二拉到后窑说:“老二,这些人在说耍话吧?”

老二说:“人家怎么能说耍话?”

外婆说:“那怎么肯掏这么大的价?”终摇头疑惑。过来说:“你们要真看得上,赏我们安安脸,那就尽你们拿吧。只是这不是我的,是安安的。要出钱就给她出个工料钱,拉平五角钱吧。”

客人则一件也不敢拿了,说:“你不收七元,我们一件也不拿,这七元也是我们少得不能再少了。这每件作品是不能论了价的。只是我们出来未多带钱,你老人家能做主,我们会将这些东西带到城里,一个不少交给国画院,任何人也不能独吞了的。”就又掏钱在村里买了几口箱子,一件一件包装了,雇毛驴小心翼翼返了回去。

下午,小四和安安回到外婆家,外婆讲了经过,三个人哈哈笑了半天。第二天小四到了工地,那些客人们却早晨就回了城,人人皆知道了小四有一个聪慧过人的对象。小四就被惩罚了——小四买了瓶酒让大家喝。酒喝开,马家老二发现羊尾巴女子没来,偏去叫她,那女子却在房子里关了门哭。

一个月又一个月过去了,一切又恢复了以往的平静。但某一早晨,工地来了两个人。一个是曾来过的国画院那位专家,一个说是凤翔县城的文化局长。

局长说:“你就是小四?!你领我们去请安安一趟吧。这位是省里的同志,他们带了安安的作品在省里办了展览,轰动了整个美术界!他们这次来,是要请安安到省里一趟，具体给他们讲讲。”

小四说：“到省城去？让安安到省城去？！”

专家说：“她是了不起的艺术家！那些作品一展出，外国的朋友也去看了，当场邀请把这些作品拿到他们国去展览，说一定会轰动他们国家的。北京也专门来了人。你能协助我们让安安出山吗？我们要组织人力研究，进一步挖掘这民间的美术工艺，提高我们民族文化素质。”

小四和老二在柳林营的安安家，正式接待了这两位领导，谈定了五天之后，安安赶到凤翔县城，再由专车接到省城。安安要进省城了，消息像炸弹一样震响了雍山，安安只是笑，后来却跪在爹的坟头，大哭特哭。人们都围在坟上。小四娘说：“孩子，甭哭了，你给咱雍山人争了一口气，你爹他是会知道的。你不敢再哭得厉害，你是笨身子人啊！”

安安从爹的坟头站起来，她确实身子已经很笨，头顶着油盆一样的太阳，站在黄土地上，感觉到了那个小生命，那个坑害了她和她爹，坑害了小四和雍山人的那个冤家留下的果实。她抬起头，看着每一个男人和女人，就跪下来，给大家磕头了。

安安走了，腆着个大肚子，坐在了一头毛驴上。小四挑着一个担子，一头是安安的换洗衣服，一头是那些新制作的刺绣和泥塑。从古柳树下过了万泉河，走上岸，走在黄土路上，看见了小四种植的那一片泡桐地。泡桐长得老高了。

小四说：“今年冬天，就可以出种树了，沿这黄土沟种上去，几年便可成材的。”

安安说：“到明年咱多扩大些苗圃地。听外婆说，他们那儿，一棵泡桐种树卖得五角钱哩。依这个价计算，那收入可大啦！”

小四说：“明年我想办个工厂哩！”

安安说：“办工厂？和老二办配种厂？”

小四说：“不，我思谋了，既然这刺绣、泥塑这么吃香，咱就办个雍山刺绣泥塑厂。你当厂长，专门招一些人刺绣捏泥玩货，我和老二做你帮手，给你跑原料，搞推销，就专门和他们城里人打交道！”

安安在驴背上笑吟吟地看小四，没有回答，却策驴小跑而去。

小四就撵着，气喘吁吁地，还在问：“安安，你说行不行？”

安安笑声被驴颠得一串一串的，说：“到明年了，你就是一家之主，你说咋干就咋干！”

小四就在后边喊：“安安，颠吗？”

安安说：“不打紧！”

小四说：“别那么快跑，小心把那个小东西颠出来啊！”

安安拉了缰绳停下了，回头说：“小四，你真坏！我这阵心里真有些慌怕哩！”

小四说：“你怕啥呢？”

安安说：“省城那是什么地方，我这个身子，人家会笑话了！”

小四说：“是他们请你的，你头要抬得高高的！”

安安“嗯”着，就笑了。

小四说：“你笑什么？”

安安说：“笑城里人，倒器重咱雍山野蛮人了。”

小四说：“不是器重，是咱雍山人镇倒了城里那文明人！”

小四说罢，却不再说了。安安问：“你怎么不说了，你多给我说着呀！”

小四说：“安安，你去了，你就给我来信啊！”

安安偏说：“我不。”

小四说：“怎么不？你不要忘了我，你在那儿经的世事大了，不要不回来了！”

安安却说：“我忘了你就忘了你，只不忘一个人！”

小四说：“谁？”

安安说：“就是那个小四！”

小四挑了担子小跑几步，撵到毛驴前头，拉住了驴缰绳，说：“安安，你真好，让我再亲一口你！”

安安就俯下身来，将嘴给小四。小四咬住了舌头，安安“哎哟”一声，打了小四一巴掌，小四还不放口，毛驴嗒嗒嗒地小跑，把小四摔在黄土窝里。小四说：“安安，你要给我来信呢，要回来了，提前就来信，我还用这毛驴来接你！”

毛驴却总不停下，颠得安安笑得一起一伏，断断续续，像是从肚里往出蹦。小四说：“安安，安安，你等着！”自己却唱起了秦腔来：

> 雍山的八大怪——
> 面条像裤带，
> 烙饼赛锅盖，
> 房子无砖无瓦土里埋，
> 手巾帕帕头上戴，
> 有辣子不吃菜，
> 凳子上蹴起来，
> 黄土窝里女子叫人爱，
> 刺绣泥塑样样帅，
> 秦腔野的蛮的粗的吼的，城里人醒（懂）不开！
> 雍山的人呀，雍山的采，
> 刚巴硬正地要去大世界……

一九八五年